典藏版

Collector's Edition

后宫如懿传

叁

流潋紫 —— 著

作家出版社

流潋紫

浙江湖州人，中国作协会员，浙江省作协第八届主席团委员，杭州市作协第八届委员会委员、类型文学创委会副主任。代表作有长篇小说《后宫·甄嬛传》《后宫·如懿传》，编剧作品《甄嬛传》《如懿传》，散文集《久悦记》等，现为作家、编剧、自由撰稿人，被誉为80后作家群的领军人物之一。曾获浙江省“最美浙江人——2012青春领袖”、年度浙籍作家、“首届杭州文化人物”、第十三届“最美杭州人——十大杰出青年”、2017年“浙江十大杰出青年”、第五届湖州十大杰出青年等荣誉称号。

目次

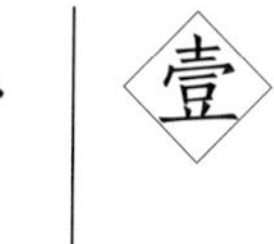

海兰醒来是在黄昏时分。彼时如懿已守了她一日，累得腰肢酸软，不过是见到永琪白胖面颊，才有心力支撑下去。午后李玉过来，千珍万重地将一个玛瑙巧雕梅枝双鹊捧珠镶盒交到她手中。那镶盒以大块深红与雪白的双色玛瑙挖成，白玛瑙为底，质地细腻，中间夹杂白色或透明纹路，留出鲜艳的俏色深红玛瑙雕出梅枝，枝干虬曲，花朵盛放，面上嵌青金、珊瑚、绿松、碧玺，点缀出碧叶红梅雪光明耀之样，两侧以珍珠浮雕衔环铺首，中间一颗拇指大的贝珠包金为纽，一看便知是连城之物。

李玉在她身侧，悄声道："只为这盒子上的梅花，皇上便画了不下百次，真真是用心。奴才说句不好听的话，娘娘在冷宫的时候，皇上虽然不闻不问，但一人书画的时候，画的梅花比往日里多多了。原可从那些里头挑一幅好的便是了，可皇上还是觉着不够好，又画了好些，叫工匠们细细描摹了，做得不好便废置。饶是这样，这盒子也是出到第三个才好，只可惜了前头那些好玛瑙。啧啧！"

如懿淡淡一笑，不置可否，只是道："这算是千金换一笑么？"

李玉哪里懂这个，摇头晃脑继续道："这盒子也罢了，小主快打开看看里头的东西，那才叫用心呢！"

如懿见海兰尚未醒来，遂打开一看，只见两掌大的玛瑙盒子里，罗列着一排排绿梅的花苞，盈盈未开，如绿珠点点。更有一薄薄的红梅胭脂笺，她取过展开，却是皇帝亲笔，写着"疏疏帘幕映娉婷，初试晓妆新"①。

那字写得小巧，如懿几乎能想见他落笔时唇角得意的笑纹。她眉心微曲，诧异道："如今是二月里了，哪里还来这些含苞未放的绿梅？"她轻轻一嗅，"仿佛有脂粉的香气，并不尽是梅花香？"

李玉笑得合不拢嘴，拊掌道："可不是。先用密陀僧、白檀、蛤粉、冰片各一钱，又以当季开得最盛的白芷、白芨、白莲蕊、白丁香、白茯苓、白蜀葵花、山柰、甘松、鹿角胶、青木香、笃耨香研至绝细，和以珍珠末、蛋清为粉。然后寻最巧手的宫女折来新鲜饱满的绿梅花苞，把这粉小心灌进花苞里，用线扎其花尖，将粉密封于花房之内蒸熟，再藏于玛瑙盒内，静置足月。如此花香沁粉，更能令面容莹似白梅凝雪，乃汉宫第一方。皇上知道小主喜爱绿梅，便称此物为绿梅粉，专供小主一人所用。"

李玉说得畅然尽兴，如懿只听到笃耨香一节，已经暗暗惊动。她出身贵戚，寻常宝物自然入不得她的眼，便是皇帝也每每好与她谈论奇珍。皇帝所用制香粉之法，传自明熹宗懿安皇后张氏的玉簪花粉法，只是玉簪花能存香粉，绿梅花苞却难，且用料更为奢华珍异。笃耨香出真腊国，乃树脂所成。其色白而透明者名白笃耨，盛夏不融，香气清远，

---

① 出自宋代词人赵师侠的《朝中措》。全词为："疏疏帘幕映娉婷，初试晓妆新。玉腕云边缓转，修蛾波上微颦。铅华淡薄，轻匀桃脸，深注樱唇。还似舞鸾窥沼，无情空恼行人。"描写女子妆容之美。

实在万金难得。[①] 如今却轻易用来做敷面香粉，珍重之余只觉心惊，若是为旁人所知，不知又要惹来何等闲话是非。

李玉极是乖觉，忙低声道：“用什么东西做这绿梅粉，都是皇上亲自定下的，所以内务府并不曾记档。”

不是不感动的。他记着她喜欢绿梅，惦着她的容颜憔悴，盼着她红颜如昨，为此不惜费尽心思，靡尽珍宝。可珍重连城，也不过是一座城池的代价而已。身外华物，哪里抵得上腔子里的一口热气、绝境里一双扶持的暖手。

她微笑，思忖片刻，取过笔饱蘸了墨汁，用一色的红梅胭脂笺一字一字郑重写道：“梅梢弄粉香犹嫩。欲寄江南春信。别后寸肠萦损。说与伊争稳。”[②] 写罢，便依旧封了交与李玉手中：“只许教皇上瞧见。皇上见了，便知本宫心意。”她想一想，又道，“你虽有心帮我，但面上不可露了分毫。王钦之事后，皇上最不喜宫人窥测他心意。你到这个位子不易，一切小心。”

李玉诺诺离去，她方将那绿梅粉并玛瑙盒交与惢心一并送回了翊坤宫中。半倚在榻前，闭目凝神的瞬息里，想起自己所写，原是欧阳修的《桃源忆故人》，她只写了上半阕，却不肯写出那下半阕。只为上半阕的相思，便也是下半阙里她三年冷宫韶华苍苍的冤屈。

“小炉独守寒灰烬。忍泪低头画尽。眉上万重新恨。竟日无人问。”她低低呢喃，在暖融融的殿内细细抚摸自己的十指。与旁人不同的是，她的手固然也戴着宝石嵌金的戒指，佩着华丽而尖细的珐琅点翠蓝晶护甲，纤手摇曳的瞬间，那些名贵的珠宝会映出彩虹般的华泽，曳翠销金，教人目眩神迷。可是细细分辨去，哪怕有鹅脂调了珍珠蜜日日浸

---

① 出自明代李时珍《本草纲目》。

② 出自宋代词人欧阳修的《桃源忆故人》，全词为：“梅梢弄粉香犹嫩。欲寄江南春信。别后寸肠萦损。说与伊争稳。小炉独守寒灰烬。忍泪低头画尽。眉上万重新恨。竟日无人问。”此词诉说女子相思之苦，情哀之思。

手，但天气乍暖微寒的时节，旧时冻疮的寒痛热痒，无不提醒着她岁月斧凿后留在她身体上的斑驳痕迹。

唤醒她迷蒙心意的，是海兰初初醒转时低切的呼唤："姐姐。"如懿如梦初醒，不觉大喜过望，才觉得悬着的一颗心实实归了原位。海兰虚弱地靠在宝石绿榴花喜鹊纹迎枕上，红红翠翠的底子锦华光灿，愈显得她的脸苍白得如一张薄薄的纸。她的神思仍在飘忽："姐姐，真的是你？"

如懿握住她冰凉的手："海兰，是我。我在。"

海兰舒一口气，迷茫道："姐姐，我以为自己熬不过来了。"

如懿闻言，眼便湿了。她端了止痛汤细细喂海兰服下，又将熬得糯烂的参片鸡汁粥喂了半碗，轻语安慰："别胡说，我总在这儿。"

海兰问过孩子康健，长松了一口气："万佛护佑，我终于替自己和姐姐生下了孩子。无论如何，只要孩子长大，咱们的下半生便有了些许依靠了。"

一句话便招落了如懿的泪："只要你好好儿的，还提什么孩子不孩子。昨夜你九死一生，我只看着，只怕也要将自己填了进去了。"

海兰艰难地笑着，很快冷下脸道："她们费尽心机让我不停进食，腹中孩儿变大。要不是如此，孩子怎会生不下来。若没有姐姐在旁陪伴，我一个撑不住母子俱损，岂不更遂了她们的心愿。"

如懿替她掖好被角，柔声道："如今你虚着，别想那么多。"

海兰冷笑道："此事之恨，断不能忘！她们要我和姐姐所受的种种，来日我都要一一还报在她们身上！若老天爷真要怜悯她们，恨我们狠毒，那就全都报应在我身上。我只要姐姐和孩子万全就是！"

如懿心中震动不已，再多的委屈心酸，有这样的姐妹在身侧，深宫中茕茕独行，亦有何畏惧？她伸出手，紧紧拥住海兰，任由感动的泪水潸潸落下。

用过了晚膳，海兰便又歇下了。海兰的精神并不大好，总是渴睡。

还是三宝回来，将火场之事一一告知如懿。

如懿悠悠拨着手上的镏金红宝石戒指：“如今都认定是本宫逼死了阿箬，所以她死后还要闹鬼作怪，是么？”

三宝擦了擦脸上的汗水道：“可不是！宫中最喜欢这些鬼怪之语，怎么禁也禁不住，何况又是棺身起了蓝火那么诡异，也难怪大家都害怕。奴才方才去火场，几个替阿箬烧尸的太监吓得都说胡话了，满嘴胡言乱语，偷偷给她烧纸钱呢！”

如懿自不肯信这些言语。三宝又将许太医见过贞淑之事回禀，颇疑心与启祥宫有关。有乌云重重的阴沉凝在了如懿眉心。她素来知道玉妍倚靠皇后，甚为巴结，与贵妃只是面和心不和，口齿又厉害，动不动便爱刻薄人。可偏这么个爱在口舌上讨便宜的人却平安生下了四阿哥，可见也不是个省心的。果然日久见人心呢，时间久了，什么飞禽走兽都忍不住要出来了。

夜的羽翼缓缓垂落，掩去天际最后一缕蛋青色的光，将无尽的墨色席卷于紫禁城辽阔的天空。那种黑暗的郁积，教人望穿了双眼，也望不到渴盼的一丝明亮的慰藉。窗台上供着的一束蜡梅送进一缕若有若无的清幽香气，叫人神清气冽。三宝极力劝说如懿将两位太医截下来，向皇帝提嘉嫔可疑之事。如懿思量片刻，终究是觉得不能。皇帝能治太医的不过是一个用药不当之罪。当时胎儿还过大，催产药量用得重些也是难免。而许太医仅仅是见过贞淑，也可说是为她诊病，算不上证据确凿。若是打草惊蛇……不管猜测谁，只有一点疑心而没有证据，也是毫无用处。许太医既是条线索，出宫之后让三宝派人继续留意着便是。

她掐着指甲，感受着指尖触着皮肉的刺痛，冷声道：“要打击一个人，就须彻彻底底，这样不咸不淡一下，费了力气和心思，也没什么大用处。”

如懿守了一会儿，见海兰睡得安稳，永琪也胃口极好，吃饱了乳母的奶水也乖乖睡了，便回到自己宫中去。

夜寒霜重，如懿才下了辇轿，却见一个十几岁的少年在宫门边徘徊不已。几乎是本能一般，她就认出了那人是谁，忙不迭唤道：“永璜！”

那身影惊喜地回首，一下扑进她怀里：“母亲！”

如懿捧起他的脸仔细看了又看：“好孩子！长高了，也壮了，看来纯妃待你很好。来！”她牵过永璜的手便往里走，“外头冷，跟着母亲去里头坐，暖暖身子。母亲叫人给你拿点心吃。”

永璜犹疑片刻，还是摇头道：“儿子在这里站一会儿就好了。”

如懿起疑：“怎么了？”

永璜踌躇着，尽量把自己的身影缩在墙角的阴影里：“儿子……纯娘娘不许儿子来翊坤宫。”

如懿当下便明白了，搓着他冻得冰冷的手道：“来很久了么？”

永璜连连点头：“自母亲回宫之后，纯娘娘一直不喜欢儿子来翊坤宫见母亲，所以儿子只能趁着今晚纯娘娘照顾三弟，才偷偷跑出来。”

如懿明白他的为难之处，柔声道：“那你赶快回去吧，出来久了，只怕纯妃宫里寻起来，知道了会不好呢。”永璜依依不舍地点点头，如懿替他整了整衣衫，呵暖了手道，“赶紧去吧，有空母亲会去见你的。再不济，逢年过节总能见上。你如今在纯妃宫里，她又有亲生的三阿哥，你凡事得格外小心顺从，明白了么？”

永璜眼中有晶莹的泪珠：“儿子明白。”

如懿实在是舍不得，心疼道：“这些年母亲不在你身边，你都这么过来了。你一定凡事都做得极好，不必母亲担心。”

永璜含泪道：“母亲在冷宫的时候，儿子一直牵挂不已。如今能看到母亲万事平安，儿子也放心了，只是……”他低低道，“五弟出生，纯娘娘有些不高兴呢。”

如懿婉声道：“她不高兴她的，你只管你的，好好读书，好好争气。”

永璜点点头，终究还是后怕，匆匆带着贴身小太监小乐子跑着去了。一直走到长街尽头的僻静处，永璜才缓下了气息。小乐子忙道："大阿哥，您慢点儿。恕奴才说一句，今儿您真是犯不上。纯妃娘娘待您好好儿的，您何必还来看望娴妃，若是被纯妃娘娘知道，可不知要惹出多大的是非来。"

永璜平复了气息，冷静道："纯娘娘固然待我好，但她到底是有亲生阿哥的，我能算什么？再好也不过是个养子。可娴娘娘便不一样了，她如今出了冷宫，皇阿玛一定会待她好。若她再度收养我自然好，若不能，我在她和纯娘娘之间左右逢源，也是保全自己最好的办法。"

小乐子看他成竹在胸，仿佛与平日那个安分寡言的大阿哥判若两人，也不敢再吱声了。

如懿回到宫中，想着世情翻覆，亦不免心事如潮，到了二更天才蒙蒙眬眬睡去。

这样过了几日，皇帝为了山西学政一案，亲自去了山西查访。如懿每日照顾海兰，转眼便到了阿箬的头七。

这日黄昏，如懿从海兰宫中回来，一路上软轿迤逦，宫人们见到如懿，都有些避忌地躲开。如懿知道是为了阿箬那档子事儿，宫里风言风语不少。三宝见如懿不悦，便道："宫女太监们胆子小，阿箬又死得蹊跷！而且，今儿是阿箬的头七。头七嘛，鬼魂都要回来的。而且听说火场有胆小的宫人烧纸，结果见到了鬼火，说是阿箬阴魂不散呢。"

如懿最不喜这些鬼怪之言，当下便要发作。骤然间，一个春雷远远打响，惊得满宫神鸦呀呀乱飞，如一道道黑云扑过如懿头顶。抬轿的小太监们吓坏了，飞步便往翊坤宫赶去。

虽然入了二月，京城偏北，地气依然寒冷。殿中用着厚厚的灰鼠帐，被熏笼里的暖气一烘，越发觉得热得有些闷。光线晦暗的室内，紫铜雕琢的仙鹤，衔着一盏绛烛笼纱灯。灯光朦胧暗红，像旧年被潮气沤得败色的棉絮一般，虚弱地晃动。

如懿睡得闷了一身潮腻腻的汗，实在睡不好，她靠在枕上唤道："惢心……"

惢心身体一晃，头碰在墙上醒了。她口中答应着，揉揉眼睛，人立时呆住了。寝殿中有几点微蓝泛白的小星点散落在空气里，像美丽的萤火，幽幽散开。惢心吓得不会说话了，伸了手拼命去驱赶。谁知那鬼火越来越多。惢心害怕极了，双手拼命乱舞。

如懿坐在帐内，也不知她怎么了，便有些不耐烦："惢心，你在做什么？"并没有惢心的回应，似乎有重物撞到桌椅的声音，哗啦啦，又有器皿倒地。

如懿心烦气躁，霍地拉开灰鼠帐，只见满室荧蓝冷焰，如在鬼境。

惢心吓得眼都直了，忽然尖叫一声："慎嫔在焚化的时候就是蓝色的火。有鬼！有鬼！有吊死鬼回来了！"她一边喊一边尖叫着捂住了耳朵，缩到了墙角的紫檀花架后头。如懿彻底慌了神，捂住脸闭上了眼，拿锦被裹住了自己。

惢心的声音惊动了宫人，纷乱间似乎有许多人闯进来，又有人逃出去，是三宝的声音在狂喊："阿箬，是阿箬回来了！"

如懿受了这番惊吓，第二日便起不来身了。满嘴嘟囔着胡话，发着高热，虚汗冒了一身又一身。太医来了好几拨儿，都说是惊惧发热。如懿怎么也不肯吃药，只请了萨满在宫中作法喧闹。

阿箬棺椁冒蓝火的事才压下去，宫人们私下里难免还有议论，如今听着"吊死鬼"三个字，不免让人想起慎嫔便是上吊死的。更加之火场曾有人见过鬼火，越加觉得毛骨悚然。于是，翊坤宫闹鬼之事，便止不住地沸沸扬扬闹了开去，成了宫人们茶余饭后最津津乐道的谈资。

翊坤宫里整日有萨满诡异地舞动着，高声吟唱。这样闹了几日，俗云听着便害怕，简直一刻都不敢离开蕊姬："阿箬来找娴妃报仇了。这些天我们还是别出去了吧？”

蕊姬嗤之以鼻：“你怕阿箬来找我？”阿箬之死，固然是自作孽不可活，可当日如懿下令鞭打阿箬，动手的却是蕊姬，俗云如今想起，怎能不怕阿箬来报仇。蕊姬毫无惧色，仰天冷笑：“阿箬就这么死了，我正不甘心呢，恨不得多抽她几十鞭子。我就等着她来找我，看看我们一人一鬼谁更厉害！”俗云见她如此，只得低头，紧紧跟在了蕊姬身后。

如懿受惊，以往第一个爱看热闹的自然是高晞月，可她听得是阿箬闹鬼，便有些怯怯。反是玉妍颇有兴致，绿筠自然是要去探病的，当着皇后的面，晞月自然不能直说不去。于是便是玉妍笑吟吟挽着绿筠的胳膊，亲亲热热地说着话，晞月只跟随在后。到了翊坤宫外，天色却是无比晴明，和煦春日下湛蓝如窑瓷的天色阔而清亮，白云似偷得梨蕊之白，闲自卷舒，与翊坤宫中喧闹诡异之景全然不符。萨满着镶了各色羽毛的五彩衣，面涂油彩，唱着听不懂的古老腔调，玉妍是北族人，有许多不懂的，绿筠一一解释与她听。

玉妍听得住了，点头道：“闹了这么大阵仗，看来真有鬼火呢。”

绿筠有敬畏之心：“整个翊坤宫的人都亲眼见到了，那还能假？那日可是阿箬的头七，不会是她回来报仇了吧？”

晞月很是不安，半个身子躲在绿筠身后，不满道：“胡说什么。上回说阿箬棺椁起蓝火就够邪门儿的了，现下还闹什么鬼火。”

绿筠知她胆小，听得直摇头：“我看就是皇上不在宫里，阳气不盛，这脏东西就找上门来了。”玉妍见晞月害怕，便不愿意再就着这个话头说下去，只问起绿筠请求皇帝将自己远亲伊拉里氏许配给大阿哥之事如何了，绿筠一心想着亲上加亲，又听玉妍说过永璜娶个小门小户的格格于自己亲生的永璋更好，更要促成此事，想起皇帝已经有几分答应，当下喜欢，二人聊得热络起来。晞月立在翊坤宫门口，进也不愿，退也不是。只听得里头吟唱声更亮，一句一句祝祷隆隆响在耳中，如炸雷一般，扶着茉心的手便快步走了。绿筠犹在讶异，玉妍盯着晞月背影看了须臾，嘴角逸出一丝微凉笑意，又与绿筠说笑起来。

回到宫中，晞月便更有些心慌乏力。彩珠端了常喝的药进来，晞月喝了一碗，只叹自己病根深重，喝了那么多药总不大见效。彩珠忙道："小主，齐太医让人送了酿好的艾叶酒来，请您每日服用暖身。还有这些艾叶，您可以用来浸浴，也可做枕头安枕，还可在殿内殿外焚烧，都是暖经祛寒的。齐太医说了，这比光喝药有用呢。"

晞月记得前几日齐汝是这般提过，当下也赞他心思细腻，调理周到，便依言让彩珠倒了一杯给自己尝尝。那艾叶酒味道颇苦，但晞月知道艾叶性苦，齐汝也叮嘱过，说艾叶逐寒暖宫，温中开郁，对妇人最有益不过，也每常见他用艾条温灸调理，自然十分信服，每日三回按嘱服用。

喝了艾叶酒心思定些，见彩珠出去，晞月便令茉心去点些宁神的檀香。

茉心知她心事，连忙低声安慰："小主别怕，翊坤宫闹鬼火，那也是去找娴妃，和咱们无关。"

晞月想起翊坤宫中宫人们的仓皇脸色，越信那鬼火是阿箬闹的："那她会不会来找本宫？"茉心忙说了几句"阿箬不敢"。说话间见内务府的几个太监送了新做的被枕来，晞月定了定心神，便伸出涂了水红蔻丹的手随手翻了翻道："是什么？"

为首一个太监堆着讨好的笑容，谄媚道："入春了，皇后娘娘嘱咐宫里都要换上新鲜颜色的被褥枕帐，所以内务府特挑了一批最好的来给贵妃娘娘。"

晞月见软枕的枕套都绣着她最喜欢的石榴、莲花、竹笙、葫芦、藤蔓、麒麟的图案，不觉露了几分笑容："这花样倒是极好的！"

那太监笑道："这锦被上的图纹是由葫芦和藤蔓构成吉祥图案，葫芦多籽，借喻为子孙繁衍；'蔓'与'万'谐音，意为万代久长。这个帐子满绣石榴和瓜果，多子多福，瓜瓞绵绵。娘娘您瞧，最要紧的就是这个软枕了，是骑着麒麟的童子戴冠着袍，手持莲花和竹笙，寓意为‘连生’，又有麒麟送子的意思。”

晞月爱不释手，抚着软枕上栩栩如生的童子图样将枕套郑重交到茉心手中：“去给本宫换上这对枕头，里头就将齐太医送来的艾叶塞满，枕着睡觉就是。”她剪水秋瞳盈盈地睇一眼那小太监，“若真应了你们的话，本宫自当好好打赏你们！”

如是几日都是如此，这一日用了晚膳后太阳渐沉，暮色卷着寒意再度席卷宫宇。晞月素性怕冷，沐浴后又叫添上好几个铜掐丝珐琅四方火盆，直烘得殿中暖洋如春。她换了一身浅樱红的海棠春睡寝衣，越发衬得青玉边玻璃容镜中的人儿明眸流转，娇靥如花。茉心轻手轻脚地替晞月摘下一双镏金掐丝点翠转珠凤钗，又取下数枚六叶翡翠青玉点珠钿，双手轻巧一旋便解散了丰厚云髻。她取过象牙篦子，蘸了珐琅挑丝南瓜盒里的香发木樨油，替晞月细细篦着头发。

晞月低声道：“养心殿的小张子和小林子，别忘了送些银子去打点，这些年一直烦着他们在阿玛觐见皇上时提点些消息，可得罪不起。还有，你可仔细些，别教皇上发觉，又恼了！”

茉心答应道：“奴婢知道。您啊别操心那么多事，好好调养身子要紧。您拿艾草浸浴了，这新枕头里又换了干艾叶，您能睡得好些。”

晞月点头，拨着手里的蓝地缠枝花锦珐琅手炉，听茉心有一搭没一搭地说着如懿吓得不敢出门之事，又倒了艾叶酒出来奉上。晞月饮下，颇有些幸灾乐祸，往足下的红雕漆嵌玉梅花式痰盒啐了一口：“艾叶酒味儿怪，喝着倒舒服。本该拿一杯去给娴妃共享，可惜她也没心思喝。”主仆俩说笑一晌，忽听得外头群鸦呀呀，黑羽纷腾哀鸣之声不绝，便有些害怕，“怎么今儿神鸦叫得那么起劲。”

晞月连连追问了几句，双喜在外头道：“小主，今儿是阿箬的二七了。听说天一黑，翊坤宫里门户紧闭，没人敢走动。萨满也跳得更起劲了。”茉心忙赶出去呵斥了双喜两句，直嫌他多嘴，回过神一看晞月，已是面色苍白，喃喃自语：“二七了！那日娴妃受惊见到鬼火是阿箬头七。”

忽然，殿阁里的镂花窗扇被风扑开了，“吱呀”一声，吹得殿中的蜡烛忽明忽暗。晞月吓了一跳，人都坐不住了。茉心也有些不安，忙又燃了一把檀香，伺候晞月睡下了。许是檀香的缘故，晞月很快便入睡了，只是她睡得并不大安稳，翻来覆去窸窣了几回，才渐渐安静。听着晞月的呼吸渐渐均匀，茉心的瞌睡虫一阵阵逼来，将头靠在板壁上迷糊了过去。

也不知过了多久，茉心觉得身前有什么东西在走，她蒙眬着睁开眼睛，却见寝殿的窗扇不知何时被开了一扇，茉心没来由地一慌，见晞月立在窗口，不知是何时起来的。所有的睡意都被惊到了九霄云外，她忍不住问：“小主，小主，您在做什么？”晞月并不作声，只是长发垂落，红衣幽艳，背身对着窗外。茉心秉烛走近，正要询问，忽然晞月转过头来，跟见了厉鬼似的，对着茉心猛地一推，无比惊惧：“滚！阿箬，你来找本宫做什么？滚！”茉心吓得四处张望，殿阁中极静，一点异动也无。茉心稍稍安心些，便道：“小主，没有阿箬，这里哪里有阿箬啊！”

晞月整个人筛糠似的抖着，额头涔涔的全是豆大的汗珠，几缕碎发全被洇得湿透了，黏腻地斜在眼睛上。她哪里顾得去擦，只是颤抖着伸直了手指对着茉心，惊恐地张大了嘴，发不出一点声音。茉心被她指得害怕，忽然晞月朝着她大喊一声“阿箬”，猛地转身，也不顾自己赤脚，胡乱奔了出去。

晞月这一跑一闹，宫人们都被惊动，忙不迭披衣从庑房出来，彩珠指挥着点灯照面，双喜忙堵住了大门不让晞月跑出去。茉心急得根本说不清发生了什么，只顾得喊：“小主梦魇了！快，快拉住小主！”二月的天气，外头地上还结着霜，冻得人直跺脚，何况是赤足。晞月一壁跑一壁单足跳几下躲冷，越发显得怪异无比，彩玥几次冲上去要给她裹上大毛衣裳，可哪里追得上她。咸福宫的院子里乌泱泱挤满了人，茉心情急地唤着晞月，可晞月双手乱挥，止不住地发抖，惊怕地驱赶着什么："阿箬！阿箬！你滚开！不干本宫的事，是你自己找死，你滚开！"

众人都吓坏了，四处去看，却哪里有什么异样。晞月抱着自己的身体打转，颤颤地打了个激灵："你们骗我！你们都骗我！阿箬明明在这里！"晞月指向处，正是咸福宫大门，众人害怕地缩后，让出一条缝隙，晞月死命拉开宫门跑出去，几朵幽蓝鬼火悠悠荡荡飘过，晞月吓得撕心裂肺地尖叫一声，捂住眼睛，一下子瘫坐在了地上，连眼泪都不会流了，"鬼火！鬼火！阿箬，你放过我吧！"众人跑出来，哪里看得到鬼火的影子，只有长街里一下比一下更冷的风，钻着骨头缝，森森地啃啮着。乌鸦呀呀地叫了几声飞过，从天际掉下几片乌黑的羽毛。不知谁低低地说了一声："是阿箬的鬼魂回来了吧。"还是双喜反应过来，严厉呵斥了两声，分辩道："小主怕是中邪了！快，快扶进去！"

宫人们七手八脚地拉住了瘫倒的晞月，往里扶了进去。

这一晚咸福宫中合宫大惊，双喜举着蜡烛下了严令到处搜查，差点把整个咸福宫都翻了个个儿，也没找出是什么东西招得晞月中了邪，哪里找得到半分鬼影。茉心看着样子不对，便要连夜去寻太医。还是双喜见事明白，知道晞月怕是吓着了，一壁去请太医，一壁去把萨满也找来了。

到了天亮时分，晞月好歹清醒了些，拉着茉心的手不放："为什么来找我？阿箬为什么来找我？她不是该去找娴妃的么？是娴妃害死她的，不是我呀！"

茉心为难道："小主，咱们真的都没看到阿箬呀！"

晞月如何忘得了阿箬近在跟前的鬼影诡谲，脸色惨白地尖声道："她是来找本宫的，你们当然看不见。"

茉心只得安慰："双喜去找萨满了，据说昨晚翊坤宫没事儿，可见萨满管用。”

晞月害怕地抱住自己，嘟囔着道：“阿箬来找本宫了，怎么还会去找娴妃！阿箬为什么不去长春宫，不去找皇后，偏来找咱们？”

“皇后娘娘是六宫之首，她的阳气大，什么鬼怪都不敢去找她！”

晞月怕得连眼泪都不会流了，拼命捂住耳朵，激烈地晃着头道：“做鬼也会欺软怕硬吗？分明是皇后也没救她，她为什么只怪我？是了，阿箬一定是怪我当初在长街罚她跪在雨里，又怪我老对她冷嘲热讽，还怪我拿她两个弟弟逼她顶罪！”

茉心被她惊惧的面容吓得快哭出来了，使劲握着晞月的手安抚：“您别说了，别说了。”

晞月想起翊坤宫的萨满法师，忙不迭道：“你去找萨满求符纸来！咱们镇着她！镇着她！”

茉心忙不迭点头，派双喜去求符纸。又让人将寝殿里的蜡烛都点上，亮得如同白昼一般，晞月才稍稍安静。很快齐汝也来把脉，只说是受惊颇重，神思昏乱，并无其他病症，这么一来，人人更以为是中邪。齐汝开了安神方子给晞月服用，又见她赤足受凉，染了风寒，吩咐了艾叶酒继续喝，艾叶也得继续用着。如此忙了一通出来，见江与彬也去翊坤宫请脉，便各自忙碌不提。

遥遥

咸福宫闹鬼之事很快传遍了六宫，玉妍正在用人参熬煮的水浸泡保养双手，听丽心说完，不觉皱眉：“咸福宫也闹上了？”

丽心忙道：“听说贵妃娘娘直喊阿箬追着她，可满宫里没一个看见阿箬的鬼魂。宫里都在传，阿箬追着贵妃做什么，莫不是贵妃害了她？”

玉妍不耐烦再听，吩咐丽心退下，便看贞淑。贞淑比丽心知道得多，便道：“许多前事虽然贵妃不知，但冷宫里的事，譬如给弄了那些寒凉饭菜是您的主意。”

玉妍想起这个就不高兴，彼时她有孕在身，怕贵妃老盯着自己的肚子，不得不当面出了计谋让她去对付如懿主仆分她的心，后来晞月又拿这个事去讨好皇后，只字不提玉妍的主意，都揽了功劳去。玉妍懒得与她撕破面子，也不在皇后跟前提起。

贞淑见她沉吟，以为玉妍担心，又道：“还有冷宫失火的事，虽然是皇后和贵妃的主意，阿箬派人洒的火油，但她们都和您商议过，您都知情。皇上要知道了，您也逃不了知情不报的罪名。”

皇帝若是知道，自然会怪罪她。到时候哪怕有北族这个母族，怕也不能轻易逃过。半晌，她幽幽道：“可要是皇上都认定这些是高晞月做的呢？”

贞淑讶异：“贵妃又不是阿箬，才不会顶这个锅。”

玉妍微微一笑，抬起手放到贞淑捧着的洁白绢帕中，轻声道：“有些事，得找机会和素练商议了。”

服了药养了一日神，歇到次日晚膳时分，晞月终于有力气起来喝粥进食。开春之后，白日里便一日比一日暖起来，雍风暖暖，拂面轻柔。春的生气催得人亦蓬勃精神起来。晞月喝了粥，饮了几口山参鸡汤，总是没什么劲头。她身上一阵阵发寒，就着艾叶酒喝了一盏，犹是不足，又多喝了两口，才觉得有些暖意。茉心伺候着布菜，将她素日爱吃的夹了些，却见晞月瞪大了双眼，那眼球暴突，几乎要落下来了。茉心心里没来由地一紧，四下去看，却看人人都忙活着，都无异样。晞月的嘴皮子不停发颤，喃喃道：“阿箬……阿箬你滚开，你不配跟本宫一个桌子坐着！你走开！”

她那神情，仿佛阿箬就坐在她对面一般。茉心轻声道：“您看到了什么？”

晞月失声喃喃：“阿箬，阿箬穿着红衣红鞋，阿箬对着本宫笑。”

茉心想起阿箬死时的打扮，布菜的手一颤，银汤匙便落在了暖锅里，溅起热汤点点。晞月尖叫一声，掀翻了饭桌。

因着咸福宫索要，又有齐汝再三叮嘱，药房的小太监们夜深仍在忙碌，百子柜上密密麻麻整齐地贴着白纸黑字的中药名，药香袅袅，叫人心思沉静。江与彬为如懿开好宁神安养的药方，便指导小太监们整理翻晒好的艾叶：“这是蕲艾，艾叶中最佳。但西南瘴气之地所产的苦艾要格外仔细，若是混在酒水里，会让人神志糊涂。”小太监很听话，一一记着，笑道：“这些蕲艾都是晒干了给咸福宫用的，奴才马上送去。那些最好的要泡酒喝。”小太监说着从“艾叶”的格子里抓了几大把，泡进了硕大的酒瓮里。江与彬默默注视他做完一切，忽而想起当日听说齐汝吩咐给贵妃炮制艾叶酒那一日，他早已将那“艾叶”与“苦艾”的字牌，悄悄换过，不觉冷冷笑了。

连着数日，晞月总是神魂不定，不是见了阿箬一身红衫坐在床头，便是流着血泪抓着她不放，再不然，就是白日也见了鬼火。咸福宫中人不分日夜在宝华殿焚香祈福，求了一堆符纸回来，又添了许多太监侍卫戍守。可不管如何防范，晞月总是见到鬼影，因惊成病，白日里也觉得眼前阿箬晃悠，不分白天黑夜都点着灯，渐渐熬成了症候。连有人来看时，也吓得只是哭，连句话也说不完整。虽然延医请药，却也实在不见起色。相比之下，如懿倒是好转了许多。自从咸福宫闹鬼，翊坤宫就清静起来，惹得一众宫人私下里议论起来，都说那日阿箬的鬼魂原是要去咸福宫的，结果错走了翊坤宫。更有人说，指不定是晞月背后主使害了阿箬，所以更要找晞月报仇雪恨呢。

如此闹得流言沸沸，皇后怕皇帝回来，听得满宫怪力乱神之语，要怪责自己约束不严之罪。便吩咐了赵一泰严禁宫中再提咸福宫闹鬼之事，又杖责了几个最爱嚼舌头的宫人，才渐渐好了。

这一日，皇后携了玉妍与和敬公主去咸福宫看望晞月，才在咸福宫外落了轿，便见福珈由双喜殷勤陪着，从宫门口送出来拐进了甬道。皇后颇有几分担忧，知道福珈来了，怕是晞月真病得有些厉害。

玉妍扬着手里一方宝络绢子，撇着唇道：“太后也算给足了贵妃姐姐面子，若是臣妾病了，还指不定谁来看呢。”

皇后看她一眼：“越发口无遮拦了。你这直肠直肚的毛病，什么时候也该改改了，也不怕忌讳。”

皇后虽是训斥，那口气却并无半分责怪，倒像是随口的玩笑。玉妍娇俏一笑，便扶着皇后的手一同进去了。

才一进殿，却见硕大一幅钟馗捉鬼图迎面挂着，那钟馗本就貌丑，鬼怪又一脸狰狞。和敬陡然瞧见，吓得立时躲到皇后身后去了。皇后正安抚她，又见宫内墙上贴满了萨满教的各式符咒，连床帷上也挂满无数串佛珠，高高的梁上悬挂着好几把桃木剑，满殿里香烟缭绕，熏得人几乎要晕过去。

和敬哪里受得住这样的气味，一时被呛得连连咳嗽，莲心忙扶着她外头去了。

晞月见皇后进来，挣扎着要起身请安，皇后看她病病歪歪的，脸色蜡黄，额头上还缠了一块金铰链嵌黑珠青缎抹额，两边各缀了一颗辟邪的蜜蜡珠子，不觉好气又好笑："瞧瞧你都丁瘦成什么样儿了！太医来瞧过了没有？"

满室香烟迷蒙，晞月躲在紫檀嵌象牙花叠翠玻璃围屏后，犹自瑟瑟发抖。她泫然欲泣："这本不是太医能治的病，来了也没什么用！"

皇后听着不悦，正欲说话，却见小宫女彩珠端了两盏缠枝花寿字盏来，恭恭敬敬道："皇后娘娘，嘉嫔小主，这是我们小主喜欢的桑葚茶，是拿春日里的新鲜桑葚用丹参汁和着蜂蜜酿的，酸酸甜甜的，极好呢。"

皇后微微一笑："若道调弄这些精致的东西，宫里谁也比不上贵妃。"说罢便舒袖取了茶盏，尚未送到唇边，已然听得玉妍婉声道："皇后娘娘，您如今吃着的补药最是性热不过的，这桑葚和丹参都是寒凉之物，怕是会和您的补药相冲呢。"

晞月本自心神难宁，听得这一句，也道嘉嫔精通药性。皇后赞许地看了玉妍一眼，晞月复又沉溺在惊惧之中，哀哀道："如今皇后娘娘与嘉嫔还有心思记挂这些。臣妾日夜不能安枕，只求那……"她惊惶地看一眼周遭，似是不敢冲撞，低低道，"只求能安稳几日便好了。"

晞月颤颤不语，皇后关切地正要走近，只见茉心端了一盆清水过来，战战兢兢道："恭请皇后娘娘与嘉嫔小主照一照吧。"

皇后奇道："这是什么？"

茉心眼珠子乱转，看着哪里都一脸害怕："回皇后娘娘的话，小主老是见到阿箬在咸福宫，要出入的人都要照一照，免得不干净的东西附在人身上跟进来。"

皇后一听，遽然变色，甚觉荒唐。玉妍满脸鄙夷，嗤笑道："怪力乱神！鬼还没来呢，你们倒都自己把自己吓成这个样子了。"

茉心素来跟着晞月，如何受过这般奚落。只是见皇后也不斥责玉妍，只得诺诺退到一边。晞月一双秋水明定的眼眸里全是血丝，戚戚道："真的！皇后娘娘，阿箬天天都来，有时候站在饭桌旁边，有时站在臣妾床头。"

皇后正色道："住口！身为贵妃，居然在宫中闹这些不堪的东西。娴妃虽也吓坏了，找萨满法师做做法事也就完了。偏你这里这么乌烟瘴气的。"

晞月见皇后动怒，眼中含了半日的泪再忍不住，恣肆落了下来："皇后娘娘，阿箬一直跟着臣妾，您要相信臣妾啊。"

皇后越发不信："本宫已经问过，整个咸福宫除了你压根儿没人见过阿箬，只有你胡言乱语！"皇后正训斥，忽看见盆里烧的艾叶，觉得有些呛人，便问，"怎么烧起艾叶来了？"

茉心连忙点头："回皇后娘娘，这是齐太医嘱咐了为小主调理的法子，是祛寒暖身的。"

"这艾叶是贵妃受惊前送来的，这几日一直点着？"皇后脸上疑色更重，"赵一泰！拿些艾叶来瞧瞧。"

赵一泰拿出没烧完的艾叶踩了踩，晞月嘤嘤泣道："皇后娘娘疑心什么？臣妾的枕头也是艾叶填的。"

玉妍和贞淑细细看了，皆以为是上好的艾叶，绝无差错。皇后才稍稍放心："无事就好。贵妃，本宫也是怕你受了旁人算计。"

晞月惊惶难安地抬起头来，慌不择言道："若说宫里有本事算计咱们的，也就娴妃了。可她自己都受了惊吓，还能做什么。皇后娘娘福气高阳气旺，鬼怪自然不敢来长春宫冒犯，左不过是臣妾这样无能的代人受过罢了。”

皇后的脸色越来越难看，片刻才缓过神来：“你这么说，便是怪本宫了？”

晞月满心不安，泣不成声：“阿箬来找臣妾做什么？阿箬是替臣妾顶罪，可也是为素练和您顶罪。为什么阿箬的鬼魂就抓住了臣妾不放呢？”

皇后惊骇到了极点，不由得柳眉倒竖，斥责道：“你胡说些什么？”

晞月这几日被阿箬的魂魄纠缠，早已吓得昏了头脑，哪里还顾得尊卑规矩，一径说了出来：“当年一心冤了娴妃害死皇嗣，就没皇后娘娘您的功劳？冷宫走水呢？给娴妃的饭菜里弄鬼呢？哪一桩您不知道，您不掺和？还有娴妃被下了砒霜，臣妾一直怀疑是您干的！”

皇后骤然被人如此质问，大为冤屈，气得腔子里一股气乱窜，简直透不过来。素练听晞月说得不堪，往皇后身前一挡：“贵妃娘娘简直是血口喷人！皇后娘娘是什么人，犯得着陷害娴妃害死皇嗣？至于冷宫走水，是您弄来的烟花阿箬洒的火油，娴妃的饭菜也是您叫马公公安排的，如今也敢怪到皇后娘娘头上来！”

皇后气得发昏，好容易定住了心神，冷淡道：“贵妃，从前你偶尔一两句疯话，本宫都不跟你计较。但你敢污蔑本宫，本宫绝不饶你！”皇后话音未落，只见玉妍身形一闪，伸手朝着晞月就是两个耳光。那耳光来得太突然，只听见两声清脆的皮肉相击之声，殿中便只剩下了袅远的静。晞月自侍奉皇帝以来，何曾受过这样的皮肉之苦，一时惊得呆了，不知该如何反应。皇后颇为意外，盯着玉妍唤了一声“嘉嫔”，却也说不出责备之语。

晞月骤然醒转过来，气得面上青红交加，也顾不得身子病弱，挥手便向玉妍扑来，斥道：“北族贡女，也不瞧自己是什么身份，竟敢对本宫无礼！”

晞月是虚透了的人，哪里经得起这般惊怒挣扎，手指尚未碰到玉妍，自己已力竭斜在榻上，喘息不已。玉妍嫣然一笑，朝着晞月施施然行了一礼，如常般淡然自若："贵妃，今儿您病得糊涂了，这样胡乱攀扯的话都说得出来。您做了这六年的贵妃，原来把高氏满门的生死荣辱看得这样淡，随口就想断送了它。您不可惜，妹妹还替您可惜呢。"她含着谦卑神色，向着皇后低婉道，"皇后娘娘，您别与贵妃一般见识。"

皇后嘴角噙着轻淡的笑意，语气带着冰冷的怒意："本宫自然不会与她一般见识。真要闹起来，那是高斌不懂教女，本宫只问罪高斌。"晞月捧着自己的脸，仰面看着高贵如常的皇后，无声地哽咽起来。

如懿扶着惢心的手进了咸福宫的院中，只见和敬公主跟着双喜和彩玥正在玩闹。和敬跑着跑着便有些累了，赌气道："不玩了不玩了！什么老鹰捉小鸡，还不如上回双喜玩那些蛇给我看呢。"

如懿正跨进院中，不觉怔了一怔，与惢心对视一眼，便立住了脚。和敬回过头来，正见如懿，便止了笑，淡淡施了个礼："娴娘娘万福。"

如懿含笑回礼道："公主有礼了，本宫看你和双喜玩得正得趣呢。"

和敬撇撇嘴，矜持道："什么玩不玩的，我是公主，得守着规矩，哪里能整天玩呢。"

如懿见她硬要做出一副大人的样子，也不觉好笑："可不是，跟这些太监宫女有什么好玩的。昨日本宫还听三宝说呢，外头棋盘街上来了个波斯的玩蛇人，一手蟒蛇玩得可好了。听说那蛇比柱子还粗，可是到了玩蛇人的手里，十分乖巧呢。"

和敬不以为然地一笑："娴娘娘就是见识少，棋盘街上的东西也能当件事儿来说？要说玩蛇，现成双喜就是个厉害的，何必去说棋盘街上那些不入眼的东西。"

双喜听公主这般说，不觉吓得一噤，连忙摆手道："奴才那些哪里能看呢，公主是抬举奴才罢了。"

和敬听双喜推辞，有些挂不住脸面：“这会儿倒谦虚了，从前慧娘娘与嘉娘娘都夸你呢。你在火场外头养了好些蛇呢，能引得它们乖乖地游过来游过去，它们可不听你的话？哪天给娴娘娘瞧瞧，也让她不必羡慕外头去了。”说罢，她便走到乳母身边，独自玩去了。

双喜听了这话，恨不得缩到彩玥身后去。如懿浑不在意：“好了，如今贵妃病着，别再说这些怕人的话了。本宫看贵妃病着，也无心顾得到你们呢。对了，贵妃呢？”

彩玥忙道：“小主在里头歇着呢。皇后娘娘正和小主说话。”

如懿便道：“那也罢了，原以为贵妃和本宫得的是一样的病，想过来看看她。彩玥，本宫这里有一本宝华殿大师亲手抄录的佛经，每天念一念倒是很安神。你便替本宫转赠给贵妃吧。”

彩玥忙不迭谢过：“娴妃娘娘真是雪中送炭了，咱们小主得了这个，或许能安心些。”如懿嫣然一笑，深深看了双喜一眼，转身便离去了。

如懿这一来把双喜惊得魂都飞了。

素练安排了莲心与赵一泰送皇后回宫，自己寻了个由头出来，拉住了玉妍便解恨地道：“小主那两个耳光打得好。贵妃胡言乱语，是该清醒清醒。她想胡乱攀扯谁呢？”

玉妍悠然自得，扬了扬手里满绣深紫浅紫葡萄的湖水蓝帕子，笑意盈盈：“她谁都攀扯不上。”

这话便是一颗定心丸，素练满意极了。皇后是贤惠人儿，听了这话只能干生气，不能失了中宫的气度。可玉妍不一样，她是外族女子，又生了贵子得皇帝宠爱，便是皇帝知道了，只当是嫔妃间争风吃醋，不会太放在心上。倒是晞月那里，万一她疯起来连高氏一族都不顾了该如何，总得想个法子，堵住那张张口乱咬人的嘴才好。二人眼神一闪，都是心领神会，还是玉妍有主张：“这张嘴要堵不住，就得让她说出来的话没人信。”她见素练疑惑，索性道，“贵妃已经被吓得神志不清了。她要真疯了，她拉扯别人那些就只是胡说了，没人会信。至于怎么让她发疯嘛……”贞淑上前，轻声耳语几句。素练起初惊骇，越听越是点头。贞淑垂手道：“其实咱们都是糊涂人。奴婢也只是道听途说，从前的人为了求长生不老，嗅了寒石粉焚烧的气味，结果眼前常见幻象，到后来人绵软无力，或言语混沌，跟疯了一样。”素练微微一笑：“那可真是个好东西呢。”

到了午后，外头传消息说皇帝已经从山西回銮，不日就会回宫。晞月想着皇帝回来，阳气振作，心中便添了几分希望，人也振作了些。内务府又新送了一大盒安息香来，说是内务府的调香师傅新配的，新加了一味紫苏，有益脾、宣肺、利气之效，于贵妃玉体最为相宜。晞月正嫌那檀香不能静心宁神，听得这新制的安息香有如此好处，忙叫点上了。果然比以往的更甜润，闻着格外宁神静气。她心下喜欢，吩咐道：“也算内务府用心，只是这样宁神静气的香于本宫身子好。下回按齐太医所说焚烧艾叶之后若有气味，便点这个安息香就是。”

茉心答应着忙活，又在帷帘处疏疏朗朗悬了三五枚镏金镂空铜香球，将安息香足足添了进去，丝丝缕缕缠绕的香气错落有致，幽然如蛇四窜开去。

如此两日，入夜后，晞月服下艾叶酒睡了，却眉头紧锁，满口胡乱呢喃，额上冒着豆大的汗珠。茉心守在一旁，着急唤道：“小主，您醒醒，您醒醒！”

晞月自惊梦中醒来，一摸身上，素色寝衣都汗透了。茉心便递了一碗银耳汤过来：“银耳汤宁神，小主喝一些吧。”

晞月嘴唇上都起了焦皮，勉强喝了一口，惶恐地抓住茉心道：“我又梦到阿箬了！茉心！我又梦到她了！”

茉心慌兮兮道：“小主，您别说了！梦里的事不作数，可咱们宫里出事了，双喜被进保公公带走了，一直没回来。奴婢让人去问，只说双喜偷了东西。”

晞月吃力地拍着床沿，扬声道：“进保那阉货是李玉的徒弟，凭他也配带走双喜，皇上都没回来呢。”

茉心犹豫片刻，含泪别过头：“皇上已经回来了。正在长春宫呢。”

晞月一张脸本就熬得干瘦，颧骨高高凸起，此刻更是煞白可怖，她大吃一惊，背靠着床喘息着道：“皇上回来，我怎么不知道？为什么没人告诉我？那正好，我去求皇上放了双喜，什么了不得的事！”她说着就要起身，“快扶我起来，我去瞧瞧。”

“皇上一回来就去了娴妃那儿看望，此刻在皇后娘娘宫里。”茉心忙忙拦住，“小主，双喜知道咱们不少事情呢，再不行让老大人想想法子，务必得救出双喜来。可如今您不能出去！”她看了看外头墨黑天色，低低道：“外头天都黑了呢。”

晞月吓得浑身一颤，眼珠子骨碌碌望着四周，也顾不得双喜了，忙缩在了床角，颤声道：“天黑了！阿箬要来了！我哪儿也不去！我……我明天去养心殿吧。”

皇帝自回来与如懿说话，心中便明亮了几分，到了皇后宫中，问起晞月病况，皇后总以“心病”二字论，皇帝心中更是跟明镜一般。“朕不信鬼神之语，多半是有人心虚，自己吓自己。朕只是想知道，同样是闹鬼，为何娴妃几日就没事了，贵妃却缠绵病榻。”又吩咐皇后少去理会贵妃，免得沾了晦气，自己也不愿踏足咸福宫半步。皇后答应着，望着暖阁中二人画像，轻轻依着皇帝，皇帝只低头饮茶，似乎沉思。半晌，皇帝才温言道：“原本贵妃可以替你分忧。如今她病了，嘉嫔为朕生下登基后第一子，功勋卓著，便让她晋封妃位帮衬你。”皇后心喜玉妍直爽忠心，如何不答应，便替玉妍谢恩。皇帝又将高斌今日两桩差事当得不好，打算重用讷亲之事说了，见皇后神色平和，皇帝心下略宽，也欲打算提一提皇后弟弟傅恒的官职，让他好好办事。皇后如何不高兴，夫妇二人说了一晌，便也安置了。

这一夜审问双喜，是毓瑚亲自主持，待皇帝出长春宫时，毓瑚已经有了结果，如懿被害之事双喜所知不多，倒是将高斌父女私下结交御前的人传递消息的事问得一清二楚。皇帝素知为了邀宠，无所不用其极，但自己一手提拔重用的臣子、自己宠爱的妃子都这般窥伺心意，如何不惊怒交加，立刻便吩咐李玉带着小张子、小林子在养心殿外叫众人看着，乱棍处置。

趁着日色明亮，晞月顾不得身子，一早便赶到了养心殿。李玉在滴水檐下迎候着，十分恭谨："贵妃娘娘且先回去吧。双喜的事，怕是求也不中用了。"

晞月如何碰过这样的软钉子，当下不悦道："双喜犯了什么事，连本宫的话也不中用了？"

李玉笑吟吟地道："回贵妃娘娘的话，双喜手脚不干净，趁着您吩咐来养心殿送东西时，顺走了一块先帝爷用过的玉佩，昨儿奴才拉他进了慎刑司，才受了十二道刑罚，他便都招了。按着皇上的旨意，已经叫乱棍打死了。"

晞月气得嘴唇哆嗦："什么玉佩，怎的本宫都不知道？"

李玉弯腰赔着笑道："贵妃娘娘病着，精神不济，自然什么都不用知道，免得伤身。皇上还说了，一切与您不相干，您且回去歇着就是。皇上得空，自然会去看您的。"

晞月迫近两步，急道："那双喜死前，招了些什么？"

李玉皮笑肉不笑，扬了扬拂尘道："能招什么？做了什么便招了什么罢了。贵妃娘娘，这里风大，您且回去吧。"他定一定神，又笑，"奴才们的事再大也入不得主子的眼，贵妃娘娘不必揪心，再挑好的来伺候您就是。就好比……"他一顿，笑得灿烂："皇上跟前伺候的小张子和小林子，今儿一大早也被乱棍打死了。不为别的，就为立个规矩，叫他们不许乱递消息。自然了，这都是奴才的不是，总怪不到皇上身上去。您哪，好自珍重就是。”

晞月听着这话明是劝慰，里头却夹杂着不少自家隐事，一时心神大乱，脸上青一阵白一阵，眼前金星乱冒，勉强扶了宫女的手走了几步，只见眼前无数个阿箬的身影呵呵怪笑，围得她寸步难行。晞月失声大叫：“阿箬！阿箬！”仿佛有阿箬凄厉的控诉在她脑海中死命地钻：“玫嫔和仪嫔的皇嗣可不是我害死的，你却逼着我替你认了，你说我冤枉不冤枉？”

晞月跌跌撞撞，在人群中疾行几步，险险摔倒在地。李玉赶忙扶住，晞月惊恐地推开，虚弱地喊：“是我害的，是我害死了他们！”

晞月身子一晃，径自晕了过去。

如懿听着养心殿外的动静，捧了一盏杏露莲子羹到皇帝跟前，婉声道：“既然贵妃突然晕厥，皇上不妨先让人把她挪到偏殿休息吧。”

皇帝定定道：“朕不想见她。”他接过杏露莲子羹，看了一眼道，“是杏露莲子羹？”

如懿脉脉睇他一眼，温然含笑：“莲心苦寒，过于伤身，臣妾已经剔干净了，只剩下清火的功效。杏露入口清甜，正好润燥安神。臣妾想，皇上此时的心情，喝这个最好不过。”

皇帝的脸色冷得如一块化不开的寒冰，指着桌上的几页纸张道：“该吐的双喜都吐干净了。这是供词，你瞧瞧。”

如懿细细看完，立在皇帝身边，似乎这样切近才能让她安心说出心底的疑虑：“仪嫔宫里闹蛇的事双喜全不知情，但冷宫里闹蛇他认了是自己做的。这好生奇怪，他犯了那么多错事，为何只这一件不认？”

皇帝嗤之以鼻：“或许双喜帮高氏做的错事太多，自己也不记得了。既然都是蛇，即便不是他做的，哪里能脱得了干系！”

如懿只得默然不提，又道：“冷宫失火、为臣妾下了寒凉饭菜害臣妾风湿两事太过简略，一笔带过，反而是闹蛇和殴打凌云彻的事无比详尽。”

“双喜语焉不详，也不是事事都清楚。阿箬身死，高氏畏惧至病，实在可疑。朕若不查她，后宫里议论纷纷，没个休止。”

如懿沉默片刻，轻声道：“双喜只知道阿箬是受了高氏的指使冤枉臣妾，还塞了朱砂，也是她买通小福子、小禄子害了玫嫔和仪嫔的皇嗣。臣妾只是奇怪，高氏在鱼食里下朱砂害玫嫔时她已有五六个月身孕，仪嫔是住进臣妾宫里高氏才在鱼食和红箩炭里下的朱砂，一个月后仪嫔就小产了。”皇帝的眉心积蓄着疑惑，却不敢让它更多，如懿却不肯这样回避，“这朱砂毒性就这般厉害，短短一两个月就可以将胎儿毒害成鬼胎或是胎死腹中？”

皇帝的沉默如山，带着一重重的压抑。良久，他才徐徐道：“高氏狠毒，下的分量不轻。小福子、小禄子两兄弟和小安子家中银两都是来自高氏，若不是她做的，何必要去收买？便是小福子和小禄子的家人都是高斌去寻回来的，难怪他俩这么卖命。”

如懿再三摇头，忍不住道：“臣妾总觉得高氏虽然做事狠了些，但未必有这样周全的智谋。而且高氏依附皇后……”

皇帝眼神忽地一跳，轻轻按住如懿的唇，牵了她的手在榻上坐下，郁然道：“皇后与朕是结发多年的夫妻，朕实在不愿信也不敢信那些事与她有关。如今没有一条证据真正指向皇后，若贸然去查皇后，会惹得人心浮动，江山不安。”

如懿低低垂首，伏在皇帝肩上，眼波似绵，丝丝媚然，绵里却藏针：“皇上的心胸里有江山万代，臣妾的心胸里却只有皇上。所以，臣妾听皇上的。只是高氏残害皇嗣，多次意图杀害臣妾，皇上打算如何处置？”

皇帝的手搭在她肩上，有温热的气息从他掌心隔着薄薄的春衫缓缓透进：“朕一直以为高氏只是爱任性、爱撒娇，却不想背后竟是这个样子。朕实在是失望，会将她囚禁咸福宫自生自灭。可是如懿，她的阿玛高斌并无大错，又是朕在朝堂上的可用之人。朕不能因为他女儿的过失而迁怒于他。所以对着外头，朕不会给高氏任何处罚，她也依旧会是朕唯一的贵妃。”

薄薄衫儿下有滚热的心跳，不，怎能这样轻易放过？如懿抬起眼，目光坚定而执着：“高氏不受责罚，难平臣妾蒙冤之恨。”

外头春光初绽，如一幅锦绣画卷，初初绽放华彩。皇帝便在这朝阳花影里，轻轻拥住她，许以她冰寒仇恨中的安慰：“高氏病痛缠身，生不如死，朕不会再让太医去治她。如懿，你出了冷宫，得空也召你家人见面，叙述离情。愉嫔出了月子，明日朕就让人把永琪抱来给你抚养。”

如懿默然叹息，笑里含了薄薄的喜悦：“多谢皇上体恤。”

皇帝慨叹道：“其实你再喜欢永琪，他到底不是朕和你亲生的。朕一直很想和你有自己的孩子，才当是朕的用心有了最能着落的地方。”

叁 两心

二月的春光是枝丫上新绽的一点嫩绿的芽，一星一星地翠嫩着，仿佛无数初初萌发的心思，不动声色地滋长。她伏在皇帝心口，听着他沉沉的心跳，似乎安稳地闭上了眼，有了几分感动。这么多年的深宫岁月，她所祈盼的，其实与凡俗妇人并无任何不同。夫君的关爱疼惜，儿女的膝下承欢，如同这世间每一个女子的渴望。若真有不同，或许是她更早地明白，早到也许是在初初嫁为人妇的时候，她便清醒地知道，她从不能拥有自己夫君的全心全意。钟鸣鼎食的王侯府第，朱门绣户的官宅民苑，哪怕只是多了几亩田地的富户农家，也会想着要讨一房妾室。三妻四妾，旧爱新欢，凭着她的家世，无论嫁到何处，都脱不了这样的命数。

虽然她没有孩子，虽然她是那样渴望孩子，可皇帝，到底是以另一种方式成全着她，安慰着她。如懿以轻柔之音相对："那么，臣妾也用心弹奏一曲，回报皇上。"

皇帝素性雅好器乐，养心殿暖阁中便有上好的宋琴"龙吟"，如懿原是弹得惯了，便取下轻拢慢捻。琴音宛若春雨打破一池春水，渐弹渐高落后琴音渐渐舒缓，愈来愈低好似女子在花树下低声细语，相对言笑。

皇帝闭目须臾，轻声道：“是李之仪的《卜算子》。”

“是。”如懿素手轻扬，衣袖的起伏若碧水三尺，飘飘若许。伴着琴音潺潺，她轻声吟诵：“我住长江头，君住长江尾。日日思君不见君，共饮长江水。此水几时休，此恨何时已。只愿君心似我心，定不负相思意。”

皇帝睁开幽深的眸，怜惜地望住她：“朕与你并无相隔，何来这样日日思君不见君之意？”

悠长的羽睫垂下如扇的浅影，遮掩着绵绵不可言说的心事。如懿低低道：“前头的都不要紧，臣妾只在乎一句。”她微微凝神，正欲言说，皇帝却也同时道：“只愿君心似我心，定不负相思意。”这一瞬的心意相通，让她稍稍有些安慰：“臣妾知道皇上有太多人太多事，臣妾亦不敢妄求贪多，只求这一句便好。”

皇帝的眼中有深深的情意，如同最温暖的泉水，将人都溺了进去：“朕或许宠幸你不是最多，那是因为朕是皇帝，朕也无法做到最多或是最好。但是如懿，朕希望和你长长久久地走下去，那才是朕真正不负了你的相思意。”

琴声袅袅，浮上心头的情意，亦是袅袅。皇帝言毕，铮铮琴音已然奏起。她的双手游移于琴弦之间，修长洁净的指，指节分明的骨，缓缓弹奏吟诵：“车遥遥，马憧憧。君游东山东复东，安得奋飞逐西风。愿我如星君如月，夜夜流光相皎洁。月暂晦，星常明。留明待月复，三五共盈盈。[①]”

唇齿间反复吟诵，寻觅着依稀可知的温情，借以安下自己飘摇不

① 出自宋代范成大《车遥遥篇》，写夫妻如星月皎洁辉映成天之佳偶。

定的一颗心。她投入他怀中，眼中有了温煦的热意：“愿我如星君如月，夜夜流光相皎洁。”

回到殿阁中已经是三更，侍寝后的疲倦尚未消除，如懿泡在浸满玫瑰花的黄杨浴桶中，以温热的水来疏散身体与心思的疲乏。惢心一勺一勺地替她加着热水，如懿闭着眼静静道：“惢心，辛苦你和江与彬了。”

惢心细长的手指捞起片片殷红的玫瑰花瓣，反复替如懿按着雪白的肩，口中道：“心虚之人自作自受，咱们没什么辛苦的。”

如懿将身体浸得更深些，让热水漫到了下颌，才舒然松了口气：“阿箬死前穿上红衣红裤，只为化作厉鬼找我报仇！可世上何来鬼怪，我就顺水推舟。”

“咱们宫里闹鬼火，那星许磷粉是掺和在宫灯蜡烛的中间一段。夜深蜡烛烧了一半的时候里头的磷粉也会跟着烧起来，人人都以为是阿箬回来。也亏得小主一早就安排三宝在阿箬的棺椁里撒了磷粉生起事端，让人相信阿箬死后化作厉鬼寻仇。”惢心抿嘴一笑，带了几分得意，“而太医院送去咸福宫的艾草，用的都没问题，唯有艾叶酒里的艾叶早被江与彬换成了相似的苦艾。那苦艾服下后会令人产生幻觉。”

如懿赞许地拍了拍她的手背：“心魔由己生。高晞月要不是害了玫嫔和仪嫔的龙胎，逼着阿箬顶罪，又怎会被吓得疯疯傻傻。这辈子高晞月最在乎身份与恩宠，永远都要胜过我。如今她恩宠断绝，身份只成了空衔，也算罪有应得。”

氤氲的水汽扑腾上来，将如懿的脸蒸得嫣红如霞，可她的眉心却渐渐紧锁成个“川”字，她狐疑着道：“惢心，虽说皇上已经处置了双喜，可我心里总有个疑影儿。既然双喜会驱蛇，为什么当日仪嫔遇喜时，她所住的景阳宫的油彩里掺着会引蛇的蛇莓汁液？这样做岂不多此一举？”

惢心侧首想了半日：“双喜会驱蛇，若说懂这个，也说得过去。”

如懿伸着三寸长的水葱似的指甲，划着黄杨浴桶，那轻微的触碰声如她不能平复的心境："高晞月为求争宠曾想让仪嫔也搬去她宫中，若仪嫔被蛇惊动胎气之事是她指使双喜所为，她要仪嫔去她宫中安胎，若有何闪失，岂不是自寻麻烦？难道那时候她还没想害仪嫔的龙胎？"

惢心听得入耳，苦苦寻思："是有些蹊跷。难道是皇后？……"

如懿百思不得其解："但若是皇后害的仪嫔我也不信，皇后想亲自抚养仪嫔的孩子，又怎会下手暗害？可海兰分明告诉过我，贵妃自认那些事自己有份，皇后也有份。"

惢心连连顿足，惋惜道："只可惜这次的事双喜供不出皇后来，否则也还好些。"

温热的水舒散了紧绷的心神，如懿漫然出声："双喜不过是高氏的奴才，怎么会知道皇后的事。若真要找到能动摇皇后在皇上心中地位的证据，只有真正与皇后密谋过的那个人才说得出来。"

惢心思量着道："小主的意思，是……高晞月？"

如懿撩起一点清水洒在自己的手臂上，朗然道："是啊。可惜，还不是时候，而且这个时候高晞月所说的话，皇上也必定不会相信。咱们只能等等了。"

惢心不甘道："那得等到什么时候啊？"

如懿望着殿阁里跳跃的烛光，微笑道："人之将死，其言也善，才能振聋发聩啊。"

皇帝自晞月被送回宫就下了旨意，不许她出宫，否则就问罪咸福宫上下。待到无人时，皇帝仔细看着双喜的证词，抬首问毓瑚："那些语焉不详的地方都是你抹去的？"毓瑚颔首称是，只道涉及中宫，不该为人所知。皇帝自然知道她是为自己好，也是为了护着皇后，心中却不觉一阵阵发凉，就像幼年时孤身在圆明园迷了路，那分明是熟悉的地方，却隐隐不似从前，不知该从何处回去。皇帝闭目片刻，摇头道："荒唐！那是朕的皇后，怎会做这样的事？"

这话问完，毓瑚也不敢言语。皇帝心中明白，从前或许没有，但端慧太子薨后，给娴妃弄的那些寒凉饭菜，对贵妃在冷宫纵火的事知情不报，行各种方便，都有皇后亲自参与。便是娴妃入冷宫那时，素练和赵一泰寻了不少证据，皇后也力主除去娴妃。如此种种，他如何不记得、不惊心？他黯然已极，那声音低如讷讷：“皇后不喜如懿，无非是朕曾选如懿为嫡福晋。永琏离世后，皇后更是心性大变。或许再有个嫡子，皇后会变回从前那个贤惠大方的女子。”

毓瑚想说什么，终究只能无言。她心知皇帝对结发夫妻的看重，也盼早日再有个嫡子，夫妻如旧才好。

晞月自回咸福宫，病势便越发沉重。原先不过是说看见阿箬，不知怎的，连死去的仪嫔也看见了。有时白日里自称见了仪嫔，便是疯魔般喊叫：“仪嫔！仪嫔！你不去和你的孩子团聚，来找我做什么？啊！我没有存心要害死你的孩子，我只是想你生个笨笨的孩子，不想你借着儿子动摇我的地位，我没想过你会死啊！只是那么一个月的朱砂，怎么你的孩子就没了。”

如此事情败露了大半，连齐汝也不来了，几乎没个像样的太医好生医治。一来二去，晞月便真成了大症候，连外人看着，也知道不过是在拖着延命罢了。而皇帝，虽然屡屡派人慰问，却再未去看过她一次。情疏迹远，便是如此。

玉妍来陪着皇后时便道：“自从双喜死了，贵妃的病势越发沉重，时常疯言疯语，居然连死去的仪嫔也看见了。而且皇上回宫后从未去看过贵妃，圣心如此，只怕双喜死前说了什么不利于贵妃的话了。”

皇后甚是吃惊，乍听之下以为双喜帮着贵妃污蔑自己，如何能忍，还是玉妍劝解：“那倒不会。否则皇上怎还会日日来看娘娘，便是臣妾想来也没被诬陷，要不然臣妾哪里还能有封妃的指望。”

皇后这才舒一口气，其实平心而论，晞月追随自己多年，许多事自己未曾想到的，她先赶着做了。虽然做得不够圆满，但心意总还不错的。如今病成这样，神志昏聩，也着实是可怜。她心软不过片刻，玉妍便满脸愤愤：“就因为娘娘疼她，才纵了她的性子。娘娘细想，为何贵妃会看见死了的仪嫔和阿箬，逼死阿箬的分明是娴妃，仪嫔也是死于产后失调，追根溯源是在娴妃啊。”

皇后细思之下，神色越来越沉，她怒到了极点，几乎要拍案而起：“难道仪嫔是被贵妃害死的？那仪嫔的龙胎，玫嫔那个孩子……”

玉妍绞着绢子，一下又一下，似乎鼓足了勇气，才敢道：“恐怕都是贵妃下的手。”

素练眼巴巴地看着皇后，又看玉妍，几乎倒吸一口冷气：“难怪她那时找来人证咬死了是娴妃做的，原来她才是害人的凶手，急着栽赃嫁祸！”

玉妍一身水蓝色衬衣清清爽爽，只打了一圈暗蓝的流水绣纹，简单拢起的发髻上只一块青玉扁方，淡淡缀一串珠络，一张天生明艳的面庞也素净无妆，甚合皇后简朴之意。她说话也直截，毫不掩饰：“贵妃一向视娴妃为死敌，这一招就叫借刀杀人。咱们都被贵妃骗了啊！”

皇后大怒不已，一掌重重击在案上，震得手腕上的银镯猛地一跳。皇后喝道：“这个贱人！枉费本宫疼她，处处护着她，竟连皇嗣也敢谋害。”

玉妍忙为皇后揉着手心，追了一句：“臣妾看贵妃就是自己无子，所以嫉妒。”

说到无子，几乎是立刻击中了皇后的心脏。皇后盛怒的面庞露出几分无助的惶惑。素练赶紧从玉妍手中接过了皇后的手，安抚似的握着：“皇后娘娘就是宅心仁厚。如今皇上都不肯去看她，只怕是查到了贵妃谋害皇嗣的事。那您更不必管她了，由着她自生自灭吧。”

玉妍满面堆笑，贴心贴肺：“素练说得很是。至于娴妃，虽然皇嗣不是她害的，但当年借大阿哥争宠妄图夺嫡总是真的，进了冷宫后心怀怨恨诅咒端慧太子也是真的。如今娴妃又要抚养五阿哥，这个女人不得不防。”

皇后听得入耳入心，如何不感叹玉妍贴心。皇后拨着手上的素银护甲，沉吟着吩咐贵妃家中探视也要婉拒。若送东西来，就都送到贵妃床跟前儿，也好提醒着贵妃，她家里是还有人在的，不要胡言乱语。素练立刻答允了，少不得另寻些事说了哄皇后高兴：“皇后娘娘，蜀中新贡了一批颜色锦缎，花样儿可新奇呢，说是比前明的灯笼锦[①]还稀罕！内务府总管已经来回禀过，让咱们长春宫先去选一批最好的用。”

皇后微微低首，看着身上一色半新不旧的双色弹花湖蓝缎袍，正色道：“蜀锦价贵难得，更何况是胜过灯笼锦的。本宫一向不喜欢这些奢靡东西，嘉嫔素爱这些，你送去启祥宫一些，给她来日封妃添些喜庆。”

皇后扶了扶鬓边摇摇欲坠的绢质宫花，凝神片刻，道：“不过双喜到底有没有扯出咱们，除了皇上谁也不知道。这些日子咱们只能万事更得皇上喜欢，不能有一点不足之处。对了，长春宫上下已经月例减半，你告诉内务府，往后一年长春宫上下从本宫和你开始都不领月例，尽数捐去河工帮补。”

素练心疼皇后如此克己，只得道：“娘娘用心良苦，已经够为难自己的了。且不说别的，长春宫上下从娘娘开始，到底下的宫人，素来连月例都是减半的。”

皇后也不放在心上，只道：“你们都在宫里，没个花钱的去处，月例少些也不妨。且不说别的，外头的名声，可是使银子也不能得的。”

如此，玉妍少不得也奉献些，学着皇后以身作则，捐出半年月例帮补河工。

皇后看一眼窗台上新供着的迎春花，笑意盈然：“春来花多发，你

---

① 因以金线织成灯笼形状的锦纹，故名灯笼锦。纹样以灯笼为主体，饰以流苏和蜜蜂。流苏一般是谷穗的变形图案，代表“五谷”。蜜蜂的“蜂”、灯笼的“灯”与“丰”“登”是谐音，这样便联成“五谷丰登”的吉祥语。

出去时告诉赵一泰，明日本宫想去坤宁宫好好祭神参拜，也好祈求后宫安宁，贵妃早日康复吧。”

素练出了长春宫，沿着长街要拐到内务府去，玉妍跟着过来，拉住了素练：“皇后娘娘要节俭，一味拿你们作筏子做什么。皇后娘娘什么都不缺，又有母家的进献，少了一年月例没什么，你们可都是要养家的。”她走近些，亲热道，“你额娘的痨病少不得用钱吧。若是还要用人参吊着，你尽管来告诉本宫。”

素练眼圈一红，转过头低叹一声道：“都是奴婢命苦罢了，额娘得了这么个富贵病，光凭奴婢的月例银子，够买几支参请几次大夫的？还好额娘身边有老夫人叫人照顾着，可也不能老向主子伸手呀。说来皇后娘娘更委屈，一味慈心得了贤良名声，可苦了自己，连二阿哥那儿伺候的人也不足。”

玉妍打量着素练的装扮：“说是伺候中宫的，可你们穿的戴的竟比那些伺候贵人小主的都不如。当然了，这些都好说，可照顾娘家也得自己有点银子才好。”说着又叹，“好丫头，难为你一片孝心。”

素练忙按下悲戚之色，强笑道：“都是奴婢不是，又对着小主诉苦。自从奴婢的额娘得了这个病，都不知道用了小主多少山参和银子了，怕奴婢几辈子都还不清。”

玉妍忙牵住素练的手，推心置腹道：“旁人不晓得，你还不清楚本宫的脾气。本宫素来是个眼里容不得沙子的，凡事只讲缘法二字。若是不投本宫的缘法，便是什么宠妃小主，本宫都不理。可你不一样，打从本宫进潜邸，咱们俩便投缘。本宫的母家没什么别的，就是山参多些。至于银子，只要本宫喜欢，用在谁身上不是一样！”

素练见玉妍雪肤花颜，对着自己又这般体谅，心中越发感激，恨不得立时跪下磕头：“奴婢一直伺候着皇后娘娘，可心里也当小主是自己的主子，若能为小主尽心一日，也不枉小主这么厚待奴婢了。”

玉妍忙拉住了她，牵动绿云鬟上的金粟宝钿红纹钗颤起细细的翠玉叶滴珠，玲玲有声。她娇声道：“快别这么着。这些年你对皇后尽忠，也为本宫做了不少。玫嫔与仪嫔的孩子死于非命，若没有你得力查出是娴妃所害让她进了冷宫，皇后娘娘也不能高枕无忧啊！”

素练忙道：“奴婢能知道什么，要不是阿箬来投诚时小主暗中提点要从玫嫔和仪嫔的日常饮食所用上着手去留心，奴婢根本查不出来。只是这样天大的功劳，小主却一直隐瞒不说，也不许奴婢提起，只教皇上以为这些都是皇后娘娘和慧贵妃的功劳，真是委屈小主了。”她顿一顿，颇为埋怨，“前些日子皇后娘娘去看慧贵妃，贵妃还这般胡言乱语，要不是小主一个耳光下去，谁知道她又要胡说些什么呢。说来皇后娘娘也是，许多事都是小主和奴婢办下了，皇后多不知道，希望她日后能理解奴婢的忠心、小主的苦心便好。”

玉妍眼神一跳，摇曳如火焰，很快笑道：“本宫是北族来的，能在宫中得些福泽，都是因为皇后娘娘的照拂，怎能不为皇后娘娘尽心。只有皇后娘娘稳居中宫，咱们才能安稳啊。切记切记，咱们做奴才嬖妾的，只需悄悄为娘娘打点，切不可露了聪明自招祸患。”说罢，玉妍伸手取下髻后一枚双鹊戏红莲金梳背，上头满满填着玫瑰金宝粟，红莲以红玛瑙琢成，缀以绿松为田田莲叶，青金宝石为波縠，镂金丝双鹊交颈仰首，一看便知是名贵之物。她递到素练手中，拿衣袖一掩，笑道：“你的心本宫都知道，宫里人多眼杂，快别这么着了。”

素练热泪盈眶：“小主对奴婢的好，奴婢心里都记着。”

玉妍眉眼弯弯，笑语宽慰道：“好了。你这样，叫人看到也不好，倒误了咱们一场情分。”素练想了想，道：“还有一事，皇上是不会去见贵妃的了。寒石粉难得，只怕不能一直供应给贵妃那儿。掺在安息香里，久了也怕叫人发觉。”

玉妍自然知道寒石粉难得，不能久撑。晞月神志糊涂，断了也罢。素练连连道谢，眼见着无人，赶紧去了。到了夜间，又是玉妍侍寝，皇帝素来喜她俏皮妩媚，她虽生子，可身形依旧宛如少女，两情密好，恩眷更是深厚。

这一日天朗风霁，皇后领着合宫嫔妃前往坤宁宫参拜。待到礼毕，逢着旁人不注意，如懿便见到了戍守在宫门外的凌云彻，她含笑道："事已办妥，你总该放心了吧？虽然你所求的魏嬿婉还在花房当差，但只需往各宫送送花草，不必再辛苦莳花弄草了，这样你还满意吧？"

云彻喜得直搓手："微臣谢过娴妃娘娘大恩。"

如懿仰起脸，看着碧蓝高远的天空，唇角含了浅浅的笑意："若要言谢，本宫的性命数次都是你救的，此时只是还报你少许而已。"

云彻诚挚道："娘娘所说的一点点，对嬿婉和微臣而言，已经是大恩了。"

如懿笑时嘴角微微一掀，仿佛是冷淡，却带着热切。她听出了几分意味："看来那位姑娘已经回心转意了。你高兴得很啊。"

云彻有些不好意思，耳后根都红了一片，亦是感叹："嬿婉说起来那件事，总是感慨自己的身世，说是身不由己。其实像微臣和嬿婉这种汉军旗出身，想要挣个好前程不让人瞧不起，也实在是难。微臣知道，有些事是难为她了，但是过去，便也过去了。"

如懿微微颔首，明澈眼眸中尽是了然的懂得："其实说起出身，谁不是一样呢，都得靠着自己。凌云彻，本宫已经替你想过了，只要你愿意，再过几年，你有些出息，她也能攒下点资历，本宫就可以替你们俩许婚，成全你的心意。哪怕是汉军旗包衣奴才的出身，只要夫妻一心，同心向上，又有什么可愁的？"

云彻大喜过望："娘娘说的可是真的么？"

如懿的唇如柳梢之上的新月，盈盈生辉："只要你们心意如一，本宫言出必行。"

时光荏苒，海兰身体渐渐养好，只是身上的纹路用尽方法也难淡去，不好再侍奉皇帝。因而虽生了皇子，宠眷却大不如前了。幸而永琪乖巧可爱，皇帝爱子，倒不算十分冷落海兰。如今宫中得宠的，也便是如懿、玉妍与意欢了。玉妍因着永珹讨皇帝喜欢，她的性子本就妩媚娇俏，雨露之恩便格外多。到了春来属国来朝之时，皇帝便又晋了她的位分，封了嘉妃。如此一来，竟与如懿和绿筠并列了。

众人虽然知道金玉妍恩深眷重，但三妃之中唯有如懿未曾生养。而晞月病重，如懿也是仅次于皇后而已。但皇后却对玉妍格外另眼相看，对她所生的永珹更是喜爱。玉妍生性最好脸面不过，得皇后这般抬举，如何有不趋奉的，便也常常逗留在长春宫中。

这一日细雨霏霏，因着入了春天气和暖，空气里倒是带着桃花饱蘸雨露后的缠绵而蓬勃的香气，好像整个肃穆沉沉的紫禁城，也被点染成了氤氲的粉色。

如懿刚带着乳母抱了永琪从延禧宫出来，想着海兰身上一直未能痊愈，心下愈是难过，幸好永琪长得壮健，海兰看见了也甚是高兴。

海兰虽然晋封了嫔位，但到底出身低些，孩子只能养在如懿名下，母子分离。于是如懿常常把永琪抱去给她看，才稍作安慰。即便如此，无人时海兰依旧垂泪：“姐姐，生永琪的时候几乎要了我的性命，这几年怕也不能侍寝。即便侍寝，皇上一看见我身上这些斑纹，怕也嫌恶。幸好永琪养在姐姐膝下，我才能放心些。”

如懿无言可以安慰，只得道：“你也别伤心太过了，终究还有永琪呢。”

海兰虽然伤心，但缓和神色后便生了沉着之意：“我当然不会伤心太过，即便拼着以后再不能侍寝了，只要有姐姐和永琪，咱们总有法子站得更稳。”

宫中的日子悠长而寂寞，唯有海兰这般沉到谷底而不言败的勇气，才能一同并肩抵过岁月粗糙的磨砺。

如懿漫漫想着，回过神时已走到了长街，只见细雨飘零，天地间便如洒下一匹透明的洒银缎子一般，细细软软，无边无际。如懿正嘱咐两位乳母拿伞遮严了永琪防着被雨淋到，侧首却见前路的转角处，凌云彻正撑着一把油纸大伞，小心护着一个双手捧着黄牡丹的宫女。他们的神色都是小心翼翼的，可彼此眉眼间却都是深深的欢喜。仿佛这样走在雨下，便是人生极快乐的事情。凌云彻一心护着那宫女，自己的肩上全都湿了也未察觉，只细心叮嘱她："仔细脚下，仔细滑。"那宫女回过头，朝着他极明媚地一笑，仿佛那一笑，连雨的湿凉也尽数可以熨去了。

如懿远远注目，不知怎的，心里便生了深深的艳羡。这样的风雨同路，彼此照拂，她从未见过，亦未经历过。即便她与皇帝有并肩行走的时候，也总是有乌泱乌泱的一堆人跟着，哪里能得这样自在欢喜。

倒让人想起《诗经》里的吟咏，男女相悦，真是这般彼此欢喜。

凝神的瞬间，她忽然想起一个人。

那个人，是活在很遥远很遥远的从前了。那时候，她还只是乌拉那拉皇后的侄女，未出阁的格格青樱，为着能成为皇后的养子，三阿哥弘时的福晋，皇后也曾安排他们见过一次。可是他，却偏偏不喜欢她。

也难怪，那时候的如懿，不过是娇养在深闺不知天高地厚的少女，如何学得会捺下自己的性子讨别人的喜欢呢。

只是，若那时嫁了他，虽然只是平庸的一个青年男子，哪怕有妻妾争宠，但小小的王府之内，日子也会好过许多吧。

连那时的阿箬都偶尔会念叨一句，圣上不可捉摸，不比三爷仁厚。

这样的念头不过一转，她便郁然舒了口气，还有什么可想的呢。乌拉那拉皇后早已作古，连弘时，也早已被先帝革去黄带子，逐出宗室玉牒，病死在外了，更别提阿箬。世事如烟散去，唯有眼前可以把握，她还有什么可想的呢。

待凌云彻他们走近时，如懿已收回了漫天飞扬的神思，只笑吟吟注视着他们。二人忙行礼如仪："坤宁宫侍卫凌云彻，向娴妃娘娘请安。"

那女子长得清婉灵秀，如一朵芝兰袅袅，映得四周被雨水打成暗红的朱墙，亦瞬间明亮了几分。她轻盈福身：“奴婢花房宫女魏嬿婉，向娴妃娘娘请安，娘娘万福，长宁安康。”

如懿听她婉声请安，那声音如枝头啼莺婉转，瞬时点亮了阴雨时节的晦暗。如懿见她弱态含娇，秋波自流，不觉道：“真的很美。凌云彻，你的眼光极好。”

嬿婉含羞带怯地低下脸去，一如粉荷露垂，杏花烟润，别有娟然风致：“娴妃娘娘赞许，奴婢卑微，不敢领受。”

惢心便笑：“难怪小主那么喜欢嬿婉姑娘，看嬿婉姑娘的眼睛和下巴，和小主长得真是像呢。”

嬿婉有些惶然，忙欠身道：“奴婢卑微，怎敢与娴妃娘娘相较。”

如懿只是笑：“惢心就是这般心直口快，你别理会就是了。”

嬿婉这才敢起身，她手里抱着花，难免有些沉重，抬腰便慢了些许。云彻忙伸手扶了她一把，嬿婉转脸一笑，甚是甜蜜。

如懿将这小儿女情态看在眼中，只作不见，随口问道：“这花像是姚黄，要送去哪里？”

嬿婉忙答道：“这是花房新培植出来的，正是洛阳名种姚黄。奴婢奉命，正要送去长春宫呢。”

如懿看着雨势渐大，有倾盆之象，便道：“皇后娘娘正位中宫，用姚黄装点，最合适不过。正好本宫也要带永琪阿哥去长春宫，你便随本宫同去吧。”

嬿婉清脆答应了一声，便跟在如懿身后一同去了。云彻悄悄在后头道：“外头还在下雨，等下我还是在这边等着你，送你回去。”

跟着如懿的小宫女菱枝见嬿婉走在最后，忙擎了伞跟过去替她遮雨，悄然笑道：“看凌侍卫这样细心，对你真好，你可真有福气。”

嬿婉抱着花，笑笑道：“再好也不过是个侍卫，这辈子也就这样了，还能如何呢。”

菱枝睁大了眼，诧异道："他对你那么好，还不够么？"

嬿婉郁郁叹口气，笑道："够是够了，像我这样的出身，还能挑剔些什么呢。这就已经是福气了。"

菱枝不无艳羡道："可不是呢。易求无价宝，难得有情郎啊。若来日得我们小主的器重，前程远大也未可知啊。"

嬿婉回头看着立在长街口上的云彻，正痴痴地望着自己，点头道："但愿如此吧。只求不要再是人下人便好了。"

春樱

长春宫中布置清雅宜人，毫无奢丽之气，比之一应年轻嫔妃们的宫中更显简素。如此烟雨时节看去，蒙蒙晦暗之中，更不免有些寡淡。幸好皇后素喜时新花卉，廊下满满置了新开的花花草草，姹紫嫣红一片，倒添了不少明媚之色。

如懿扶着惢心的手进了仪门，回头嘱咐乳母："小心抱着五阿哥，仔细台阶。"

玉妍正站在抄手游廊下赏雨，见了如懿便笑："虽不是亲生的阿哥，娴妃倒也疼爱得紧呢。"

如懿见是玉妍，便与她行了平礼。玉妍眼睛只看着别处，纤纤十指拨弄着一盆玉板白的牡丹花，笑吟吟地受了如懿一礼。如懿素知她性子，也不愿计较，只是口中淡淡的："是啊。嘉妃有自己的四阿哥，自然是更心疼了。"

一身艳瑰华衣的玉妍笑意款款，眉目濯濯，微启了红唇道："自己的孩子嘛，虽然也心疼，但总得严格些，到底是皇子，太娇纵了不好。

倒不比娴妃姐姐自己没生养过，一时疼爱得不知道该怎么去疼爱了，也是有的。”

语中的芒刺显而易见，如懿也不理会，只问立在帘外的莲心：“皇后娘娘呢？”

莲心笑吟吟道：“皇后娘娘正与公主说话呢。娴妃娘娘里头请。”她说罢，便掀了帘子请如懿进去。

皇后的殿中阔朗敞亮，因着皇后不喜奢华，殿内不过错落有致地置着几件金柚木家什，一色的湖蓝夹银纱帐用镶银钩挽起，清爽通透。皇后正与和敬公主说话，见如懿进来，便停了口笑道：“外头下着雨呢，怎么娴妃来了？”

如懿仰一仰脸，乳母们便抱着永琪行礼，口中道：“永琪给皇额娘请安。”

皇后忙和蔼道：“快抱稳了，小心跌着。”她就着乳母的手拨开襁褓看了看永琪，笑道：“永琪真是白胖可爱，看来娴妃养育得极好呢。”又道，“璟瑟，快看看你五弟。”

和敬瞟了一眼，淡淡道：“是很白胖可爱，但怎么养着都没有端慧太子那般清俊聪明。”

和敬所说的端慧太子，正是她一母同胞的兄弟二阿哥永琏。只可惜永琏早夭，难怪她看了哪个皇子都不喜欢。

皇后听了便有些不悦，沉下脸道：“璟瑟，你有些累了，下去抄《礼记》吧。”

如懿看和敬下去，方含了谦和的笑色道：“臣妾自己没有生养过，永琪壮健，一来是在愉嫔腹中养得好，更有皇上和皇后娘娘的庇佑。”

皇后斜倚着身子，露出雪白一截手腕，凝脂般的皓雪之色映着一双镏金凤口衔珠镯，有些暗沉沉的：“论起来也是愉嫔自己，怀着身孕的时候胃口好，生产的时候却吃了大苦头。万幸永琪一切顺遂，否则可要怎么好呢？对了娴妃，你可去看过愉嫔了，她可好些了？”

如懿正要应答，一眼瞥见玉妍走了进来，想起三宝说过给海兰催产的太医私下见过玉妍身边的贞淑，索性笑道："好是好些了。只是太医说愉嫔生永琪的时候太伤了身体，得好好调养几年呢。不过，当时说让愉嫔催产无碍的是太医，现在出了事让好好调养的也是太医。这太医的嘴呀，说是长在自己身上的，可一开一合，谁都能让他说出点什么来。"

玉妍脸上微微一沉，牵动鬓边一串红桃玉串珠流苏轻轻相击，玎玎作声。她轻笑道："娴妃姐姐这么说便是不信太医了。我也听说了给愉嫔催产的事，这生孩子本就是鬼门关上走一圈，哪有万全的。倒是可怜那几个太医了，不催产呢只怕愉嫔母子都保不住，催产了呢伤了愉嫔的身体还被赶出宫。其实也怪愉嫔遇喜时管不住自己的嘴，才会在生产时伤了自己的身体。"

如懿见玉妍对海兰这般评头论足，心中早就有气，面上的笑意却愈加温然："说来也怪呢，愉嫔本不是贪嘴的人，怎么一遇喜就这样顾前不顾后了。我听说嘉妃怀永城的时候胃口可节制了呢，倒和愉嫔不一样。"

玉妍远山藏黛的眉得意地扬起，一双笑靥似喜非喜，掩口轻笑道："这就是同人不同命哪！"

皇后略带嗔怪地看她一眼，语意柔缓得如同绵绵的雨丝："生孩子的事本就是险事，太医和接生嬷嬷也只能在一旁相助罢了，终究是要靠为娘的自己。幸好愉嫔母子都能平安，其他也罢了。不像贵妃，病得都起不来身了。"

三人正嘤嘤呖呖说着，只见莲心领了嬿婉进来道："皇后娘娘，花房命人送了一盆牡丹花来。"

嬿婉放下了花便退到了一旁恭恭敬敬立着。皇后的眼风只落在牡丹缤纷的艳色之上，向二人赞许道："是难得的姚黄呢。"

硕大的花盘慵慵如春睡的美人，重重叠叠的花瓣薄如轻盈绢绡，一瓣一瓣簇拥着，极尽瑰丽怒放之姿，花香浮漾，无声无息便濡染了裙裾摇曳。

玉妍见皇后喜欢，一径笑道：“臣妾只觉得颜色好看，却不知姚黄是什么？”

皇后端坐于檀木青凤牡丹椅上，徐徐道：“姚黄和魏紫是洛阳牡丹中最好的两品，素有‘绝品万花王’之称。北地天寒，能在这个时节种出姚黄来，也算难得了。”

玉妍正端详着，忽然指着如懿的衣衫道：“哎哟，方才没仔细看，原来娴妃姐姐的袖口上绣着淡黄色的花朵，看着倒像是这姚黄牡丹呢。”

如懿唇角的弧线勾勒出不屑的轻笑，略瞥了一眼，这才发觉相像，便起身道：“臣妾这身衣裳是内务府昨日刚送来的，臣妾看着淡青的衣裳配松黄的花，颜色倒也别致，所以才穿上了，并未留意是不是姚黄牡丹的图案。”

玉妍眼角飞扬，浅笑的唇线带出两朵梨窝：“是么？我想娴妃也是无心的。只是牡丹是花王，皇后娘娘才配用的呢。不如娴妃告罪一声，回去把衣裳剪了再不穿，想来皇后娘娘是不会介意的。”

“皇后娘娘当然是不会介意的。因为花中之王后宫之主，本在人心而已。”如懿保持着无可挑剔的恭谨，屈膝道，“臣妾回去之后会脱下这件衣裳送到皇后娘娘宫中，一切但凭皇后娘娘处置。”

皇后微微漾起的笑容缥缈不定，只是深深地看了如懿一眼，转首看着身侧盛开的姚黄：“罢了，你跪安吧。”

如懿神色肃然，默默退下，只是眼中那一点倔强，始终不肯退去。

皇后眼见如懿出去，一张端然生华的面庞慢慢沉下来，仿佛积雨天气时暗垂的铅云，层层压下：“来人，把这盆花撤了，本宫不想再看见。”

听得皇后语气不善，嬿婉赶紧上前，垂着头捧了花蹑手蹑脚出去。

玉妍小心觑着皇后的神色，愤愤道：“这盆姚黄美是美，却送来得不合时宜，也太过耀眼。喧宾夺主的东西，不配养在皇后娘娘宫里。何况娴妃哪天忘记过她曾被选为嫡福晋之事，总时时处处妄自尊大。”

皇后扶着头，珐琅嵌玛瑙珠子的护甲横在微微皱起的秀丽眉峰上，才略略遮住她眉心的一丝怒气。皇后凝神片刻，衔着寒意道：“娴妃……”

话音未落，只听殿门前“哐啷”一声，皇后一惊，即刻蹙眉抬头。

素练喝道：“大胆！在娘娘面前竟敢如此惊扰，活得不耐烦了么？”

嬿婉吓得俯首磕头不止，带了哭音惶恐道：“皇后娘娘恕罪，奴婢不是有心的。”

皇后凝眸一看，才知是方才捧着牡丹出去的宫婢，在出殿时被门槛绊了一跤，不留神砸了手中的花。

素练见皇后不悦，上去揪住嬿婉的领子，迫她抬起头来，劈面就是两个耳光：“皇后娘娘与嘉妃小主在此，你也敢这样放肆！当长春宫是什么地方？”

嬿婉嘤嘤哭着分辩：“姑姑恕罪，是奴婢不当心，惊扰了两位娘娘，错了规矩。奴婢再也不敢了，还请姑姑饶恕。”

玉妍轻嗤一声，闲闲抚着鬓角簪着的一朵丹红珠兰：“你那袖口晃着的那俩白的是手么？怎么连爪子也不如？一盆花都拿不稳，那手爪子砍了也不可惜。臣妾原就知道花房里伺候的宫女轻贱，原来还是笨手笨脚的蠢丫头。说起来，终究是规矩没立好，才由着那些轻狂婢子没上没下讨人嫌。”

素练立刻道：“嘉妃小主别生气，奴婢自会给奴才们立好规矩。”她略略扬声，“小顺子，把这个丫头拖下去，重重地掌嘴。看谁还敢在娘娘面前不精心伺候！”

殿外的小太监干脆地答应了一声，上前就来拖那宫婢。

皇后长长的睫毛如寒鸦的飞翅，望之生冷。她口中却是不疾不徐：“慢着！素练，把她带到本宫跟前来。”

素练不明所以，手上却极快地拖了嬿婉到皇后身前。嬿婉吓得浑身发抖，皇后漫然道：“抬起头来。”

嬿婉惊魂未定，瑟缩着抬起头，腮边犹有两痕晶莹水珠。皇后凝视片刻，缓缓浮起两朵笑靥：“嘉妃，你仔细瞧瞧，她的眼睛和下巴像谁？”

玉妍仔细端详，瞬时浮出厌弃的表情，不屑道：“贱婢，长得就是一脸狐媚样子，合该活活打死才算完！”

嬿婉吓得连话也不敢说，只俯下身磕头不止。

皇后笑着欠身，用护甲轻轻托起嬿婉姣好的面容，柔声道：“这样美的一张面孔，要是打死了她也太可惜了！”

玉妍不屑地嗤道：“宫里有一张这样的脸就够烦人了，这婢子长得虽不是一模一样，但细看起来也有三四分像。娘娘要留了这个婢子在长春宫，岂不添烦？”

皇后温和地看着嬿婉：“你叫什么名字？家里是做什么的？”

嬿婉雪白的两颊上浮着通红的指印，眼底全是迷茫惶惑，连声音都颤颤地断断续续：“奴婢魏嬿婉，是正黄旗包衣，阿玛清泰曾任内管领。”

皇后微微颔首：“倒还是好人家的女儿。家人都还在吗？”

嬿婉啜泣着摇头：“阿玛犯了事，已经不在了。”

玉妍不满地看着嬿婉：“再好的人家也不过是狐媚子奴才，连名字都那么妖里妖气的。”她一双凤眼斜睨着，满是奚落之色，“娴妃喜欢你，你就改了名儿叫樱儿吧，樱花的樱。”

皇后肤色玉华，此刻嫣然一笑，更增端美之态：“素练，你带樱儿下去梳洗一番，送去启祥宫。嘉妃冰雪聪明，自然知道怎么把一个丫头调教好了。”

素练会意，抿着唇幸灾乐祸地笑：“你福气倒好，还不快谢皇后娘娘恩典。”

嬿婉心知不好，却也不得不毕恭毕敬磕了个头，跟着素练下去了。

玉妍欢快地施了一礼，恍如一只几欲扑向花丛的蝶，眨了眨眼，那笑容几乎要滴出水来："臣妾谢皇后娘娘恩典，必不辜负娘娘盛情。"

皇后意态舒然，含笑道："慧贵妃轻浮急躁，胆子又小，更是个没福气没孩子的。你福气却比她好得多了。本宫喜欢你，喜欢永珹，你也要好好惜福才是。"

玉妍会心地点了点头，以温顺驯服之姿徐徐欠身："臣妾出身北族，能有今日，多赖娘娘关照。臣妾愿为娘娘尽心竭力，效犬马之劳。"

嬿婉随着宫人们回到启祥宫，正战战兢兢不知该如何是好，却见玉妍慢步进暖阁坐下，吩咐丽心道："带樱儿换身衣裳再上来。"

丽心忙答应着去了。再回来时，嬿婉已经换了一身启祥宫中低等宫人的服色，梳着最寻常不过的发髻，连头上的绒花点缀也尽数除去，只拿红绳紧紧束着。嬿婉一脸不知所措，丽心拿出一副管事宫女的姿态，傲然喝道："见了娘娘还不跪下？"

嬿婉吓得双膝一软，忙不迭跪下了道："奴婢魏樱儿，给嘉妃娘娘请安。"

玉妍斜倚在榻上，湖色的软茸妃榻，越发衬得一袭玫瑰紫衣裙的她无比娇艳，仿佛一枝柔软的花蔓，旖旎生姿。玉妍拈了一枚樱桃吃了，轻蔑地笑："你倒乖觉，这么快就喜欢自己的新名儿了。知道为什么给你取名叫樱儿么？"

嬿婉怯怯摇头："奴婢愚昧，奴婢不知。"

玉妍慵懒地直起身子，娇声道："你呀！今天来送花不是错，送盆姚黄也不是错。偏偏最错的是你的脸，眼睛和下巴长得和娴妃那么像。啧啧啧，你说你，让不让人讨厌呀。"

嬿婉吓得眼都直了，连连叩首道："奴婢该死，奴婢该死。"

玉妍扑哧一笑："该死倒也未必，如果你肯挖了自己的眼睛，削了自己的下巴，说不准皇后娘娘心情一好，还是让你回花房当差去。既然你长得那么像她，她从前的名字叫青樱，你便叫樱儿，不是很合适？”

嬿婉直愣愣地跪着，吓得浑身发颤：“娘娘恕罪，娘娘恕罪。”

玉妍饶有趣味地将嬿婉的害怕尽收眼底，顺手在白玉花觚里取了枝红艳艳的芍药花，一瓣一瓣撕碎了把玩，花瓣碎碎扬扬撒了一地：“知道你舍不得你这张狐媚子的脸。也是，你要毁了容，本宫还怎么得趣儿呢。”

玉妍仰了仰脸，丽心会意地上前打了嬿婉两耳光，然后用力拧住嬿婉的耳朵道：“从此你便是启祥宫的人了。这两个耳光是告诉你，好好伺候娘娘，有一点不周到的，便有你受的。”

玉妍娇美的面容上隐着犀利的冷，忽而轻嗅道：“今儿的香点得好，是苏合香吧？”

丽心忙笑道：“是啊。小主回宫前半个时辰便烧上了。”

玉妍葱绿玉白缎的攒珠绣鞋轻轻点地，眼里闪过一丝狡黠：“香倒是好闻，只是放得远了，气味淡淡的。樱儿，”她看着嬿婉，多了一抹促狭的玩味之意，“你把那小香炉捧到本宫身前来。”

嬿婉忙收了眼泪和畏惧，殷勤地捧了紫铜象鼎炉来，才捧到玉妍身边的案儿上，便烫得赶紧放下，缩手在背后悄悄搓着。

玉妍不悦地摇头：“谁叫你放下了。放在案儿上挡着本宫的视线。你就跪在这儿，拿你自己的手当香案，捧着那香炉伺候本宫吧。”

嬿婉想要分辩什么，抬头见玉妍的神色如这天色一般阴晦，只得忍下了几欲夺眶而出的泪，将香炉高高地顶在了头顶上。玉妍瞥了丽心一眼，娇慵地打了个哈欠：“本宫乏得很，进去眠一眠。记着，以后就让樱儿这么伺候。丽心，你也好好教导着她些。”说罢，玉妍便留了丽心在外看着嬿婉，自己扭着细细柳枝似的腰肢，入寝殿去了。

因着丽心在外，跟着进来伺候的是贞淑。贞淑原是玉妍从北族跟着来的陪嫁，是最最心腹贴身之人。玉妍不喜自己的陪嫁如寻常宫女般劳碌操持，跌了身份，一向只让她在启祥宫中做些清闲功夫，掌着小库房的钥匙，管着皇帝所赐的贵重物事。此刻贞淑见玉妍只身一人，便默默伺候了她更衣躺下，方才低声问：“小主这么折磨一个小丫头片子，甚没意思。倒让人觉着小主事事都听皇后娘娘的，又沉不住性子。”

玉妍斜靠在软枕上，哧地一笑，牵动耳边的银流苏玉叶耳坠滑落微凉的战栗：“牙尖嘴利，沉不住性子，又依附皇后？外头的人不是一贯这么看我的么？若是连你也这么看，倒也真是好事。”

贞淑蹙着眉头，不解道：“皇后娘娘膝下无子，贵妃也倒了，咱们不必再事事看她们脸色。”

玉妍的唇角扯起清冷的弧度，慵懒道：“皇后再没嫡子，还是得皇上看重，总是个依靠。”她瞥一眼寝殿外，丽心的呵斥声隐隐传进，玉妍娇慵地舒展手臂，懒懒道，“那丫头被迁怒，皇后又碍着脸面不能发作，借我的手罢了。我多折磨那丫头一分，皇后便以为我厌恶娴妃一分，也多依附她一分罢了。否则我拿那丫头作筏子做什么？”

贞淑掩口笑道：“贵妃病了，阿箬死了，皇后对您还是很信任的。”

玉妍微启红唇，冷笑声如冰珠落入玉盘，冷而脆地刺耳：“做小伏低了这么多年，她自然信我要比信旁人多些。只是宫里这些人，称呼着姐姐妹妹笑脸相迎，可心里有多污秽，只有她们自己知道。左右在这个宫里，除了你我谁也不信，谁也不靠！”

贞淑极是不平：“当初小主是在娴妃和慧贵妃入潜邸的后几日嫁过去的。不过晚了几日，身份就比她们矮了一头。”她忽而得意一笑，“咱们熬了这么些年，如今大阿哥没有亲娘，没个有家世的岳家。二阿哥福薄走了，三阿哥不得皇上喜欢，怎么轮也该轮到咱们四阿哥了。而且皇上一直这么宠爱您。”

玉妍爱惜地抚着自己的面孔，像是触摸着一件稀世珍宝：“天生了我这么美的一张面孔，可不是白白给浪费的。”她垂着眼睑，浓密的睫毛覆在她凝白如玉的面孔上，似山岚蒙蒙的影子，袅袅沉静。她的语气里含着温柔的怅惘，仿佛在诉说着一个甜蜜的梦境，“我若不是被送来这儿，一定会嫁与世子。世子虽没有皇上这样清俊的面孔，可是他笑起来是那么温柔，那么好看。”她闭着眼，如同沉浸在最美好的梦境中，如乳燕般呢喃，“从我那年入王府拜见王爷和王妃，第一次见到世子的那一天，我就被他的笑容打动了。我从没见过那么温柔的笑容。连父亲都暗示我，世子对我很有好感，只要我努力修习女德，终有一日会进入王府，成为世子的侍妾。”

贞淑低叹道：“是啊。小主的祖母是王大妃的堂妹，又是出身高贵的金氏。小主出身高贵，虽然当时世子已经有了世子妃，可小主入王府后成为宠妾，世子继位为王爵后封为侧妃也是轻易之事。”

玉妍的眼角沁出一滴晶莹的水光：“可是人生的很多事，往往都在意料之外。可不久之后世子让我嫁到清朝为皇子格格，我不愿意离开北族，不愿意离开父母，却也不能违抗旨意。直到两日后，我奉命进宫辞行才见到了世子。我很想问问他，为什么愿意让我嫁往遥远的大清，为什么曾经要那样对着我微笑，难道一切都只是我自作多情？可是在我看到世子的眼睛时，我什么都问不出来了。”

贞淑懂得：“世子和小主一样难过吧？”

“他的眼睛里满是泪水。他对我诉说北族的弱小与痛苦，保护全族的艰辛。他说我的美丽不能困在北族窄小的王府里，而要绽放在大清的宫殿里，为北族争取荣光。我把他的每句话都牢牢地记在了心里，带到了这里。”她抚摸着胸口的平安扣，“他送我的这颗平安玉扣，我一直戴在身上。”

贞淑沉吟片刻，鼓励地道：“小主的心志，奴婢都明白。奴婢会全力辅佐小主。小主，世子也传信过来，希望您多多生下阿哥，最好是能出一个北族血统的太子。”

玉妍的晶莹美眸霍地睁开，脸上的伤感如被烈日蒸发的雨水，转瞬找不到任何存在的痕迹。她毫不犹豫地伸手抹去腮边的一滴泪珠，冰冷道：“我背负着北族的信任和期望，来到这里争取我和母族的荣光。我忍耐着做一个王府的格格，做一个宫里小小的贵人，一点一点讨着皇上的喜欢熬上来，不为了别的，只希望自己不要辜负了世子，不要辜负了我身上流着的北族高贵的血液。有富察氏一日，我固然不敢奢求皇后尊位，可若我的孩子能成为大清的来日，那么我们北族就能摆脱从属之国的卑微了。”

贞淑垂首，心悦诚服道：“小主的心志，奴婢都明白。奴婢一定会竭尽全力，忠于小主和北族。”

从此，嬿婉的日子便没有再好过过。白日里要替启祥宫的宫女们浣洗衣服，一刻不能停歇。到了晚间，便要伺候玉妍洗脚。逢着玉妍不用侍寝的日子，还要跪在玉妍跟前，捧着蜡烛当人肉烛台，由着滚烫的烛油一滴滴烫在手上，烫伤了皮肉，也烫木了一颗心。

偏偏那一日绿筠来玉妍宫中闲话，瞥见嬿婉跪在地上当香案，便很有些看不上，道：“原来这丫头来了你宫里当差了。”嫔妃们之间闲话最多，一来二去，玉妍便知道了皇帝曾对嬿婉青眼有加。玉妍心胸狭窄，如何还会有好脸色给她，原本只是差事苦，吃穿倒也还好，渐渐地连启祥宫的小宫女都敢对她随意打骂，吃饭也只是剩饭剩菜，连想去见一见凌云彻诉苦，也不得半分空闲，不过是拿着一条命，在启祥宫中一日一日煎熬罢了。

自嬿婉进了长春宫，便再无人提起她的去处。凌云彻再三打听，奈何自己只是个在坤宁宫当差的小侍卫，平素不能离开，想要打听东西六宫的消息也使不上力，竟半分也得不到嬿婉的消息。

这一日恰好云彻跟着太监们去浣衣局取坤宁宫侍卫们的衣裳，才遥遥瞥见了嬿婉一眼，想要追上去询问，偏偏浣衣局里都是各宫来领取或浣洗衣裳的宫女，哪里能容许他走近。好不容易辗转打听了，才知道她如今在启祥宫当差。

这一得空，云彻便趁着送坤宁宫萨满法师出宫的机会，转到了启祥宫门外，果然就见到了嬿婉。宫禁森严，启祥宫外的守卫又格外多，他哪里能走到近前去。可是不必走近，他也能看到嬿婉消瘦憔悴的面庞和满是伤痕的双手。嬿婉跟着几个宫女行走，见了云彻，也不敢哭出声，更不敢多看一眼，只是默默流泪，撩起衣裳伸出手臂，露出全是挨了打受了伤的胳膊。正巧前头的宫女回头呼喝几声，伸手便在她肩膀上拧了一把。嬿婉吓得低眉顺眼，赶紧走了。

云彻眼见嬿婉受苦，如何受得了这个。思来想去，趁着十五之日皇后带着嫔妃们入坤宁宫敬香的时机，一咬牙便告诉了如懿身边的惢心。

如懿听得消息时正哄着五阿哥，不觉皱眉道："你说启祥宫的人叫她什么？"

惢心道："凌侍卫说，都叫她樱儿。"

"樱儿？"如懿面上浮起一层冷笑，"好端端的怎么就去了启祥宫，还要受她们这般凌辱，那便是冲着我来了。既然是冲着我来的，想要袖手旁观也不能。你且让凌云彻安心等一等，金玉妍既然喜欢折磨樱儿，必定不会教她受太重的伤或是死了。等我找一个机会，看看能不能救她一救。"

所谓的机会，很快便等到了。那一日正是五月端午，宫中多以兰草汤沐浴，悬挂艾叶与菖蒲，吃粽子、白肉和咸鸭蛋，饮雄黄酒，佩戴五色丝线做成的五毒香囊，以求吉祥平安。

到了午后，嫔妃们便聚在皇后宫中，接受皇后亲手制作的五毒香囊。

皇后看着素练把香囊一个个交到嫔妃手中，含笑道："这香囊里放有雄黄、艾叶和各色香药，能驱蚊虫、避邪气。你们自己一人一个，给孩子们也佩戴上，也算是本宫的一点心意。"

绿筠膝下子女最多，忙起身笑道："每年端午皇后娘娘都亲手制作香囊赠予宫中嫔妃，臣妾们感念皇后娘娘恩德。"

皇后笑道："纯妃客气。本宫对你们的心意一年也便端午一次，你们若喜欢，好好收着就是。”说罢便吩咐宫人上了五毒饼来。

所谓的“五毒饼”，即以五种毒虫花纹为饰的饼。其实就是在玫瑰饼上做上刻有蛤蟆、蝎子、蜘蛛、蜈蚣、蛇“五毒”形象的印子，盖在酥皮儿上罢了，也是吃个有趣。

玉妍见众人都在，便有心要让如懿没脸，扬声唤道：“樱儿！”

嬿婉怯怯上前，规规矩矩地守在玉妍身后，接过宫人们递来的五毒饼，利索地跪下膝行到玉妍跟前，高高举过盘子道：“恭请娘娘用五毒饼。”

蕊姬奇道：“这是什么规矩？咱们却不知道。”

玉妍含笑道：“玫嫔有所不知，这叫人肉跪盘。樱儿这丫头笨笨的，可有一样好处，什么都能受着。本宫要闻香的时候，她就是捧着香炉的香案；本宫要看书时，她便是举着蜡烛的烛台。还有形形色色的好处，下回一一给各位姐妹瞧个新鲜。”

意欢冷着脸道：“嘉妃是北族人，这怕是北族才有的规矩吧？咱们这儿，可没这样折腾人的。”

玉妍不以为意，取了一块五毒饼吃了：“你瞧她捧得多稳当。奴才生来就是伺候人的，怎么伺候不是伺候呢。”她觑着如懿道，“娴妃，你说是不是？”

如懿的笑容宁和得恍若一面明镜淡淡，却是海兰道：“我记得这丫头从前在纯妃宫里伺候过大阿哥，如今怎么干起这个活儿来？宫里的宫女们好歹都是八旗出身，皇上一向最宽厚待下的，若是知道了，可不大好。”

玉妍扬了扬嘴角算是微笑：“愉嫔也真是小心太过了。宫女们伺候主子又怎么了，也值得说嘴？且樱儿又不在皇上跟前伺候，有什么要紧。”她盯着嬿婉道，“樱儿，本宫可没逼迫你，都是你自愿的吧？”

嬿婉哪里敢说个“不是”，忙道：“樱儿是奴婢，生来就是伺候主子的。”

玉妍指着她嗤笑道：“樱儿啊樱儿，你这张樱桃小口，答起话来倒利落啊。倒和咱们的娴妃平日里说话一个样子。细看起来，和娴妃也有几分相像呢。”

如懿听她直指自己，便也笑道：“就是为了这几分相像，嘉妃就那么喜欢樱儿伺候么？我记得樱儿本来是花房的宫女，叫作嫵婉，怎么到了妹妹身边，名儿也改了，伺候的活儿也改了？”

玉妍放下手中的五毒饼道：“娴妃姐姐这可是多心了。我不过是喜欢她的樱桃小口，所以才叫樱儿罢了。可不是因为姐姐曾经的闺名叫青樱啊。”

如懿淡漠地扬了扬唇角：“这个自然了。太后亲自为我赐名如懿，谁不知道呢。若拿这个来玩笑，可真真是小家子气了。只是方才嘉妃说那丫头长得有几分像我，我便跟妹妹讨个人情，让她跟了我去，如何？”

玉妍“哎呀呀”一迭声唤了起来道：“那怎么行呢！且不说我一时半刻还离不了这丫头，便是给了姐姐，皇上一跨进翊坤宫的宫门，看花了眼拉错了人，可怎么好呢，还是留在我身边稳妥些呢。”

皇后冷眼旁观，含了温和之色道：“不过是个小宫女，娴妃若喜欢，本宫让内务府再挑好的给你。”

如懿与海兰对视一眼，情知无可奈何，便也默然了。

待到从皇后宫中散去，如懿与海兰携了手出来，如懿眉头微蹙，脸上颇有些萧瑟之意，道：“看着金玉妍这般拿樱儿取笑凌辱，不知怎的，心里总有些不好受。”

海兰和婉劝道：“那丫头与姐姐有几分相似，也难怪了。可我还是劝姐姐一句，别想着去救她。一则姐姐开口，嘉妃愈加不肯放，还不如等她腻歪了，自己也觉得无趣，便撒手了；二来……”海兰微微沉吟，“我亲眼见过这丫头在纯妃宫里是怎么在皇上面前抓乖卖俏的，实在不算一个安分守己的人。”

如懿颇为意外："竟有这样的事？难怪她那时会突然要断了与凌云彻的青梅竹马之情，后来被打发去了花房，才知道要回心转意。原来竟有这样的缘故在里头。"她回头嘱咐惢心，"去告诉凌云彻，我眼下也没有办法。没有人不是熬着的，叫他也心疼心疼自己吧。"

伍 死言

时间过得极快，仿佛晨起梳妆描眉，黄昏挑灯夜读，枕着天黑，等着天亮，旧的时光便迅疾退去，只剩下新的日子，新的面孔，唇红齿白的，娇嫩地鲜妍地过去了。乾隆八年，绿筠又生下了她的第二个儿子，皇六子永瑢。如此一来，绿筠便成了宫中生育皇子最多的嫔妃，即便皇帝一向对她的眷顾不过淡淡的，为着孩子的缘故，也热络了不少。连着太后也对绿筠格外另眼相看，对皇孙们也是关爱备至。

这一日皇后亦往绿筠宫中看望，钟粹宫的院落静静的，宫人们皆是垂手侍立，一声不敢言语。为首的太监见了皇后进来，忙道："皇上来了，在里头陪着小主呢。"

皇后微微颔首："本宫亦去瞧瞧，不必通传了。"宫女们打起帘子，皇后才踱进殿中，隔着挽起的珠绫帘子，正见乳娘抱着裹在锦绣堆中的初生婴儿，屈下身子坐在床边的小杌子上，小心翼翼地将怀中的孩子递给斜靠在床头的年轻母亲。绿筠尚在月子中，丰腴的脸颊不施粉黛，却有着鲜润饱满的红晕。她漆黑的发丝松松地绾成一个家常的垂云髻，疏疏点缀着几枚累丝珍珠点翠花钿，就如它的主人一般婉顺依人。绿筠狭长细美的眼帘温柔地低垂着，唇边满是恬淡和美的微笑。皇帝正与她头并头，一同逗弄可爱的孩子，不时喁喁低语，间或，孩子响亮的哭声会断续响起。那是男婴特有的洪亮声音，虽然稚嫩，却有刚健的底蕴。

寝殿中的气息宁静而甜美，是真正一家人的天伦之乐。此时，无论谁走进去，都会显得那样突兀而局外。

皇后的手有些轻微的颤抖，她黯然转身，再度提示宫人无须通禀之后，疾步离开。皇后才走到门外，正见永璜进来。永璜见了她便规规矩矩行礼道："皇额娘万安。"皇后亦无心理会，微微颔首便径自走了。

皇后回到长春宫便有些闷闷的，莲心以为她是要午睡了，忙铺好了被褥，点上了安息香便告退出去。皇后见素练仍旧依伴在侧，不觉感伤："瞧皇上陪纯妃那个样子，好像又回到了本宫刚生永琏的时候。那时候，真是好啊！"

素练忙道："话不是这样说。纯妃有再多的阿哥那也是庶子，您有什么可羡慕的。"

皇后喝了一口熬好的安胎药，为增药效，那是在太医开的方子上熬得足足浓了两倍的。皇后喝在口中，苦得直皱眉头。喝完又含了老山参片养神提气。

皇后的苦笑带着凄冷的意味："皇上常来，可本宫就是没动静。本宫就怕自己年过三十不易有孕，这才加重了药量。还是纯妃福气好，一下就又有了阿哥。"

素练大是不满："娘娘若不喜欢纯妃生儿育女，大可如防范贵妃和娴妃一般。"

浓翳的阴郁积蓄在皇后眉间，久久不肯退散。皇后还是不忍："防人子嗣太过阴鸷，可一不可再。纯妃也不如当年娴妃和贵妃入府一般威胁本宫。幸好那零陵香只是防范有孕，并不能绝人生育。"

素练知道皇后心软，只得道："娘娘心慈，当时想着嫡子成年后，或许还让她们有生育的机会。”

皇后黯然摇首：“如今是不可能了，就让她们戴着吧。永璜都成婚了，说不定什么时候就生下了皇长孙，本宫的嫡子却还没出生。额娘每回进宫都催，本宫真是心急如焚。”她说罢，便有些乏。

素练服侍了她歪着，又替她盖好云丝锦被，道：“长子年长，幸好不得宠，娶的福晋也是小门小户。”

皇后不悦的神色如遮蔽明月的乌云，荫荫翳翳：“永璜曾养在娴妃膝下，被她怂恿争宠生了夺嫡之心。他亲额娘哲妃难产而死，当年并无什么流言。怎么这些年渐渐有那么多揣测都以为是本宫容不得她。怕是连永璜自己都信了，这样的长子若成了太子，本宫怎能安心。”

素练半蹲在皇后身边，替她捶捏着手臂道：“就是因为大阿哥长大了，多少有野心的人借着哲妃之死做文章，想争太子之位呢。奴婢真替您不平，明明没影儿的事，怎么都冲着咱们。”

皇后的眉心蹙成黛色的峰峦曲折，眸中噙着一丝清愁与烦忧：“哲妃生女难产，一尸两命，还叫人疑心是本宫害她？咱们若有心分辩，不过是越描越黑罢了，便由着她们去。”她的手抚过枕边的三彩香鸭，撩拨着鸭口中袅袅泛起的乳白香烟，“这安息香真好，本宫闻着心里也舒坦多了。”素练点头道：“那也是。娘娘还是请太医来，好自调养着身体吧。许多事，娘娘其实不必费心，自然有奴婢替您一一想得周到。”

皇后点头，忽然觉得鼻中一热，伸手一摸，却见手指上猩红两点，她心头大乱，失声道：“素练，本宫这是怎么了？”

素练急得什么似的：“娘娘，娘娘您流鼻血了。”她向外唤道，“太医，快传太医！”

齐汝赶来把脉，又查看药渣，也是一味摇头：“这药量足足加了一倍？娘娘您是太心急了。”

皇后倚在床上，六神不安地问道：“本宫的身体到底如何？”

齐汝连连摇头：“娘娘凤体本无大碍，微臣给您开了坐胎催孕的补药，您为何加倍服用？且您是否又私下进补大量温热的补品？”

素练忙说道：“如今入冬，娘娘是心急些，服用了大量的阿胶、人参、冬虫夏草和鹿茸。这些都是大补的好东西，难道有什么不妥么？”

齐汝叹道：“娘娘一心求子，微臣是知道的，所以开的坐胎药都是最合娘娘体质的，而非像当初给宫中嫔妃所喝的那种，只是普通的安胎药，不论体质的。可娘娘一时之间服下那么多补品，导致气血上扬，所以才会体热流鼻血。若是娘娘再不听微臣劝导，胡乱进补，伤了元气到吐血那一日，便再难补救了。”

皇后撑着身子起来，由着素练替她披上外衣，急道：“齐太医，你是太医院的院判，深得皇上和本宫信任，你告诉本宫一句实话，本宫年过三十，到底还能不能有孩子？”

齐汝忙躬身道：“年龄不是最要紧的，且微臣一直为皇后娘娘以药物催调，总会有孩子的。只是娘娘素来体质虚弱，又忧思伤身，请娘娘一定要安心，再好好调理一段日子。”

素练亦是苦劝：“娘娘放宽心即是。皇上也和您一样盼着嫡子呢，所以这两年总是来咱们长春宫，有皇上这样的恩眷，何愁没有身孕呢？”

皇后听得颔首，不由得万分郑重地嘱咐：“那一切便托付给齐太医你了。”她闭目片刻，似是十分关切，“那么慧贵妃，近来如何了？”

齐汝低声道：“皇上不许太医去医治，但微臣知道贵妃的身体。贵妃拖了这两年，明年冬天怕熬不过去了。”

皇后微微凝眸，也是伤感，便再不提了。

这一厢皇后急着有身孕，如懿亦是感慨不已，虽然皇后赏赐的莲花镯里，翡翠珠里面的零陵香全被剔干净了，她不过戴个镯子装点样子，可终究是悬心。然而她看着皇帝年过三十,一心一意只求嫡子，便也不好说什么，只由着他一日日往长春宫去。

这一日赵九宵轮休，得了空闲便与凌云彻在侍卫的庑房里喝酒。九宵与云彻最是要好，云彻去坤宁宫领了份闲差，他虽然羡慕，倒也常常来往，和从前一样，喝酒闲话。这日午后他拎着酒和小菜过来，见凌云彻愁眉苦脸的，便捶了他一拳道：“坤宁宫这份差事又清闲钱粮又足，你还整天挂着个脸做什么，还惦念着你的小青梅哪？”

云彻给自己倒了一杯，愁眉紧锁：“自从嬿婉进了启祥宫，我要见她一面也难了。一个月前偶然碰上一次，她一个人抱了那么一大桶衣服去浣衣局洗刷。我才问了一句她就哭，说要赶着去洗完，否则晚饭又没的吃。浣衣局有的是人，她是宫女，为什么要这样为难她？”

赵九宵喝了口酒，摇头道：“宫女也好侍卫也好，哪怕伺候再得宠的主子，也就是个奴才的命。你还想怎么样？嘉妃能好吃好喝供着她？留着条命在就不错了。”

云彻难过道：“宫女也是人，不是畜生。嬿婉不敢和我多说话，就说常常吃不饱穿不暖，连一起伺候的宫女都欺负她，什么粗活儿累活儿都给她干！说不上两句话就只是哭，我看着真是……”

九宵听着可怜：“你看着真是心疼！那你怎么不去求求娴妃娘娘？好歹她在冷宫的时候，咱们也帮衬过她。”

云彻想了想，还是摇头：“上回为了让娴妃娘娘搭嬿婉一把，还害得娴妃娘娘被嘉妃排揎了一场，无端受辱。我哪里还有脸请她帮忙！且娴妃娘娘不比嘉妃有儿子，到底两样些。”

九宵愣了愣：“连娴妃娘娘都没办法，你还能怎么样？我劝你，断了这个心思吧。反正嬿婉也对你起过二心，你实在帮不上，也就算了。”

凌云彻摇头，决然道：“她既然已经回来，我便答应过她，会一生一世照顾她。虽然启祥宫里的日子艰难，我已经托人告诉她，要她一定要熬住，我一定会想办法的。”

赵九宵看他如此坚决，便举杯道：“那我便祝你心愿得偿吧。只是你小心，别老吃亏在女人手里。”

到了乾隆九年末的时候，宫里又发生了一桩大事，便是卧病许久的晞月病入膏肓了。年复一年的病痛折磨，曾经宠冠六宫的高晞月，已经熬到了油尽灯枯的时候。晞月本有胎里带来的弱症，又过于争强好胜，哪怕悉心调治总不能见效。这几年又添上了惊惧之症，连养身的艾叶和艾叶酒都断了，更仿佛一盏点在风中的小小油灯，竭力燃烧着最后的焰火，不知什么时候，就会被风吹灭，丝毫不剩。

太医数次禀告，皇帝只叫皇后去看望。而皇后耳聪目明，更兼忙于调理，便推了身体不豫，不肯出门。如懿得知，亦只是含笑向皇帝道："这么些年不见她了，皇后不肯去，臣妾去见见也好。"

皇帝郁郁不乐，只摩挲着一枚外头新贡的粉色珊瑚扳指。那珊瑚是浓淡相宜的粉色，如婴儿绯红的面孔，极是喜人，因号"婴儿面"。皇帝随手撂给李玉："这个赏给纯妃正相宜，去吧。"

李玉会意，便领人退下，皇帝方才淡淡道："她与你不睦已久，你何必巴巴儿赶去。"

如懿垂眸："听说这一向咸福宫里不大干净，又有宫女发了疥疮打发出去了，也不知贵妃怎样？她是病透了的人，若再沾上一点半点，皇上也不好对高大人说起。"

皇帝不置可否："宫里许久无人去看她了，只怕她也不大愿意见你。"

因是去探病，如懿打扮得亦简素，不过是一袭曳地月华裙，外面罩着紫色旋纹氅衣，衣襟四周刺绣锦纹也是略深一些的暗紫色，再搭一件狐毛坎肩，头上松绾宝髻，缀几点翠玉莹莹。

如懿缓缓步入咸福宫中，里头一切供应依旧，只是帘子打开的一瞬，并无惯常咸福宫中冬日那种温暖如阳春的暖意扑来。仔细看去，宫中虽然照例供着十几个火盆，但炭将烧尽了，也无人去换，连地龙的热气也不甚足。

如懿身上有些发冷，紧了紧衣裳，暗想，晞月素来的体质最畏寒不过，殿中这样清寒，对于病重孱弱的她，无异于催命一般。

寝殿内珠帘重重，卧在被褥之中的晞月依旧是养尊处优的唯一的贵妃。可是，却总少了那么点人气，便是这宫里人人赖以生存的皇帝的宠遇。

这些年晞月卧病，皇帝虽然每每派人安慰赏赐，却再未踏足过咸福宫。

如此华艳，却也寂寞如斯啊。

伺候的宫人们见了如懿，忙恭恭敬敬地请安问好，如懿与高晞月相争十数年，两宫中人一向不睦，见了她这般敬畏，倒真是难得之事。看来这些年，咸福宫所受的冷遇苦楚，还真是不少。

如懿一眼望去，便问："怎么伺候贵妃的人这么少？"

门外伺候的小太监忙赔笑道："娴妃小主有所不知，宫里有两个宫女发了疹子，也不知是在哪里得的。小主身子虚弱，怕染上这些脏东西，才叫人领出去了，连着底下同住的人怕不干净，茉心姑姑都吩咐暂时打发出去了。"

说话间，茉心已然迎了上来。如懿道："你家小主醒着么？"

茉心久不见人来探望，亲自搬了椅子来道："醒着呢，小主先坐，奴婢着人上茶。"

茶水递上来，便知是旧年的陈茶了，如懿不愿再喝，便道："殿里这么冷，贵妃的身子怕受不了吧？"

一句话招得茉心眼泪都下来了："太医总说炭气会熏着小主，不利玉体安康。内务府什么东西都照应着，唯独小主怕冷这一点，怎么也不肯顾及。"

茉心话未说完，背身朝里的晞月挣扎着撑起身体来，凄笑道："闹了半天，居然是你来看我。"

茉心忙替晞月在身后垫了鹅羽垫子，又给她披上了厚厚的外裳："小主慢些起身，仔细头晕。"

如懿见晞月憔悴枯槁，瘦得竟脱了形，简直如冬日里的一脉枯竹，轻轻一触就会被碰断。晞月喘着气，整个人嵌在重重帘帷中，单薄得就如一抹影子，仿佛连那披在肩上的外裳都承受不住似的。如懿在她床边坐下，问道："可觉得好些了？"

晞月僵着面孔，分毫不肯假以辞色："既然你都来了，自然知道我是好不了了。"她凄然道，"为何是你来？我都这个样子了，只求见皇上一面，皇上也不肯么？"

如懿笑了一笑："皇上国事繁忙。"

晞月怅然垂首，似是灰心到了极处："这种话，你哄哄旁人也就罢了，对我说这个有什么意思。皇上若是忙，怎么还有时间宠爱嘉妃和舒嫔，还和纯妃又有了一个孩子呢？只不过是不愿见我，所以推诿罢了。"

如懿望着她，淡然含笑："你多年卧病不出宫门，倒是活得越来越通透了。"

晞月仿佛想要笑，可她的脸微微抽搐着，半天也挤不出一个笑容来："人之将死，还有什么看不穿的。我自从封了格格入潜邸，一路从侧福晋到了贵妃，一心只想胜过你。为此我一心一意追随皇后，鞍前马后，从不敢有二心。可如今皇后还是对我弃若敝屣，转头去捧着嘉妃了。"她忽而一笑，"我做了那么多事来对付你，少不得皇后支持。你想不想听一听？"

如懿温婉地抿着唇，凝视她片刻："不想。你若想说，就自己去说给最该知道的人听。对于我，这些都是无用了。"

晞月捂着胸口连连咳嗽，半天才平息下来，疑道："你不想知道这些？那你巴巴儿地跑来看我做什么？"

如懿轻轻靠近她，语不传六耳："我告诉你的，自然比你想告诉我的更要紧。"

晞月眼中的疑影越来越重，挥手示意宫人退下："你有什么话，便直说吧。"

如懿见她枯瘦的手腕上，那一串翡翠珠缠丝赤金莲花镯静静蜿蜒其上。那样翠色生生，如碧水清明，越发显得她手腕枯黄一脉，唯见青色的筋络高高凸起。如懿伸出手去，晞月不知她想要做什么，眼见得手臂上的皮肤一粒粒起了惊恐的粒子，却也不敢缩回手来，只是颤颤地问："你到底要做什么？"

如懿笑意轻绽，有怜惜之意："这么好的肌肤，从前谁看了都想摸一摸，也难怪你得宠这么多年。只是如今，竟也有这一日了。"她说着，便欲摘下晞月手腕上的莲花镯，晞月一惊，忙护住了不解道，"你要做什么？"

如懿也不理会，径自摘下了在手中晃了一晃："人都这样了，还吝惜一串镯子做什么？"她伸手取过妆台上的小剪子，霍然剪断，取下其中一颗翡翠珠子，猛然往地上一掼。珠玉碎裂处，掉出一颗小指甲盖大小的黑色珠子。如懿用手帕托起，送到晞月鼻端，问道："香不香？"

晞月看得惊疑不定，直直地盯着那颗黑色珠子道："这是什么？"

"我和你追随皇上多年，一直未有身孕，都是靠了这样的好东西。"如懿神色微冷若秋霜清寒，"这样好的东西，除了皇后，咱们竟都不识。这可是上好的零陵香啊！产自西南，能让人伤了气血，断了女子生育的零陵香！"

晞月大惊之下气喘连连，她厌恶地推开那样东西，又恨又疑："你既知道，怎么还一样戴着？"

如懿取下自己的手镯，对着光线道："我比你的运气稍稍好一点，有次不慎摔碎了翡翠珠子，掉出其中的脏东西来才发现关窍。如今我戴着的手镯，翡翠珠子里头的零陵香丸都是剔干净的。"她神色凄微，"只是这么久以来我还是没有孩子，安知不是早已被这东西伤尽了根本，已经再不能生育子息了。"

晞月大恸，掩着唇抑制住近乎声嘶的哭声："为什么？为什么要这样待我？我对皇后忠心耿耿，什么事都听她的，什么都想在她前头做了，为什么她要断了我最想要的孩子？"

如懿眼中微有泪光闪烁，冷冷道："她是皇后，生杀予夺都在她手中。而你，不过是值得被她利用却不能生育的工具而已。当年她把这对镯子赐给你我时，这样的念头便已长好了。难为咱们一碗一碗坐胎药喝下去，总怨药石无效，原来早已是不能生了。”

晞月紧紧地攥着胸口稀皱的锦衫，厉声道：“好好好！你既然让我死得明白，我也断然不会辜负你！咱们俩争了半辈子，争恩宠，争名位，不是咱们想争，而是任何人到了这个位子都会争。但到了今日，咱们之间的恩怨慢慢再算！”她的眼里露出狠戾的光芒，如嗜血的母兽，“这辈子我最盼着一个自己的孩子，谁要断了我的念头，便是我不共戴天的仇人！”她仰天长笑，掩去腮边泪痕，沉静不发一言。

如懿轻叹一声，复又微笑：“玉镯的手脚是皇后做的。可齐汝替你治了这么久的病，为什么你的身子却越来越坏？据我所知，齐汝开给你的药方可比你喝的药少了几味。那几味药添进之后，表面看着症状会有所减缓，其实会让你元气大伤。”

晞月死死攥住被角道：“不会！不会！齐汝是国中名医！”

如懿轻笑道：“那么，是谁能嘱咐齐汝为你越治越坏？我想，那个人一定不知道皇后也防着你会生下孩子吧，否则，便不必费这样的工夫了。”

晞月瞪大了双眼，目光几能噬人，死死盯着如懿：“你是说……是皇上，是太后？是谁？”

如懿摇头：“我要知道就告诉你了。”

晞月惶惑：“太后么？太后从未为难过我和父亲啊！而且我一早就是太后看中的侧福晋人选，如果太后为父亲力劝先帝嫁了端淑长公主的事而记恨，她早就对我和父亲动手了。是皇上？是不是？皇上喜欢你！一早他就选你为嫡福晋，他根本不想选我入府，所以才不让我有孩子的！”她凄厉地喊起来，“我要见皇上！我要见皇上！”

“皇上未必会做这样的事情，你三思而后行。”如懿劝她。

“那我也要见皇上！我不能放过皇后！我不会放过皇后！”

如懿安抚地将手放在她的手背上："我会如你所愿。"

如懿回到宫中，便见皇帝坐在窗下，一盏清茶，一卷书帖，一本奏折，候着她回来。她解下披风，坐到皇帝跟前道："让皇上久等了。"

皇帝淡淡道："去看慧贵妃而已，怎么去了这么久？"

窗外微明的光线为如懿如花树堆雪般的面容镀上了更为温婉的轮廓，她徐徐替皇帝添上茶，缓声道："原是想略坐坐就回来的，但看贵妃病得可怜，所以多说了两句。"

皇帝蹙眉，不以为然道："何必与她多费口舌？"

如懿露出几分怜悯之意："贵妃也没有别的什么话好说，只反反复复惦记着要见皇上一面。"

皇帝眉心拧得越发紧，凝视着茶盏中幽幽热气，冷淡道："朕不去。"他顿一顿，"你来劝朕，高斌也上书进言，牵挂贵妃，言多年来朕对贵妃的眷顾。唉……"

皇帝的叹息幽幽地钻进心底去，她明白他的不忍、他的为难："皇上不肯去，是因为人事已变，面目全非么？"

皇帝斜倚窗下，仰面闭目："如懿，朕一直记得，贵妃在朕面前，是多么娇柔小性儿。朕真的不想看见，那么多人让朕看见的、她背着朕的模样。"

如懿深深攒起的眉心有一缕悲怆："贵妃怕是不行了。一旦离世，高斌问起贵妃临死情状，皇上总要有话可说。这些年皇上到底还顾着贵妃在外头的颜面，并不曾张扬她做下的恶事。如今贵妃只想再见皇上一次，皇上成全了她吧。"

皇帝的眼底渐渐有纷碎的柔情慢慢积蓄，沉吟良久，他终究长叹着点了点头。

慧賢 陆

皇帝去时，晞月已换上最得宠时心爱的樱桃红洒金蝴蝶牡丹纹氅衣，戴着一色的镏金翠羽首饰并金镶玉明珠蝶翅步摇。她正襟端坐，脸上以浓厚的脂粉极力掩盖着病色，守候在窗下，引颈企盼皇帝的到来。

皇帝步入寝殿时，她竟先听见了，由侍女们搀扶着，吃力地请下安去，仰起脸对着皇帝露出一个极明媚的笑容。她原是病透了的人，只剩下了一副虚架子，这一笑更显得胭脂虚浮在脸上，如套了一张面具一般。皇帝看着她这样的笑意，想起她曾经娇艳绝伦的模样，亦有些心酸，便虚扶了她一把："你既病着，便别劳碌了。"

这话原是寻常，可落在晞月耳中，却是深深刺痛了心肺。她不自觉便落下泪来："皇上厌弃臣妾至此，多年不肯来见臣妾一次，臣妾原以为自己要抱憾终生了。"晞月一落泪，脸上的脂粉便淡了一层，她很快意识到这样流泪会冲刷去脸上的脂粉，匆匆拭去泪痕道，"臣妾深悔当年过失，本不该厚颜求见皇上。但臣妾自知命不久矣，许多话还来不及对皇上说，所以无论如何也要见一见皇上。"

皇帝叹息：“你都病成这个样子了，朕来瞧瞧你也是应该的。你何必还这样费力打扮，穿着这么单薄的衣裳，仔细冻坏了身子。”他嘱咐，“还不赶紧扶贵妃去床上躺着。”

晞月如何肯躺着，挣扎着跪下道：“皇上，臣妾自知是不能了，这件衣裳，是皇上当年赏赐给臣妾的，臣妾很想穿着它再和皇上说说话。”她吃力道，“茉心，你带着人出去，这里有本宫伺候皇上就是了。”

茉心含着眼泪，依依不舍地带着众人退下，紧紧掩上了殿门。晞月跪在皇帝身前，指着桌上的茶点道：“这茶是皇上喜欢的龙井，点心是皇上喜爱的玫瑰酥。皇上都尝一尝，就当是臣妾尽了伺候皇上的心意了。”

皇帝略略尝了尝，容色慢慢淡下来道：“贵妃，朕有几句话一直想告诉你，子事父以孝，妻妾尊夫则为顺，臣敬君为恭，奴才奉主必得忠。你扪心自问，恭顺忠孝之道，你可都做到了么？背着朕你都做了些什么？”

晞月点点头，从供着茶点的小桌底下的屉子里取出用手绢包着的一样物事，摊开道：“皇上，您还记得这串翡翠珠缠丝赤金莲花镯么？”

皇帝颔首道：“这是你和如懿嫁入潜邸不久，皇后赐给你们俩的。怎么碎了？”

“这么珍贵的东西，皇后自己不用，赏赐给了臣妾和娴妃，臣妾真是感恩戴德。这些年皇后对臣妾眷顾有加，臣妾也真心敬畏。真是想不到啊，皇后在这里头藏了这样好的零陵香。”晞月从碎玉片里拣出一枚黑色丸药状的珠子，惨然道，“长久佩戴闻嗅零陵香，有娠者可断胎气，无娠者久难成孕。臣妾与娴妃一戴就是十数年，连自己为什么没有孩子都不知道。当真是个糊涂人啊！”

皇帝只瞥了一眼，冷冷道：“朕不相信皇后会做这样的事。”

晞月戚然道：“皇上不信，臣妾也不愿相信。可事实在眼前，东西是皇后亲自赏赐，臣妾也不能不信。”

皇帝眉心有幽蓝怒火隐隐蹿起："难怪娴妃与你多年未孕，朕只当时机未到，原来如此！"

晞月缓缓笑道："臣妾一心侍奉皇上，依附皇后。却不想竟被人这样算计了大半生！臣妾深恨当年选嫡福晋时不如娴妃，尔后入潜邸又在她之下，才事事与娴妃不睦，一心凌驾于她。臣妾更处处对皇后唯命是从，但求保全自身，保全母族荣耀。"

皇帝并不看她，别过脸道："你说的这些，朕都知道。"

晞月雪白的牙齿咬在涂抹得鲜红的唇上，眼中闪过一丝戾色："双喜和皇上说了不少事吧，可皇上不知道的还多着呢。臣妾这几年病重，被皇后要挟不许多言，以保高氏一族。"

皇帝看着她，眼眸如封镜，不带任何悸动之色："可你还是想说？朕明白你的意思。前朝是前朝，后宫是后宫，朕不会因为你说了什么做了什么牵连你的母族。哪怕有一日你不在了，你的父亲高斌还会是朕的股肱之臣。"

晞月紧绷的面容渐渐有些松动，她大约是累极了，吃力地跪坐在自己的腿上："臣妾所作所为，罪孽深重。所以到了今日，并不敢祈求皇上原谅，有皇上这句话，便是大恩大德了。"她磕了个头，缓缓道，"若有来生，臣妾再不愿为爱恨执着，也不愿再被旁人指使挑唆了。"

皇帝听得"旁人"二字，眼中闪过一丝精寒，只是隐忍不发，淡淡道："你说吧。"

晞月含了一缕快意："皇后做的那些事您当真不知？皇后为探知您心意，将莲心嫁给您身边的王钦加以笼络。阿箬也是得了皇后安抚，才肯为我们做事。娴妃入冷宫之后，皇后怨恨娴妃诅咒端慧太子，臣妾为顺皇后心意，令双喜引毒蛇入冷宫谋害娴妃。重阳佳节，皇后指使臣妾烧死娴妃。使娴妃得风湿之类小恶疾，固然有嘉妃说起药理，可事情是皇后让臣妾做的。至于娴妃砒霜中毒之事，多半也是皇后所为了。"

皇帝冷冷扫视着她："你说得倒痛快！就这些了？"

晞月恨恨道:“大阿哥当年在撷芳殿被苛待，三阿哥被人教唆故意宠溺，不使上进，不都是皇后的主意？便是愉嫔难产，只怕也与皇后有关。”

皇帝听到此处，并不相信:“皇后爱惜皇嗣，不会做这些！”

晞月仰起面:“不会？大阿哥与三阿哥的事自有素练跑腿，素练是皇后的心腹，还不是为皇后做事？娴妃入冷宫，素练就做了不少手脚。若不是上天报应，皇后的嫡子怎会夭折？”

晞月说到最后一句时，语气已是极为凄厉可怖，几近疯魔。皇帝脸色铁青:“素练是素练，皇后是皇后。皇后出身显赫，怎会懂这些下作手段？她也不懂药理。”

晞月怔了一怔，仿佛也不曾想到这一层。然而转瞬，她便笑得不可遏止:“皇上，一个人想要作恶，有什么手段是学不来懂不得的？”

太阳穴上青筋突突跳起，皇帝的鼻息越来越重，神色间却分明是有些信了，他的手紧紧抓着紫檀木的桌角，沉声道:“你虽然病得快死了，但若有半句虚言，朕还是会让你生不如死。你要明白，皇后是中宫之主，污蔑皇后是什么罪名！”

“臣妾知道。皇后在您心中是一位最合适不过的皇后，她克勤克俭，整肃六宫。她高贵雍容，不争宠夺利。她有高贵的家世，也曾为您生育嫡子。所以哪怕您知道她的不是，也会给自己许多不去追问的理由。因为您害怕，怕她就是让您失望的那个人。”晞月连连冷笑，虚弱地伏在地上，喘息着道，“人之将死，其言也善。臣妾带着这一身的罪孽下到地狱去，还有什么不敢说的。只是皇上细想想，这些事除了皇后得益，还有旁人么？若不是她做的，臣妾想不出还会有谁！今日臣妾全说了出来，也省得走拔舌地狱这一遭，少受一重苦楚了！”

皇帝眸色阴沉，语气寒冷如冰，让人不寒而栗，缓缓吐出两字:“毒妇！”

晞月大口地喘息着，像一口破旧的风箱，呼啦呼啦地哆嗦。她朗声笑道："皇上说得对。臣妾自然是毒妇，皇后更是毒妇中的毒妇。可是皇上，您娶了我们两个毒妇，您又何曾好到哪儿去了。咱们三个人自然是天造地设，再般配也没有了。"

皇帝听她出语怨毒，却也不以为意。良久，他脸上的暴怒渐渐消失殆尽，像是沉进了深海的巨石，不见踪影。他只瞟了她一眼，神色冷漠至极："你的话都吐干净了么？还想说什么？"

晞月见他不怒不愦，一脸漠然，没来由地便觉得害怕。不知怎的，胸中郁积的一口气无处发泄，整个人便颓软了下来。她仿佛是累极了，抚着起伏不定的心口，吃力地一字一字慢慢道："臣妾实在是不成了。还有一句话，臣妾实在想问问皇上，否则到了地底下，臣妾也死不瞑目。"她从袖中取出一沓药方，哆嗦着道，"皇上，臣妾受齐太医照拂，却越治越病，气虚血瘀之症加重，以致难有孕身。"

皇帝惋惜不已："朕原知你胎里带来气虚血瘀之症，齐汝也告知朕你这样的身体难以有孕，所以朕从不强求你的子嗣。"

晞月死死盯着皇帝："是皇上不强求，还是根本不想要臣妾的孩子？当年选福晋，您选了娴妃为嫡福晋，也选了皇后为侧福晋。三个人里，您唯独没选臣妾，要不是先帝和太后要臣妾，您不会选臣妾为格格的。后来，后来您宠臣妾，宠了很多年，还让臣妾成了侧福晋，成了贵妃。连臣妾自己都以为您是盼着我们的孩子的，才会让齐汝来为臣妾调理。可其实不是的，您当年不想要臣妾，后来也容不得臣妾生下您的孩子。臣妾虽然作恶，但对您的心意从未有半分虚假。您为何还要这样算计臣妾？"

皇帝神色郁郁："你胡说什么？你一直百般讨朕的喜欢，迎合朕的心意，娇嗲柔婉，朕宠你也是情理之中。既然宠你多年，朕怎会不容你有子嗣？"

皇帝伸出手，托起她的下巴，似有无限感慨。他的声音有些沙哑的温柔："真？什么是真？晞月啊，朕若不是真的喜欢过你，对你的宠爱也不是能装出来的。朕记得初见你的时候，你是何等娇柔，可你如何会变成后来的狠毒妇人，你杀了朕的皇嗣，又对如懿更是多番加害栽赃，还屡次要她性命。你说是朕变了，还是你变了？”

热泪止不住地滚滚而落，仿佛决堤的洪水，将晞月脸上的脂粉冲刷出一道道沟壑。她泣然：“皇上？皇上！”

皇帝幽幽道：“朕年少时只想做一个讨皇阿玛喜欢的皇子。后来蒙太后抚养，朕便想做一个富贵亲王。再后来三哥被逐，朕便想要成为天下之主。人的欲望从来不受约束，只会日益滋长。朕如今只盼望有嫡子可以继承皇位，其他的孩子，平安长大就好。”

晞月听着这些话一字一字入耳，仿佛是一根根钉子钻入耳底，要刺到脑仁儿深处去。原来如此，原来不过如此啊。

皇帝看着她哭残的妆容，缓缓闭上眼睛：“你也累了，好好歇着吧。一旦你去了，朕会给你一个好谥号，一个好结果，也不枉你跟着朕这许多年。”

晞月在绝望里抬起婆娑泪眼，痴痴笑着道：“皇上连谥号都替臣妾想好了？那就容臣妾自己说一句吧。臣妾这一辈子便如一场痴梦，后悔也来不及了，只盼下辈子嫁了寻常人家，相夫教子，也做一回贤德良善之人。”

皇帝站起身，负着手徐步踱出：“这是你最后的请求，朕不会不答应。朕便以此‘贤’字，作为你下辈子的期许，赐给你做谥号吧。”

泪眼蒙眬中，晞月望着皇帝离去的背影，吃力地瘫在榻边，冷笑中落下泪来：“皇上，虽然你不承认用齐汝算计了臣妾，可除了您还有谁呢？难不成真是太后？哈！那太后要臣妾在您身边做什么？臣妾真想不通。”她抚摸着皇帝坐过的垫褥、靠过的鹅羽垫子，痴痴笑道，“所以就让臣妾算计您一回，就这一回吧。如果是您做的，老天会收了您去；不是您做的，您就病痛一场，也受点儿苦楚吧。皇上，即便您不肯认，臣妾还是对您恨不到极处。”

她伏在地上，剧烈地咳嗽，一直咳到唇角有鲜血涌出。她任凭喉头涌出鲜血，慢慢地抚摸着，只是微笑。茉心听得动静，赶进来一看，吓得几乎魂飞魄散，道："小主，小主您怎么了？"

晞月睁大了双眼，死死抓住她的衣襟道："茉心，你是在我身边伺候最久的，我只有一句话嘱咐你。千万，千万别忘了皇后是怎么害我的！"

茉心见她乌水银似的眼珠瞪得几乎要脱出眼眶来，骇得魂飞魄散，啼哭着劝道："小主都这个样子了，还念着这些做什么？到底自己的身子骨要紧啊！"

晞月的手背上青筋暴突，扭曲得如要蹿起的青蛇，嘶声道："我是不成了，可你要是还活着一天，还念着我对你的好，你一定要记得皇后是怎么对我的！她以为什么事都吩咐了素练来告诉我，便是我当着她的面问了一二她都装糊涂撇清，我便不知道是她指使的了！原是她害了我这一辈子啊！"

茉心含着泪道："小主对奴婢的大恩大德，奴婢至死不忘。小主，奴婢赶紧扶您去床上歇着吧。"

晞月竭力伸出手，指着皇帝坐过的垫褥和靠过的鹅羽垫子，嘶哑着喉咙道："等一下拿去烧了。那些宫女用过的脏东西，留不得。"

茉心答应着，晞月吃力道："我死后，你不必为我守孝，也不要出宫，我给你安排了在古董房当差，你更不要将我的事告诉家中，以免父母烦忧。"茉心哭着点头。晞月精疲力竭："我好累啊。来生，来生我再不来这里了。外头的天是蓝的，花是香的……"她喘息着说不出话，缓缓瘫软了下去。

皇帝坐在步辇上，看着月色苍茫，想起晞月方才所言，只觉得前事茫茫，亦有花落人亡的两失之感。李玉善察皇帝心思，便道："今儿皇上也还没翻牌子，此刻是想去哪里坐坐？"

皇帝的眼神不知望着何处，只觉得身体轻飘飘的若一叶鸿毛，倦倦地问：“李玉，朕从前，是不是很宠爱贵妃？”

李玉不知皇帝所指，只得赔着笑脸道：“是。可皇上也宠爱舒嫔，宠爱嘉妃。六宫雨露均沾……”

皇帝倏然打断他：“你伺候了朕多年，有没有觉得，朕宠了不该宠的人？”

李玉吓了一跳，也不敢不答，只得道：“能不能得宠是小主们的本事和福分，至于皇上宠不宠、怎么宠，这可没有该不该的！皇上仁厚，后宫这些小主，皇上从没冷落了谁，也不见特别专宠了谁。”他一壁说着，只怕哪里答得不慎，惹得皇上不悦，便越发战战兢兢。

皇帝只是浅浅一哂，流水似的月华泻在他俊逸清癯的面庞上，愈加显得光华琳然，却有着不容亲近的疏冷。皇帝的语气里有着无限寂寥：“或许，朕知道怎么宠她们，却不知如何爱她们，所以落到今日这般田地。”

李玉伺候皇帝多年，深知他心性难以捉摸，更不敢随便言语，只得苦着脸道：“皇上，奴才哪里懂得这些。您和奴才说这些，岂不是对牛弹琴……奴才就是那牛。”他说着，轻轻“哞”了一声。

皇帝忍不住失笑，便吩咐道：“瞧你那猴儿样子。罢了，去翊坤宫吧。”

皇帝进来时如懿正换了玉色湖水纹素罗寝衣，从镜中见皇帝进来，便道：“夜深了，怎么皇上还过来？”

皇帝拉着她的手道：“你这儿让人心静，朕过来坐坐。”他的手指触到如懿手腕上的莲花镯，眼中闪过一丝深恶痛绝之意，伸手便从她手腕上扯了下来抛到门外，道，“这镯子式样旧了，以后再不必戴了。明儿朕让李玉从内务府挑些最好的翠来送你，再让太医给你开几个进补的药方，好好补益补益身体。”

如懿没有任何疑义，温顺道：“是。”她挽着皇帝坐下，“皇上去看过慧贵妃了？”

皇帝支着头坐下："是。她和朕说了好多话。"

如懿从妆台上取过一点茉莉薄荷水，替皇帝轻轻揉着太阳穴道："人之将死，其言也善，难免会话多些。"

皇帝握着她的手，抚着她如云散下的万缕青丝，低声道："如懿，有一天你会不会算计旁人？"

如懿的眸光坦然望向他："会。若是此人做了臣妾绝不能容忍之事，臣妾会算计。"

"你倒是个直性子，有话也不瞒着朕。"皇帝凝视着她，似乎要看到她的心里去，"那你会不会算计朕？"

如懿心头一颤，有无限的为难委屈夹杂着愧疚之意如绵而韧的蚕丝，一丝丝缠上心来。她对他，并不算坦荡荡，所以这样的话，她答不了，也不知如何去答。良久，她抬起眼，直直地望着皇帝，柔声而坚定："但愿彼此永勿相欺。"

皇帝望了她许久，轻轻拥住她道："有你这句话，朕便安心了。"他长长地叹口气，"朕今日见了晞月，听她说了那么多话，朕一直觉得很疑惑。人人都觉得朕宠爱晞月，连晞月自己也这么觉得，可是到头来，彼此的真心又有几分？"他抓着如懿的手，按在自己的心口，隔着绵软的衣衫，她分明能感触到衣料经纬交错的痕迹下他沉沉的心跳。皇帝有些迷茫："如懿，朕知道怎么让一个女人高兴，怎么让一个女人对朕用尽心思讨朕的喜欢，可是朕忽然觉得，不知道该如何去爱一个女人。从没有人告诉朕，也没有人教过朕。父母之爱是朕天生所缺，夫妻之爱却又不知如何爱起。或许因为朕不知道，所以朕有时候所做的那些自以为是对你好的事，却实在不是朕所想的那样。"

如懿看着他的神色，仿佛一个迷路的孩子，极力寻找着想要去的方向，却又那么不知所措。她无言以对，只是紧紧地拥住他，以肉身的贴近，来寻觅温暖的依靠。

许久，皇帝的神色才渐渐安静下来，向外扬声道："李玉，传朕的旨意。”

李玉忙进来答应了一声，垂着手静静等着。

皇帝沉着道：“贵妃高佳氏诞生望族，佐治后宫，孝敬性成，温恭素著。着晋封皇贵妃，以彰淑德。娴妃、纯妃、愉嫔，奉侍宫闱，慎勤婉顺。娴妃、纯妃着晋封贵妃，愉嫔着晋封为妃，以昭恩眷。”

如懿忙敛衣跪下：“臣妾多谢皇上厚爱。”

皇帝扶住她道：“要你和纯妃同时晋位贵妃，已经是委屈你了。可纯妃为朕诞育了两位皇子，又抚养了永璜，朕不能不多眷顾。”他顿一顿，“愉嫔生育之后一直不能侍寝，朕也不勉强她，至少她生下了永琪，让你和朕都有了安慰。”

如懿微微动情，按着永远平坦的小腹，感伤不已：“是臣妾无能，不能为皇上诞育子嗣。”

皇帝抚着她的肩膀道：“会有的，以后一定会有的。”

星河灿灿，盈盈相语。这样静好的时光，宛如一生都会凝留不去。

两日后，乾隆十年正月二十五日填仓日[①]，皇贵妃高佳氏薨。

众人都说，贵妃是熬死在咸福宫中，更是盼着皇帝盼了这些年，活活盼死的。太后亦是快慰，只道自已受尽骨肉分离之痛，高斌也要饱尝终生了。当然，这样的话只会在宫闱深处流传，永远也流不到外头去。

在外人眼里，他们所看到的，是高晞月被追封为慧贤皇贵妃。追封的册文亦是极尽溢美之词、哀悼之情：

赞雅化于璇宫，久资淑德；缅遗芳于桂殿，申锡鸿称。既备礼以饰终，弥怀贤而致悼。尔皇贵妃高氏，世阀钟祥，坤闱

① 农历正月二十五日，俗称“填仓节”。是旧历正月最后的一个节日，也是民间象征来年五谷丰登的节日之一。

翊政，服习允谐于图史，徽柔早着于宫廷。职佐盘匜，诚孝之思倍挚，荣分翚翟，肃雝之教尤彰。已晋崇阶，方颁瑞物。芝检徒增其位号，椒涂遂失其仪型。兹以册宝，谥曰慧贤皇贵妃。于戏！象设空悬，彤管之清芬可挹，龙文叠沛，紫庭之矩矱长存。式是嘉声，服兹庥命。

这篇册文，不仅极尽哀情，宣昭皇帝对早逝的慧贤皇贵妃的悲痛哀婉之情，连私下作诗娱情，皇上亦是念念不忘。皇帝将亲笔所书的挽诗《慧贤皇贵妃挽诗叠旧作春怀诗韵》亲自在祭礼上焚烧，以表长怀之意，六宫妃嫔无不艳羡。连皇后亦道："皇上待皇贵妃情深意长，皇贵妃死前请求皇上以'贤'字为谥，皇上答允。但愿来日，皇上亦将此'贤'字赠予臣妾为谥号，臣妾便死而无憾了。"

皇帝不以为意："皇后春秋正盛，怎么出此伤感之语？"

皇后悄然注目于皇帝，试探着道："我朝皇后上谥皆用'孝'字。倘使他日皇上谥为'贤'，臣妾定当终身自励，以符此二字。"

皇帝只赞一句"皇后好心胸，好志气"便不肯多言了。

皇后垂泪道："皇贵妃去世之后，皇上悲痛不已，再未进过臣妾的长春宫，不知是否怪臣妾未将皇贵妃照顾好？"

皇帝看着别处："朕是想到皇后与皇贵妃相知相伴多年，怕触景伤情罢了。朕对皇贵妃的哀思甚深，皇贵妃于填仓日去世，往后每年朕都会写诗哀悼，不忘皇贵妃临终言语。"

皇后面上苍白，身体微微一晃，勉强笑道："皇上情深意长……"

如懿在侧道："皇上自然是情深意长，所以今夜只怕还要悼念皇贵妃，对着皇贵妃的画像倾吐衷肠。只怕皇贵妃临终前说不完的话，梦中相见，还要与皇上倾诉呢。"

皇后勉强撑着笑容："皇贵妃早逝，最牵挂的不过是家中父兄。臣妾恳请皇上，若是眷顾贵妃，也请眷顾其亲眷，让贵妃瞑目于九泉。"

皇帝不置可否，只是凝眸于皇后："皇贵妃身死，朕哀恸不已。然而她父兄之事乃属朝政，不干后宫事宜，皇后不必多言。若有一日皇后兄弟犯法，朕当如何？不过与天下臣民一视同仁而已，那么皇贵妃父兄若不勤谨奉上，朕也不能以念皇贵妃而稍稍矜宥。"

皇后神色愈加难堪。如懿温言道："皇上内外分明，不以私情而涉朝政。皇后娘娘陪伴皇上多年，自然也清楚。皇上何必以此为例？话说回来，皇上也正是器重皇后娘娘的弟弟傅恒大人的时候呢。"

皇帝如常含笑："傅恒刚进了军机处为朕分忧。皇后无须多心。"

皇后欠身为礼："傅恒年轻，还缺历练，皇上多磨炼他才好。否则身为公卿之家，凡事懈怠，臣妾也不能容他。"皇后目光一滞，忽然凝视如懿手腕，笑吟吟道，"娴贵妃，本宫赏你的莲花镯呢？怎么不戴了？"

皇帝仿佛不经意似的，道："那镯子本是和皇贵妃的一对，既然皇贵妃离世，朕让娴贵妃也摘了，免得伤情。还有一事，永璜的生母哲妃死得可怜，朕会一并下旨，追封哲妃为哲悯皇贵妃。"

皇后一怔，笑道："那，也好……"

皇帝并不容她说完，便许她跪安了。

皇帝许人"跪安"，于外臣是礼遇，对内嫔妃，则是不愿她在跟前的意思了。皇后如何不明其中深意，脚下一个踉跄，到底稳稳扶着素练和莲心的手退下了。

如懿看着皇帝冰冷面孔，轻轻道："皇上从未这样和皇后说过话。"

皇帝心底忽然生了几许悲凉："高氏身死，朕心里始终有个结。高氏的娇美面孔之下是阴狠心肠，皇后的贤惠端方之下会是什么呢？朕，真的很难看清楚。"

復恩 柒

待回到长春宫，莲心便出去打点热水预备皇后洗漱。寂然无人之时，皇后才露出强忍的惊惧之色，拉住素练的手惶然道："你说，高氏临死前是不是和皇上说了什么？皇上说哲妃死得可怜，哲妃一尸两命是可怜，可皇上的话里必定还有别的意思。皇上是在暗示责问本宫什么？"

素练忙护着安慰道："奴婢去问过，皇贵妃临死前是单独和皇上说过话，但说了什么也无人得知。至于皇上说哲妃死得可怜，大约也是怜惜她年轻轻就走了，没什么旁的意思！"

皇后神色恍惚，唯有一种破碎的伤痛弥漫于面容之上。她紧紧捏着素练的手腕，几乎要捏出青紫的印子来，仿佛唯有如此，才能寻得支撑躯体的力量："高氏死后，皇上便有些疏远本宫。你说皇上是不是猜忌本宫了？当年本宫就是不知皇上心意，才会将莲心许给王钦，探知皇上一点点心意。如果当年是你嫁给王钦，周旋圆滑，一切都不会这样了。那莲心不会受苦，王钦也还活着，本宫心有不安都可向王钦探知。"

素练安抚道："皇后娘娘别这样说，是奴婢无用，不能替娘娘分忧。”她寻思片刻，“娘娘且宽心，皇贵妃不敢出卖您。您且看皇上为她追谥，便知道皇上什么都不知情呢。”

皇帝对皇后的冷落，便是从慧贤皇贵妃死后而起。那三个月，除了必需的典庆，他从未踏足长春宫一步，连皇后亲去西苑太液池北端的先蚕坛行亲蚕礼这样的大事，也只草草过问便罢了。

那种冷落，实在像极了慧贤皇贵妃生前的样子。然而，皇帝这样的冷落也并未引起六宫诸多非议，因为除了皇后宫中，东西六宫他都不曾踏足，身体抱恙让他无暇顾及六宫嫔妃的雨露之情，只避居养心殿中养病。

这病其实来得很蹊跷，是从慧贤皇贵妃死后半个多月皇帝才开始发作的，一开始不过是肌肤瘙痒，入春后身上渐渐起了许多红疹子，大片大片布及大腿、后背、胸口，很快疹子发成水疱，一个个饱含了脓水，随后连成大片，不忍目睹。且随着病势沉重，发热之状频频出现，皇帝一开始还觉得难以启齿，不愿告诉太医，病到如此，却也不能不说了。

最先发现的人自然是如懿，一开始她还能日夜伺候身侧，为皇帝挑去水疱下的脓水，再以干净棉布吸净，可是皇帝发病后，她的身上很快也起了同样的病症，方知那些红疹是会过人的，且如懿日夜照顾辛苦，发热比皇帝更重，也不便伺候在旁，便挪到了养心殿后殿一同养病。

如此一来，连太后也着了急，一日数次赶来探望，却被齐汝拦在了皇帝的寝殿外。齐汝忧心忡忡道：“皇上的病起于疥疮，原是春夏最易发的病症，却不知为何在初春便开始发作起来了。”

太后扶着皇后的手，急道：“到底是什么症候，要不要紧？”

齐汝忙道：“皇上怕是接触了疥虫，感湿热之邪，舌红、苔黄腻、脉数滑为湿热毒聚之象。湿热毒聚则见脓疱叠起，破流脂水。微臣已经偕同太医院同僚一同拟了方子，但之前皇上讳疾忌医，一直隐忍不言，到了今时今日，这病却是有些重了。”

太后遽然变色，严厉道："这些日子都是谁侍寝的？取敬事房的档来！"

皇后忙恭声回答："太后，臣妾已经看过记档，除了纯贵妃和舒嫔各伴驾一次，但纯贵妃刚有身孕，之后都是娴贵妃了。"

太后鼻息微重，疾言厉色道："娴贵妃呢？"

李玉察言观色，忙道："皇上之前不肯请太医察看，都是娴贵妃在旁照顾，贵妃小主日夜辛劳，如今得了和皇上一样的症候，正在养心殿后殿养着呢。"

太后这才稍稍消气："算她还伺候周全。只是娴贵妃怎得了和皇上一样的病，莫不是她传给皇上的吧？"

李玉忙道："皇上发病半个月后娴贵妃才起的症状，应该不像。"

皇后看着齐汝道："你方才说皇上的病是由疥虫引起的，疥虫是什么？是不是翊坤宫不大干净，才让皇上得上了这种病？"

齐汝躬身道："可能是得了疥疮的人用过的东西被皇上接触过，或是皇上直接碰过得了疥疮的人才会得这种症候。至于翊坤宫中是否有这样的东西，按理说只有皇上和娴贵妃得病，那翊坤宫应该是干净的。"

太后沉声道："好了。既然其他人无事，皇后，咱们先去看皇帝要紧。"

齐汝忙道："太后、皇后当心。太后与皇后是万金之体，这病原是会过人的，万万得小心。"说罢提醒小太监给太后和皇后戴上纱制的手套，在口鼻处蒙上纱巾，方由李玉引了进去，又道，"太后娘娘，皇后娘娘，千万别碰皇上碰过的东西，一切由奴才来动手即可。"

太后见李玉和太医这般郑重其事，也知道皇帝的病不大好，便沉着脸由着李玉带进去。

寝殿内，一重重通天落地的明黄色赤龙祥云帷帐低低地垂着，将白日笼得如黄昏一般。皇帝睡榻前的紫铜兽炉口中缓缓地吐出白色的袅袅香烟，越发加重了殿内沉郁至静的氛围。偶尔，皇帝发出一两声呻吟，又沉默了下去。

两个侍女跪在皇帝榻前，戴着重重白绡手套，替皇帝轻轻地挠着痒处。太后见皇帝昏睡，示意李玉掀开被子，撩起皇帝的手臂和腿上的衣物，目光所及之处，皆是大片的红色水疱，在昏暗的天光下闪烁着幽异的光泽，更有甚者，一起成了大片红色饱满的突起的疖状物。皇帝含混不清地呻吟着："痒……痒……"

皇后情难自禁，泪便落了下来。太后到底有些心疼，轻轻唤了几句："皇帝，皇帝！"

皇帝并没有清醒地回应，只是昏昏沉沉地呢喃："额娘，额娘，痒……"

太后的面色略沉了沉："皇后，你听见皇帝说什么？"

皇后知道皇帝的呼唤犯了太后的大忌，这"额娘"二字，指的未必是在慈宁宫颐养天年的皇太后。然而她也知道这话说不得，勉强笑道："皇上一直尊称您为皇额娘，如今病中虚弱，感念太后亲来看望，所以格外亲热，只称呼为额娘了。"

太后唇边的笑意淡薄得如同远处缥缈的山岚："难为皇帝的孝心了。"她的口气再不如方才热切，"齐汝，给皇上和娴贵妃用的是什么药？可有起色？"

齐汝忙道："回太后，微臣每日用清热化湿的黄连解毒汤给皇上服用，另用芫花、马齿苋、蒲公英、如意草和白矾熬好的药水擦拭全身。饮食上多用新鲜蔬果，再辅以白鸽煲绿豆、北芪生地煲瘦肉两味汤羹给皇上调治。娴贵妃得的病症晚，虽然发热较多，但不比皇上这样严重，这些药外敷内服，已然见效了。"

太后扶了扶鬓边的瑶池清供鬓花，颔首道："你是太医院之首，用药谨慎妥当，哀家很放心，就好好为皇上治着吧。一应汤药，你必得亲自看着。"齐汝答应出去了。太后回转头，见皇后只是无声落泪，不觉皱眉道："皇后，你是六宫之主，很该知道这时候掉眼泪是没有用处的。

若是你哭皇上便能痊愈，哀家便坐下来和你一起哭。”

皇后忙忍了泪道：“是。”

太后皱眉道：“皇上的病不是什么大症候，眼泪珠子这么不值钱地掉下来，晦气不晦气？若是娴贵妃也跟你一样，她还能伺候皇帝伺候到自己也病了？早哭昏过去了。”

皇后见太后这般说，少不得硬生生擦了眼泪：“儿臣但凭皇额娘吩咐。”

太后叹口气道：“你这样温温柔柔的性子，也只得哀家来吩咐了。既然娴贵妃已经病着，宫中其他妃嫔可以轮侍，纯贵妃刚有了身孕，嘉妃要抚养皇子，都不必过来。余者玫嫔、舒嫔是皇帝最爱，可以多多侍奉，愉妃、庆常在、秀答应也可随侍。你是皇后，调度上用心些便是。”

太后一一吩咐完，皇后跪下道：“皇额娘圣明，臣妾原本不该驳皇额娘的话，但是皇上的病会过人的，若是六宫轮侍，万一都染上了病症，恐怕一发不可收拾。若是皇额娘觉得儿臣还妥当，儿臣自请照顾皇上，必定日夜侍奉，不离半步。”

太后双眸微睁，眸底清亮：“是么？皇后与皇帝如此恩爱之心，哀家怎忍心分离，便由着皇后吧。只是皇后，你也是人，若到支撑不住时，哀家自会许人来帮你。”说罢，太后便又嘱咐了李玉几句，才往殿外去。

因皇帝病着，寝殿内本就窒闷，太后坐了一路的辇轿，一直到了慈宁宫前，才深吸一口气，揉着额头道：“福珈，哀家觉得心口闷闷的，回头叫太医来瞧瞧。”

福珈正答应着，转头见齐汝正站在廊下抱柱之后，不觉笑道：“正说着太医呢，可不齐太医就跟来这儿了呢。”

太后闻声望去，见齐汝依礼请安，却是一脸惶惶之色，不由得皱眉道：“怎么了？皇帝病着，你这一脸慌张不安，也不怕犯了忌讳？”

齐汝这才回过神来，忙不迭拿袖子擦了脸道：“微臣有罪。微臣有罪。”

这告罪甚是没有来由，太后与福珈对视一眼，旋即明白，便道：“起来吧。哀家正要再细问你皇帝的病情。”

齐汝上前几步，跟着太后进了暖阁，见左右再无外人伺候，方才缓和些神色。太后扶了福珈的手坐下，稳稳一笑，睨着他道：“三魂丢了两魄，是知道了慧贤皇贵妃临死前狠狠告了你一状吧？”

齐汝赶紧跪下：“回太后的话，微臣在宫里当差，主子的吩咐无一不尽心尽力做到，实在不敢得罪了谁啊！”

福珈替太后斟了茶摆上，看着齐汝抿嘴笑道：“齐太医久在宫中，左右逢源，不是不敢得罪了谁，是实在太能分清谁能得罪谁不能得罪了。您怕皇上听了慧贤皇贵妃的话疑了您？那可真不会。您是皇上最得力的人，皇上有的是要用您的地方，您前途无量呢。”

齐汝慌不迭摆手道：“姑姑的夸奖，微臣愧不敢当。”

太后轻轻一嗤，取过手边一卷佛经信手翻阅，漫不经心道：“你要仔细，别叫皇帝知道了你也在为哀家做事。自个儿谨慎点。否则以皇帝的疑心，可饶不得你。”

齐汝吓得面无人色，叩首道：“太后、皇上、皇后都是微臣的主子，微臣不敢，微臣不敢啊！”

四下里静悄悄的，唯有紫檀小几上的博山炉里缓缓吐出袅袅轻烟，那种浅浅的乳白色，映得太后的面容慈和无比：“皇后只求生子，皇上看重你的才干，哀家也只取你一点往日的孝心，借你的手让后宫安宁些罢了。皇帝娶的这些人，摆明了就是倚重她们的母族。乌拉那拉氏便罢了，早就是一盘散沙。高氏能由格格而至侧福晋，又一跃而成贵妃，宠擅椒房，也是借了她父亲高斌的力。”太后眼里衔着一丝恨意，“当初恒娖远嫁，一则是为了朝廷安宁不得不嫁，二则何曾少了高斌的极力促成。身为太后，哀家不能不为朝廷考虑，但身为人母，哀家却不能不记得这件事。”

齐汝诺诺道："微臣明白主子们的器重。慧贤皇贵妃本就气虚血瘀，微臣替太后用药，不过是不想她有孕生子，恃宠而骄罢了。"

太后笑得优雅而和蔼，闲闲道："她的命或许不该如此，只是她父亲送走了哀家的女儿，哀家也不容她女儿这般快活罢了。只不过，这件事哀家才吩咐你去做，便发觉原来皇帝也知她气虚血瘀不易遇喜，哀家不过是让你顺水推舟，告诉皇帝她已不易遇喜，若治愈后再生是非，一则后宫不睦，二则更添高佳氏羽翼，三也勾起哀家思女之心，两宫生分。所以皇帝才会对你所作所为假作不知。你放心，皇帝既然知道你的忠心，便没人能动你分毫。"

齐汝这才安心些许，想了想又道："那么舒嫔小主……"

太后垂着眼皮，淡淡打断他道："各人有各人的缘法，谁吩咐你做什么你便做，旁的不必多理会。"

齐汝这才告退。到了慈宁宫外，才缓过一口气。遥遥看见皇帝身边的毓瑚，不觉有些心虚，调了方向便走。毓瑚何等机敏，盘算着太后刚在养心殿问了齐汝皇帝病况，忽然又私下相见，必有缘故。想着皇帝病着，便把此事存在心中，细细去查。

福珈替太后捶着肩，试探着道："舒嫔小主的事，太后当真不理会么？"

太后凝神想了片刻，叹口气道："舒嫔是个痴心人儿，一心痴慕皇帝。哀家除了能成全她的痴心，别的什么也成全不了。"

福珈似是不忍，沉吟着道："可怜了舒嫔一片痴心。不过想想也是，许多时候羁绊越深越不能自拔，若真一颗心都在皇上身上了，便也白费了太后的调教了。"

皇帝如此一病，皇后便在养心殿的寝殿之旁安住下来。皇后自侍奉皇帝，事必躬亲，衣不解带，但凡皇帝有半点不适，她便半蹲在皇帝身前反复擦拭药水，直到瘙痒渐止才肯稍做歇息。而皇帝的病症常在夜深人静时发作，常常不能安眠，皇后便也不眠不休，守候一旁。

如懿身体稍稍好转时，曾往养心殿寝殿探望皇帝，谁知才掀了帘子，李玉已经赶出来，噤声摆手道："皇后娘娘在里头呢。"

如懿昏昏沉沉，脚下本就虚浮，便靠在惢心怀里道："只有皇后在么？"

李玉点头道："皇后娘娘不许六宫前来侍奉，以防病症传人，所以一直是娘娘一个人在。"

如懿了然："难为皇后的苦心。皇上这一病，倒不能不见她了。"

李玉低眉颔首："皇后到底是六宫之主。"

如懿伸手撂下帘子，便也不再进去。回到后殿，惢心却有些不安："皇后娘娘日夜陪伴在侧，见面三分情，小主不得不防啊！"

"防？"如懿淡淡微笑，重又躺好，"皇后能一人侍疾，自然是太后允准的。高晞月已死，皇后也被冷落多时。皇上一直在我宫里，太后自然会不放心。太后不喜欢宫中有人独大，本宫就顺从她的意思罢了。"

惢心替她盖好锦被，低声道："那小主不怕……"

"怕？高晞月死前的话必定不是白说的，心结已经种下，以后要拔除也难了。我有什么可怕的。"如懿的声音温沉而低柔，"我且养好了身子，比什么都要紧。"

起初，皇帝蒙眬中醒来，见女子衣着清素，以纱巾覆面，总以为是如懿在侧。直到数日后发热渐退，他逐渐清醒，看到伏睡于床边的女子，便挣扎着向李玉道："娴贵妃累成这样，怎么不扶下去让她休息？"

李玉见皇帝好转，不由得惊喜交加，忙道："皇上，您不认得了？这是皇后娘娘呀。"

皇帝"哦"了一声，虚弱地道："皇后怎么来了？"

李玉道："皇上，自从娴贵妃病倒，一直是皇后娘娘为您侍疾，衣不解带，人也瘦了好些。"

皇帝颇有些动容，咳嗽几声，伸手去拂落皇后面颊上的轻纱。他原是病着的人，下手极轻，却不想皇后立刻坐起，人尚未完全醒转，迷糊着道："皇上要什么？臣妾在这里。"

皇帝看她如此急切，心下一软，生了绵绵暖意："皇后，你辛苦了。"他略略点头，"李玉，皇后累了，扶她下去歇息，让别人来照顾吧。"

皇后见皇帝不欲她在眼前，一时情急，忙跪下恳切道："皇上，臣妾知道您不愿见臣妾，但您病着，臣妾是您的结发妻子，如何能不在床前悉心照料。皇上的病症是会过人的，娴贵妃一时不慎，已经病下了，若是六宫之中再有什么不妥，累及儿女，岂不是臣妾的过错？"

皇帝的口气温和了几许："皇后，你起来吧，别动不动就跪着。"

皇后见皇帝的语气略有松动，含泪道："臣妾自知粗陋，皇上不愿见臣妾，所以以纱巾覆面，但求皇上不要厌弃，容臣妾如宫人一般在旁侍奉就好。"

皇帝看了她一眼，含了脉脉的温情，叹息道："皇后，你瘦了。"

皇后辛苦了多时，听得皇帝语中关切，一时情动，不禁落下泪来："只要能侍奉皇上痊愈，臣妾怕什么。"

皇帝咳嗽几声，身上又有些发痒，便懒怠言语，侧身又朝里躺下了。皇后忙膝行到皇帝跟前，拿柔软的白巾蘸了药水一点一点替皇帝擦拭，每擦拭一下，便轻轻吹气，为痒处增些清凉之意。皇帝见她做得细致，便也不说话，由着她侍奉。

转眼便到了晚膳时分，皇后出去了一炷香的时辰，方端着膳食进来。因皇帝在病中，一切饮食以清爽为要，不过一碗白粥，一道熘鲜蘑并一个白鸽绿豆汤。皇帝由李玉和进忠扶着坐起来，皇后也不肯假手他人，亲自喂了皇帝用膳。

皇帝尝了两口，抿唇道："不是御膳房做的？"

素练喜不自胜："皇上是好多了呢，这个也能尝出来了。这些天皇上的饮食，都是皇后娘娘亲手做的，不敢让旁人插手半分，只怕做得不好呢。"

皇帝眼中有晶润的亮色，一顿饭默默吃完，也无别话。待到饮药时，皇后亦是先每样尝过，再喂到皇帝口中。

皇帝温然道："太医院开的药，皇后何须如此谨慎？"

皇后眼中一热，垂下眼睑，诚挚无比："臣妾万事当心，是因为病的是皇上，是臣妾的夫君。"她大着胆子凝视皇帝，恳切道，"皇上这些日子病着，少有言语，臣妾陪在皇上身边，皇上何处不适，想做什么，臣妾一一揣测，倒觉得与皇上从未如此亲近过。"

皇帝沉默片刻，伸手拍一拍皇后的手，温和道："皇后有心了。"

服完药皇帝便又睡下了。皇后忙碌了大半日，正要歇一歇，却见莲心进来，低低耳语几句，便强撑着身体起来，走到殿外。

廊下里皆是新贡的桐花树，分两边植在青花莲纹的巨缸内。桐花绵绵密密开了满树，绛紫微白，团团如扇。风过处，便有雅香扑鼻。皇后闻得药味久了，顿觉神清气爽。转眸处，月色朦胧之中，却见一个宫装女子跪在殿前，抬起清艳冷然的面庞，朗声道："皇上卧病，皇后娘娘为何不许臣妾向皇上请安？"

皇后扶着素练的手，和颜悦色道："舒嫔，皇上的病容易过人，本宫也是担心你们。若人人都来探视侍奉，哪一个弱些的受了病气，六宫之中还如何能安生。"

意欢不为所动，只是觑着皇后道："皇后娘娘好生辛劳，独自守着皇上，却忘了您还有公主要照顾，倒不比臣妾这样无儿无女没有牵挂的，侍奉皇上更为方便。"

皇后站在清朗月色下，自有一股凛然不可侵犯之意："你自是无儿无女，可你还年轻，万一沾染上疥疮伤了你如花似玉的容貌，那以后还怎么侍奉皇上？便是愉妃，本宫都没有让她过来。"

意欢本就长得清冷如霜，肤白胜雪，一笑之下更如冰雪之上绽放的绰艳花朵，艳光迷离。她施施然站起身，风拂她裙袂，飘舞翩跹："皇后娘娘真是好贤惠，一人侍奉皇上，不辞辛苦，臣妾等人想见一面都不得。这也罢了，只是臣妾为皇上亲手编了福袋，已请宝华殿法师开光，能否请皇后娘娘转交？”

皇后听她这般说话，丝毫不动气，只是笑：“福袋甚好，只是不如等来日舒嫔亲自交给皇上更有心意。夜来露水清寒，恐伤了妹妹。本宫想，皇上病愈后，一定希望见到妹妹你如花容颜，那么妹妹还是回宫好好歇息吧。”说罢，皇后再不顾她，只低声嘱咐，“素练，还是老规矩，不许任何人前来打扰皇上静养。”她想一想，又道，“齐汝给本宫准备的坐胎药，一定要记得按时给本宫送来喝。”

素练清脆地答应一声：“其实皇上病着，娘娘何必如此着急？”

皇后压低了声音道：“比起之前皇上对本宫不闻不问，如今已是好了许多。若不趁皇上病势好转对本宫有所垂怜之时怀上龙胎，更待何时？”

素练只得默然，便又守在门外。意欢见皇后如此，也无可奈何，只得揉着跪得酸痛的膝盖，悻悻道：“荷惜，陪本宫去宝华殿吧。”

荷惜担心道：“小主，自从皇上卧病，您一直在宝华殿为皇上祈福，不停编织福袋，描画经幡，奴婢真担心您的身子。何况，太后也没有这样交代啊。”

意欢浅浅横她一眼，已然含了几许不悦之色：“本宫关心皇上，何必要太后交代。你若累了，本宫便自己去。”

荷惜忙道：“奴婢不累。只是您这样做，皇上也看不见啊，白白辛苦了自己。”

意欢仰望满天月华，郁然长叹：“皇上看不见又如何？我只是成全我自己的心意罢了。”

捌 永琮

皇帝这一病，缠绵足有百日，待到完全好转，已是六月风荷轻举的时节。而皇后，也因悉心侍疾，复又承恩如初。如懿侍疾致病，皇帝更是疼惜，又偶然听如懿说起意欢日夜在宝华殿祈福的心意，对二人宠爱更甚。乍看之下，六宫中无不和睦，自然是圆满至极了。

到了九月金桂飘香之时，更好的消息便从长春宫中传出，已然三十五岁的皇后，终于再度有娠。这一喜非同小可，自端慧太子早夭之后，帝后盼望嫡子多年，如今骤然遇喜，自然喜出望外，宫中连着数日歌舞宴饮不断，遍请王公贵族，举杯相贺。

如此，连承恩最深的如懿与意欢亦是感叹。意欢羡慕不已："原本就知道借着这次为皇上侍疾，皇后一定会再次得宠，却不想这么快她连孩子都有了。"

如懿抚着平坦的小腹，伤感之中亦衔了一丝深浓如锋刃的恨意，只是不肯露了声色："想来我已二十八岁了，居然从未遇喜，当真是福薄。"她停一停，叹道，"皇后遇喜，皇上这么高兴，咱们总要去贺一贺的。”

意欢扬了扬细长清媚的凤眼，冷淡道：“何必去赶这个热闹？皇后遇喜与我何干，我既不是真心高兴，自然不必假意去道贺！”

如懿笑语嫣然：“贺的是情面，不是真心。若不去，总落了个嫉妒皇后遇喜的嫌疑。”

意欢蹙起眉心，嫌道：“姐姐从不在意这些虚情假意的，如今也慎重了。”

如懿的笑容被细雨打湿，生了微凉之意：“浮沉多年，自然懂得随波逐流也是有好处的。”

意欢沉郁片刻：“姐姐也如此，可见是为难了。”

如懿婉声道：“在宫里，不喜欢的人多了，可是总还要相处下去，彼此总得留几分余地。”

意欢沉吟着道：“我是真不喜欢她们……”

如懿忙掩住她口，警觉地看了看四周，郑重摇头道：“含情欲说宫中事，鹦鹉前头不敢言。妹妹心直口快是好性子，但也会伤了自己。慎言，慎言！”

意欢的唇际挂下如天明前虚浮的弯月，半晌才低低道：“知道了。”

如懿含笑看着她道：“幸好皇上是喜欢妹妹这性子的，但再喜欢，宫中也不是只有皇上一个。”她略停了停又道，“皇后遇喜是喜事，妹妹你终究还年轻，不必着急。只要皇上的恩眷在，一定很快会有自己的孩子的。”

意欢玉白面容泛起一丝红晕，含笑低低道：“承姐姐吉言了。皇上待我情深义重，自从齐太医请脉说我身体虚寒不易遇喜，每回侍寝之后皇上总是嘱咐太医院送坐胎药给我，只是吃了这几年，却是半点动静也没有，大概真是我身子孱弱的缘故。”

如懿到底没有生养过，脸皮子薄，如何肯在光天化日下说这些，便也只是含笑：“皇后为了再度得子，吃了多少坐胎药，不也到了今时今日才有好消息么？你且耐心等一等吧。也就是你得皇上宠爱，咱们侍奉皇上这些年，也从没有侍寝后喝坐胎药的恩典呢。”

意欢面上更红，二人笑语几句，也就罢了。偏生这个时候伺候皇帝的进保进来，笑吟吟道：“给娴贵妃娘娘请安，给舒嫔娘娘请安。皇上说了，昨夜是舒嫔娘娘侍寝，为绵延帝裔，特赐舒嫔娘娘坐胎药一碗，请舒嫔娘娘趁热即刻喝了吧。”

如懿“哎哟”一声，忍不住脸红笑道：“一大清早的便喝上这个了。罢了罢了，怕你害臊，我便先走了。”

红云漫上意欢的如玉双颊，她赶紧端过药喝得一点儿不剩，才交还到进保手中，拉着如懿道：“好姐姐，你也取笑我做什么，咱们再说说话吧。”

如懿见宫人们都出去了，方笑道：“宫里谁不盼望孩子，只不知哪种坐胎药更好罢了。你若有心，便把皇上赏你的坐胎药给我留半碗，我若得了孩子，好好谢你便是。”

意欢听得这话，晕红了脸掩袖笑道：“那有什么难的。等下回进保不留心，我偷留出半碗给你便是了。”

如懿奇道：“怎么？皇上还非得让进保看着你喝完？”

意欢娇羞不已：“可不是么？实在是不好意思。”如懿见她如此，笑着打趣几声，便也含糊过去了。

然而那边厢，皇后中年遇喜，格外当心，除了饮食一律在小厨房中单做，亦是请了齐汝并太医院中几个最德高望重的太医一日三次轮流伺候。而此时，为皇后搭脉的齐汝脸色并不十分好看，只是一味拈须不语。连陪着的富察夫人也跟着胆战心惊，她的心一分一分沉下去，忍不住问道：“齐太医有什么话，不妨直说。”

齐汝面色凝重，道：“回夫人的话，皇后娘娘此次遇喜，从胎象来看，十有八九是个皇子。”

皇后打心眼里高兴出来，喜不自胜：“如此，可要多谢齐太医了。”

富察夫人亦是大喜过望："素练，看赏。"

素练捧出一匣银子来，齐汝慌不迭起身避让道："微臣不敢，微臣不敢。只是皇后娘娘，您的胎象虽好，可是您的脉象……"他迟疑片刻道，"虚滑无力，脉细如丝，怕是……"

皇后一惊，富察夫人忙护住她，惊恐道："难道龙胎不好？齐太医，您可别吓我。"

齐汝磕了个头道："微臣该死。恕微臣直言，皇后娘娘已不是遇喜的最佳年纪，又因端慧太子之死忧思过度，这些年神思操劳，导致体质虚弱。虽然微臣一直用药为您催孕，但您遇喜之前一直日夜侍疾，以致劳累过度，便是遇喜的时机不太对，所以……"

皇后心中一阵阵发紧，面色也越发不好看："你只告诉本宫，能不能保住皇子？"

齐汝犹豫片刻，迟疑着道："能是能。但皇后娘娘如今怀孕四个月，按微臣的意思，为免母体孱弱以致胎儿不保，微臣……"他咬了咬牙，似下定决心一般，"微臣打算烧艾替娘娘保胎。"

皇后周身一阵阵发冷，只觉得眼前晕眩不已。她是生育过的人，自然知道要烧艾保胎，必是有滑胎之象了。皇后的手心里全是湿腻腻的冷汗，勉强扶着素练的手撑着身体，极力自持道："既然能保住胎儿，那一切有劳齐太医了。至于皇上那里……"

齐汝久侍宫闱，何等圆滑晓事："微臣会替娘娘隐瞒，让皇上放心。"

富察夫人老练，微一沉吟，已经反应过来，决然摇头道："不！齐太医，您一定要让皇上知道，娘娘为皇上怀着嫡子有多辛苦多艰难。即便您要烧艾，也必须皇上在侧陪伴娘娘。一定要让皇上亲眼看着娘娘的辛苦，皇上才会对这个孩子倍加重视。"

齐汝心里有数，立刻答应："微臣明白。那微臣先告退了。"

富察夫人叮咛道："有劳您了。齐太医，您可千万记得，皇后娘娘腹中的龙胎不仅干系着富察氏满门的荣耀，也干系着您的身家性命，您可务必仔细着。”齐汝连连答应，擦着额头的汗退下了。皇后对着自家额娘，便有些娇嗔：“额娘，您何必吓唬齐汝，他做事也算当心了。”

富察夫人怜惜地看着女儿，为她理好鬓边碎发，语重心长道：“不是要他当心，是要他拼上性命护着你们母子。皇后娘娘，您年纪不小了，这一胎若不能母子平安，咱们富察氏还能指望什么？”她见皇后要辩驳，索性一股脑儿说了，“你伯父去世，富察氏就少了顶梁柱。你弟弟傅恒才进军机处，这种熬资历的地方，等傅恒成气候，那得什么时候。富察氏的一切，都在娘娘这一胎上。”

皇后心中触动，如何不担起这职责，郑重允诺道：“我明白，我一定会生下嫡子，不让皇上失望，也不让额娘和富察氏全族失望。”

富察夫人握住女儿微凉的手，欣慰地笑了。

这一年的新年，之前有绿筠为皇帝生下四公主璟妍的喜事，更因为皇后的遇喜而格外热闹。而皇后自己则避居长春宫中，甚少再参与内廷盛事，嫔妃们去探望时，亦每每见到皇后静卧榻上，服用各色安胎汤药，而太医们神色紧张而恭谨，侍立一旁。

这一日太后探望皇后归来，便在慈宁宫焚香静坐。福珈捧了一本《法华经》来供太后诵读，太后读了几段便笑道：“方才看皇后谨慎的样子，看来这个孩子对她而言真的很要紧。”

福珈穿着一身蓝缎地圆纹如意襟坎肩，配着一身象牙色长袍，用铜镏金素纹扁方绾着头发，清淡得如太后宫中的一抹香烟。她眉目恭顺地道：“中宫无子，等于是无依无靠。皇后已经三十五岁了，能再有身孕，真的很不容易。”

太后颔首道：“当然不容易。齐汝告诉哀家，皇后已经在烧艾，能保到九个月都算万幸。”

福珈有些担心：“皇后年岁偏长，若孩子再不足月，那便胎里弱了。若是舒嫔有个孩子就好了，可皇上每次让舒嫔侍寝之后都服坐胎药，说是盼望早得子嗣，怎么奴婢觉得那药不大对头啊。”

太后凝神片刻，自嘲地笑笑：“对头不对头都不要紧，顶多便是皇帝防着她是叶赫那拉氏的出身，再不济便是防着哀家。”

福珈犹豫片刻，替太后添上一壶香片道：“皇上若要防着太后，大可不收下庆常在和舒嫔，何必费这种麻烦。”

太后一下一下拨着镏金珐琅花鸟手炉上的小蒂子，她的笑淡淡的，仿佛窗外摇曳的花影依依：“咱们这位皇帝心思可深着呢。”她的神色慢慢沉寂下来，带了一缕无以言及的哀伤，“哀家费尽心机，只盼恒媞不要像恒娖一般命途多舛，离京远嫁。”

重重销金华衣之下，太后日渐老迈的身量显得单薄而不堪重负。福珈含了一丝安慰，温厚道：“太后放心。恒媞长公主和端淑长公主，都会平安顺遂的。”两个人紧紧依傍在一起，天光将她们的影子拉得老长老长，好像悬在窗棂上的薄薄的纸片，摇摇欲坠。

这一日外头风雪初定，皇帝带着如懿和意欢进来，搓着手道：“外头好冷，皇后这儿倒暖和。”

皇后因靠在床上养息，便只是欠身示意：“皇上万福。”

皇帝穿着一身家常的湖蓝团福纹天马皮长袍，外头罩一件竹青色暗花缎琵琶襟熏貂皮马褂，身后的如懿和意欢穿着同色的金红羽缎斗篷，倒像两个出塞的昭君，格外娇俏。

皇后命人奉上茶点，笑道：“皇上今日兴致倒好，怎带着两位妹妹来了？”

皇帝道：“娴贵妃素性喜欢梅花，正好舒嫔也在，朕便陪着她们赏梅去了。”

皇后微微一笑，抚着隆起的肚子安闲道：“娴贵妃喜欢什么，皇上倒一直惦记着。”

如懿盈然含笑：“皇上惦记着臣妾，臣妾也惦记着皇后娘娘。”她唤过惢心，“宫中绿梅难得，这一束是臣妾选了梅苑中最好的送来给娘娘，希望娘娘闻着梅香清冽，可以安心养胎。”她转首笑盈盈对皇帝道，“今日是正月二十五日填仓日，也是慧贤皇贵妃去世一年的日子，臣妾已经命人去咸福宫中供上梅花，略表怀念之情。”

皇后眉心微曲，很快笑道：“慧贤皇贵妃生前与娴贵妃不大和睦，如今看见娴贵妃送去的花，也一定会在九泉之下释然的。”

如懿只是含笑，盈盈望着皇帝道：“臣妾的心意太过绵薄，早起时见皇上在写诗，您只说是悼念慧贤皇贵妃的，如今大家都在，臣妾便求一个恩典，也想听听皇上对慧贤皇贵妃的情意。”

皇帝摆手道：“不过是闲时偶得罢了。朕已经命人抄录出去，送与慧贤皇贵妃的母家了。”

意欢笑意融融，带了几分撒娇的意味，不依不饶：“皇上如此，便是对皇贵妃及其母家最大的恩眷了。想来高斌大人得此诗书，一定也感念皇恩。不如皇上也念给臣妾们听听吧。”

意欢甚少这般爱娇，一扫素日清冷，皇帝见她如此，便道：“光春风物和氤氲，日逢晴𣊬三农欣。粔籹菜甲酬节令，礼从其俗古所云。忧民之忧乐民乐，繄予忧乐因民托。底事间情一惘然，自为此念奚堪者。”

如懿侧耳听完，郁然长叹：“底事间情一惘然，自为此念奚堪者。慧贤皇贵妃虽已过世，皇上还是惦念不已啊。”

皇后极力掩饰好眼底的不豫之色，缓缓笑道：“皇上对皇贵妃的心意真是难得。恰好臣妾和皇上想到一处去了，想着皇贵妃身前最喜欢佩戴荷包和香囊，臣妾昨夜缝了一个，今儿中午也让人送去咸福宫供着了。”

素练在旁道：“皇后娘娘连夜缝制，总说是一点姐妹心意，可见悼念之情。”

皇帝略略点头，神色关切：“皇后有心了。只是你有着身孕，针线上的活计，就交给下人吧。”

素练抿唇笑道："其他的也罢了，皇后娘娘还亲手做了一个燧囊送给皇上呢。"

皇后嗔怪似的看了素练一眼，有些不好意思道："臣妾本想赶着新年送给皇上的，可是体力不支，想着今日是填仓日，正月的最后一个节日了，所以特意献给皇上，还请皇上不要嫌弃。"

皇帝从素练手中接过："是盛装火镰的燧囊？用鹿尾绒毛做的？"

皇后含了几分期盼，望着皇帝道："去年秋天的时候皇上与臣妾提起关外旧俗，提及祖上刚刚创建帝业之时，衣物装饰都是用鹿尾绒毛搓成线缝在袖口，而不是像如今宫中那样用金线、银线精工细绣而成。臣妾一向主张节俭，觉着宫中用金的玉的自然是好看，可是也奢靡了些。"

皇帝看着手中的燧囊，果然全用鹿毛制成，并无一点缎料，十分朴素，与太祖所用的并无二致，亦感叹道："如今这样的东西是少见了，难为你记得朕说过的话。"

皇后道："臣妾想着皇上那日说起时颇有思慕之意，所以特意用鹿尾绒毛搓成线缝制成一个燧囊，希望以此提醒宫中，虽然国库丰裕充盈，天下富庶安康，但后宫不应该养成太过奢靡的风气。越是平安富贵，越该不忘先人创下基业的苦心啊！"

皇帝眼中有赞许，亦闪过一抹感动："皇后所言甚是，朕会将皇后所制燧囊随身佩戴，以表不忘祖宗辛苦，不忘根本。"

意欢看着皇帝亲手将皇后所做的燧囊佩在身上，淡淡一笑："也是巧了，臣妾本也做了个燧囊，如今看来，是不配送与皇上了。"

皇帝转脸看着她，带了几分疼惜与娇宠："舒嫔没有旁的，就是气性大。"

意欢听了皇帝这句，从袖中取出一个黄彩绣金花燧囊。如懿一看，亦不觉暗暗赞叹，那燧囊以绿松、珊瑚珠为穗。囊上以金银丝线绣金卷草和缠枝宝相花，端的是华彩生辉。

意欢清冷道："皇上喜欢皇后娘娘的朴素无华，臣妾这个便实在是奢靡太过了，料来是入不了皇上的眼了。”她站起身，见廊下的铜缸里供着水，随手扔了进去道，“既然皇上不会喜欢，臣妾也不送给别人，宁可丢了就是了。”

皇后见她如此，亦不觉瞠目：“即便皇上不用，扔了岂不可惜？皇上，您实在是宠坏了舒嫔。”

意欢见皇后这样说，也无畏惧介怀之色，只是斜坐一旁，冷然不语。

皇帝拊掌笑道：“舒嫔便是这样的性子，不矫揉造作。虽然任性，但也直爽。”皇帝吩咐道，“李玉，去捡回来，替朕放在养心殿的书房里。这样精巧的东西，舒嫔一定费了不少心思，朕闲来细赏也是好的。”

意欢这才缓下脸来：“皇上说细赏的，可不许敷衍臣妾。”

皇后见二人取笑，心里不大好受，也不便多言，便换了姿势倚着，含笑道：“今儿内务府来问臣妾一桩事情，臣妾做不得主，正好问一问皇上。”

皇帝温声道：“你说。”

皇后慢声细语：“三月三上巳节，公主、福晋等内命妇都要入宫拜见。臣妾记得晞月为贵妃时，皇上都是让她接受内命妇拜见的。如今娴贵妃和纯贵妃已在去岁行过册封礼，是名正言顺的贵妃，是否也要如晞月当年一般接受内命妇拜见呢？”

皇帝沉吟片刻，缓声道：“晞月初封即是贵妃，与由妃嫔晋封贵妃者不同。所以，往后也不必让内命妇拜见贵妃了，只拜见你与太后即可。”

皇后眼中闪过一丝欣慰，更多的是一分得意：“那也是应该的，只娴贵妃别在意就好。”

“自然不会。皇上爱重慧贤皇贵妃，宫中尽人皆知，臣妾与纯贵妃又怎会不明事理呢。”如懿翩然起身，“时近黄昏，皇上若得闲，臣妾很想陪皇上去咸福宫坐坐，略尽心意吧。”

皇帝起身，抚过皇后肩头，温声嘱咐："你好生歇着，明日朕再来看你。"

皇帝行至长春宫外，意欢行了礼道："皇上，嘉妃遇喜三个月了，婉常在邀了臣妾去看她。"说罢便告退离去。

皇帝携了如懿的手并肩同行，良久，他方道："朕方才不许你和纯贵妃接受命妇拜见，你别多心。"

如懿轻轻颔首，挽住皇帝的手臂道："皇上，臣妾说过，不会多心。"

皇帝握住她挽着自己的手，低声道："高斌是朕在前朝的重臣，哪怕慧贤皇贵妃过世，朕也不能不安抚高氏一族。皇后也是如此，她出身名门，伯父马齐历相三朝，名望素重，更有老臣张廷玉屡屡为皇后进言，朕必须保全皇后的颜面尊荣。"

朔风扑面，吹着斗篷上柔软的细毛，沙沙地打着面庞，偶尔一两根拂进眼中，酸酸的似要逼出泪来。如懿闭目一瞬，柔声道："臣妾的家世比不得皇后和皇贵妃，臣妾都明白。"

皇帝的语气温柔沉沉："这也是朕对着你可以纵情舒意的缘故。"他拢过如懿，替她挡着身前的寒风，"朕已经想好了，皇后遇喜，今年三月的亲蚕礼，由你代替皇后前往西苑太液池北端的先蚕坛进行。"

如懿似有些不能置信："天子亲耕南郊，皇后亲蚕北郊。臣妾怎能去行亲蚕礼？"

皇帝微笑，目光中渐有和煦的暖意："采桑亲蚕是天下织妇必须做的，皇后不便，妃子代行也是寻常。朕希望你去，也只有你去。"

心口有一阵暖融蔓延而上，仿佛阳光透过云层暖暖地裹住周身。她不是不明白皇帝对她的爱重，却未曾想到，皇帝对她如此爱重。她无言应答，只是握着他的手，将自己的手放进他的手心里。皇帝在她耳边轻言道："朕知道你还是对皇后介怀，所以今日提起朕写诗悼念晞月的事。可是皇后有着身孕，下回别再这样怄她了。"

如懿扑哧一笑："皇上硬要这么说，臣妾只当自己这点小心思被皇上看穿了吧。”

一行人去得久了，皇后才缓缓沉下脸来，忧然道：“素练，皇上每到高晞月的忌辰，都要写诗悼念，是不是做给本宫看的？”

素练忙扶住皇后道：“怎么会呢？皇上不是说了，悼诗送去了皇贵妃母家，也是安慰高斌在前朝辛苦。”

皇后咬着唇道：“可是嘉妃也有了身孕，皇上是不是常去看她？”

“没有没有。嘉妃比皇后娘娘晚一个月遇喜，赶不上娘娘的，何况她的孩子怎么和娘娘比。娘娘万安，千万不要多思伤神。”

皇后咬着牙，忽然呻吟一声，捂着小腹道：“素练……素练……本宫有些不舒服，快去请齐太医进来，快去！”

齐汝进来，一边搭脉一边摇头：“皇后娘娘又是为何动气？微臣说过，娘娘再不能忧思过虑了，否则，您伤的不只是自己，更是腹中的皇子啊。”

皇后呻吟着，竭力道：“本宫不生气！不生气！你，你快些烧艾，快！”

皇后这般保胎，中宫一直汤药不断。待到入了三月中，皇帝来后宫的时候逐渐少了。入春之后，京中大旱无雨，时日长久。这本是要春播的时候，滴雨未下，春耕无法照旧，到了秋日也会颗粒无收。京中若是收成大减，民心必定不稳。为此，皇帝忧心忡忡，不仅素食一月，更是斋戒沐浴，前往斋宫祈福求雨。

后宫亦在如懿与绿筠携领之下，陪同太后在宝华殿祈福。可是偏偏清明都已经过去，还是晴日高照，一片厚云都没有。

玖 擇路

这一日皇帝又在斋宫，如懿与绿筠陪着太后在宝华殿静坐，听着法师们诵经声四起，亦拨动念珠，一同吟诵。天已交子时，太后还未有离去之意，如懿与绿筠虽然困顿，但互相交换一个眼色，亦不敢动弹。

正默念间，赵一泰在门口绊了一跤，几乎是滚进殿内来的，满脸是笑，一迭声道："恭喜太后，恭喜太后！"

太后倏然睁开眼来，还未来得及问什么事，赵一泰一边说一边比画，激动得流下泪来："太后，太后，中宫喜降麟儿啊！"

太后忙扶了绿筠的手起身，欣喜道："是么？真的是皇子么？"

绿筠稍稍迟疑："可是日子不对啊。皇后娘娘的身孕离八个月还有两天呢，怎么现在就生了呢？"

赵一泰道："一个时辰前娘娘胎动发作，太医说怕是要生了，烧艾也没有用，只能催生。幸好一切平安，皇子立刻就生下来了。"

太后连连道："去通知了皇上没有？上天庇佑，中宫生下嫡子。哀家赶紧去看看。"她扶着福珈的手，一边走一边叮嘱赵一泰，"皇后是早产，虽然母子平安，但必得悉心照料。”

如懿与绿筠哪敢耽搁，赶紧也跟随了去，才走出宝华殿，忽然听得雷声隐隐，空气中夹带着潮湿的水汽，竟然快要下雨了。

如懿浅笑道：“真是菩萨显灵，今日四月初八是佛祖诞辰，又逢喜雨降临，皇后的孩子，来得真是有福气。”

绿筠伸出手，接住空中偶尔落下的小水滴，似笑非笑道：“是啊。中宫有了嫡子，咱们的孩子终究只是庶子罢了。嫡庶之差，何止是天壤之别啊。难怪老天爷都要下雨庆贺呢。”

皇帝对于嫡出的皇七子喜爱异常，亲自取名为永琮。“琮”为祭地的礼器，又有承兆宗业之意，寄托了皇帝无限厚望。永琮出生当日正逢亢旱之后大沛甘霖，喜雨如注，又值佛祖诞辰的四月初八。这样万事吉祥，皇帝更是大喜过望，挥笔庆贺爱子的诞生，写下《浴佛日复雨因题》：

九龙喷水梵函传，疑似今思信有焉。已看黍田沾沃若，更欣树壁庆居然。人情静验咸和豫，天意钦承倍惕乾。额手但知丰是瑞，颐祈岁岁结为缘。

待到皇七子满月之日，皇帝更是亲口嘉许：“此子性成夙慧，歧嶷表异，出自正嫡，聪颖殊常，乃朕诸子中最聪慧灵秀者。”

皇帝早有六子，除端慧太子早夭，诸子一向平分秋色。然而七阿哥永琮的殊宠，硬生生将其余几位皇子都比了下去。连三个月后玉妍的八阿哥永璇出生，皇帝亦不过淡淡的，全副心思都用在了永琮身上。只可惜永琮不足八月出生，体质格外虚弱，听不得一点动静响声，早晚便是大哭，又常感染风寒，自幼养在襁褓中，便是一半奶水一半汤药地喂养着，不可谓不经心。而皇后因生产艰辛，身子也大不如前，畏热畏寒，经不得半点辛苦劳动。如此，皇帝便把协理六宫的事交给了如懿，由她慢慢料理。

玉妍尚在月中，眼见永璇并不十分得皇帝宠爱，不免郁郁。这一日恰逢八阿哥满月，皇帝不过照着宫例赏赐，玉妍私下便怨道：“七阿哥不过比本宫的八阿哥早出生三个月，皇上就为他大赦天下，本宫的八阿哥还是足月生的呢，哪像七阿哥那么病猫似的，皇上却偏喜欢那病秧子。”

丽心怯怯劝道：“小主别生气了。奴婢听外头的奴才们说，咱们八阿哥是七月十五中元鬼节生的，七阿哥是四月初八佛祖诞辰生的，一佛一鬼，命数差了许多，难怪皇上不喜八阿哥呢。”

玉妍气得脸色铁青：“这样的浑话旁人为了奉承皇后和七阿哥说说也罢了，也值得你放到咱们自己宫里来说。本宫偏不信了，本宫这么壮健的儿子，会活不过那个小病秧子。”

丽心吓得脸色苍白，恨不能立时去掩住玉妍的口，忙道：“小主，这样犯忌讳的话可说不得。”玉妍说完，自己也有些后怕，正见嬿婉蝎蝎螫螫地立在门外要送水进来，便气不打一处来。这些年她本已倦了欺辱嬿婉，不过是偶然想起来才打骂一阵，今日在气头上见了她，便喝道：“樱儿，你站在那里做什么？进来！”

嬿婉见玉妍这般，吓得腿脚一缩，却不敢不进去。玉妍更是气恼，伸手把一盆热水推在她身上，没头没脑地打了起来。嬿婉死死地抱着脑袋，想要哭，却再没眼泪落下来。

京中干热，天气越发炎炎难耐。皇帝的意思，本是要去圆明园消暑的，奈何永琮和皇后的身子七病八灾的总没个消停，所以太后吩咐下来，今夏只在宫中避暑，另嘱咐了内务府多多供应冰块风轮，以抵挡京城酷热。

晨起时如懿便觉眼前金光一片，知是朝阳流火，从宝檐琉璃瓦上反射了过来，亮得刺目。帘外蝉鸣絮絮的一声半声，传到殿中更显得静。她半合上眼，蒙眬间又欲睡去。那声音直叫人昏昏欲睡，却不能再睡。她叹了口气，伸手一摸，旁边的床上是空的，知道皇帝是悄悄上早朝去了，并不肯惊动她。她想着昨夜一晌贪欢，却是有些疲累了，只顾着自己贪睡，脸上便不自觉地烫了起来。

惢心发觉她醒了，忙招手示意侍女们进来伺候洗漱。捧着金盆巾栉的侍女们鱼贯而入，并无一点声息。如懿摸了摸鬓边颈上，果然有些汗津津的，便道："如今睡着这苇簟有些热，等下换成青竹玉簟吧。都过了中秋，居然还这么热。"

惢心笑吟吟道："前儿皇上正赏了一席蕲州产的竹簟，说是小主怕热，睡着最蕴静清凉了，小主正好换上试试。"

如懿不觉含了一缕浅笑："从前欧阳修说'蕲州织成双水纹，莹净冷滑无埃尘'，说的便是蕲州的竹簟了。难为皇上惦记。"

惢心笑得俏皮："皇上不惦记咱们宫里，还能惦记哪里呢？"

如懿脸上飞红，伸手作势拍了她一下，便道："八阿哥满月了，这几日天天抱去皇后宫里请安呢。皇后总说要咱们一起去，也沾沾儿孙气。等下用完早膳，咱们早些过去吧。"

惢心伺候着她洗漱完了，便道："皇后只说七阿哥和八阿哥的岁数相近，只差了三个月，好就个伴儿。皇后娘娘也真看得起嘉妃。"

如懿看她一眼："别说这种话，我倒想着嬿婉在嘉妃宫里好几年了，一直不能拉巴她出来，如今趁着她带八阿哥忙碌，得想个什么法子把她带出来才好。"

惢心道："这件事小主心里也过了好几年了，总替凌云彻和嬿婉想着，也难为他们彼此一片痴心了。"

于是趁着晨凉，如懿便携了惢心和菱枝往皇后宫中去。天气燠闷，走不上几步便微微生了汗意，便是绿荫垂地之处，也是一丝风也没有，只看着万千杨柳的绿丝绦安静垂下，纹丝不动。

园中阒然，只闻蝉语切切，暑光漫热。

如懿披了一件新制的浅妃红双丝绫旗袍，隐隐的花纹绣得繁复却不张扬，只举手投足微见花纹起伏。发髻上亦不过两串镏金凤衔着的珍珠步摇，在日光下闪烁微粉珠光，投射在她白腻柔婉的脖颈上，倒有一种雨洗桃花的简淡嫣然。

如懿正立着，却见前头玉妍过来，面白如玉，黛青画眉，鬓黑光净，愈衬光华满身，浑不似刚出月的模样。尚未走近，如懿已闻得玉妍满身芳香郁渥，脂粉香泽深透肌理，妍艳无比。玉妍穿着一身耀目的玫瑰红串珠银团绣球夏衣，袖口和领口处打着密密的银线珠络，衣上满满地绣着青莲紫镶银边的玉兰花，碧海蓝镶银线花叶的大朵绣球，配着她头上闪耀烁目的缠丝点翠金饰并一对红翡滴珠凤头钗，整个人金宝锦绣，迷离而惊艳。

如懿看着她，微微笑道："嘉妃一过来，真是眯得我连眼睛都睁不开了。"

玉妍施了一礼："娴贵妃万安。"乳母亦抱着永璇半蹲下身，口中道："永璇给娴贵妃请安，娴贵妃万福金安。"

如懿逗了逗永璇，笑道："满月了，八阿哥长得越发好了。"

玉妍粉面含春，一双凤眼秋水飞扬，恨不得插翅飞上天去："方才娴贵妃说我眯着您的眼睛了，其实娴贵妃哪里知道我这做额娘的高兴。咱们八阿哥到底有福气，紧跟着七阿哥出生了，才能这样合皇后娘娘眼缘。"

说到底，不过讥讽她没有孩子罢了。多年下来，这样的讥讽她也听得惯了，如懿淡淡道："是啊。七阿哥佛祖诞辰日出生的，八阿哥是中元节，果然都是赶着节庆出生的好兄弟。"

玉妍立时变色，却也不敢发作，只能忍耐着道："只要能生得出，便是公主都是好的，何况是阿哥呢。"

如懿笑了笑，悠然转首，果然见嬿婉立在七八个侍女的最后，神色怯怯的，恨不能把自己变成一个隐形人。玉妍嘴角一撇，喝道："樱儿！"

嬿婉忙怯生生走上来："奴婢在。"

玉妍伸出雪白的手掌便是一个耳光，没好气道："蠢笨丫头，天气这么热，也不知道跟在本宫后头扇扇子，一味地好吃懒做，想作死么？"

嬿婉惯了挨打，也不敢哭，只木着脸拼命替玉妍扇着扇子。

如懿听着她指桑骂槐，脸上的笑影薄薄的："这些年了，嘉妃还是这么个火暴脾气，动不动就拿丫头撒气。旁的也就罢了，本宫只心疼你那几根水葱儿似的指甲，落在皮肉上仔细伤着。"

玉妍扬着手里的绢子，笑吟吟托着腮道："原来娴贵妃是心疼我呀！我只当娴贵妃只心疼那些贱皮贱肉的奴才呢，一味地爱和她们投趣儿。"她娇声地笑，那笑声像是薄薄的瓷片，沙沙地刮着人的耳朵。

却听一个声音在后头朗然道："天气这么闷热，怎么嘉妃在这儿笑得那么高兴？"

玉妍闻声转首，见是皇帝，笑容一下从唇边漫出来，绽成一朵丰艳的花。她使一个眼色，丽心她们会意地将嬿婉遮在后头。玉妍迎上前，娇怯怯行了一礼，道："皇上万福，臣妾在跟娴贵妃说笑话呢。"

皇帝换下了朝服，穿着一身银青色团福纱袍，那袍子本就轻薄如蝉翼，皇帝只在腰间系了一根明黄带子，垂着一块海东青白玉佩，越发显得长身玉立、丰神俊朗。

如懿亦福了一福："皇上万安，这个时候刚下了朝，是要去看七阿哥么？"

皇帝一脸牵挂爱怜："永琮乖巧可爱，朕一日不见，便有些惦记着。刚巧宝华殿送了些祈福的经幡来，朕叫李玉去打点了，能为永琮求得安康才好。"

玉妍笑得灿若春花，身影轻巧一挤，陪到皇帝身边："那便最好了，永璇也想着哥哥，臣妾正要陪他去皇后娘娘宫中呢。"

皇帝笑着逗了逗乳母怀中的永璇，正要迈步，只听得后面轻轻一声呻吟，便蹙了蹙眉：“什么声音？”

随侍皇帝的进忠眼尖，忙道：“皇上，好像是个宫女挨了打，脸上受不住疼呢。”

玉妍脸上便有些慌张，忙挡着皇帝的视线，笑道：“宫女伺候人哪有不挨打的，臣妾瞧着她就是矫情，在皇上跟前哼唧。”

皇帝看她一眼，漫然道：“朕与皇后一向都宽和待下，从没听说过打人打得宫女都忍不住疼的。进忠，你带上来给朕瞧瞧。”

进忠往跟着的宫人里头一瞧，一眼就看到了脸上带伤的嬿婉，便拉了她上来。嬿婉仿佛一只风雨中饱受惊吓的燕子，瑟缩着身体，显得格外弱质孱孱。

皇帝凝神瞧她，只见嬿婉素净的一张清水面孔，脂粉不施，雅致得好比一朵小小的临风半开的栀子花。她乌黑黑的一头好头发，缠着细细的深青色头绳，一身湖绿纱袍，衣裳间一应绣花点缀俱无。她身后满壁假山垂落漫漫艳朵似的凌霄花，如瀑如雨，越发衬得她肤白净色，容质玉曜，安静若一潭碧水，娉婷生色。

皇帝看着这样的嬿婉，又看看如懿，忽然有一瞬的恍惚，仿佛韶华春光时的如懿，也在山野凌霄花下，俏生生地笑。

进忠何等乖觉，忙笑道：“娴贵妃娘娘，奴才说句不知轻重的话，这宫女儿倒有福气，长得有几分像小主年轻时的样子呢。只是无论怎么样，都比不上娘娘端贵之姿。”

皇帝听进忠这般说，便向着如懿道：“这丫头是有三分像你当初站在花下的样子，又穿着青衣。偏你那时也爱穿青色，又叫青樱。自然，她是怎么也比不上你的。”

如懿微微一笑，淡淡道：“樱儿是宫女，也喜欢穿青色。”

“樱儿？”皇帝皱眉，“你叫樱儿？”

嬿婉睁着一双水雾般蒙眬的眼，低低道：“奴婢姓魏，名叫嬿婉，便是良时嬿婉的嬿婉。樱儿是嘉妃娘娘赏奴婢的名字。”她说到“嘉妃”二字，又是一脸惊恐的模样，越发往后退了一步。

玉妍见她这般不胜娇弱，越发像自己苛待了她似的，不觉又惊又气：“本宫不过是因为你蠢笨不会伺候，才轻轻打了你一下，你平白做出这副样子来做什么？”

如懿本也惊异嬿婉在皇帝面前这般口舌伶俐，见玉妍动怒，便不动声色，只闲闲摇着手中的轻罗菱扇，悠然望着天际。

皇帝细看嬿婉脸上，尚且留着五个通红的指印，知道玉妍下手重了。皇帝素来不喜嫔妃们苛待宫女，便有些不悦：“宫女也是人。这样动不动就打骂，也失了自己的体面。”他眉心蹙起更深，仿若一条川字虬曲，“你说樱儿是嘉妃给你改的名字？”

嬿婉捂着受伤的半边脸，手臂上的衣袖宽大，一分分滑落，露出带着青紫伤痕的胳膊，她怯生生道：“赐名是娘娘对奴婢的厚爱。”

皇帝看着嬿婉手臂上的伤痕，多半是旧伤，也有几道新痕，心中愈加有数，冷冷道：“看你身上的伤，嘉妃对你还真是厚爱。”他转过脸，冷冷目视玉妍，直逼得她娇媚的面庞变得如霜雪般泛白，“你明知道青樱是娴贵妃从前的闺名，还让你的宫女改这个名字，穿青色，实在是僭越犯上。而且这伤显是新伤，哪里是你有孕的时候动的手？”

如懿以扇障面，柔声道：“皇上，或许嘉妃是无心的。”

皇帝嘴角扬起，眼底却殊无笑意：“嘉妃倒真是无心，也厚爱这个丫头。既然嘉妃这么厚爱，朕也厚爱她一回。”他看着嬿婉，眼中多了几分温柔神色，“以后不许叫樱儿了，就改回你的本名嬿婉。朕瞧着你眼熟，你读过书，知道良时嬿婉？”

嬿婉越发羞怯，低眉垂首道：“皇上忘了，几年前奴婢是在纯贵妃宫里伺候大阿哥的，跟着读了几句书。那时皇上就和奴婢说过话。奴婢如今已经二十二了。”

如懿听着皇帝这般问，心底隐隐不安，忙笑道：“嬿婉这样好的年华，指出去配个侍卫也是不错的。”

皇帝笑而不语，片刻道：“如懿，朕瞧她的样子有些像你年轻的时候，便留在朕身边跟你做个伴儿吧。”

如懿蓦地想起凌云彻，心口陡然一沉，勉强笑道：“皇上也是，也不问问嬿婉自己的意思，哪能让臣妾跟您就做主了呢。嬿婉，你自个儿说。”

如懿含笑看着嬿婉，亲切和婉到了极处，可眼底的意思却再分明不过。她若不愿意，大可自己退却，求得许婚。然而嬿婉犹豫片刻，很快清甜一笑：“奴婢自进宫中，一切都是皇上的。奴婢只愿侍奉皇上左右。”

如懿心头一阵冰凉，从嬿婉的眼神中，已经探知凌云彻不可挽回的情缘。

皇帝拊掌笑道：“那便好。好。你就先进养心殿伺候。进忠，你找人教她当御前宫女的规矩。”他挽过如懿的手，“走，咱们去看皇后和永琮。”

如懿唇边带着笑，在皇帝不经意的时候回头望去，深深地剜了嬿婉一眼，却在绿柳依依之畔无奈地发觉，嬿婉的美，其实是凌云彻一生所无法掌握的。

然而，事情未必没有转机，如今嬿婉还只是去养心殿当御前宫女，未必就跟了皇帝。皇帝若有宠幸之心，即刻就可下旨封为嫔妃，而非让人教她做御前宫女的规矩。如懿微一沉吟，看向惢心，惢心明白，立刻悄悄往后退去，急去坤宁宫寻凌云彻报信。

待皇帝回到养心殿时，已是午后时分。嬿婉已经换了身御前宫女的体面衣裳，伤口也处理过。皇帝随口问了一句，径去里头歇息。进忠悄悄戳了戳嬿婉的臂弯：“方才娴贵妃问你，你犹豫什么呢？”

嬿婉哪敢在进忠跟前说起那一刻的犹豫是因为凌云彻，只得掩饰着笑道：“没，没什么。就是怕说不好让皇上嫌弃。”她有些忐忑，“进忠公公，虽然进了养心殿，但我如今算什么？”

进忠细细打量着她，笑眉笑眼地道：“算什么？那可要拿出你的本事来。当日你是怎么求我的？这件事若不成，你便悄悄与我做对食。若是成了，便拿一辈子的荣华谢我。你的青云路才刚走了半步呢，可别从云头掉下来。”

嬿婉看着进忠的笑脸，后脊冒出几分寒意。宫女和太监对食，本朝只出过莲心和王钦一例。做宫女的时候听得多了，谁都说莲心可怜。那时原是走投无路的拼死一搏，如今搏上了，怎能再掉下去。便是连凌云彻那里也回不去了，都不能去与一个太监对食。嬿婉强笑着拉住进忠的袖子：“进忠公公，求您好歹教我。”

进忠拍拍她纤薄手背，眼里闪着一点狡黠的光芒，道：“你进了养心殿还只是个宫女儿，没什么出息。只有皇上册封你为嫔妃了，才有一条好路等着你走。你说呢？”他见嬿婉双眸流转，似有所悟，不由得笑，“算你还聪明。换了衣裳打扮一下，给皇上敬茶谢恩去，好好拢住皇上的心。若晚了，说不准娴贵妃和嘉妃用什么法子把你拉下来，咱们就白费功夫了。”嬿婉微一沉吟，忽见殿外一株凌霄妖娆，不觉心意一动。

夏日的午后蝉鸣声声，总叫人昏昏欲睡，嬿婉换了一身御前宫女的衣裳进来，手里捧着插了凌霄花的花瓶。皇帝对着折子正有些倦怠，不过是强打精神，见她进来，便有些不快：“身上有伤，不先歇息？”

“得皇上恩准进了养心殿，奴婢得敬茶谢恩。”嬿婉的声音脆生生的，如梁间燕呢，皇帝瞬间有几分醒觉，脸上也没那么淡淡的了，笑问：“你拿的可不是茶。”嬿婉袅袅一言一字，柔柔落在他心上，和雨点落下的晕一般：“都敬茶就俗了。奴婢敬花，谢皇上搭救之恩。”

皇帝这才点头，嬿婉把花放在案上，对着皇帝盈盈一笑，颇有几分羞涩。皇帝只顾看着那一簇凌霄花，道：“果然伶俐。今日看你被欺负，倒叫朕想起娴贵妃当日被人嘲讽的情形。”

嬿婉诧异：“娴贵妃娘娘也受过委屈？”

皇帝轻轻抚着那凌霄花，含着一丝暖洋笑意：“她呀被人嘲讽了也不示弱，你却是楚楚可怜，须得有人护着你。”

嬿婉咬了咬嘴唇，颇有几分楚楚之色：“皇上是怜惜奴婢，不想奴婢再挨打。”

殿中供着一瓮瓮冰，那清凉隔绝了外头的暑气，寒沁沁的如在云端。皇帝的声音仿佛很遥远：“不是只怜惜你一个，是谁挨打成这样，朕都看不过去。且嘉妃确实霸道，还将你的名字改成娴贵妃的闺名。”

嬿婉的心一点点地往下坠着：“奴婢，奴婢还以为皇上是记得当日在御花园里和奴婢说过的话。当日您问过奴婢的名字。”她见皇帝微微蹙眉，似在努力回想，不由得上前一步，切切道，“皇上说奴婢的名字极好，如《丽人赋》中所言，亭亭似月，嬿婉如春。”

皇帝终于在脑海中有了一个清晰的轮廓：“你就是当日在纯贵妃宫里伺候永璜的那个小宫女？”

他终究还是记得的，她所能凭借的，不过是他的一点记得和当时那微乎其微的心动。有热泪涌上眼底，嬿婉的声音都带了颤抖：“皇上终于记得奴婢了，奴婢死而无憾。当日与皇上一言，奴婢铭记于心，无论身受何等苦楚，都一心惦念皇上。”

皇帝转过头，有些震动：“你惦念朕？”

“是。”她的泪流下来，“已经七年了。这七年里奴婢无日无夜不思念皇上。”

皇帝有些心疼，有些好奇：“朕还说了什么？”

嬿婉仿佛不能自已，却一步步计算着走近的距离。她着着宫女软鞋，落地无声，唯听得见自己沉沉的心跳。三步，两步，一步……她走到皇帝身边：“皇上说等着有一日，欢娱在今夕，嬿婉及良时。那皇上天子之言，可还当真么？”

那是如懿进冷宫后的第二年，皇帝身边并无可意之人。皇帝望住她盈然于睫的泪珠，沉默片刻：“朕的后宫并不缺人，娴贵妃也从冷宫出来很久了。”

嬿婉只觉得周身一阵阵发冷，好像那寒冰都堆在了自己身上，四肢百骸都是无望的冰凉。她，真的是在断了自己所有的退路。退无可退里，她艰难地道：“奴婢记得冷宫里种过凌霄花……”

皇帝眉心微微一动，不想她竟也去过冷宫，那个如懿待了许久的地方。嬿婉读懂了皇帝的疑惑，轻声道：“那时奴婢是下等宫女，什么苦差事都当过。今儿在御花园又看到凌霄花，奴婢真是感触。这凌霄花柔弱无依，要无攀缘之物，早就受不了风雨倒下了。”

皇帝的口气不自觉便软了几分，望向她也多了几分温沉暖色：“你站在凌霄花下，很好看。”

嬿婉冰冷的心思蓦地被点燃了。她心思几转，忽然眼睛落在皇帝略显宽松的衣衫上，柔声道：“皇上，恕奴婢多嘴，您日夜为国事操劳，您的衣裳都有些松了，得量了尺寸重新裁过。”

皇帝只觉得有些好笑：“你的意思，你眼下便替朕量？”

嬿婉一笑：“皇上若不嫌弃，奴婢愿意代劳。”

这是在养心殿书房，并无可以丈量衣衫尺寸的工具。皇帝倒有些好奇，看她要如何丈量。嬿婉并不拿软尺，两只手虚虚一比，隔着衣衫贴在皇帝身上，一寸一寸，在他腰间慢慢游移。她的手指细长，指尖软软一点，又徐徐松开，带着薄薄的热意点着一星一星的火。嬿婉的声音越发慵软，酥酥的撩人：“腰身二尺五寸。”

皇帝喉头微微发紧，倒还镇静：“你怎么知道朕的尺寸？”嬿婉的身体离皇帝不过半寸远，有风轻轻漾过，荡得她的衣袍一摆，扑在皇帝衣上。嬿婉低低私语：“奴婢在四执库时伺候皇上的衣裳。皇上的身形，日日如在眼前。”

皇帝喟然一叹：“那可不止七年了，那时候你还没伺候永璜吧？”

“是。”嬿婉望住他，满眼热切，“奴婢进紫禁城当差，就是因为这儿有皇上在。有您在，不论与奴婢隔得多远，奴婢的心都是暖的。如今离您这么近，奴婢的心是热的。”

皇帝心下一动，伸手捉住了嬿婉的手轻轻握住。他的手如此温热光滑，和凌云彻的略带粗糙完全不同。那是一双没有受过苦的手，会把她也带去再不用受苦的地方。嬿婉一颗心腾地飞起来，如在云霄海涛间迭浪。也不知过了多久，门吱呀一响，有人“扑通”跪倒谢罪：“皇上恕罪，奴才是送点心进来，不是有意……”

皇帝摆摆手道：“你来也好。传朕的旨意，封宫人魏嬿婉为答应，赐居永寿宫，今夜侍寝。再拨两个宫女伺候。”

进忠响亮地答应一声：“奴才这就带魏答应去永寿宫。”

凌云彻得知消息之时，一颗心几乎都要迸裂了。他借着戌时三刻交班后的空闲，在长街候到了正扶着侍女春婵与澜翠预备前往养心殿侍寝的嬿婉。

嬿婉正低声吩咐春婵：“春婵，内务府送来的赏赐，你挑最好的去打点进忠。这一遭，我总算是赌赢了。”

嬿婉犹有余悸，春婵一壁答应着，一壁道：“小主顾念旧情，不忘提携奴婢和澜翠。奴婢一定忠心小主，至死不忘。”

二人正密密说着，犹是惊喜交加。嬿婉忽一抬头，见到云彻痴立在长街转角处，心中栗栗一颤，极力维持着沉静的面容，嘱咐侍女们退下稍候。嬿婉已经换了官女子的装束，浅浅的淡橘色无纹锦袍，镶着寸阔的深一色旋波纹缎边，既是吉祥的意思，又是她双十年华的秀美，映着发髻间的星点银饰与脆薄绢花，愈显出尘之美。

嬿婉心头狠命一抽，虽然想过千万遍立刻要面对凌云彻的情形，可如今骤然见了，心中好容易拼凑起的硬冷险险又要被击溃。她强逼着自己坦然望着他：“我要去侍寝了，能与你说话的时间并不多。你想说什么，便一并说了吧。”

云彻一路疾奔而来，胸口塞了无数疑问，然而见了她如此淡然自若的神情，不知怎的，只化作了冰凉一片，寒着自己的心。

片刻，他才能从喉咙里挤出声音来：“是不是有人逼你？”

嬿婉一双明眸清亮无波：“嘉妃与娴贵妃当时都在场，她们都看见的，是我自愿的。”

云彻不信地摇头：“为什么？为什么你要去做别人的妾室？”

嬿婉不可思议地看着他：“我为什么不愿意？做妾室与妻房，在乎嫁的是谁。做皇上的妾室，远比做天下任何人的妻房都尊贵。你难道不明白么？”

云彻如遭重击，怔怔看着她：“你那时在花房受苦，回来说愿意再和我在一起，那些话是不是都是骗我的？”

嬿婉摇头，坦然而诚实：“当然不是。人在任何境遇中都想求得最好的出路。那时嫁与你，便是我最好的前途，自然是最真挚的想法，甚至一直被困在嘉妃宫里当婢女被羞辱的时候，我都一直是想着的。”

云彻郁郁垂首，两颊失去血色：“原来，你不过当我是一条出路！”

嬿婉扬起如繁星微点的眸，在漆黑夜里有冷冽的光：“当然，难不成你会喜欢一块绊脚石么？可惜啊，我如今才明白，我当时的愿望是多么微不足道。我被困在嘉妃宫中被她欺凌羞辱的那几年，我没有一天不盼望着可以被许婚给你，逃出这鬼地方。可我渐渐发现，原来除了我自己，没有人可以救我，没有人可以帮我。既然如此，我为什么不能寻一条更好的出路帮一帮自己呢？”

云彻看着地上她被拉得悠长的影子，惘然地摇头：“嬿婉，你变了。”

嬿婉惘然一笑，柔柔道：“我从没有变过，只是你不了解我。从前我也是包衣内管领家的格格，可是我阿玛一朝失势被罚，我们便只能在宫里当苦差事。我只能做一个最卑贱的宫女，任人欺辱，做人下人。这样的日子我一天都不想过下去了。我只想过得好一点儿，也做一回人上人。”她的眼底闪过晶亮的泪痕，很快擦了干净，“所以你不必想着要我认错，因为我从未有错。”

凌云彻无力道：“可你跟我在一起，我也会努力上进，我……”

嬿婉不耐地打断：“你再上进，也不过是个侍卫。咱们的儿孙也不过是个奴才。为什么我要靠着别人得到一点点微薄的荣耀，而不能凭我自己的力量得到更多？我还年轻，我尚有美貌，如果凭自己的一切能换回最多的荣耀，我为何不肯？上一次，我已经失去过机会，失去过接近皇上的最好机会。这一次已成定局，我再不能也不会错过了。”

凌云彻看着她，只觉得自己满腔悲伤，却被这小小女子的一言一语，打得只剩下沉沉碎裂般的痛意。

嬿婉沉醉地抚摸着朱红色的宫墙，低低道：“别人侍寝都是坐凤鸾春恩车，你知道我为什么要自己走过去么？”她见云彻只是不语，越发低柔道，“我做了那么多年奴婢，一直用脚用膝盖在行走。我很想在我第一天侍寝的日子，用自己的脚去丈量一下，从永寿宫到养心殿有多远，从一个卑贱的宫婢到来日的宠妃，这条路还有多远。”

云彻听得出她口中的坚决之意，这样美丽而娇柔的嬿婉，是那样熟悉，却已然很陌生很陌生了。

云彻苦苦劝道：“你只想着凭自己的年轻貌美得到一时宠眷，有没有想过有一日失去时有多么痛苦？便是聪慧如娴贵妃，也有冷宫饱受折磨的一日，你便不怕自己的来日走得辛苦崎岖，不能回头？”

嬿婉挽起袖口的绸缎，爱惜地摩挲着道：“我在四执库时，成日里看到那么好的衣缎，却只能辛苦熨烫，自知不配穿在身上。如今你瞧，我穿着多好看。我不仅自己要穿，还要让额娘和弟弟也穿上。已经穿在身上的衣裳，我如何还能脱下来？便是要死，我也得穿着它们死。”

她的声音极轻婉，仿如往日在他耳畔的呢喃低语，如今却是划下楚河汉界的分明与犀利。他忍住喉头的哽咽，沉声道：“你自己选定的路，自己好好往前走吧。但愿你一路顺畅，永无后悔之日。”

嬿婉幽幽一笑：“只要你不来阻碍我的前路，我一定会走得很远很好。我知道我对不住你，云彻哥哥。这世上有那么多人，可我唯一对不住的只有你。”

云彻低头，实在不能再面对下去：“魏答应言重了。”

嬿婉一腔情意，几乎磨成了齑粉：“无论我是不是侍寝，你永远是我的云彻哥哥。”

她的笑容转瞬即逝，唤过春婵与澜翠道：“我们去养心殿吧。”她的眸色中带了一丝凛冽的威严，“凌侍卫，你可以退下了。”

云彻茫然地目视于她，任由痛楚至麻木的躯体半跪而下，一字一字缓缓吐出：“微臣凌云彻，恭送魏答应。”

他跪在石板上，低头看着石板上镂刻的“春恩常在”的花纹，每一个都是吉祥如意的好口彩，每一个都是送了嬿婉一路远去的灿烂前程。

他的心口一阵阵绞痛，空得好像被蛀蚀着一般，无知无觉地落下泪来。秋初的风带着灼热的气息，一点一点逼住了他，也裹得他失去了力气，完全不能动弹。也不知过了多久，一方淡青色绣着雪白樱花的绢子飘在他眼前。

他见过这方绢子，喃喃道：“娴贵妃娘娘。”

如懿披着淡淡青色竹叶纹的雪絮绛纱披风，盈盈站在皎洁月光中。她的话语并无过多的安慰：“擦掉你的眼泪。你要记住，永远不要为不会回头的人流半滴眼泪，因为太不值得。”

他紧紧地攥着那方绢子，似要以此来发泄自己无可发泄的痛楚。如懿轻声道：“我曾经给过嬿婉机会，希望她能给自己一条别的出路，可她没有。既然这条路是她自己执意选择的，那么，就由着她走下去吧。”

云彻深吸一口气：“是。”

如懿笑容淡淡，带着一分懂得的哀伤：“只是这一次，你不要再像上回一般整天喝酒意志消沉了。那样的傻事，做过一次就够了。”

云彻的神志仿佛清醒了许多："是。为同一个人伤心两次，是不值得。"

如懿赞许地看他一眼："这就对了。连嬿婉都知道要为自己争气，何况你一个大男人！你也该为自己好好打算了。"

云彻猛地一凛："但凭娴贵妃娘娘吩咐。"

如懿轻轻一笑："只要你忍得了魏答应在皇上跟前伺候，御前侍卫这条路，你觉得如何？"

云彻实在意外："可微臣是下五旗出身，御前侍卫须得出自上三旗。微臣自知不配。"

"凡事都有例外，只要你愿意一试，本宫也可以帮你。"

云彻抬起头，望住如懿温然的眼，沉沉点了点头。

皇后用完早膳，便着紧去看永琮。永琮还是那样瘦小，睡在乳母怀中，并不太安宁。皇后心疼不已，自己抱着哄了片刻，乳母春娘笑道："到底七阿哥和额娘最亲，皇后娘娘一抱，他就睡得香了。"

皇后笑笑道："外头给你备了一碗不加盐的肘子，快去喝了。七阿哥喜欢喝你的奶水，这是你的福气。"

春娘答应着下去了。皇后抱着怀中的儿子，怎么都看不够爱不够。正巧素练进来道："娘娘，方才李玉来传旨，皇上说咱们七阿哥自幼多些病痛，所以打算九月初一与娘娘前往隆兴寺西侧的行宫小住，也好往隆兴寺祈福保佑七阿哥平安。"

皇后喜道："隆兴寺是千年古刹，寺里供奉的正定大菩萨据说十分灵验，康熙爷在世的时候也多次去参拜呢。皇上真是有心。"

素练亦高兴："可不是，皇上多疼爱咱们七阿哥，一日不见都舍不得呢。"她想了想，微微皱眉，"还有一事。皇上昨夜临幸了魏官女子，就是嘉妃身边的樱儿，已经封了答应呢。"

皇后的笑容瞬间凝住："樱儿！怎么嘉妃也不得力，一个小丫头也料理不好？”

素练忙赔笑道：“那丫头果然狐媚！嘉妃有两个阿哥，一时疏忽了也是有的。不过皇后娘娘，她到底也只是个答应，这种小宫女上来的，皇上兴致过了也就丢在脑后了。”

皇后稍稍释然：“也是。其他都不要紧，好好养大永琮才是要紧。”

素练诺诺听着，便又陪着皇后一起哄永琮了。

如懿再次看到茉心的时候，已经是乾隆十二年的冬天。这一年京中痘疫四起，秋燥冬暖，略无霜雪，河井枯涸。自九月间起，痘疫流行，自河北蔓延至京郊，又波及京师，十不救五，小儿之殇，日以百计。

宫中因着从前顺治爷福临死于痘疫，连圣祖康熙幼时也得过，所以格外惶恐。皇帝除了忙于前朝痘疫之事，尤其嘱咐撷芳殿将各位公主、阿哥都抱到生母或养母宫中养育，小心避痘。宫中供奉了痘神娘娘，为过春节所挂的春联、门神、彩灯全被撤下，同时谕令全国及宫中“毋炒豆，毋点灯，毋泼水”，并颁诏大赦天下。一时之间，宫中人人自危，大为惶恐。

永琮体弱多病，皇后也格外防备，小心谨慎看顾。长春宫中一律不许生人出入，生怕沾染了痘疫。

而茉心，便是在那个时候求见如懿的。彼时如懿正与海兰闲话宫中痘疫之事，连一应的乳母保姆都不甚信任，一切都必得自己亲自过手，她听得惢心小心翼翼提起“茉心”这个名字，不由得含了几分诧异之色：“茉心不是伺候慧贤皇贵妃的贴身丫头么？听说慧贤皇贵妃死前放心不下她，将她留在古董房当差。她忽然要见咱们做什么？”

永琪活泼地笑着，越发逗得海兰笑个不止，拿着拨浪鼓哄了永琪玩，漫不经心道：“如今皇上只宠着魏常在，眼见着年前必定是要封贵人了。咱们得闲不用伴驾，见一见茉心便又怎么了。”

如懿沉默片刻，将永琪抱到乳母怀中，随着惢心起身向外去。见到茉心的时候，是在古董房边一间昏暗的小庑房里，想是她平日当值时所住。茉心一身宫女装束，簪着白绒团花，干枯的头发用一支素银平簪紧紧压住。她眼睛通红，人也木木的，像是没有活气似的，哪还有半分从前的宠婢模样。

如懿和海兰见茉心这副打扮，知道她是家中出了丧事，便道："家里怎么了？是不是有为难的地方？"

茉心离她们俩远远的，缩在墙角一隅，戚然叹道："奴婢的额娘殁了，奴婢今日是过来替她收拾遗物的。"

如懿叹口气："惢心，备下五十两银子给茉心，就当给她额娘操办后事。"

惢心答应了一声："那奴婢回宫去取。"

茉心惨然一笑："娴贵妃娘娘，难为你还肯给些赏赐，倒不计较奴婢曾是伺候慧贤皇贵妃的人。"

窗外寒气犹冽，庑房里并不如嫔妃所居的宫室一般和暖春洋。如懿远远立在茉心身前，静静听着，心中忽然有一阵短暂的心安。与晞月十数年的争宠怄气，是落在宫墙缝里的尘灰，抠不出，抹不去，只能任它停留成时光柔软的褶痕。当这些曾经轻狂的片段从如懿的回忆中慢慢剥离而出时，她不胜唏嘘，然而那唏嘘也是属于胜利者的活着的绮想。毕竟如今活着的人，是她自己。所以，她凝望茉心的目光疏远而冷淡，却不失一缕悲悯之色："所谓计较，是对活着的人而言。斯人已逝，前尘往事还有什么放不下的。何况你只是慧贤皇贵妃的侍婢而已，顶多奉命行事，本宫何必再与你有所纠葛？"

"那么奴婢来找娴贵妃，果然是没有错。"茉心俯身一拜，"从前奴婢多有不敬，这一拜算是还了。"她微微一笑，叩首道，"只是娴贵妃既然赏赐，五十两银子怎么够？两个人的丧事，要给也是一百两了。"

如懿的眉心细细地拧起，打量着茉心道："这话怎么说？"

茉心的脸是萎黄的花瓣的颜色，有慢慢颓败的迹象。她惨笑道：

“奴婢的额娘死于痘疫，奴婢服侍了她这些天，恐怕也逃不了了。昨日早上起来，奴婢已有呕吐、头痛的症状，今天手臂上发现长了两颗红疹子。所以，两位娘娘，奴婢离你们那么远。”

如懿听得“痘疫”二字，心下一阵紧缩，几乎是下意识地退了一步。海兰紧紧依在她身畔，勉强镇静道：“你都得了痘疫，还要见本宫和娴贵妃，是要让我们染上痘疫，好让你替慧贤皇贵妃报仇么？”

茉心眼中闪过一丝雪亮的恨意，摇头道：“奴婢一直记得慧贤皇贵妃薨前有多恨皇后，奴婢答应过皇贵妃，一定会替她报仇雪恨。”

如懿凝视她片刻，摇头道：“你都这样了，还想着这些做什么？”

茉心呵呵笑着，干枯的唇微微张合：“就是因为奴婢到了这个地步了，才终于有了办法。”她笑起来露出森森的白牙，“慧贤皇贵妃死前安排奴婢在古董房当差，为的就是还能留在宫里好寻个机会。如今她连嫡子都生下来了，这一生真是顺心遂意啊！可奴婢一直记得慧贤皇贵妃死前有多恨，奴婢答应过皇贵妃，一定会替她报仇雪恨。”

海兰不以为意地摇头：“长春宫禁卫森严，你进不去的。”她抬起头，漫不经心地扫一眼茉心，“你要本宫帮你？”

茉心点头道：“奴婢既然得了痘疫，法子反而多了。奴婢知道，两位娘娘和慧贤皇贵妃一样恨她。”

海兰盈然一笑：“你倒真是明白本宫的心思。”

如懿略想了想，背过身去：“这件事，本宫不做。”海兰忙跟过去，语不传六耳：“姐姐，你忘了她是怎么害你的么？姐姐到如今都没有子嗣，就是她一手造成的。姐姐若怕脏了手，我来做便是。”

如懿握住海兰的手，决然摇头：“我做和你做有什么区别，咱们都别脏了这个手。”

海兰急切道：“姐姐是从冷宫里捞回一条命的人，不能有妇人之仁。”

如懿定定颔首：“七阿哥天生孱弱，活得艰难。这件事，我们不做。”

海兰犹不死心：“姐姐……”

如懿摆一摆手，转身向茉心，决然道："抱歉，本宫与愉妃都帮不了你。"她见茉心遽然变色，越加宁和道，"本宫知道自己无用，所以有心无力。"如懿说罢，旋身便挽着海兰的手出来，道，"咱们走吧。回去好好儿拿药水洗洗，免得染上痘疫。"

海兰犹不死心，却也拗不过如懿，只得离去。贞淑遥遥跟在后头，好奇地往里头探了几眼，走了进去。

风声被两旁耸立的深墙挤得呼呼乱窜，发出呜呜咽咽的鸣声。嬿婉携了侍女澜翠缓缓走来，大约是从养心殿出来。

嬿婉见了如懿与海兰，忙福了福身，剪水双瞳清凌凌的，泛出由衷的欢喜殷切之情："请娴贵妃娘娘安，愉妃娘娘安。"

如懿端正容色，微微颔首。嬿婉走到如懿身前，楚楚的脸庞越加蕴满了谦卑的神色："年下劳碌，娴贵妃娘娘仔细风冷霜寒。您若风寒了，宫里许多事无人照应。"

如懿的客气中带着疏离："有劳魏常在挂心，本宫正要回去。"说罢，她便径自要离开。嬿婉侧了侧身，却并无让她过去的意思，只道："娴贵妃娘娘还是那么讨厌嫔妾么？"

如懿淡薄一笑："常在这话，本宫却不懂了。"

嬿婉挥手示意澜翠走远，道："娘娘一直以为嫔妾是攀龙附凤不念旧情之人，所以屡屡冷淡嫔妾，却不知嫔妾也有不得已的苦衷。"

"苦衷？"如懿拂了拂被风吹乱的鬓发，她扬起的唇角勾勒出不屑的弧线，长街猎猎的冷风冷不丁地掀起她玉色长袍，配着纽子上系的青碧流苏金累丝缀明珠香囊，越发如云后淡薄的日光，渺渺不可亲近，"你如何一步一步走来，本宫都是亲眼看着的，又何来苦衷二字？"

嬿婉银红色的袍角被风拂起，像一只想飞却飞不高的蝴蝶，颤动着翅膀："嫔妾听说娴贵妃娘娘出身乌拉那拉氏家族，这个家族，既是荣耀，也是阴霾。想来娘娘当年在冷宫受苦的时候，一定不会忘却自己的家人，所以才奋发而起。嫔妾也是如此，像嫔妾这种出身，所受的种种白眼辛苦，娘娘这样的尊贵之人如何能够体会。但嫔妾不忘家族之心，与娘娘却是一样的。”

如懿默然叹息：“但是你终究辜负了一颗真心。”

嬿婉自嘲地笑笑：“像我们这种人，进了宫中之后，自身的荣耀便与家族的荣耀结为一体，一荣俱荣，一辱俱辱。尤其是嫔妾，既然父母族人不能为嫔妾带来任何荣耀，嫔妾就一定要让自己过得舒心适意。真心这样私己的东西，不能割舍也是要割舍的了。”

如懿紧了紧披风，漠然以对：“你自己选择的路，自己高兴就好。听说皇上打算要封你为贵人了，恭喜！”

嬿婉欠了欠身：“但愿以后娘娘不要再鄙夷嫔妾就好。这句恭喜，嫔妾感激不尽。”

如懿径自离开，海兰柔声劝说：“姐姐虽然瞧不起魏常在，我也一样。可世上之人为了富贵抛弃旧爱多的是，倒也寻常。”

如懿深深不以为然，对着海兰更不掩饰对嬿婉的不满：“恶事哪怕多得成了寻常，也是恶事。”

海兰笑道：“我是劝姐姐看开些。我是不喜欢魏常在勾引皇上，可她已经成了皇上的人，多少面子上过得去些，不必爱憎都在脸上。”

如懿也一笑相对：“我只是不愿对无情之人过于假以辞色。”

海兰微微叹口气，二人挽着手走了。嬿婉站了许久，直看二人走远了。

澜翠走近嬿婉，低声道：“小主何必要理会娴贵妃对您的态度，咱们与她也不相干。”

嬿婉轻笑，明媚的眼睛如同天上细细的月牙儿：“怎么不相干？皇后虽然生下了七阿哥，但身子坏了许多，很多时候都不能侍寝。而娴贵妃有协理六宫之权，我自然得格外小心些。”她看澜翠一眼，“对了，我让你去看看舒嫔一直用的是什么坐胎药，你看了没？”

澜翠道:“奴婢借口去敬事房，说小主的绿头牌有些暗了，偷偷用瓶子装了些舒嫔的坐胎药出来，马上送去太医院，请太医照样子配出一个来给小主服用。”

嬿婉颔首道:“快去！我到现在都没有身孕，哪怕皇上晋封，也不过是个小小贵人，何年何月才能熬到主位？宫里的坐胎药那么多，人人都在喝，只有舒嫔的是皇上亲自赏的，一定特别好！”

澜翠犹豫道:“可舒嫔每次侍寝之后都喝，一直都没怀孕啊。”

嬿婉有些不屑:“那是她福薄。叶赫那拉氏的族人本就不多，没福气延续下去也是有的。”她迟疑片刻，“不过你还是让人看看，是不是上好的坐胎药。”

澜翠答应着去了，嬿婉抚了抚平坦的肚子，饱含希望地长舒了口气。

夜深的古董房，静得怕人。茉心如一个鬼魅的影，隔得老远和一个瘦削的女子说话。茉心的声音慢悠悠的:“奴婢就快死了。死前得告诉您一句明白话。皇后当年不想您这样卑贱的女子生下皇上登基后的第一个皇子，所以要您失了孩子。”

那女子冷冷反问:“不是高晞月做的么？高晞月才是恨死了本宫的那个人。你少替她辩解！还有仪嫔？皇后不是要收养仪嫔腹中的孩子么？怎么仪嫔也失了孩子，难道高晞月敢瞒着皇后下手？”

茉心咳嗽了几声，继续道:“是慧贤皇贵妃做的不错。可慧贤皇贵妃对皇后唯命是从，否则就算她胆子再大，也不敢拿皇嗣泄愤。就是皇后主使，慧贤皇贵妃才下的手。”她咬牙，“皇后虚情假意，表面要抚养仪嫔的孩子，其实根本不想多一个贵子威胁有哮症的端慧太子。所以明着亲热照顾，实则借慧贤皇贵妃的手暗中加害。”

贞淑立在一旁，十分恭谨，对着那女子道:“您想啊，要没有皇后授意，慧贤皇贵妃敢动皇后的人？仪嫔可是皇后从前的侍女，皇后一手提拔上来的。所以……慧贤皇贵妃是下手，阿箬栽赃帮忙陷害，皇后才是背后主使啊。”

那女子侧过脸，一支银镶玉步摇闪着粼粼的冷光，如她语气一般冷漠，她看也不看贞淑：“那你掺和进来做什么？”

贞淑露着谦卑的模样：“因为在你们之后，遇喜的是我们小主，下一个要被谋害的是我们小主和她腹中的皇子。若不是小主畏惧受害躲进了臻祥馆安胎，四阿哥根本生不下来。所以茉心临死前求告，小主也让您得个明白。”

茉心拼命点头，挣着病弱的身体压抑着声音辩白：“您细想想，慧贤皇贵妃是个喜怒形于色之人，怎么懂得这些暗中谋害的手段？皇后才是城府极深之人，还要慧贤皇贵妃嫁祸娴贵妃。”

那女子幽幽叹息了一声：“是了。皇后的嫡福晋之位是从娴贵妃那儿得来的，她当然深恨娴贵妃。”

茉心发狠：“奴婢是将死之人，不会信口胡说。您被人害得母子阴阳两隔，如今奴婢说个明白，死而无憾了。”她说罢，再三叩首，流泪不已。

那女子霍然转过脸来，竟是蕊姬！她明媚双眸早已满含泪水，她恨声道：“好，好！本宫终于活了一个明白！”

房中静了片刻，只有茉心的喘息声和蕊姬悠长复悠长的低低啜泣。贞淑取出帕子，小心为她擦拭泪痕：“慧贤皇贵妃已薨，皇后失了端慧太子，却又生了七阿哥。难道身为中宫就这般好福气，害死了旁人的孩子也不用受报应。偏您的孩子留不住，我们小主要生个皇子也是千辛万苦。”

蕊姬挥开她的手，冷然道：“谁说没有？一定会的！老天爷不会放过她，本宫也不会。”

茉心脱下自己的贴身中衣，咬着牙将手臂上的痘疮挤破，染到中衣上：“说不定皇后母子的报应就在眼前了呢。七阿哥？凭什么皇后可以再有儿子，您却失了最心爱的孩子？这不公平！”

蕊姬默然看着她做的这一切，面庞浸在幽暗的夜色里，如被凝住了一般。

良久，她似乎是在梦呓：“七阿哥有个乳母叫春娘，把她的中衣和这件换一换，换一换。”

琮碎 壹壹

三日后黄昏时分，李玉来传召如懿前往养心殿一起用晚膳。如懿更衣过后，换上烟霭紫的如意云纹锦袍，清雅的颜色，袖口不过是略深一色的折枝辛夷花纹样，搭着金丝狐皮坎肩，越发衬得容色多了一分温柔娇艳。

她扶着惢心的手下了软轿，才走到阶下，见云彻穿着养心殿最末等的侍卫服色，两颊冻得通红，一动不动守卫着。

在经过他时，如懿悄然低声："辛苦。"

云彻微微一笑，甘之如饴："微臣在御前做了这么久的侍卫，奈何出身寒微，只能如此，辜负娘娘期望了。"

如懿眼中有温情浮漾："丈夫之志，用十年去实现也不算晚。忍得一时，才能一飞冲天。知道本宫为何一定要调你到御前么？"

"御前机会多，不比其他地方。"

如懿微笑，目光清和："这只是其一。常常看着自己心爱的女人如何走到另一个男人跟前去，才能真正让你断了念头，磨砺心志。她无情，你更无情，才能无所畏惧。”

云彻懂得：“多谢。雪后路滑，娘娘小心足下。”

如懿裹紧身上的孔雀纹大红羽缎披风，缓步入殿。暖桌上已经布好了热气腾腾的金丝菊炖野鸡锅子，如懿闻得香气，先笑道：“好香。”

皇帝起身拉住她手，一脸的亲密无间：“今儿晚膳都是你爱吃的菜，这芝麻青鱼脯制得极好，朕让他们试着做了十来次，只有这一次做出来的一点腥味也没有。菠菜和豆腐制成的金镶白玉饭十分清甜，入口即融。尤其这道醉虾，融了虾子本身的鲜嫩，配上醇酒调味的甘芳，所以朕急急催促你来。”

如懿两靥盈盈，眉目淡淡含情：“今儿又不是什么大日子，好好儿的怎么备下了那么多臣妾爱吃的菜？且都是冬日难得的。”

因着从外头进来，她双手冰冷，皇帝捧着她的手，轻轻呵气道：“外面可冷了吧？今儿是腊月二十三，也算小年。朕想着快到年下了，你协理后宫忙碌了这么些天，也给你松泛松泛。”他亦有几分自得，“如今天下富足，库仓串铜钱的草绳都烂了。你喜欢的东西即便难得，朕若想要取来，也不算难事。”

如懿心口暖洋洋的，握着皇帝的手，道：“那臣妾能谢皇上的，就是把这桌菜都吃了。”

如是，帝妃二人相对而坐，也不让人服侍，便自自在在动起筷子来。

皇帝看她贪吃了几口醉虾，甚是喜欢的样子，便高兴道：“虽然贪吃也慢些，到底里头是有酒的。咦？你怎么没喝几口酒脸就红了？”

如懿笑着摸了摸脸：“新描的眼妆，皇上喜欢么？”她且说且笑，如玉双颊上透出几许红晕，似初露的晓霞弥散，眉眼旁都化为淡淡的芙蓉浅红，更显得明眸灿若星子，顾盼蕴漾。

皇帝伸手轻轻抚摸：“如懿，朕希望你一直这样高兴。”

心跳得有点快，混着红箩轻炭暖融融的气息，将殿中沉水香的气息烘暖出来，徐缓地在空气里面弥漫着。如懿低下头，莞尔一笑，轻轻挠他的手心，似小鱼轻啄。这般温存，直到有添酒的小太监步入，才稍稍中止。

李玉随后进来道：“皇上，上回您说要在年前晋封魏常在为贵人，叫内务府拟了封号来看，内务府已经拟了三个送来，想请皇上过目。”

皇帝微一颔首，李玉一拍手，内务府的小太监捧着一个红纹木盘子恭谨入内，上面放着洒金纸，分别写着三个大字：令、恪、睦。

皇帝扫了一眼，随口道：“后两个都俗。令，令，美好为令，这个字前人也未用过，便是这个令字吧。”

“令贵人？《诗经》中说‘如圭如璋，令闻令望’[①]，是赞美如玉般美好之人。”如懿轻声念过，笑盈盈觑着皇帝，“皇上似乎很喜欢她。”

皇帝静了须臾，眼底的笑意愈来愈浓，几乎笑得眸如弯月，含了几分促狭道：“如懿，你是吃醋么？”

如懿面上微微一红，转首不去看皇帝，故意有些怨怼：“皇上是取笑臣妾么？”

皇帝侧身靠近她，咬着她的耳垂低低道：“‘如圭如璋，令闻令望’的下一句便是‘凤凰于飞，翙翙其羽’[②]，乃指两情恩爱，共效于飞之乐。你是觉得朕过于宠爱魏氏了么？”

如懿嘟一嘟嘴，面色愈红，极力自持道：“臣妾没有这样想，是皇上最爱多心，胡思乱想。”

“好吧，那便是朕胡思乱想。但即便是胡思乱想，也不会是魏氏，而是你。”皇帝捉过她白皙如凝脂的手背轻轻一吻，笑着道，“嬿婉有几分像年轻时的你，但青春虽好，却还失了一段成熟风韵，或许年长些会

---

① 出自《诗经·卷阿》，表达了周王率群臣出游卷阿，诗人歌颂并劝勉周王礼贤下士之意。《集传》：“如圭如璋，纯洁也。”令闻令望，有美好的名声和品德。

② 出自《诗经·卷阿》。意为凤与凰在空中交尾，后用以比喻夫妻合欢恩爱。常用以祝新人幸福美满。

更好。”

听他娓娓说起那样情长的语句，不是不曾有一分心旌动摇，牵起往日的少年恩爱。然而如懿听完，轻轻啐了一口，便一笑置之：“皇上觉得合心意，那就嘱咐内务府去办吧。”她侧首吩咐侍奉皇帝的毓瑚，“把那甜白釉玉壶春香炉挪远些，里头点了龙涎香，香气太重影响进食。”

毓瑚忙答应着做。二人正说着闲话，只听闻外头细细尖尖的太监的嗓音轻巧道：“皇上，魏常在求见。”

太监的声音一贯尖细如丝，若非听惯，必然觉得扎耳。如懿抿嘴笑道：“说曹操曹操就到，魏常在来得好巧。”

皇帝的眼笑得如弯起的新月牙，他吩咐道：“唤她进来，正好也在用膳，人多热闹些。”

外头厚厚的明黄重锦团福帘一扬，一个清婉女子莲步姗姗而入，彼时地上铺了厚厚的素红色销金绒毯，她的脚步极轻盈，落在地上寂然无声，牵动碧蓝闪银明霞缎长裙扬起浮波似的涟漪，连着洁白耳垂下挂着的二寸长的金坠子和鬓际的浮花金嵌碧玺珠翠簪上垂落的寸许珍珠流苏微微轻颤，如点点光溢。因着年轻，连用的珠花也是那样明媚柔丽，粉红碧玺是盛开的花朵，红宝粒子是娇盈盈的花蕊，黄玉花苞生生待放，绿色碧玺作五瓣花叶。她的脸如天际的霞色，映着鬓边珠翠珊珊，真恍若一道轻霞柔柔撞入眼帘。

如懿心中微微一颤，无论皇帝如何说嬿婉失了成熟韵致，但青春之美，拱得她若一只骄傲的孔雀，那份清艳是那般肆无忌惮。

皇帝见了嬿婉便含笑，伸手示意她起身：“不必拘礼。外头天寒，你怎么来了？”

嬿婉娇怯怯道：“臣妾炖了一晌午的燕窝，听说皇上和贵妃娘娘正用膳，所以特意奉来给皇上和贵妃娘娘品尝。”

如懿如何不懂她话中之意，蕴了一丝浅浅的笑道：“魏常在的燕窝定是特意备下给皇上的，臣妾沾光了。魏常在来得正好，皇上正说起要给你贵人的位分呢，连封号都拟定了，圣旨一下便是令贵人了。”

嬿婉乍惊乍喜，掩不住唇角满溢的欢愉，连连欠身谢恩不已。皇帝欣赏着她娇媚喜色，亦十分满足。嬿婉脆脆道：“皇上刚有意晋封臣妾，臣妾也备了新制的燕窝，换了新巧的做法进献皇上，真算与皇上心意相通。”她说罢，睇了皇帝一眼，眼波极是轻媚。皇帝看得心醉，嬿婉含了几分羞涩，并不与他目光相触，转首唤道：“澜翠，将我备下的燕窝奉上。”

澜翠喜滋滋从五角红纹食盒里小心翼翼捧出一碗燕窝细粉，嬿婉柔声道：“臣妾家乡盛产绿豆制成的粉丝，额娘托人送了些进宫，原是小家子玩意儿，吃个新鲜罢了。臣妾早起用鸽蛋和金针丝煨了，再配三两燕窝炖制浇上，请皇上和贵妃试个新鲜。”

如懿望了那盏中一眼，细粉原近乎白色，那燕窝更是透明的白，一眼望去，白霜霜堆了满满一盏，几乎要盈了出来。如懿按住心底逸出的一丝诧异，面上淡淡地道：“三两燕窝，所费不少呢。”

澜翠在旁赔笑道：“小主早起便为这道点心费心，还怕皇上吃惯了御膳的菜色，说让皇上尝尝心意便是了。只要皇上喜欢，也不怕靡费什么。”

皇帝看了一眼，唇角的笑色越来越浓，几乎忍不住了，他转首看如懿道：“说到制菜，贵妃亦颇为拿手，这道燕窝细粉，贵妃怎么看？”

如懿看着满桌琳琅菜色，含了薄薄的笑色，语音清朗如珠倾落：“魏常在的燕窝细粉素白一碗，颜色倒颇清爽。”她顿一顿，看着喜不自胜的嬿婉，本不欲往下说，然而她想起嬿婉昔日对凌云彻的态度，忽然起了几分恶作剧之心，衔了笑意道，“燕窝清汤慢炖是最佳，杂以荤腥油腻为次。如今魏常在用三两燕窝盖足碗面，与细粉混同，一眼望去如满碗白发，反不得其美味了。”

皇帝轻嗤道：“东西用得贵而足，但配制不当，真乃乞儿卖富，反露贫相。”他似想起什么，欢喜之色如孩童一般，“朕记得你从前在潜邸时做过一道冬瓜燕窝，滋味甚佳。以去皮冬瓜之柔配燕窝之柔，以燕窝色泽之清入冬瓜之清，重用鸡汁、菌子汁熬足，入口清醇，一试难忘。”他颇为叹惋：“只是如今你不大肯做了。”

如懿摆首，含了一缕黠色：“偶尔一试，才能难忘。若是常常吃到，便也没什么稀罕了。而且臣妾多年不做已经手生，若做得不好，却连皇上记忆中的美味都不保，还是不做也罢。”

如懿的喜色与微嗔都分明落在眉梢眼角，二人一应一答，恍若寻常夫妻。嬿婉侍立在旁，听得如懿字字句句评说，脸早已窘得如煮熟的虾子一般红透。末了皇帝的话，更羞得她成了夹在满桌膳食中的那碗燕窝细粉，一分分尴尬地凉了下去。

还是澜翠悄悄碰了碰她的手臂，示意她赶紧告退。嬿婉竭尽全力挤出一个笑容，道：“皇上与贵妃娘娘用膳，臣妾偶感风寒，还是不陪着了，以免损及皇上与娘娘康健。”殿里暖洋如三春，她只觉得背上黏腻腻的全是汗水，吸住了薄而滑的云丝小衣，闷得透不过气来。皇帝正与如懿说话，只是草草点了点头，也不多理会。

嬿婉匆匆转身，仿佛一刻也待不住了似的，她转得太急，身子撞在了一旁的甜白釉香炉上，炉身一翻，里头的龙涎香撒出大半，殿中立时弥漫了甜腻香气，近乎窒闷。

皇帝不自觉地蹙了蹙眉，睨了嬿婉一眼，旋即向毓瑚道：“方才贵妃嘱咐你把香炉放远些，就是怕香气过于浓郁，影响进食的情绪。怎么你还是如此不当心？”

毓瑚忙跪下请罪，嬿婉听得皇帝有不悦之意，惴惴不安地欠身：“不干毓瑚姑姑的事。皇上恕罪，是臣妾不当心，碰翻了这白瓷香炉，幸好只是寻常白瓷，否则臣妾可是万死了。”

皇帝微微瞠目，旋即失笑：“寻常白瓷？这怎是寻常白瓷？”他从容拂袖，细细道来，“这是甜白釉，乃前明永乐窑所产，莹润如凝脂，几能照见人影，触目便有温柔甜净之感，故称甜白。其名贵难得，怎是寻常白瓷可比？”

寥寥数语，几如措手不及的耳光，打得嬿婉几乎站不住。嬿婉的身影微微一颤，好在澜翠在身后紧紧扶住了，她极力自持着颤颤请罪：“臣妾愚昧无知，还请皇上宽宥。”

皇帝摆一摆手，似乎不愿再多言：“依你出身所见，必不知此。罢了，跪安吧。”

皇帝叫臣子“跪安”乃是客气，若是对妃嫔这般说，便是不欲她多留眼前的意思了。嬿婉本是新封贵人之喜，此刻只觉足下无丝毫立锥之地，只得讪讪退出。皇帝后头又追来一声叹息，简直如一个耳光打在她脸上：“以前觉得她甜美可人，可小家子出身，到底粗鄙。”

如懿望着她仓皇的背影，又见宫人退下，方浅笑道：“皇上往日似乎很喜欢魏常在。”

皇帝淡淡含笑：“不过尔尔。只是宫人扰攘，总说魏常在因为像你而得宠，你喜欢么？”

如懿撇一撇嘴：“有什么可喜欢的？臣妾却不信这样的话。”

皇帝大笑：“啊！原来你觉得嬿婉不够美，所以不是因为像你年轻时而得朕欢心。”

如懿轻一旋身，半开玩笑：“因为臣妾不信人与人可相互替代，容貌与性情也不会重复。皇上喜欢魏常在，自然是有她不可取代的好处。”

皇帝笑着拧一拧她的脸：“如懿，那么，你也有你不可取代的好处。”

如懿斜睨他一眼，盈盈双眸几能滴出水来：“臣妾也知道，自己有十足十的坏处，旁人学也学不去。”

皇帝一牵她手，拥入怀中，咬着她耳垂笑道：“那朕来告诉你，你坏在哪儿。”

殿中，一色春意浓。

殿外朔风剧寒，如能蚀骨，嬿婉浑身冷汗肆意，钻肤透心，跌跌撞撞走到玉阶之下，险些滑倒。凌云彻几乎是本能地伸手扶住，嬿婉抬头见是他，那凄寒彻骨里忽然腾上一阵暗火，烧得她满脸羞愧。嬿婉用力甩开他的手，拼命忍着眼泪："别来看我的笑话，我很快就是令贵人了。"

云彻的神志在手被甩开的一瞬骤然回来，他轻蜷手指，维持着空虚的弧度，面上谦卑如常："微臣只是提醒魏常在小心足下。"

有风吹过，将所有感动瞬间冰冻，嬿婉看他一眼，将心底软弱死死压住："别对我说一句关心的话。我怕我会后悔。"

云彻的话语被冷风卷得低沉："你不会的。等皇上宠你的时候，你就不知道什么是后悔了。"他很快回到自己的位置，立于寒气茫茫之中。

嬿婉几乎不能相信，凌云彻的口中会说出这样的言语。他永远爱护自己、疼惜自己、为自己着想。原来那样的凌云彻，也会消失不见。她想说什么，却始终开不了口。春婵见她如此，如何不明白，忙上前紧紧扶住了道："小主别在意。您费了半日心思，又冒着严寒送来，这份苦心皇上是知道的。"她见四下无人，低声抱怨道，"都怪娴贵妃，卖弄什么呀，也不过是个家道中落的货色！"

嬿婉哑声道："不许胡说，原是我自己不得脸没见识罢了。娴贵妃家道中落，我不也是个破落户的出身么？"她咬紧了牙关，屏了半日，回首望着灯火通明的养心殿，一字一字着力道，"原本，是皇上给了我一丝希望，他对着我笑，告诉我可以凭自己改变门第命运，我却连甜白釉也不识，连燕窝都做得粗俗，可不是自己没脸么？皇上没撤了晋封贵人的旨意，已算给我留了脸面了。"

春婵忧心道："那小主打算怎样？"

嬿婉忽地捏住春婵的下巴，拧着她的面孔对着自己，哑声道："春婵，你仔细瞧，我的脸还在不在？我有没有变老，有没有变难看？"

春婵见她神色狰厉，吓得一颗心突突乱跳，忙赔着笑道："小主的脸好好儿的，小主貌美如花，青春正盛。"

嬿婉的手重重地垂落下来，如卸下千斤巨石。她摸着自己的脸凄怆道："春婵，我不是不知道自己为什么得宠。为着皇上一时的兴致，为着一个男人偶然所起的一点欲念，更为着，我的脸，还有几分像娴贵妃年轻时的样子。难道我都不知道么？"

春婵忙扶着她的身子，柔声道："小主，娴贵妃位分尊贵，您像她，不算折您的福气。更何况，虽说是三分相像，您却胜过娴贵妃年轻时许多呢。"

嬿婉勉力支起身体，面容渐渐沉静若寒水。她裹紧了身上的青云缎锦毛披风，那声音像从嗓子底处透着心窝迸出来的："是。能因为像娴贵妃而获宠，自然是我的福气。哪怕我再不懂事，只要这张脸在，只要我不犯下大错，就不会和娴贵妃当年一样，躺进冷宫里去。因为皇上看着我这张年轻的脸，就会想起曾经委屈过娴贵妃的年岁，自然会格外优容。且我还年轻，娴贵妃懂的，我慢慢学着，终有一日也都会懂得。她会的不肯轻易做的，我要什么都做得比她好，那便是最好的打算了。"

殿中晚膳已毕，便有小宫女伺候着捧茶漱口，一众人忙忙碌碌，却是鸦雀无声，丝毫不乱。李玉见一切事毕，方进来道："皇上，太医院齐汝大人有要事求见。"

皇帝面色微微一沉，如懿会意："那臣妾先告退。"

皇帝摆手，笑得轻快："不必。今夜你留在养心殿。李玉，着人去伺候贵妃沐浴。"

如懿转身离去，才走到后殿，她觉得左耳上空荡荡的，一摸之下才发觉戴着的白玉菡萏耳坠不知去了哪里。她心下微微一沉，只念着这是皇帝赏赐的爱物，兼着几分酒意，并未多想便径自往东暖阁去。

才走到东暖阁外，只听见里头齐汝的声音道："前日中午，魏常在身边的宫女澜翠过来，说要照着这瓶子里的坐胎药配一份，恰巧是微臣在太医院当值，便叫留下了。微臣细看之下，那份坐胎药竟和皇上赐给舒嫔小主的那份是一模一样的，想是魏常在从舒嫔那儿偷弄去的。魏常在一心想要遇喜，所以……”

皇帝的口气有些沉肃：“既然魏常在这么想要，你就照样配一份给她。只告诉她那是上好的坐胎药，是舒嫔没福气才到今日还没怀上。”

齐汝连连称是：“舒嫔小主问起时，微臣也是说她体质虚寒，不易遇喜罢了。”

皇帝淡淡道：“也好。这个药朕本来就只是防着舒嫔是太后的人，又是叶赫那拉氏出身，才不想她轻易遇喜。那药是你调制的，你自然知道，哪天停了也还是无碍的。魏常在既然动了这心思，朕反正有了那么多皇子，最要紧是有永琮。旁人能不能生，生儿生女，也无谓得很。”

齐汝道：“是，皇上仁慈。那微臣这就去办。”

朔风刺寒侵骨，如懿倚在墙上，只觉得全身的力气都被抽空了，一颗心突突地几乎要从胸腔里蹦了出来。她的脑海里一片混沌，只是糊里糊涂地想着。怎么会这样？居然是这样！

隐隐约约地，她不是第一次知道这样的事，慧贤皇贵妃生前服用的汤药都是加重她病症的，而舒嫔，皇帝更是决绝。也许，皇帝还以为自己是仁慈的，可不是么？他一定以为，本来一碗汤药就绝育的事情，他却不厌其烦地一次次让她们只是暂且不能受孕而已。

她紧紧按着自己的腹部，心里一阵一阵发凉，这便是帝王家啊！哪怕宠遇再多，恩眷再深，也不过是一念之间的天与地罢了。她脚下一阵阵发软，有些畏缩地蹲下身。正巧凌云彻与人换班经过，见她瑟缩在暖阁后地下，急忙道：“娘娘，娘娘，你怎么了？”

如懿赶紧捂住自己的嘴，亦示意他捂住，拼命地摇头。云彻连拖带拉将她扶到后殿廊下，低声道：“娘娘不舒服么？”

如懿强撑着身子起来：“没事，你回去吧。”她挣开他的手，虽然他此时的一句寻常关心，让她在方才巨大的震动与惶惑里觉得有一息的温暖，可她明白，这样失态的自己，是不能让人瞧见的。她茫然地走到后殿，惢心刚想问她是否找到了耳环，见她这般，便知道不能多问了，忙打发了人出去，独自伺候她沐浴。

如懿把整个身体浸在滚热的水里，只有这样，她才能感觉到一丝暖气。沐浴所用之水最是讲究，按着时气用豆蔻花并佛手柑拧了汁子熬煮的，醇厚中不失清新之气，熏得混沌的脑仁渐渐安静下来。如懿静了良久，方才长长地舒了一口气，茫然地转过脸，木木地问："惢心，你说会不会有一天，皇上也不许我生下孩子？"

惢心不知出了何事，忙掩住如懿的口道："小主，您胡说什么呢？"

如懿只觉得脸都僵了，只得揉着发酸的面颊道："是啊，我正是胡说呢。"

豆蔻花被热水浸泡后氤氲的香气兜头兜脸地包围了如懿，她在那样沉醉的甜美里迟疑地想着，舒嫔该不该知道？或许，舒嫔是爱着皇帝的，才会在皇帝病重不得相见的日子里日日在宝华殿制作福袋祈福，却在皇帝病愈后一言不提自己的辛苦。若她知道，一定会很伤心吧？偏偏，她是那样孤高而骄傲的女子。

所以，不！一定不能让她知道！哪怕是骗局，也宁可她有被欺骗的幸福，而不是清醒后钝刀刺身的痛苦。她紧紧地掩住了自己的嘴，将整个人浸了下去。

待到沐浴更衣回到寝殿之时，皇帝亦换好了明黄寝衣在等她。养心殿寝殿高高的房梁上，明黄的锦缎帷帐铺天盖地落落垂下，角落蟠龙金鼎内燃着上等紫檀香，青烟一缕一缕渐渐朝上扩散淡开，整个大殿肃穆而安静。如懿在踏入的一刻已然缓过了神色，温婉如常。

皇帝半垂着眼睑，慵懒道："有佛手柑的气味，真好闻。"他伸出手向她，似笑非笑，"来，走近些，让朕细细闻闻，仿佛还有豆蔻的甜香。"

如懿静静一笑，走到榻前的双鹤紫铜烛台前，正要吹熄蜡烛，外头慌乱而仓促的脚步声骤然响起，拍门声显然已失却了分寸，皇帝蹙眉道："越来越没规矩！进来回话！"

扑开门滚进来的是皇后身边的赵一泰，他整张脸都扭曲了，大呼小叫地道："皇上！不好了！不好了！七阿哥的乳母春娘出痘了！七阿哥也紧跟着出痘了！他、他染上痘疫了！"

如懿的心陡然一跳，几乎失去了应有的节拍。她还来不及细细去分辨心底是怜悯还是意外，皇帝已然霍地起身，撞翻了身边的双鹤紫铜烛台，火苗顺着明黄色碧金盘龙帐霍霍地燃烧起来。

皇帝匆匆赶去长春宫，如懿只能回翊坤宫。这夜静得可怕，远远地，不知哪里传来幽凄的琵琶声，铮铮如哀鸣。如懿心中不安，想了想还是往延禧宫去。夜已深，延禧宫中灯暗如豆，如懿走进暖阁，海兰正在镜前试一件银色的素袍。那银白的底色绣墨色团寿纹实在不祥，看着叫人心惊。海兰见是如懿，颇为惊讶："姐姐怎么回来了？今夜不是你侍寝吗？"如懿见海兰如此，便道："七阿哥得了痘疫。皇上快急疯了。"

海兰的诧异一闪而过，很快幽幽笑道："生死有命。当年顺治爷的三阿哥和四阿哥都得了痘疫，三阿哥活下来继承了帝位，四阿哥熬不住，撒手就去了。"

那笑意让如懿有几分惧意："是不是你做的？"海兰一笑，从妆台上拾起一支长长的素银簪子，对镜优雅簪入髻中，徐徐道："当然不是。我就找出一件素色袍子，当年端慧太子没了的时候，我穿过这件衣裳。"她左右端详，"姐姐，你我都没做这件事，可能是老天爷都看不下去了。"

如此，如懿也不便再问了。

皇七子永琮是在六日后，乾隆十二年的腊月二十九去世的。那是除夕的前一夜，人人以为新的一年快到了，一切都会好起来。可是七阿哥过早降临世间的身体根本经不起任何看似微小的病痛，何况是痘疫这样来势汹汹的恶疾。即便是在所有太医的拼力救治下，也未能熬到新的一年。

皇后在闻知永琮死讯的一刻昏厥过去，且忧伤成疾，再难起身。

皇帝在悲痛中独自坐在奉先殿注视着祖先的画像，喃喃不绝：“明日就是腊月三十，过了明天，朕的永琮就长大一岁了。”太后缓步离开，显得悲伤而沉重，显然她对皇帝的劝说毫无作用。玉妍向着太后欠身，悄然走到皇帝身边，轻声哼着儿歌。

皇帝问她：“这是永琮喜欢的歌么？”

玉妍轻轻地答他：“皇上，七阿哥去了，臣妾肚子里有一个皇子要来了。臣妾遇喜了。”

皇帝看也不看她，“朕惦记着永琮，什么事都不想听、不想知道。”

玉妍温柔劝慰：“皇上，七阿哥没了，臣妾也很难过。可是即便没有七阿哥，您还有别的皇子。皇上，您若哀恸过度，紫禁城的天就塌下来了。”她拉起皇帝的手，放在自己的小腹上，“皇上，太医说七阿哥过早降临人世，身体孱弱，经不起任何看似微小的病痛，何况是痘疫这样来势汹汹的恶疾。”

皇帝哭得伏倒在地，整个身体都在颤抖：“为什么朕的嫡子都留不下来？朕只想要一个嫡子啊。”

玉妍含着一丝冷峭的笑意，仰起头，以略带讥讽的目光扫过列祖列宗的画像。嫡子么？要成为下一任君王的，得是流着北族血液的皇子啊。谁说王朝的子孙不可替代，谁说北族永远要依附大清。世子的梦想，那便是她永远的梦想，她会去实现的，一定会。

玉妍抱着皇帝的头，如同安抚着一个无助的孩子：“紫禁城里的孩子都命薄。皇上，这儿的孩子要长大，太不容易了。让臣妾为您生下健壮的皇子吧，有臣妾呢。”

皇帝无声地哭泣着，巨大的画像高高地垂着，列祖列宗们依旧以漠然的神色望着渺小的皇帝。

风静静地穿过。

皇帝大悲之余，特颁谕旨："皇七子永琮，毓粹中宫，性成夙慧。甫及两周，岐嶷表异。圣母皇太后因其出自正嫡，聪颖殊常，钟爱最笃。朕亦深望教养成立，可属承祧。今不意以出痘薨逝，深为轸悼。"然而活着的人哀痛再深，如何能换回死去的孩子，一切也不过徒劳而已。

披着离丧之痛，这个新年自然是过得黯淡无比。过了大年初一，皇帝便开始郑重其事为爱子治丧。正月初二，将永琮遗体盛入"金棺"。诸王、大臣、官员及公主、福晋等齐集致哀。初四，将"金棺"移至城外暂安，沿途设亲王仪卫。初六，赐永琮谥号为"悼敏皇子"。十一，行"初祭礼"，用金银纸锭一万、纸钱一万、馔筵三十一席。宗室贵族，内廷命妇齐集祭所行礼。二十三，行"大祭礼"。乾隆皇帝亲临祭所，奠酒三爵。[①]

丧仪再隆重盛大，也洗不去皇帝的哀恸。嫡子夭折，皇后病重，嫔妃们自然不能不极尽哀仪。如懿协理六宫，费尽心神料理好永琮身后之事，以求极尽哀荣。

这一晚，如懿正前往长春宫探视悲痛欲绝的帝后，却在长春宫外的长街一侧，以惊鸿一瞥的短促，看到了素服银饰的蕊姬，正望着被凄怆的白色包裹的长春宫，悠然噙着一丝诡艳的笑容。

如懿正寻思间，经不住身边三宝的连连催促："娘娘，宝华殿的超度事宜还等着您来主持呢。"她摇了摇头，便也走了。

蕊姬带着呜咽轻声呢喃："我的孩子，是额娘糊涂，才知慧贤皇贵妃是被皇后教唆害死了你。额娘到现在才能给你报仇，你别怪额娘没用。额娘非得讨了皇后的命，这仇才算完。"她说着说着，呜咽声渐次低沉，不知怎的，竟轻轻笑出了声。

---

① 参考《钦定大清会典事例》。

壹贰 遠嫁上

乾隆十三年二月初四，皇帝奉皇太后，欲携后妃，东巡齐地鲁地。秦皇汉武皆有东巡之举，尤以登泰山封禅为盛。皇帝登基十三年，自以为江山安定，民众富庶。放眼四海之内，唯一不足唯有嫡子之事，然而困在宫内，亦不过举目伤心罢了，于是便动了效仿皇祖东巡之意。

自从永琮夭折，皇后大半心气都被挫磨殆尽。在新年后的一个月里，她躺在床上形如幽魂，除了眼泪和绝望，她的眼睛里再也看不到任何明亮的东西。而太医带来的消息更让她失去可以支撑的意志。

齐汝在为皇后搭脉后摇头道："皇后娘娘，当年您一心催孕，太过心急，是在高龄体弱催得皇子，所以皇子早产，天生孱弱。而您也大伤元气，微臣与太医院同僚诊治过，娘娘想再有子息，只怕是不能了。"

听到这番话的时候，皇后的眼里只有一片干涸。淡淡的苦笑在她虚弱而下垂的嘴角边显得格外凄怆。她只是瞪着眼睛看着素色瓜瓞绵绵的帐顶，缓声道："有劳太医。"

过多的悲伤与绝望终于如蚀木的白蚁渐渐毁坏她的身体。皇后一下子苍老如四十许人，一眼望去与年华犹在的太后并无分别。素练替她一点一点梳着蜿蜒在枕上的青丝，那夜夜丛生的白发如秋草衰蓬一般触目惊心。素练一边替她梳理一边想尽量用黑发遮住白发，然而怎么遮也遮不住。素练一急，忍不住默默流下泪来。皇后侧身躺在床上，看了眼素练手中的头发，居然一点焦灼与哀惋也无，只是淡淡道："有什么可哭的？我本来就老了。"

这是皇后自册封后第一次自称"我"，素练自皇后名位定正之后，知晓皇后极爱惜矜持身份的"本宫"二字，此刻居然以"我"自称，口气中亦不觉如何惊恸。素练才惊觉，她侍奉多年的女子，心气已经灰败到何等地步。

皇后侧了侧身子，微微有窸窣之声，她的声音听上去疲惫到了极点："一个无法再生育、传不下子嗣的皇后，老了，死了，又有什么要紧？何况是几缕青丝而已。"

素练含泪相望，双手亦有些颤抖："皇后娘娘不要焦心，您积福积德，上天垂怜，一定还会有皇子的！"

皇后倚在枕上，神色平静得如一个即将离世之人。她沉默了许久，忽然轻声笑了起来，那笑声在宁静得如同深渊的殿阁里听来有太多的凄绝与幽惶："不能够了，我的身子已经不能够了。素练，我的永琏和永琮都保不住，难道都是报应？"

素练跪在皇后床前，拼命摇头道："皇后娘娘，不是的，不是的。您只是防着该防的人，又没害死了他们，有什么报应不报应的话？"

殿外有微弱的哭声响起，皇后凝神听了片刻："是谁在哭？怎么早早就替我哭上了。"

素练忙道："皇后娘娘，是三公主在外头。她一直想进来看您，但以为您睡着，都不敢进来。公主都等了很久了。"

皇后轻叹一口气："那就让她进来吧。"

和敬公主的步入并没有让皇后有太多的反应，她依旧安静地伏在重重堆锦绣被之中，如同一脉被抽尽了水分的枯叶，抑或一尾离水太久的涸泽之鱼。

和敬在进殿后明显收敛了她的哭声和眼泪，极力展露出几分笑意，向着背对她的皇后深深一福到底：“皇额娘万安。”

皇后闭目片刻，疲倦无比：“你是皇上唯一的嫡出公主，站在长春宫前哭，太失仪了。”

和敬鼻子一酸：“皇额娘，儿臣是担心您。”

皇后柔声道：“你是大清的嫡亲公主，任何时刻，都不要忘记自己的身份。再说，你弟弟都死了，哭还有什么用？”

和敬的眼泪哗然如决堤：“皇额娘，永琮和二哥虽然都离皇额娘而去了，可皇额娘还有女儿啊。女儿也会是您的依靠，会给您争气。”

皇后闻言倏然睁开了双眼，吃力地支起身子坐直，上上下下地打量着和敬。和敬从未见皇后用这样的眼光看过自己，不觉悚然，被皇后的目光逼视，渐渐垂下了额头。

皇后深深失落：“女儿有什么用？有了儿子，女儿是锦上添花的点缀；没有儿子，女儿连雪中送炭的那点炭火都比不上。不过聊胜于无罢了。”

和敬心气甚高，何曾听过这样的话，一下就被逼落了眼泪：“皇额娘，您就这样看不起女儿么？”

皇后怆然摇头，伸出手慢慢抚摸着女儿的脸：“皇额娘不是看不起女儿，而是看不起自己。像我这样连儿子都保不住的额娘，难怪你皇阿玛伤心归伤心，这些日子也渐渐不来了。”

和敬本是自伤，听得皇后这样的话，不觉激愤地抬起眼睛，握紧了拳头道：“永琮死了还不到一个月，皇阿玛这些日子都流连在纯贵妃与嘉妃宫里。说到底她们不过是个妾室，凭什么不让皇阿玛来多安慰陪伴您？”

皇后抚了抚自己憔悴得脱了形的面庞，那种干涩而松弛的触感，连自己触手也是心惊。她苦笑道:“你皇阿玛自己不来，旁人也无法。额娘人老珠黄，连个儿子也没有。你皇阿玛当然喜欢有了儿子又长得青春娇俏的女人。你皇阿玛有别的皇子陪伴，很快就会忘了额娘和永琮的。”

和敬忍不住落泪:“皇额娘，如果您自己都灰心丧气，那女儿怎么办?皇阿玛有那么多妃妾儿女，可女儿只有您!”她凄然别过脸，“皇额娘病成这个样子，皇阿玛怎么还忙着东巡的事。”

皇后有一瞬间的茫然，继而是深彻的震惊与疑惑，她看着素练道:“什么东巡，本宫怎么不知道?”

素练有些怯怯的:“其实皇上一直是希望皇后娘娘能去东巡的，只是担心娘娘您悲伤过度，病体未愈，经不得车马劳顿，所以一直没有对您说……”

皇后的眼底有两行清泪涌出，她极力振作精神:“皇上东巡，本宫是天下之母，怎么可以不去?”

和敬有些后怕:“皇额娘，您不能去!您病着呀!当然不能去!”

“本宫若不去，到时候又是事事都是娴贵妃越俎代庖。”皇后厉声道，“她是贵妃，也曾是你皇阿玛亲自选的嫡福晋……不!哪怕永琏和永琮都不在了，本宫还是皇后，她们都当本宫死了么?”

和敬紧紧握住皇后的双手，跪在皇后身前:“那好。儿臣虽然没用，但好歹是皇阿玛与您唯一的女儿，儿臣一定会陪着您的。您放心!”

皇后所有的意志在这一瞬被和敬眼底的坚毅与不肯服输激得坚硬如铁，她不自禁地伸手抿好蓬乱的鬓发，沉声道:“素练，去传齐太医来，本宫要请他好好看一看了。”

十日之后，皇帝起驾东巡，皇后严妆丽服，从容相随。那样的好气色，连皇帝亦感叹:“本来朕东巡就是想带皇后一同前往散心，可以一起纾解丧子之痛。原以为皇后病卧不起，却不想这么快就见好了。”

皇后含笑雍容:“皇上登基后第一次东巡，臣妾怎可不相伴左右?

只是臣妾病体初愈，还得齐太医在侧，随时诊候。”

如懿与绿筠伴随在侧，亦含笑道：“皇后凤体安康，臣妾等也就放心了。”

和敬公主伴随在皇后身侧，倨傲道：“皇额娘母仪天下，自然神佛护佑。你们不过是皇阿玛的妾侍而已，一定要悉心伺候，恪守本分。”

这样的话，听在耳中亦是刺在心上，温和如绿筠，亦不觉变了脸色。如懿笑着在背后按住她的手，含笑如初：“公主孝心，说得极是。”

如此，二月二十四，帝后至山东曲阜谒孔庙。二月二十九，登东岳泰山。三月初四，游济南览趵突泉。这般游山玩水，舟车劳顿，皇后却时时陪伴在皇帝身侧，须臾不离。沿途臣民官员们偶然窥见，亦不觉感叹帝后鹣鲽情深，形影相随。

然而，唯有素练与和敬公主知道，皇后每天是如何服下剂量极重的提神益气之药，又以大补人参提气，才支撑着她日渐枯竭的身体陪着皇帝言笑晏晏，游历山水。

而年正十七的和敬公主，她的婚事，便是在东巡至济南行宫时议起的。

事情的起初，蒙古科尔沁部求娶的只是嫡出公主，而非意指和敬。皇帝的意思，亦只是以太后的亲生女儿、先帝的幼女恒媞长公主下嫁。

但这一提议，几乎是受到了满朝文武的反对，尤其是朝中侍奉过先帝的老臣，反对之声尤为剧烈，皆称“太后长女端淑长公主已经嫁准噶尔，幼女再远嫁，于情于理于孝道，都是不合”。

皇帝回到皇后宫中，神色阴阴欲雨。皇后知道皇帝心中不悦，便打发了宫人们都下去，方问道：“皇上似有不悦之事？”

皇帝将手中茶盏重重一放：“朕一直尊养皇额娘，孝敬有加。却不想姑息了她这般权势，在后宫她事事干预也罢了，便是前朝也有讷亲和群臣处处为她说话。”

皇后暗暗一惊，脸上却依旧凝着练达笑色：“皇额娘与讷亲同为钮祜禄氏，讷亲又在军机处位高权重，自然朝臣们都看他脸色。”

皇帝摩挲着手边莹润如玉的茶盏：“你可知道，蒙古科尔沁部替其子色布腾巴勒珠尔求娶嫡出公主。那孩子你是知道的，他一直留在京中，是皇子们的陪读，前两年又封了辅国公，算是知根知底的。”

皇后一颗心立刻揪了起来：“未出嫁的嫡出公主，除了皇额娘的幼女恒媞长公主，便只有皇上和臣妾的璟瑟了。难不成科尔沁部是想要求娶璟瑟？”

皇帝怕她急坏了身子，忙安慰道：“科尔沁部只说求娶嫡公主，倒也未说是哪位公主，所以才要斟酌。科尔沁部的意思，是想求娶公主后回科尔沁部住下。朕也不舍得璟瑟呀。”

皇后听到此处，强忍着哀伤，恳求道：“这是远嫁啊！别父离母，也太苦了。皇上，恒媞妹妹正值芳龄，最宜出嫁。皇上，虽说科尔沁部是蒙古大部，最是富庶尊贵，但咱们璟瑟还小，如何能嫁去那么远？”

“朕与你想得一样。但朝臣们极力反对朕将恒媞嫁往，理由便是恒娖已经远嫁准噶尔，恒媞若再远嫁，必会使皇额娘老怀伤心。”

皇后泪眼泛起涟漪：“臣妾才没了永琮，立刻要璟瑟远嫁，这不要催了臣妾的命去。”

皇帝颇有几分伤感不舍：“你别这样说。朕明白你的心思，朕也不舍得璟瑟远嫁。”

皇后病重情切，也顾不得仪态，哀哀道：“满蒙联姻乃是旧俗，科尔沁部又是我大清历代后妃辈出之地，地位尊崇。若是随便嫁个庶出公主去也是不成，非得是嫡出公主。皇上本就觉得皇额娘与讷亲前后勾连，若是嫁出了恒媞妹妹，让皇额娘知道与大臣来往也是无用，从此便死心了。”

皇帝安慰了几句，顾着前朝对此事争议不定，也忙着去了。

皇帝这一别，两日都没有到嫔妃宫中来，也不往太后宫中请安。太后自打听了皇帝和皇后的心思，知是恒媞下嫁的可能最大，急得两天两夜没有合眼。但太后在先帝身边多年，却是极沉得住气的，虽然心急如焚，但对着底下的宫人却是如常和缓坦然，只是暗中叮嘱福珈道："去告诉舒嫔和玫嫔，养兵千日用兵一时，是该要她们去好好劝皇帝的时候了。那些朝中的老臣虽然看在先帝的颜面上肯为哀家进言，力劝皇帝不要再嫁幼妹，但他们的话哪里比得上枕头风的厉害。"

蕊姬一得了消息，又从太后处知道皇后不过是拿药吊着性命，立时赶去玉妍处商议，恨不得立刻让皇后嫁了女儿，连唯一的女儿都不能留在身边了，心如刀割，才好催了这条性命去。当下蕊姬便去皇帝跟前弹起了琵琶《胡笳十八拍》。皇帝听得此曲，哪能不触动心事，只觉得琵琶声幽幽，催人心酸落泪。蕊姬叹息："《胡笳十八拍》是蔡文姬流落匈奴嫁给左贤王后思念故乡所作。文姬远嫁异乡，真是可怜。也不知她家中老母，是否也这样思念女儿？"

皇帝知她话有所指，索性听下去。蕊姬果然道："臣妾只是想起端淑长公主远嫁，太后伤心。如今恒媞长公主再要远嫁，太后她老人家怎么受得了啊？"

皇帝立时不满，发作道："你顾念皇额娘伤心，怎不想想璟瑟若是远嫁，朕这个为人阿玛的会不会伤心？"

蕊姬十分不安，哪敢久留，只得告退。这一来皇帝却动了疑心，想着蕊姬是自己选的嫔妃都这么为太后说情，太后举荐的舒嫔与庆常在更不知如何了。皇帝含了气恼出来，才见意欢早就等候在外，他更是气不打一处来，冷笑道："大约为了嫁公主的事，你也有话要说吧？"

意欢欲言又止，只在意皇帝的脸色："皇上仿佛有些生气？"

皇帝没好气道："大臣们为了反对恒媞远嫁，聒噪了两个时辰，接着玫嫔也来凑热闹。那你呢，你想说什么？还是要请朕去见皇额娘？"

意欢思忖片刻，行了一礼道："许嫁公主是前朝政事，臣妾无话可说。而且皇上要见太后自然会去，皇上暂时不想见，也一定有您的理由。当然，您若没有心情去散心，臣妾就告退了。”

皇帝满怀气恼，不想等来的却是意欢这番知心言语，一时倒不知说什么了，只好问：“那你来做什么？”

意欢含情脉脉，为皇帝拂去满面焦灼：“臣妾只希望您别那么累，别那么忧烦。”说罢，也便去了，浑不顾侍女荷惜的焦急，只盼不再添皇帝烦忧，哪怕太后责怪也无妨了。

这样办事不力，太后自然不悦，见到意欢便抬起她的下巴喝问：“让你去劝皇帝，你劝出个什么样儿来？”

意欢又是惭愧又是不忍，只得俯首：“太后息怒。皇上已经够烦心了，臣妾不能再让他烦恼。臣妾知道，太后舍不得女儿，可皇上为人父，也舍不得和敬公主这个与皇后唯一的女儿呀。”

太后愈加不悦，长长的赤金护甲抵在意欢绝美的面庞上，毫无宽宥之意：“你倒体贴皇帝，可怎么不体贴体贴哀家？一定要哀家接连远嫁了两个女儿你才高兴么？”

意欢百般为难：“臣妾不敢。臣妾舍不得皇上，也心疼太后，不知该如何奉您之命劝说皇上，最后还是什么都说不出来了。”

太后怒不可遏，劈面便给了意欢一个耳光：“你忘了哀家是怎么成全你的思慕之情，让你成了皇帝的嫔妃？没有哀家，哪有你今日。”

意欢生生挨了太后一掌，仰脸含泪哀求：“太后打得对，是臣妾无用，不能向您报恩。可是太后，您既知道臣妾的痴心，就明白臣妾实在做不到啊。”

太后见她悲泣，想着自己一手栽培的人选竟这般悖逆，还不如一个抱病的玫嫔，越发灰心难过：“长久以来你都不肯为哀家的事向皇帝进言，哀家体谅你一片真心，也不多作要求。可这回不一样，这回事关恒媞啊。哀家膝下只有这一个女儿了，哀家不能再与她骨肉分离啊。”她颇有怒其不争之意，“而你如此情痴心软，你迟早要吃大亏。”

意欢哪里还敢顶嘴，恨不得以身代皇帝受了太后的怒气，消了此事才好。

这边闹得厉害，皇后也再三恳求，皇帝不胜忧烦，只得悄悄向如懿倾诉："唉，许嫁一个公主，竟让前朝后宫闹得这样厉害。其实一个是妹妹，一个是女儿，朕都舍不得。非要选一个嫁到蒙古去，朕真的很为难。朕也很怕，万一恒媞不嫁得璟瑟去，那皇后伤心至极，这身体还能好么？"

如懿无计为皇帝解忧，只好安慰："皇后与太后都为人母，自然要为自己的孩子考量，舍不得孩子远嫁。当然了，父母之爱子，则为之计深远。太后和皇后都会想明白，有决断的。"

话虽这么说，皇后与太后慈母心肠，日夜焦急如焚，哪里按捺得住，恨不得立时有了决断才好。当夜太后便召见了皇后，和颜悦色说起话来。太后婉转说起当年选福晋之事，提起皇后是自己亲选的嫡福晋，二人又更和睦了几分，说着福珈便捧上一袭珍珠领约。烛光灿灿之下，那领约华美无俦，粒粒珍珠一般大小，圆润饱满，闪着柔和光泽。便是皇后见惯宫中宝物，也知这必是太后压箱底的爱物。太后笑吟吟道："这是哀家封贵妃的时候先帝赏赐的珍珠领约，全以珍珠结成，颗颗圆润。哀家知道你节俭惯了，但璟瑟到了年纪，哀家这件东西，就当为她添嫁妆吧。"

皇后本有些感动，听得太后如此，如何还不明白，当年婆媳亲厚之情哪抵得上儿女血脉相连之亲，满腔温情都化作冰寒。皇后使个眼色，阻止了正要上前接过领约的莲心。素练会意，忙含笑捧上一对彩金鸳鸯。

皇后赔笑道："儿臣不惯奢华，唯有手头这一对彩金鸳鸯是与皇上大婚时先帝所赐，最为珍贵。如今恒媞长公主要许嫁科尔沁部，儿臣特意奉上，为恒媞妹妹的妆奁增色。"

素练伸着手，无人理会。太后亦只顾喝茶微笑，福珈立在一旁，忙着添香，浑若不觉。

两下僵持，谁也不肯在女儿婚事上退让一步。福珈慢悠悠往青玉香炉里添着檀香。那幽幽的香气并无往日宁神之效，反倒热腾腾地滋出空气中焦热的烟火气。

太后抿了一口茶水，将那苦涩滋味含在舌下，面上笑得温厚慈爱：“璟瑟是皇帝和你所生，比起那些庶妹，这个嫡公主不知高贵了多少。璟瑟自己不也总以嫡出自诩，且早早封了固伦和敬公主，瞧不上那些庶出的弟妹么。”

皇后也是儿媳的恭顺模样：“皇额娘，璟瑟年幼，说话不知轻重，哪里可以许人家呢？臣妾留她在身边好好教导几年，等出落得有模样了，再嫁不迟。”

太后幽幽叹息了一声，怜爱地抚了抚皇后枯瘦的手背：“你能等，蒙古不能等呢。自古慈母多娇儿，璟瑟出嫁为人媳，自然会懂得规矩。比你这个亲额娘教导有用多了。再说了，这回求娶公主的科尔沁部是蒙古诸部之首，地位尊崇，唯有璟瑟出嫁，才堪匹配。”

皇后胸腔里翻江倒海起来，血气一阵阵翻腾，她极力微笑着忍耐：“这不现成就有恒媞妹妹么？论长幼，恒媞年长，又是璟瑟的姑母，自然是长辈先嫁，再考虑晚辈的婚事。儿臣身为皇嫂，也为恒媞妹妹着急。《诗经》有云：‘摽有梅，其实七兮。求我庶士，迨其吉兮。’恒媞妹妹已到摽梅之期，不该再耽误婚事。而且永琮新殇，璟瑟是儿臣唯一的孩子了，她要守着儿臣尽孝，也要为永琮尽哀。”

太后微微冷笑：“你这个皇嫂不易啊，当年那般波折，差点就是娴贵妃成了嫡福晋，成了皇后。若真如此，今日自称一句皇嫂的该是娴贵妃了。若是娴贵妃为恒媞的皇嫂，不知道会不会多体谅哀家。”

忍了再忍的血气终于被这句话激得涌了出来，皇后霍地站起身，口吻激烈了三分：“娴贵妃无子无女，那蒙古求娶，能嫁的就只有恒媞妹妹，皇上也不必被臣子力谏了。”

太后看了她片刻，霍然大笑："好，好。果然是哀家亲自选的儿媳妇，富察氏的闺秀。难怪皇帝都夸你实在像足了一个皇后的气度。"

皇后是久病之人，禁不住这样唇舌交锋，也存了对太后的敬畏之意，气息一弱，不觉捂住了胸口，脸色煞白。素练知道皇后是撑不住了，急得顾不上礼数，跪下道："太后娘娘，皇后娘娘抱病，断不得汤药，否则皇后凤体受不住啊。她……她全靠汤药吊着精神啊。"

太后的笑容越来越冷峻，那冷意里也有几分可怜她的意思："皇后啊皇后，你殚精竭虑，得自己保养好身子，才能护得女儿长远。"

皇后扶着素练的手站稳了，挺起胸膛，谦卑而刚强："皇额娘，儿臣一定会撑着身子与皇上白头偕老，看女儿出嫁。"

太后微微张唇，还想着说什么，转念想与病人争执也是无益，挥了挥手，由得莲心和素练架着皇后离开了。

彼时张廷玉又来求见，皇帝便让如懿避在屏风后。张廷玉是三朝老臣，说话也是直言不讳："臣思来想去，恒媞长公主嫁往科尔沁部实在不妥。"他不顾皇帝的不满与惊愕，径自说下去，"皇上细想，端淑长公主嫁的是最骁勇善战的准噶尔部，若是恒媞长公主再嫁最富庶尊贵的科尔沁部，那么蒙古宗亲中最大的两个部落从此便都是太后的女婿了。太后娘娘在前朝后宫的力量，不是更添助益？或许和敬公主嫁往科尔沁部更合适。您反过来想想，朝臣们的反对未必只是为太后说话，而是为皇上的江山考虑。"

皇帝闻言凛然，张廷玉又递上折子一封："皇上，这是傅恒大人与臣一同上的折子。"

皇帝看也不看，苦笑着道："他定是为了蒙古求娶公主一事来见朕，他呀铁定是为皇后母女说话。"

张廷玉笑而摇头："傅恒大人想劝皇上令和敬公主出嫁。"

如懿避在屏风后，大为吃惊，念及傅恒是皇后的亲弟弟、璟瑟的亲舅舅，怎会要璟瑟嫁去蒙古，真是难解。只见皇帝打开折子细看，眉头渐渐松开，神色却凝重了不少。

张廷玉离开，如懿才悄然出来。皇帝握住她纤纤玉手，叹息不已："张廷玉算是一贯与皇额娘疏远的重臣，他为朕思虑请求许嫁璟瑟，可到头来还不是留下了恒媞。也不知他这番进言，是真心实意还是讨好皇额娘。"

如懿想起当年张廷玉护着自家姑母的好处，自然为张廷玉说话："张廷玉大人眼里只有尊嫡之意，所以当年两宫太后并立之事，他极力为臣妾姑母说话，还为姑母之事与太后争执，算是中立之人，所以他说的话算是中肯。"

皇帝微微点头，脸色和缓了些许："那么多臣子反对，难道恒媞嫁去科尔沁部还是委屈了她不成？要朕看，那可是一个极好的归宿。朕这般烦心，无非一个是女儿，一个是妹妹，父女之情的天性胜过了兄妹之义。"

如懿俯下身，从背后轻轻拥抱着他，一双美目沉着得辨不出颜色："若真如此，皇上也不会为难了。皇上对端淑长公主远嫁之事已经心怀亏欠，觉得对不住太后和端淑长公主，所以再远嫁一个恒媞长公主，让您更无法面对太后。"

"朕也怕恒媞这门婚事增了皇额娘的权势，所以始终不敢也不愿面对皇额娘。"他很少这般说出内心的软弱，自然是因为与如懿的相知之情。

如懿乌黑的眸子里有幽幽的柔光闪烁，温言劝慰："皇上对太后是愧疚和忌惮。而对和敬公主，您有父女的血浓于水，也有怕伤着皇后娘娘的担忧，更有您身为天下之主的考量，想用自己的亲女儿稳固江山才最妥当。"

皇帝郁然道："为父为子，为夫为兄，更为九五之尊，许多决断实在太矛盾。"

如懿的眼波里涟漪潋滟，仿佛是夜色的深沉。她思虑片刻，沉着道："皇上有无数重身份，就有无数的思虑。那就要看最后什么在皇上心目中最重。"她说着，双手拂过皇帝的宝座。虽在行宫，一切从简，皇帝的宝座也是雕刻栩栩如生的昂首怒龙，这般威仪，是天下人难求的尊荣。但这宝座之上，有时也会如坐针毡吧？"皇上看重科尔沁部，那么要和他们密不可分，便得是自己最信得过的人嫁去才是最好最稳当。是谁的女婿总帮衬着谁嘛。"

皇帝犹豫片刻，难过地闭上眼睛："朕是一个皇帝，是大清的君主。朕的心里不能只有亲人，而无朝局。"他艰难地吞咽下一口气，"朕何尝不知道璟瑟最合适，可永琮去了才没多久，朕怎么再忍心教皇后承受生离之苦。"

如懿起身，无比郑重："国有重用，公主首先是帝王家臣，然后才是父母之女。皇后明理，自当知晓。"

皇帝沉吟着点点头，终究还是伤了心意。

远嫁 下

这一夜人人都是辗转无眠。一早醒来，太后颇为憔悴，福珈替太后梳妆，悄声道：“太后……讷亲大人一直力劝皇上不要许嫁恒媞长公主，可私下里也劝过您，其实恒媞长公主嫁给科尔沁部也不算坏事，毕竟科尔沁部是蒙古诸部之首，长公主嫁过去，于您在宫中朝中的地位也有好处。”

太后蹙眉良久：“所有的好处堆一块儿都不及孩子在身边要紧。当年恒娖远嫁，是哀家为了朝廷不得不先尽了贵妃的职责，尽量不去想着自己是个额娘。可如今哀家每日活在对恒娖的牵挂中，身边唯一的恒媞还可能再被远嫁。此时的哀家，顾不得那些职责好处。此时的哀家，先是一个额娘，再是一个太后啊。”

福珈如何不知太后的心事，正在犹豫要不要请如懿来说话去劝皇帝，可太后重颜面，不愿主动去寻如懿，这样给她脸面。正两难间，却听小宫女来报说“娴贵妃来了”。福珈心下一喜，见如懿已经进来，行礼问安：“臣妾身为晚辈，特来为太后分忧。”

太后正在烦心处，便有些淡淡的："前朝大臣们都劝不动皇帝，你打算去劝？"

如懿含笑，面露温顺之意："朝臣们哪有劝不动皇上的，怕是没劝到点子上。说来还是张廷玉大人面见皇上，说了许嫁和敬公主的好处。"

太后身子微微前倾，很是着紧："皇帝听进去了？"

如懿面色沉静如水，只望着太后："臣妾不知道。但请太后一定要知会朝臣们，力陈恒媞长公主下嫁的益处，极力劝谏恒媞长公主远嫁。"

福珈担心地看一眼太后，眉头便拧了起来："娴贵妃，您这不是戳太后的心窝子么？"

太后的脸色实在有些不好看，她与如懿四目相对，如懿却无半分退缩畏惧之意："不止如此。太后自己也要递出风去，让皇上知道，太后也已经知道恒媞长公主下嫁的益处，您也动了心，想要把长公主嫁过去。"

太后眉眼间隐隐有青色的冷意："哀家自己动心把恒媞嫁过去？"

如懿抬首，眸中微有神采："太后明鉴。臣妾今日所言，自然不是真要把恒媞长公主嫁出去，而是想要长公主留在宫中，为此才请太后营势。前朝后宫齐力，越是人人以为太后动心，尤其是皇上和皇后以为太后为利所动，则恒媞长公主越可保。"她见太后似有默许之意，继续道，"太后久居宫中，公主出嫁的好处，皇上和皇后的心思，自然比臣妾明白。只是为母情急，加之端淑长公主已经远嫁，太后一时心焦过甚，慌了神。皇后娘娘想来也是如此，才会不顾病势，为和敬公主拼力一搏。那么此时，太后和皇后，谁先定下心来，谁先退后这一步，反而可能留住自己的女儿。"

一支青玉凤钗垂下的玉流苏停在她耳畔纹丝不动。良久，太后的身体微微一震，恍然含笑道："哀家是小瞧你了。皇后身为富察氏之女，处处以全族为重。若被自己的至亲逼迫，她也无可奈何吧。"

如懿点头，十分谦卑："臣妾没有儿女，才能旁观者清。而且臣妾也不敢瞒太后，皇上为此事烦心许久，臣妾只想早些尘埃落定。皇上的心事一了，朝局也就安宁，臣妾也可略略报答当年太后庇护之恩。”

太后目光清明：“除了这个，你也恨着皇后吧？”

如懿心中微虚：“有恩报恩，有仇自然报仇。而且皇后娘娘病得重了，会想给和敬公主找个好依靠的。”

太后微微颔首，打量着她：“雷霆精锐，冰雪聪慧。这个脾性，哀家喜欢。福珈，按娴贵妃所言，去叮嘱玫嫔与舒嫔，还有朝中几位老臣。快去！快去！”

蕊姬和意欢是太后一手调教出来的人，如何不尽力劝谏。果然，两日后皇帝下了口谕，要如懿与绿筠前往先行劝说，要和敬公主接受下嫁科尔沁部之议。

彼时绿筠尚未过来，蕊姬伴着如懿闲坐，听闻此事，便冷笑道：“和敬公主是皇后所生，皇后一定常常在公主跟前怨及娘娘和咱们这些人，所以公主才会常常口出狂言，少不得还在皇上面前有不少不中听的话。我倒在想，皇后的孩子一个接一个不在跟前了，她是怎样的心情？”

如懿轻笑道：“皇后要心疼也是有的，这些日子她日日陪着皇上，夫妻见面的情分，或许本宫与纯贵妃才劝好公主愿意下嫁，她三言两语便能挑回去了。”

蕊姬神秘地摇摇头：“娴贵妃还不知道么，皇后怕是顾不过来了呢。这些日子您看着她气色极好，内里却虚到了极处，每日里悄悄拿药吊着，所以都不敢留皇上在自己宫里呢。”

如懿眉心一动，只是含笑：“还是妹妹聪慧仔细。”说罢，便有小太监通传，说绿筠已然到了门口，邀了她同往公主住处去，蕊姬便也告退。

蕊姬出来，正要往玉妍宫里去，听得玉妍去了皇后殿阁，不觉冷笑，索性回去喝药不提。

皇后自从太后那里回来，深知得罪了这位婆母，又看了傅恒的书信，煎熬得两三夜不曾闭眼，连喝下去的药都呕吐出来，满心难过，深恨傅恒身为亲弟，怎会利欲熏心，听朝臣们说恒媞下嫁科尔沁部的好处，就这么动心了要她同意璟瑟出嫁。偏素练也劝了她半宿，直说傅恒大人的书信是富察氏全族的意思，要皇后顾全大局，为富察氏上下打算。

皇后受着这般内外逼迫，气得瞪直了双眼，连连捶胸，却有说不出的苦楚。皇后幼承庭训，看重母族，怎不知联姻科尔沁部对富察氏有莫大的助益，甚至皇帝一直忌惮太后在朝中的力量，眼下将璟瑟嫁出去，各有一个公主嫁在蒙古大部，于朝廷也是一种平衡。可那是她的亲生女儿啊，嫡子在时，总觉得女儿不重要。如今膝下孤寒，那满腔慈母之情，更是难以割舍，深悔从前不曾好好疼爱这个女儿。而自己依赖的族人兄弟眼里，只晓得天大的好处不能给了钮祜禄氏，一心要她割舍儿女亲情，却不肯稍稍顾及她们母女。

皇后气恨交加，忧虑煎心，向壁垂泪不已。素练跪下了哭泣："傅恒大人说您病重，不能不想万一……如果，如果您彻底病倒了，公主的婚事还有谁能做主呢？您是大清的皇后，更是富察氏的皇后呀。"

皇后自然比谁都清楚自己的病情，自恨命不久矣，不能护着女儿周全，不觉心灰意冷："当初要本宫为皇上的嫡福晋，就是富察氏与皇额娘联手扶持皇上成为储君的要紧一步。可本宫成了嫡福晋，又成了皇后，真不知是幸还是不幸？本宫已经为富察氏的荣光耗尽了心血，舍出了一生，落得油尽灯枯的地步，结果连自己的女儿也要跟着本宫一同牺牲。本宫真是舍不得她步上本宫的后尘，活得瞻前顾后、小心翼翼，成为一个事事谋算、步步费心的女子。"她声声泣血，"本宫想不开、舍不得、心不甘！本宫是皇后，也是一个女人、一个额娘啊，就不能保住自己唯一的女儿活得无忧无虑、简单安心吗？璟瑟才十几岁，为什么要她也像本宫这样活着啊！”

素练从未见过皇后这般悲泣，一时不知如何再劝。幸好玉妍过来，躬身请了安，奉上北族进献的人参，才解了这难堪境地。皇后一直遗憾身边没个贴心可商议的人，见了玉妍来，也是缓过了一口气。玉妍何等乖觉，开口便说此事：“臣妾也为人母，其实做娘的疼孩儿，谁不想女儿嫁在身边，平安享福。但万一做娘的有个好歹，终有护不住儿女的一日，不能不做好长远的打算。和敬公主又没个亲兄弟护着她，一切都得您为她谋划好来日。”

皇后神色剧变，一下子灰败下来，强撑着气势道：“好歹……本宫会有什么好歹。本宫喝药调理，会养好身体给璟瑟生下一个弟弟彼此依靠。本宫……本宫……要等到皇上下旨让恒媞出嫁。让璟瑟嫁一个好额驸，真心待她。”

玉妍端上参汤，小心吹温了送到皇后唇边：“您凤体安康就好。这才能给公主选个门当户对的好额驸。可要真说这家世怎样才算好，也是难选。官宦世家难保三世荣华，万一倒了还要牵连公主。书香门第呢难有出头之日，万一庶出的公主将来比和敬公主嫁得好，还要看庶妹的脸色，公主心高气傲，怕也不愿意。若是哪个部族叛变，要强娶公主，那可不成了和亲，生死不由人？”

素练听着胆战心惊，生怕皇后一时受不住倒下，忙使眼色让玉妍不要再说下去。玉妍嫣然一笑，摆出无比体贴之意，凑近了皇后耳边：“是不是这样，皇后娘娘比臣妾清楚。儿女婚嫁，也要保着孩子和全族的利益。若非如此，臣妾怎会嫁来大清？”

这般利益分说，皇后到底也是心动了。没有自己，总有个好额驸护着璟瑟，如此看来，科尔沁部不是一个坏选择。她慢慢调着气息，听着玉妍说下去：“满蒙联姻数百年，是断不了的姻亲和荣华。公主有了这个婆家，那便是给了您母族最好的保障。皇后娘娘，臣妾多盼着您再生下一个阿哥，那公主有个亲弟弟做依靠。否则若皇上选了旁人的孩子为太子，与公主到底不是血亲。公主没了您为倚仗，又没个好婆家，连富察氏一族都难依靠，来日岂不凄凉。”

真是凄凉，皇后看着窗外碧蓝天空，无限悲哀，自己早是一只折了翅膀的飞鸟，再无盘旋九天的力量。从前的无数心志，如今都只化为对女儿前程的思量。她凝神片刻，推开了素练送上的药盏，只盯着玉妍：“你，你为何和本宫说这些话？”

玉妍伏下身体，无比恭敬：“臣妾为皇后娘娘筹谋十数载，一心为您打算。臣妾也希望，来日臣妾的孩子也可以与和敬公主互相扶持。富察氏、北族和科尔沁部永为兄弟。”

皇后伸出手，想要说一个“好”字，只觉得舌尖发麻，眼看着手指颤颤，只得连连点头。

玉妍深知皇后听了自己的劝，多半会忍痛嫁了和敬公主，待得皇帝圣旨一下，便会更伤心病重，断了气息。她心满意足离开时，如懿后脚便到了。李玉传话，要如懿与绿筠到和敬公主阁中传指婚的消息，加以劝说。如懿知道皇帝有心瞒着皇后，思虑再三，还是过来，非得亲自告诉了皇后才是。莲心倒是知她心意，见她进来，便道：“有些话得亲口说了，见仇人满心痛恨却无能为力，才最解恨。”如懿笑笑不言，径自进去行了礼。皇后的面色难看到了极点，见了她来，深吸几口气强撑着威严：“今儿倒是热闹，嘉妃才走你就来，人人都往本宫跟前凑。”

如懿恭谨垂首：“臣妾是来禀告皇后娘娘，皇上命臣妾和纯贵妃去劝和敬公主嫁往蒙古科尔沁部。皇上思虑再三，宁愿割舍一时之情，为公主做最好的打算。”

无论玉妍与傅恒怎样说，皇后口中怎样答允，心中仍不肯十分相信皇帝会许嫁和敬。纵然如懿如此言语，皇后仍抱着最后一丝希望，摆首道：“皇上，皇上他……没有亲口和本宫说……”

如懿衔一缕薄薄的笑意，静静望着皇后。那平静目光中似有波涛汹涌，皇后与她对视片刻，骤然从悲伤中掩饰情绪，渐渐强硬。她目光锐利，平和口吻中带着不容置疑："本宫身为皇后，皇上有什么事自会亲自来与本宫商议！再者说本宫母仪天下，自然知道国事为重。璟瑟身为嫡公主，合该为大清的利益奉献一切。无须你来本宫面前聒噪，本宫自然与皇上一条心。"

如懿含笑客套："皇后娘娘纵然不舍，但能如此明白事理，臣妾钦佩不已。您能宽心，于凤体也有益。"

皇后嘴角的冷笑渐浓："不要总惦念着差点儿成了皇上的嫡福晋，看着本宫体弱，你就想越俎代庖。"

往事已成往事，皇后却这般耿耿于怀，如懿心底暗恨，难怪会有后来种种谋算。冷宫岁月是如何熬过，如寒天饮冰水，历历在心头。她毫不退缩："臣妾并无此心。皇后娘娘如此言语，可见多年来放不下的人是您。心有执着，难免行事悖乱。"

皇后胸中怒气暗涌，也不觉失了雍容气度，声音提高了几分："本宫是大清的国母，从来行事清明，何来悖乱？"

如懿眼中的轻蔑丝毫不加掩饰："您总是不肯认的，也罢。皇上总夸皇后您最有国母风范，果然如今许嫁公主之事，皇后能为家国利益舍一己私情。当然，皇上这么了解您，知道您心系天下，心系富察氏，才让公主嫁到蒙古大部，既寻得一个好归宿与富察氏彼此依靠，又稳固了江山社稷。您该谢皇上恩典。"

"呵，说来出身大族的女子，哪个不是要为家族荣光费尽心思，当年你的姑母景仁宫不也如此？连璟瑟将来也要如此。你不过是想费心都族中无人罢了。"

如懿退后一步，将唇角笑意聚到最浓："臣妾的确族中无人，更无儿无女，所以可以活得简单随心些，用不着被族中亲人逼迫做出违心之事，含泪扮笑，更不用与儿女生离死别。"

皇后心中如冰锥猛刺，差点一口血呕出来。她睁大双眼瞪着如懿，死命忍住身体里的剧痛与虚弱。如懿一个恍惚，居然依稀记起当日三人选福晋之事。晞月已经薨逝，皇后也病得厉害，唯有她，还在此处。不知怎的，如懿居然有点不忍心，她终究先垂下眸子，行礼道：“那臣妾先告退了。请皇后娘娘好好将养身子，来日还要送公主风光出嫁。”

皇后死死忍着喘息，直到如懿退出，拼力憋住的咳嗽才绷不住，猛咳起来。

如懿与绿筠也结伴到了和敬公主所住殿阁，因知道和敬性子高傲，颇有些难缠，绿筠心中没个底，也不知如何劝说，只得以如懿为先，二人商议好了让绿筠先说，实在不成再由如懿劝说。进去时，和敬正坐在窗下看一本长孙皇后所写的《女则》。见了她二人来，也不过抬了抬眼皮，淡淡吩咐宫女：“上茶。”

绿筠与如懿对视一眼，见她如此倨傲，便按着商议好的道：“皇上已经想好了，和敬公主尚蒙古科尔沁部，婚期就在明年三月。草长莺飞，春和景明，果然是公主出嫁的好日子。”

大约这些日子总有些风言风语落进她耳朵里，和敬并无丝毫惊动之意，只端然坐着，捧了一卷书道：“我不嫁。”

如懿饮茶不语，绿筠笑吟吟道：“公主还不知吧？这位额驸的来头可不小，他是科尔沁扎亲王满珠习礼的玄孙，满珠习礼是孝庄文太后的四哥，说来爱新觉罗家与科尔沁部的联姻，当真源远流长。到底也是皇上心疼公主是嫡女，所以舍不得嫁给别人，还是给了最尊贵最至亲的王爷。”

和敬翻了一页书，头也不抬：“虽然科尔沁部出了好几位皇后、太后，可我大清日渐兴盛，蒙古草原依旧是荒蛮落后之地，我怎能再嫁去边远之地，与牛羊牲畜为伍？”

绿筠与如懿对视一眼，知是谈不下去了。绿筠还不死心，试探着问：“那公主是真不愿意了？”

和敬脸色微微一冷，将手中书卷放下。她原本就是眉目端庄、不怒自威的女子，此刻含气，越发显得神色冷肃。和敬冷冷扫视二人一眼，神色倨傲："纯贵妃也好，娴贵妃也好，都不过是皇阿玛的妾室，奉洒扫殷勤之事。你们两个虽是贵妃，但我是中宫嫡出，婚嫁大事怎是你们二人可以向我冒昧提及的？"

绿筠想着皇帝的嘱咐，到底有几分底气，道："说来本宫与娴贵妃不是公主生母，此事本不该开口。但本宫是奉皇上之命与娴贵妃一同来劝说公主。"

和敬淡淡一笑，略带不满："不必拿皇阿玛压我。若真是要嫁，皇祖母和皇阿玛、皇额娘自会亲自来向我说。"

绿筠沉沉叹了口气："公主岂不知皇后娘娘病弱，无暇顾及公主，而皇太后年事已高，皇上才将这推心置腹之事交给咱们。这门婚事门当户对，也是皇上看重公主。"

和敬细细的眼眉飞起，瞟一眼绿筠，语含讥诮："纯贵妃满眼的门楣与血统，真真是庶妃的小家子气。你要觉得远嫁甚好，何不让你自己的女儿出嫁？"

绿筠虽然性子随和，但被她这样讥刺，登时面上挂不住，面红耳赤地分辩道："璟妍才两岁多，如何出嫁……"

绿筠实在是窘迫，知道这位公主难缠，却不知竟是这般让人难以说话。气氛一时凝住，绿筠求救似的看着如懿，如懿明白，只微笑道："公主乃皇后亲生，自然心胸开阔，何必把嫡庶你我分得如此清楚。要让无知小人传出去，还以为公主不把庶出的弟妹放在眼中。"

和敬无从反驳，深深吸一口气，昂首道："我并无此意，娴贵妃不必刻意曲解。只是我乃中宫所出，怎可远嫁蒙古这种蛮荒之地？"

如懿婉转瞥她一眼，轻声嗤笑："公主如此轻蔑蒙古，岂不知皇上有多么重视公主口中的不毛之地。满蒙联姻是先祖传下来的规矩，蒙古铁骑向来就是大清安顿四方的后援劲旅。"

和敬傲然抗拒："那又如何？我不喜欢，自然不嫁。"

如懿凝视和敬公主，神色平静如无风无澜的湖面：“你是公主又如何？是皇后亲生又如何？皇后身为天下之母，也要受皇上约束，受宫规约束，受天下悠悠之口约束。你是公主，享天下之养，自然要为天下倾尽毕生之力。古来公主和亲之事数不胜数，能将一身静胡尘时，多少女子都甘愿舍身，何况只是让公主遵从满蒙姻亲的旧俗呢？”

从未有过的惊恐之色从和敬一贯冷傲的眉梢眼角慢慢渗出，仿佛冰裂前肆意弥漫的裂痕，终于承受不住那样的重压，碎成满地晶亮的渣滓。不过片刻，和敬恓惶不已，恰如她高高耸起在玉白脖颈边的水绿盘银线立领一般，泛着细碎粼粼的冷色。她不复方才的高傲，只是强撑着道：“父母在，不远游。皇额娘抱病，永琮夭折，这个时候，璟瑟身为长女，理应承欢膝下，洒扫侍奉，以全孝道。”

绿筠笑意温婉，却含了几分犀利：“洒扫侍奉，不是我们这些身为皇上妾室的卑贱之人该做的么？怎敢劳烦公主千金贵体。”

和敬闻言变色，连连冷笑：“我就知道，你们多嫌了我！眼看皇额娘病重，就个个乌眼鸡似的盯着皇后之位，趁早要先把我赶了出去，你们才安心。”

如懿端然起身，沉静道：“公主这婚事，不是为了我们安心，是为了皇后娘娘，为了富察氏。”

和敬愣了一愣：“怎么会是皇额娘，她怎么舍得我这个唯一的女儿……”

“她舍得！”如懿横了和敬一眼，口气温和而断然，“七阿哥早殇，皇后娘娘已经没了儿子，能依靠的只有公主您一个了。要让中宫之位稳若泰山，必须要有强有力的倚靠，而公主您嫁往科尔沁部，就是最好的打算。”

绿筠大惊失色，立时不安：“娴贵妃，你和公主说这些做什么？公主她……”

“公主不愿意远嫁，自然有公主的道理。可公主不知父母苦心，本宫要说给公主听。公主不明这宫中的道理，本宫也要帮公主明一明。”如懿锐利目光逼向公主，“公主可听过这四个字，叫作‘无从选择’？”

和敬茫然：“无从选择？”

“是。无从选择。”如懿朗然道，“皇上执掌四海，就需安邦定国；皇后正位中宫，就当母仪天下；公主天之骄女，就需为大清尽心，为皇上皇后尽辅佐之责。在这个宫里，卑微如最末位的奴才，高贵如您，都有自己的位子和责任。一辈子都是这四个字：无从选择。”

和敬倒退两步，瘫倒在紫檀椅上，再说不出话来。

如懿的话并没有说错。当和敬公主泪眼婆娑赶到皇后宫中跪求的时候，皇后亦只能抱着女儿垂泪道：“璟瑟，你皇阿玛既然让两位贵妃去劝你，那就说明他的决心已定，只差一道圣旨颁布天下了。皇上的脾气本宫最知道，江山为重，他定了的事再难转圜。哪怕本宫事前存了万一的侥幸，如今也不能了。”

和敬公主无力地伏在皇后膝上，又是震惊又是害怕，含了一丝祈望之色，垂泪不已：“皇阿玛还有恒媞长公主这个妹妹，恒媞长公主是儿臣的姑姑，还比儿臣大了两岁，为什么皇阿玛他偏要选儿臣呢？”

皇后穿着湖水色绣春兰秋菊缠金线的云锦丝袍，那云锦质地极为柔软，沾上和敬的泪水，倏然便洇灭不见。皇后头上松松地插着一支翡翠嵌珊瑚米珠飞凤钿子。因是东巡在外，她也格外讲究气度风仪，一应打扮比在宫内时精心许多，便是昂贵的珠饰，偶尔也肯佩戴。如今她妆饰华贵，点染匀称的面庞也因爱女即将远嫁而染上了伤心泪痕：“满蒙联姻是旧俗，尤其是强大的部落。你皇阿玛原也想着是把恒媞长公主嫁过去，但若真这么做，无疑是加强了太后与蒙古各部的联系。”

和敬抬起蒙眬的泪眼，无奈道：“皇额娘的意思是，就因为太后的端淑长公主嫁去了蒙古，所以恒媞长公主不能再嫁？”

皇后的脸上尽是不舍之意，沉吟片刻，强自维持着冷静道：“是。科尔沁部是大清最重要的姻亲，是大清安定的后盾。要嫁，只能是自己最亲的人。而你嫁去蒙古联姻，便是对皇额娘和富察氏一族最大的扶持。”皇后见身边无人，低沉了声音道，“这是个最好的机会，这样的机会绝不能给了太后的女儿，必须是在咱们手中。”

和敬再顾不得仪态，苦苦哀求道：“可是皇额娘，您真的舍得女儿？”

皇后压住了胸腔中的酸涩，严妆的面庞一分分退却了血色，苍白的容色如同窗外纷飞的柳絮，点点飞白如冰寒碎雪，她静静道：“皇额娘从一出生，就知道自己这个人、这条命都是属于富察氏的。就像你一出生成为公主，你的一切都是属于大清的。作为大清的公主，这是你的职责，也是你最好的归宿。”

和敬从未见过皇后以这样感触而不容置疑的口吻对自己说话，她便是满心不情愿，也知事情再无一点指望。她半张着嘴，想要说什么，却哽咽得发不出半点声音。从闪烁的泪花里望出去，皇后的面庞显得熟悉而又格外邈远陌生。和敬心头大恸，哭得花容失色：“原来娴贵妃说的都是真的。她说皇额娘您绝不会反对，这是真的！”

皇后悄然拭去腮边斑斑泪痕，闻言微微惊讶：“娴贵妃当真这样说？”

和敬并不回答，只是痛哭不已：“皇额娘，您真的舍得？真的愿意？”

和敬终于在母亲平淡而哀伤的语气里明白了自己不可回转的前途，只得俯下身三拜告别，哀哀道：“儿臣明白了。儿臣既然存定了孝心，也是大清与富察氏的期望，那么女儿顺从就是。”

和敬吃力地站起身子，任由眼中的泪水和着唇边淡薄削尖的笑意一同凝住，恍惚失神地一步步摇晃着走出了皇后宫中。

皇后看着女儿步出，仿佛再也支撑不住似的，一下瘫坐在了紫檀雕花椅上，任由泪水蔓延肆意。素练正端了药走进，见皇后大口大口地喘息着，面如金纸，不觉慌了手脚，忙搁下药盏替皇后抚胸按背。好一顿推揉，皇后才缓过了气息，大哭道：“我可怜的女儿！”

素练见皇后能说话了，忙不迭递上药盏，含泪劝道：“皇后娘娘要实在舍不得公主远嫁，大可告诉皇上您的病情，留下公主在床前尽孝。”

皇后就着素练的手把一盏药慢慢喝完了，才支起半分力气道：“本宫何尝不想告诉璟瑟，可她到底还小，有些话听不得的，一听只怕更不肯嫁了。”皇后看一眼素练，神色惨然，“皇上心意已决，朝政的事不会因为本宫的病情而改变。而且你是知道本宫的身子的。”

素练一怔，眼底蓄了半日的泪就涌了出来，她自知哭泣不吉，忙擦了泪笑道：“皇后娘娘福绥绵长，一定会好起来的。”

皇后盯着她看了须臾，不禁苦笑，抚着胸口虚弱道：“你不必哄本宫了，本宫自己知道，要不是齐太医用这么重的药一直吊着，本宫怕是连走出宫门的力气都没有。趁着本宫还有一口气在，替她安排了好归宿，也卖了皇额娘一个人情，日后让皇额娘看在本宫今日保全恒媞妹妹的苦心上，可以稍稍善待本宫的女儿。”

素练见皇后连说这几句话都气短力虚，仍是这般殚精竭虑，忍不住落泪道：“皇后娘娘平时嘴上总说最疼两位阿哥，未曾好好待公主，其实您心里不知道多疼公主呢。”

皇后满心凄楚，怆然道：“璟瑟是本宫怀胎十月所生。本宫不争气，保不住皇子，以后富察氏的基业和昌盛，一半是靠族中子弟争气，一半便是靠璟瑟了。说来也终究是本宫不好，素日里不曾对璟瑟好好用心，临了却不得不让她远嫁来保全富察氏的荣耀。”她越说越伤心，气息急促如澎湃的海浪，她死死抓着素练的手，凄厉道，“素练，本宫的儿子保不住，女儿也要远嫁，这到底是不是本宫的报应，是不是本宫错了？可本宫做了这么多，只是防着该防的人，求本宫想求的事，并未曾杀人放火伤天害理，到底是为了什么？为了什么？”皇后如掏心挖肺一般，一双眼突出如核，直直地瞪着素练。

素练脸色煞白，忙好声安慰道：“娘娘的确不曾做过，您就别多思伤神了，赶紧歇一歇吧。”她哪里扶得住皇后摇摇欲坠的身体，扬声向外喊道，“莲心！快进来！快进来扶娘娘！”

莲心本在门外候着，只顾侧耳听着殿中动静，死死攥紧了手指，任由尖锐的指甲戳进皮肉里，来抵挡皇后一声声追问里勾起的她不堪回首的往日记忆。直到素练仓皇呼唤，她才强自定了心神，一如往日的谦卑恭谨，匆匆赶进来。莲心正要伸手帮着扶住皇后，只见皇后气息微弱，身体陡地一仰，已然晕厥过去。素练吓得魂飞魄散，哪里还顾得上别的，一壁和莲心扶着皇后躺下，一壁吩咐赵一泰去唤太医来。

和敬公主下嫁蒙古之事已然成为定局。三月初七，皇帝下旨和敬公主晋封固伦[①]和敬公主，次年三月尚蒙古科尔沁部博尔济吉特氏辅国公色布腾巴勒珠尔。并许在京师设公主府，公主与额驸半年居蒙古，半年在京，也算是个缓和。同时，赐太后幼女恒媞封号为柔淑，为固伦柔淑长公主，亦于次年三月尚理藩院[②]侍郎宗正，设长公主府于京中，可常入宫与太后母女相见。

太后坐于别馆之内，拿着圣旨反反复复看了许多遍，眼角的笑意越来越浓，仿佛一朵金丝菊花，泼泼绽开无限欢喜欣慰。玫嫔跪在紫檀脚踏边，拿着象牙小槌为太后轻轻敲打小腿，脆生生笑道：“这道圣旨太后看一个晚上了，还没看够么？”

福珈上来添了茶，在旁笑道：“太后悬了多少年的心，终于能够放下了。”

太后心满意足地喝了口茶：“玫嫔争气，这几日没少在皇帝跟前吹风。娴贵妃也懂得尽心。”她抿了抿唇角，“福珈，你往这茶里加了什么，怎么这样甜？”

---

① 固伦公主：固伦公主是清朝时期对于皇后所生之女的称呼。“固伦”满语意为天下、国家、尊贵、高雅；妃子所生之女及皇后的养女，称“和硕公主”。“和硕”，满语，意为一方。两种封号强调了嫡庶之别。

② 理藩院：理藩院是清朝统治蒙古、回部及西藏等少数民族的最高权力机构，也负责处理对俄罗斯的外交事务。

福珈笑得合不拢嘴："不就是寻常的白毫银针，哪里搁什么东西了？架不住太后心里甜，所以茶水入口都成了甜的。"

蕊姬正了正鬓边的玫瑰攒珠花钗，笑道："可不是呢，臣妾也从未见太后这般高兴过呢。"

太后唇边的笑色如同她身上的湖青色金丝云鹤嵌珠袍一般闪耀："哀家知道宗正，出身书香世家，是个踏实有才之人。而且恒媞嫁在京中，能常在哀家跟前尽孝。"

福珈笑叹道："太后心愿已足，哪有不高兴的。"

蕊姬抬起妩媚纤长的眼角，轻轻柔柔道："娴贵妃真会替太后办事。"

太后瞄了她一眼，舒然长叹："也是。若不是她想到要以退为进，力陈恒媞下嫁蒙古的好处，皇帝未必会听得进去，才反其道而行。这件事，哀家念着娴贵妃的好处。自然了，也是皇后病重，才肯接受这门婚事。"

蕊姬冷冷一笑："对皇后来说，是想公主有个婆家的靠山。其实她是最看不穿的，太后娘娘心如明镜，儿女在身边，比什么都要紧。"

太后长叹一声，抚着手腕上的碧玉七宝琉璃镯道："皇后毕竟还年轻啊。许多事她还不懂得，只怕以后也来不及懂得了。她的病，皇帝心里有数么？"

蕊姬略略思忖道："皇上隐约也知道些，所以吩咐了明日就要回銮。"

太后静了片刻，看着小几上的一缕香烟袅袅缥缈，微眯了眼道："外面虽好，到底不如宫里舒坦。待了一辈子的地方，还是想着要早点回銮。"

说着蕊姬起身告退。

福珈微微沉吟："奴婢冷眼瞧着，舒嫔待皇上的心是比待太后您重多了。这样的人留在皇上身边，还这么得宠……"

太后笑着，冷然道："皇帝的风流才情，是招女人喜欢。不过皇帝虽宠爱舒嫔，但他对舒嫔做了什么，真当哀家什么都不知道么？舒嫔的性子刚烈，若来日知道了，指不定会做出什么事来呢。"

夜色阑珊。

济南的夜，无论怎样望，都是隐隐发蓝的黑，璀璨如钻的星辰，像是洒落了满天的明亮与繁灿。不像京城的夜，怎么望都是近在咫尺的墨黑色，好像随时会将人吞没。

皇后醒来时已是半夜，几名太医跪在素纱捻金线芭蕉屏风外候着，听得皇后醒来的动静，方敢进来请脉。皇后有些迷迷糊糊，睁开眼却见皇帝也在身边，想请安却无力，勉强才能含了笑："皇上怎么在这儿？"她极力掩饰着睡中憔悴支离的容颜，"素练，是什么时辰了？"

素练忙回禀道："回皇后娘娘，是子时二刻了。"

皇帝按住她，柔声道："别挣扎着起来了，闹得一头的虚汗。"说罢，他取过绢子替皇后擦拭着额头汗珠，"朕本睡下了，但不知怎的总念着你与璟瑟，心里头不安，便过来看看。谁知道你一直昏昏沉沉地睡着，口中念念有词。"皇帝的语气愈加温柔，"怎么了？可梦见了什么？"

皇后忙笑道："难怪臣妾总觉得和谁在说话，口干舌燥，原是说梦话了。”她仔细想了想，“其实这个梦臣妾已经做过好几次了，皇上也是知道的。”

皇帝想了想，抚着皇后青筋暴起的手背道：“皇后又梦到碧霞元君了？”

皇后苍白的脸上浮起一层薄薄的霞色红晕：“此次东巡以来，臣妾一直梦到碧霞元君在睡梦中召唤臣妾。所以臣妾与皇上祭泰山时，特意往碧霞元君祠许愿。可如今臣妾已经离开泰山了，不知为何，碧霞元君仍是在梦中屡屡召唤。”

皇帝宽慰道：“民间传说碧霞元君神通广大，尤其能使女子生子，母子无恙。朕知道皇后一心述想为朕添个皇子，所以与皇后在泰山诚心拜求，但愿碧霞元君显灵。皇后既然屡屡梦到碧霞元君召唤，看来朕与皇后的心愿都会达成了。”

皇帝既如此说，身边的人哪有不奉承的，连齐汝也少不得道：“只要皇后娘娘悉心调理，凤体无恙，一定会如愿以偿的。”

皇后明知自己早成了蛀空的腐木，不过外表看着还光鲜罢了，这心愿如何能够达成？只是当着皇帝的面，也只能强颜欢笑：“既然如此，皇上不如请钦天监再看看，若是可以，臣妾想再前往碧霞元君祠拜求，希望上天垂怜，实现皇上与臣妾的心愿。”

皇帝略略有些踌躇：“皇后，你身子不适，不宜劳动。也是朕不好，这些日子只顾着巡游，让你舟车劳顿。朕打算明日午后回銮，咱们也得回京准备璟瑟的婚事了。”

皇后心中一酸，怕是皇帝看出了自己的病象，不安道：“皇上，臣妾没事。臣妾……”

皇帝替她掖好被子，柔和道：“皇后，你好好躺下歇息。莲心在前厅给朕备了点心，朕去用一些，再进来看你。”说罢，他便领了太医往前厅去。

前厅的案几上放着四色细巧点心，都是山东名产。皇帝无心去动，只黯然道："皇后的身子，便已经糟糕到这个地步了么？"

齐汝领着太医们躬身跪在地上，一时也不敢接话，思忖了半天道："皇后娘娘要强，一心进补提气，原是精神百倍的。但……"他身后一个太医怯怯接口，"但皇后娘娘用心过甚，其实大半是心病……微臣们医得了病，却医不得心。"太医们说完，连连磕头请罪，"皇上恕罪，皇上恕罪。"

皇帝的脸上写满了难以名状的沉郁。李玉悄悄道："皇上，太医们也是尽力了。您还记得东巡离宫前，您原是不想皇后娘娘随行的，因为钦天监在七阿哥夭折后曾奏，'客星见离宫，占属中宫一眚'。当时有一颗时隐时现的'客星'出现在名为离宫的六颗星之中，是为天象大异，钦天监以为这预示中宫将有祸殃临头。"

皇帝颇为忧烦，他是天子，多少也信天象之说。如此不吉之事，总以为只是预示着永琮夭折。所以这回璟瑟许婚，想着总算是拿婚事冲喜，皇后病弱之躯总会好转些。可这些心事，总不好对下臣分说。当下厅中寂静，谁也不知从何再说起。恰巧进忠进来回禀了嬿婉要觐见，想是来安慰皇帝。皇帝终归在意结发夫妻之情，不忍看皇后病中凄惨，亦不愿再听皇后那些所谓梦呓的悲呼。他摇了摇头，便吩咐去嬿婉阁中。

其实自嬿婉封令贵人之后，皇帝虽也宠爱，但比初初承宠时却逊色了几分，自然也是为了当日燕窝细粉与不辨甜白釉之事，连她的美色也跟着带了村俗气息。嬿婉虽然惴惴，又百般自学以讨皇帝欢心，却也总有些心虚。

她今日来请皇帝，不过是拼着试一试，想着皇帝未必会理她。更为着多年前是皇后将她赐予嘉妃为婢，才在启祥宫受了多年折磨，到底散了和凌云彻的姻缘，如今哪怕成了嫔妃，总不甚得宠。这样思来想去，嬿婉把皇后也恨上了几分，便想来看一看皇后今日的可怜模样。此刻皇帝宁愿去见她而不留皇后宫中，倒是意外之喜。

李玉自然知道其中情由，忙答应着伺候皇帝去了。皇后披衣强撑着身子坐着，眼见着皇帝离去，身体一软，靠在了素练怀中，眼泪扑簌簌地滚落下来，失神地絮絮道："医得了病，医不得心……医得了病，医不得心……"

三月初八，皇帝奉皇太后之命回銮。皇后的病一直忽急忽缓，人也时昏时醒。虽然还能起身，却消瘦了不少，连早午晚的膳食都不能陪着皇帝一起用。

这一日是三月十一，御驾至德州，弃车登舟，沿运河从水路回京。皇后一路车马风尘，极为辛苦，忽然到了水上行舟，眼见两岸轻红蘸绿，迤逦十余里不绝，抹出烟霞般柔丽的色泽，隐隐然有了蒙蒙春意，心下也有几分欢悦，便撑着身体与皇帝一同用了晚膳。

皇帝见皇后能起身用膳，心下十分安慰，特意陪着皇后说了好一会儿话才叫人送了皇后回到青雀舫上，又担心这些船都是新下水的，内务府的人正在加涂桐油，格外叮嘱皇后回去时仔细足下。皇后心中感念，与皇帝离情依依才去了。皇帝才又吩咐李玉召如懿至龙舟上，同赏白日里山东巡抚进献的一个丝竹班子奏乐。

皇帝的龙船之后便是皇太后的翟凤大船，再便是皇后乘坐的青雀舫，其后才是嫔妃们的喜鹊登梅彩船一一跟随。皇太后素喜礼佛，嫔妃们的船尾后专有一船供奉佛像经卷，太后便携了福珈并合船宫人尽数同去焚香祝祷。皇后扶着素练与莲心的手回到青雀舫上，但见两岸月色如画，一时也起了兴致，在船尾伫立，看着夜色中柳色青青，晓风圆月，也颇有几分动人情致，便贪看住了，道："今儿月色真好，本宫许久没见这样清朗的月光了。"

莲心忙劝道："皇后娘娘，您凤体才稍稍见好，仔细着了风，还是进去吧。"

素练悄悄儿向她摆了摆手，道："娘娘喜欢赏月，不如奴婢去取件大氅来。娘娘且在这儿稍等。"她见皇后颔首应允，便恭谨含笑，"娘娘且在这儿立一立，奴婢速速就来。”

皇后举眸望天，见月色清明如许，似一块牛乳色的软纱轻扬滑落，连病中之人，内心都安和了几分。莲心默默望着她孱弱身影，想着此身所受悲苦，恨意愈深，却也有几分怜她失子嫁女沉疴难起。皇后如何知道莲心心意，她久病，略微仰头便觉得吃力不已，待转首时，却见惢心陪着如懿往皇帝龙舟上去。皇后本就对如懿厌恶到了极处，看她笑颜盈盈要去伴驾，心中更是酸涩，只不过面上含笑，安慰了她替自己料理后宫事务的辛苦。

如懿倒是如常恭顺，请安应答。皇后瞥见自己青雀舫后就是纯贵妃所住的船阁，本来如懿乃潜邸侧福晋，即便与苏绿筠同为贵妃，也该是她地位更高，所居的彩船应跟在皇后的青雀舫之后，便随口夸一句如懿谦让，如懿忙解释道：“纯贵妃为皇上生儿育女，地位超然。”

皇后闻言便如刺心一般，连素日的涵养功夫都不肯顾着了：“你这是讥讽本宫的皇子不保？”

如懿一怔，不想她这般多心。然而二人宿怨早积，根深难除，索性朗朗道：“皇后娘娘多心了。臣妾本就是无儿无女之人，又可讥讽谁去？不过是恨着老天不公，害得臣妾膝下虚空而已。”

皇后平生以此为亏心之事，又牵动当年选福晋的种种旧事，不觉厉色道：“你、你说谁害得你无儿无女？”

如懿指一指当空明月，不卑不亢：“臣妾只是抱怨天公，皇后娘娘何必气急败坏？”说罢自行告退。皇后此时最易动气，然而一旦怒气升腾，整个人便如火烧一般难耐，先耗起了自身的精力，不过片刻，她便觉得天旋地转，连负荷一身华裳站立此处，都成了千辛万苦之事。莲心自然懂得，忙劝了皇后莫要动气，便去拿药。

隐隐有女子说笑声如银铃婉转。她认得这些声音，细细听去，分明后面船上传来，是蕊姬、海兰和绿筠在说话。

皇后虽然不比晞月与如懿饱读诗书，可听着这健康而充满欢悦的笑声，不知怎的想起从前自己偶然看过的一首诗：“玉楼天半起笙歌，风送宫嫔笑语和。”①

皇后幽恨难平，一味想着如懿是怪老天无情，还是在恨自己害她无子。如此病烦挣扎，孤凉一身，听得旁人风送笑语，心底愈加煎熬。

绿筠所居的彩船上窗扇微开，绿筠与海兰倚窗背身，瞧不见窗外情景。蕊姬却是斜坐着，见皇后走近，言一声“风冷”，起身掩上窗扇，故意扬起声音，“东巡前钦天监曾禀报说‘客星见离宫，占属中宫一眚’，以为是预示皇后娘娘将有祸殃临头。如今看来，皇后娘娘病重，原来就是应了这句天象的。”

海兰低低切切：“皇后重病，还不是因为七阿哥过世伤心而起。可怜小小孩儿，竟得了痘疫。”

绿筠连连念佛道：“阿弥陀佛，还好一场痘疫只是薨了一个七阿哥，别的阿哥公主都安然无恙，也算是神佛庇佑了。”

蕊姬看着绿筠，似是关切，亦是怜其不争：“纯贵妃便是太好性儿了。前几日我过来与姐姐说话，却看外头送来的贡缎独姐姐这儿短了两匹，姐姐却不争也不问，由着她们欺负。后来还是嘉妃看不过，着人拿了自己的补来。”

海兰奇道：“竟有这般事？姐姐孩子多，本该多体恤些，谁知还总短了缺了的。皆是姐姐性子太懦的缘故。”

绿筠有些不好意思：“旁人便罢了，愉妃妹妹还不知道我么？但凡我的阿哥安保无虞，旁事我也懒得理会。再者……”她微微沉吟，“皇后也是可怜，痛失爱子，病中嫁出独女，哪里还顾得到咱们这些小事。罢了罢了。”

蕊姬的笑语带着神秘的意味，道：“可怜？有什么可怜的？两位姐

---

① 出自唐代顾况的《宫词》。这是一首描写宫怨的诗，优点在于含蓄蕴藉，引而不发，通过欢乐与冷寂的对比，从侧面展示了失宠宫女的痛苦心理。不明言怨情，而怨情早已显露。

姐没听说过一种说法么？”

绿筠好奇道：“什么？”

蕊姬笑得极爽朗：“一报还一报啊！为娘的作了什么孽，便都报应到了孩子身上！二阿哥和七阿哥都是健健康康的好孩子，怎么会都早夭了！”

绿筠吓得脸色微微发白，忙阻拦道：“玫嫔，可别这样口无遮拦的，若是皇后娘娘听到了……”

蕊姬撇一撇涂得朱红的唇，垂首拨弄着自己养得水葱似的三寸指甲不语。

海兰忙打着圆场道：“贵妃姐姐也忒小心了。对了，上次姐姐说起哪位太医调理妇科一方极好，玫嫔身上老不大好，每月月信总害她受苦，姐姐若知道好的，也好请来给玫嫔妹妹瞧瞧。”

这话一起，难免玫嫔也经了心不觉红了眼圈，愁道：“自从我那可怜的孩子离了世，我这身子便是坐下病了，近一年来竟是一月不如一月了。如今总不能好好儿伺候皇上，虽说有着嫔位，恩宠到底不如从前了。”她瞥了海兰鬓边簪着的一朵烧蓝镏金蜂点翠蔷薇珠花，不免有些酸溜溜，“纯贵妃姐姐和愉妃姐姐都得了皇上去年七夕亲赏的六对珠花，贵妃姐姐是绣球的，愉妃姐姐是栀子的，这也是该的，谁叫两位姐姐都有阿哥呢。如今竟连比我年轻许多的舒嫔也挣上脸来，得了那珍珠兰的珠花，我心里……”

绿筠与海兰知蕊姬失落，忙开解了几句。

那边厢夜风徐徐之中，皇后却是一字不差，尽数落入耳中，“一报还一报”五个字，几乎如钉子一般实实钉在了她心上，痛得仿佛钻肺剜心一般。尖锐的痛楚排山倒海袭来，皇后一口气转不过来，只觉得无数面孔走马灯似的在眼前转着，直转得天地倒悬，不知身在何处。

皇后只觉得胸腔里一呼一吸格外艰难，正要唤人搀扶，忽然脚下一滑，似是踩到了才补好的桐油，足下的花盆底全然不受控制一般。船上本就不如平地稳当，皇后身体一个踉跄，还来不及惊呼，便从船尾处“扑通”掉进了冰冷刺骨的河水之中。

绿筠正与蕊姬、海兰在船上的阁子里聊得畅快，忽听得有重物落水之声，不觉止了声。海兰疑道：“什么东西落水了，还扑腾着呢？”

蕊姬侧耳听了须臾，不以为意地笑道：“怕是岸上什么东西落水了吧？也是的，夜深路滑的，路上行人落水也是有的。”

绿筠到底有些不放心，一双纤纤素手搭在窗扉上便想开启：“不如开窗看看，别是什么人掉下去了吧？”

蕊姬掸一掸身上极喜庆的桃红锦彩旗装，那衣裙上更是遍绣刺银枝满卉纹样，随着她的动作漾起点点锐利银彩。她笑着按住绿筠的手，漫不经心道：“开什么窗，仔细冷风扑进来伤了身子。咱们聊自己的是正经。”

海兰侧耳听了片刻，把玩着纽子上垂下的绿莹莹翠玉琉璃豆荚珮，笑吟吟道：“也是。人落水了会不呼救，只顾着扑腾？别是什么猫儿狗儿的。”

三人说笑着，看了看合上的朱漆窗扇，又说起寻医问药的事来，又是一大篇话。

第一个发觉皇后落水的是凌云彻。

凌云彻本是皇帝身前最低等的御前侍卫，因御船比不得养心殿阔朗，而随行侍卫诸多，最低等的侍卫便被安排到了御船的最末护卫。

夹岸四周隐隐有花香浮动，凌云彻闻得出，那是新开的桐花的气味。往日里在家乡的时节，这样并不名贵的花开得夹道都是。桐花万里丹山路，开也烂漫，落也缤纷。他是读过几年私塾的，文字上虽不精深，却也知道些许。那时春日迟迟，老夫子便摇头晃脑地念：“红千紫百何曾梦，压尾桐花也作尘。”[①] 那些散碎的句子，是少年时模糊而温暖的回忆。然而记得清晰的，分明是嬿婉春花般灿烂的明亮笑颜。可惜，嬿婉并不喜欢这些绛紫柔白的花朵，哪怕它们有漫天铺地的清甜香气，让人几乎要醉倒其中。嬿婉最爱的是凌霄花，她在夏日里伸手去攀折那焰火似的花朵，可惜凌霄花总是攀缘着长得那么高，她一壁极力去攀，一壁回首笑盈盈道："云彻哥哥，你瞧那凌霄花开得那样高那样艳，要是做人也能那么一辈子高高在上，便也好了。"

当日的笑语，如今已然遂愿。今时今日的嬿婉也算是得到她梦寐以求的高高在上了吧。龙舟上的丝竹管弦和鸣声声，水面倒映着夹岸人家的万千灯火，如同花影浮沉，映着这盛世繁华。而嬿婉，便是这繁华锦绣里开得极艳的一朵花。

锦上添花，固然美不胜收。

他这样痴痴地想着，仰首望见天际一轮近乎完满的月。近乎完美，便总有些许残缺。便如自己，也算是嬿婉春风得意后的一抹残影。有沉缓的春风柔暖拂过，玉白月光在粼粼暗金红的波光星点中漾动，连勉强维持的圆满也有了玉碎沉沙的势态。

也许这就是他的人生，在失去心爱的女子之后，即便想要奋发图强，也不过是一个小小的最末等的御前侍卫，受尽那些出身贵族的侍卫的冷眼与暗讽。这样的苍凉孤寂之中，唯有那个人，那个曾与他一同在死寂如坟墓的冷宫里挣扎的女子，偶尔投来的一瞥含笑的眼，激励着他忍耐下去，继续去寻找可以撑起未来的任何微小的契机。

所谓半分残缺的圆满，大概如是。

惊动凌云彻痴念的，是那一声突然的响动。

他分明看见，皇后以极其古怪且不自然的姿态落入水中。

---

① 出自宋代杨万里的《过霸东石桥，桐花尽落》。全诗为："老去能逢几个春，今年春事不关人。红千紫百何曾梦，压尾桐花也作尘。"

有那么一瞬，几乎是本能一般，他冲上前一步，想要将落水之人救上来。可毕竟久在宫中，他很快发觉了奇怪之处，尽管皇后的青雀舫与嫔妃所居之船的距离并不近，但皇后的侍女们，都并未随在身侧。

他警觉地止住脚步，不肯再向前。心中惊动的一刻，忽而念及如懿在冷宫的无限苦楚，与眼前落水的女子，无一不隐隐相关。

如懿，她是在自己那样困窘时唯一伸出手的人，他不能不去揣想她的敌意。但若真似如懿所期待的那样，自己的前程来路要有所指望，那么此刻，是平生再难一得的时机。

已然不能停驻，向前或退后，都是举步维艰。

河中水花翻腾，隐约是女子的明黄服色，如同月光碎裂的倒影，起伏于河水中央，惊起粼粼波泽。他从未这般为难过，一颗心像是成了一撮烟叶子，被汗湿的手心来来回回地揉搓着。须臾，他的面色渐渐淡然，逐渐成了一种彻骨的冷漠，如同眼前冰冷的河水的泛波。他静静注目，直到看着河中的水花泛起的波澜越来越小。他脸上的肌肉微微一搐，再无半分犹豫，跃身跳入水中。毫不察觉后头的莲心取了药过来，眼见着皇后落水，不过呆了一呆，便看看四周无人，赶紧走开了。

皇后被救上来时，几乎只剩下一口气。合宫慌乱，随行的太医被急急召往青雀舫诊治，连太后和皇帝亦被惊动，急急赶来守在皇后阁中。

皇帝焦急地踱来踱去，懊恼道："朕本与娴贵妃在赏乐，丝竹盈耳，竟未听见皇后落水之声。"

太后轻叹一声："皇后不当心，伺候的人更是疏忽。"说罢，便又数着手中的佛珠，默默念念有词。素练和莲心都吓坏了，跪在地上瑟瑟发抖。皇帝看着二人的模样便生气，喝道："李玉，给朕狠狠掌这两个贱婢的嘴！"

李玉答应一声，撩起袖子便开始下手。

皇帝听着皮肉相击的声音噼啪作响，犹不解气，叱道："身为皇后的贴身侍婢，竟然不时时跟着，才致使皇后落水，杀了也不为过！”

嫔妃们守在下首，眼看二人挨打，更是不敢作声。绿筠听见说皇后落水，又恰好是在她们闲聊的时候，心下便有些慌，生怕皇帝知道自己与海兰、蕊姬在一起而没发觉皇后失足落水，便想自己开口分辩几句。绿筠慌乱地低头，玉妍伸手按住她，轻轻理好她的鬓发，悄悄将她头上一朵烧蓝镏金蜂点翠绣球珠花握在手绢里。

玉妍立在她旁边，挽住她的手低低道：“姐姐，圣驾面前，您慌什么？皇后娘娘吉人自有天相，您别太担心。”

绿筠点头，但见蕊姬只是百无聊赖地拧着绢子，海兰也若无其事的样子，便也勉强安定下心神。玉妍与蕊姬悄悄交换了一个眼神，都继续安分守着。太后听了一会儿，终于耐不住道：“好了。停手吧。说到底也是皇后让她们去取东西，才没跟着的。平日这两个丫头都还算尽心，等皇后大好了，还要留着伺候皇后的。”

太后这句话大有安慰皇帝说皇后身体无事的意思。皇帝忍耐着道：“皇额娘宽仁，罢了吧。”

如懿立在绿筠身边，船在水上漂浮，总觉得足下不安稳似的晃动。太后缓声道：“该罚的也罚了，听说救皇后上来的是一个御前侍卫，是么？”

如懿低眉颔首道：“是。当时侍卫凌云彻发现皇后娘娘落水，立刻下水施救。”

太后点点头，李玉忙道：“那侍卫是皇上御前最末等的蓝翎侍卫[①]，叫凌云彻，汉军旗正红旗包衣出身。此刻刚换了衣裳，在外头候着回话呢。”

太后颔首不语，只看着皇帝。皇帝的心思并不在这个上头，随口

① 蓝翎侍卫：御前侍卫处的侍卫品级及编制为：一等侍卫，也称“头等侍卫”，正三品，60 人；二等侍卫，正四品，150 人；三等侍卫，正五品，270 人；蓝翎侍卫，正六品，900 人。

道："传朕的旨意，凌云彻救护皇后有功，赏白银三百两，升为三等侍卫。不必进来谢恩了。"

如懿淡淡含笑，余光所及之处，见站在最末的嬿婉神色稍不自在，便转过首只看着李玉传旨去了。

齐汝从皇后殿内出来后，面色便灰扑扑的不太好看，但见皇帝焦灼，忙回道："皇上，皇后娘娘腹中的水都已经控出来了。娘娘脉象乃是急怒攻心、心力交瘁之状，此刻痰气上涌迷了心窍，神志一直未曾清醒，说着什么一报还一报的话，只怕……只怕……"

绿筠听得齐汝的话，不自觉地往里缩了又缩，恨不得融在人群里才好。

皇帝心中猛地一沉，已然知道不好，一时恼道："只怕什么？"

太后瞥了一眼战战兢兢的齐汝，长叹一口气："哀家一把年纪了，还有什么听不得的。你便直说罢了。"

齐汝道："皇后娘娘油尽灯枯，怕是在弥留之际了。"他不停地擦着额头的汗，结结巴巴道，"但……但……皇后娘娘福泽深厚，上天庇佑……"

齐汝话未说完，和敬公主已经忍耐不住，呜咽着呵斥道："你胡说什么？皇额娘正值盛年，怎么会油尽灯枯？分明是你们医术不够，才胡言乱语！"

太后看了一眼福珈，福珈忙上去扶住了和敬公主，小声地劝慰着什么。太后见皇帝端着茶盏的手凝在了半空中，微微摇了摇头，伸手替皇帝取过茶盏，温和道："皇帝，皇后病得凶险，也唯有齐汝这样伺候多年的人才敢直说。不管皇后境况如何，得赶紧通知内务府在京中将喜木准备着，哪怕冲一冲也是好的。"

皇帝吃力地闭上眼睛，发白的面孔如被霜雪蒙被。殿阁中静极了，只听到河水蜿蜒潺湲之声，恍若流淌的生命，静静消逝。良久，皇帝才能出声："一切但凭皇额娘做主。"

太后微微颔首，吩咐道：“齐汝，好好伺候着，有什么动静赶紧来回禀哀家。”她放柔了声音，“皇帝，你多陪陪皇后吧。其余人等都下去。娴贵妃，哀家还有几句话要交代你。”太后挥了挥手，示意嫔妃们出去。嬿婉有些依依不舍，还想跟皇帝说些什么，但见太后目光严厉森寒，只得随着众人退出去了。

嬿婉本就落在人后，徐徐步出船舱，但见凌云彻已守在船头，似是戍卫皇帝。她目不斜视，淡淡道：“恭喜，这么多年，终于进益了。”

凌云彻并不看她，不卑不亢道：“多谢令贵人。”

嬿婉忍着心中关切，望着浑浊的河水，仿佛他不存在似的，自言自语道：“拼了性命去救皇后才得一点小小晋升，值得么？”

凌云彻的神色淡得不见丝毫喜怒：“贵人用血肉之躯去换取的，微臣也是一样。既然贵人觉得值得，微臣自然也不会为难。”

嬿婉听出他语中讥诮，不觉莞尔：“原来，你还是在乎的。”说罢，她只报以一丝了然笑意。

“微臣能在乎什么？不过是为皇上戍守船头，看见夹岸花开。”

沿岸的桐花真香，中人欲醉。不知怎的，嬿婉便想起了无忧无虑的少年时光，不觉动容：“你还记得我最喜欢什么花么。”

凌云彻望着远处，往事不觉又在心头，那口吻也软了几分：“凌霄花。”

嬿婉见后头有人来，将心中那一缕黯然与窃喜掩藏完美，才缓步离开。

云彻本也不欲多留，如懿听完太后吩咐暗中准备皇后身后之事，才扶了惢心的手出来，目似无意地睃了他一眼，他便已然会意。眼见嬿婉纤柳似的身姿盈然离去，他只觉得满腔郁塞之情亦如明月出云，稍稍纾解，便觑着空隙，悄悄往如懿船上去了。

如懿甫坐定抿了一口茶水润泽焦枯的唇舌，便见惢心引了凌云彻进来。她漫不经心地瞥他一眼，淡淡笑道："恭喜了。"

凌云彻见她笑意淡淡落落，分明不似素日一般熟络，心中没来由地一慌，旋即跪下道："微臣侥幸，得此机遇，实在是意外荣耀。"

如懿何等耳聪目明，眼波微微一沉，宛然间似明月照射下的寒冰千丈："你是说，你救了皇后，不是偶然？"

凌云彻俯身，一脸诚恳："微臣不敢辜负小主劝诫，极力自强。这次机会实在千载难逢，但微臣也从未忘记小主冷宫之苦，小主的敌人，便是微臣的敌人。同仇敌忾之意，微臣时刻牢记，所以皇后落水后片刻，微臣才跳下水去救。"

如懿的面色稍稍见霁，轻拢的云鬓簪着的一支镏金工蝶银丝镂翅步摇震颤不已："谢你有心想着，进退都保全了自己与旁人。"

凌云彻微微思忖："多谢小主体恤，只是微臣眼见皇后孤身落水，实在是不寻常。"

"你也觉得古怪？"如懿眸中一亮，唤过惢心，"你方才告诉本宫什么，再说给凌侍卫听一遍。"

惢心恭声道："奴婢发觉皇后失足落水之处有新刷桐油的痕迹。桐油防水，涂上也无可厚非，虽然咱们的船下水前涂了一遍，如今也在补涂。可为何皇后船上却只涂了那么一片，并未全部涂上。"

凌云彻一怔，旋即道："若全部涂上，势必难以行走。可若只涂一小片，又是皇后所站的地方，一个不慎就会失足落水。若有人察觉立刻救了皇后，那皇后病重，受惊落水也如催命一般。若是无人瞧见，只怕就是溺毙。"他越说自己也越后怕，"桐油滑腻却无色，涂上后不过许久就会干透，根本无迹可寻。"

如懿的思绪有一瞬的飘忽，原来有那么多人盼着皇后死。那皇后若真死了，这个后宫又会变得如何呢？

崩怿 壹伍

绿筠回到自己船上，过了好一会儿，一颗心犹自惊荡不已。正好可心端了一碗牛乳燕窝来，绿筠立刻接过一气喝下。可心才发觉绿筠头上佩戴的绣球珠花少了一朵。绿筠懊恼，仔细去想，却连什么时候掉的都不知道，偏又是皇帝赏的，又各是不同花饰，最是体面不过的。主仆俩议论着去找，又怕外头正为皇后落水之事乱着，为一朵珠花去找，会惹皇帝不高兴。最后想定了，左右不戴就是了，也无人发觉。

当然，此事还不及方才的事大。绿筠怀着一颗惴惴不安的心，犹豫着要不要让可心去请海兰和蕊姬过来说说话，只见深翡色金丝边帘子一闪，一个穿着百合粉色小金福字锦袍的女子闪身进来，口中道："皇后娘娘病危，听着真叫人悬心。"

绿筠正巴不得海兰来，听得这一句，便往榻上让了让，急惶惶道："我正等着你来呢。可心，去上壶好茶来。"绿筠忙拉住她的手，推心置腹道，"方才齐太医的话你听见了吧？皇后娘娘从水里捞上来之后，一直在说什么一报还一报的。我想着不会是方才我们说的话，那么巧便给她听去了吧？还是……还是皇后娘娘根本就是听见了我们的话才气得落水的？”

海兰奇道：“姐姐想太多了。寻常人落水都会呼救，没有呼救声，谁想到是人落水了，还是皇后。”

绿筠心慌意乱：“啊！我们已经听到声音了都没去看，会不会担个闻声不救的罪名？要是皇后娘娘苏醒，找我们算账可怎么好？都怪玫嫔说话没遮没拦的，还扯着嗓子说这些话，如今可害了我了！”

直到可心送上茶水来，绿筠才按住了惶急的神色，勉强静了片刻。海兰面上的宁和之色是秋阳底下的涟漪，微微漾着炫目的光晕，是细细碎碎的不安定，她亦有些疑色：“说来，玫嫔不是说话这般不稳重的人，今日不知是怎么了？”

“怕是玫嫔又想起自己的孩子，浑身不自在。都这些年了，她也真是可怜见儿的。”绿筠见宫人们退下了，复又急道，“你说皇后娘娘要真来寻我的麻烦可怎么办，还是我自己先去跪着请罪？”

海兰见她真着了慌，笃定笑道：“皇后都那样了，如何会来寻姐姐麻烦？且到底也是玫嫔说话不谨慎，与您无关。姐姐安心就是。”

绿筠犹自不解，发髻上一支汉白玉红珠凤钗玲玲作响，晃得如风摆杨柳，显是担心不已。海兰轻轻吹着茶水，氤氲的热气拂上面来，似乎是为她的原本柔和的面庞更添了几许可亲。

海兰温言道：“皇后娘娘是不敢来找姐姐的。她听了咱们这一句‘一报还一报’，就能吓得失足掉进河里去，被捞上来了还念念不忘。皇上虽然担心皇后，但听见这些话只怕也疑心皇后是做了什么见不得人的事。”

绿筠稍稍松一口气：“真不干咱们的事？”

海兰笑道：“真不相干！”

绿筠抚着胸口，笑逐颜开：“那就好！不干我的事，就不会牵连我的孩子了。方才吓得我……”她又不自在起来，“说到报应，七阿哥死了，皇后又成了这个样子。不知怎的，我总想起那时永琏夭折时的样子……二阿哥的死，到底是咱们……”

海兰脸上的笑意猛然一收，露出几分悲悯的神色：“贵妃姐姐悲天悯人，真是菩萨心肠。二阿哥的死，哪怕咱们再惋惜，也是没有办法。”她清冷的口吻里多了几分无所畏惧的坚毅，“姐姐您福德双全，正是您曾经积福，所以三阿哥和六阿哥这样福寿平安。这正是从前您做的都是好事，没有错事。”

其实自从生下永琪之后，海兰虽然被封为愉妃，但因身体之故，已经多年不能侍寝，也不可能再得到皇帝的欢心。也曾在生下永琪三年后，有一次，皇帝一时兴起想到了她，把她召进养心殿侍寝，但是当她被锦被裹着抬入养心殿寝殿后不到一刻，便被送了出来。恩宠于她，已经是再难得到的东西。所以这些年来的海兰，活得太像太像一抹云淡风轻的影子。也便是这样一缕影子般的存在，才让她可以游走于嫔妃之间，从容自得，亦不让人戒备厌烦。

绿筠听得她这样的话，握住她的手感泣不已：“好妹妹，幸好你开解我，否则我可真是怕呀！”

海兰的笑意温存而妥帖：“没什么可怕的，我和姐姐在一块儿呢。”

皇后病危，悬心消息的不只海兰与绿筠，怀着身孕的玉妍也不安心。她不是头胎了，不知怎的，却总觉得这一回容易腰肢酸软，没什么精神，想着皇后若真崩逝，她怀娠服丧行礼劳碌，只怕要辛苦一场。可也唯有皇后去了，她才能一步一步实现世子的心愿。她心中盘算，便立在船舷透风，转身却见蕊姬过来，不觉含笑问：“这么晚还出来？”

蕊姬悠悠道：“能伺候皇后娘娘的时候不多了，来青雀舫外站一会儿表表尊重之心也是好的。临终之人的呻吟，总是特别好听。”她粲然笑起来，“真是痛快！七阿哥出痘是算我孩儿那份，这次算我自己的！”

痛快就好！人活着不就为了个痛快吗？玉妍想，她也想痛痛快快活着呢。最好，还是青春少艾，从未离开母族。北族虽然是冰天雪地的地方，可是有世子在，那便是春暖花开之地。她可以为他歌为他舞，为他生儿育女，陪伴一生。而不是熬在这儿，听着世子偶尔传来的吩咐，日日谋算，步步惊心。

蕊姬以为她怕事，不觉好笑："你是不是心里也安生了？"

玉妍抚着肚子，一脸后怕："安生了。再不用提心吊胆，怕自己的孩子哪日就被她容不下了。"

蕊姬瞟着她，似笑非笑，徐徐打量："我有些不明白，就为了一个怕字，你就肯帮我做这么多？"

还算有点聪明！

"我当然怕，哲悯皇贵妃难产母女俱亡，都说是皇后害的。你和仪嫔孩子的死，慧贤皇贵妃的死，我真是怕极了。"玉妍调出发颤的声音，瑟瑟不安，"而且我出身北族，是皇后眼中的异族，一直以来不得不卑躬屈膝讨好她才战战兢兢活着。我胆子小，自己不敢出手。要不是你心意坚决，说不定我早吓得缩回手了。"

"你这个为娘的也不容易。"说起孩儿之事，蕊姬便容易心软，"对了，那个涂桐油的家伙呢？"

"那么多伺候的人，少个太监，谁知道！事儿快了了，得做得干净利索才好。"

蕊姬点点头，打了个呵欠："困得很。最好明早起来，皇后已经不在了。哈，我替她服丧也甘愿。"

玉妍笑笑，想说什么，可腰肢上一阵发酸，便有些撑不住。蕊姬道她有孕疲累，摆了摆手，风摇杨柳一般离开了。贞淑对着蕊姬的背影皱了皱眉，比了个手势，玉妍明白她的意思，怕是嫌蕊姬知道事儿太多了，要防着走漏风声。玉妍思忖片刻，低低道："眼下皇后才出事，玫嫔有个好歹，就太显眼了。先留着她，日后万一有异动，再除了也不急。倒是素练……"

贞淑旋即明白，这才缓了神色，提醒道：“小主有孕，不可多思费心，免得动了胎气。世子说了，这皇子越多越好。再者，若太子之位长远，后位却近在眼前了。”

玉妍深以为然，二人扶持着进去了。

太医的汤药不断灌入之后，皇后终于在亥时一刻清醒过来。皇后的脸色不复方才绝望般的死白，反而多了一点点珊瑚色的红晕，人也有了力气，可以慢慢说出话来了。

她轻微地咳嗽几声，隔着薄薄的素纱屏风，看见外头一道明黄的影子，知道是皇帝守在外边，她齑粉般碎凉的心头微微一暖，吃力地道：“皇上……”

齐汝闻言出来：“皇上，皇后娘娘醒了。您……”

皇帝的神色痛苦而疲惫，手边的浓茶喝完又添上，已经好几回了。他听得齐汝来请，便起身道：“朕去看看皇后。”

皇后的殿阁中有浓重的草药气味，混着一个女人行将就木时身上散发出来的颓败气息。那种气味，好像是深地里开到腐烂的花朵，艳丽的花瓣与丰靡的汁液还在，却已露出黑腐萎靡的迹象。

皇帝心里陡然升起一股怜悯与悲惜，却亦不自觉地想起，他去看望晞月时，晞月临死前的那副样子。晞月垂死的面孔与皇后的脸渐渐重叠在一起，皇帝蹙了蹙眉头，嘴角蕴了一缕彻寒之意，还是坐在了皇后床前，温沉道：“皇后，你醒了？”

皇后的眼角滑落两行清泪，绵绵无力地滑过她苍白而发皱的面庞，缓缓道：“皇上，臣妾与您结发多年，经此一劫，即便太医不说，也知道自己寿数无多了。可臣妾一睁开眼来还能一眼看到您在身边，臣妾真的很高兴。”

皇帝的语气轻柔得如同三月的风，熨帖而暖融：“皇后，不要说这样丧气的话。好好儿歇着，你只是落水后受惊，养一养便会好的。”

皇后想要摇头，但此刻，摇头对她而言业已是十分劳累之事，费了半天力气，她也不过是轻轻地偏了偏头：“皇上，臣妾无福，无法为您留住嫡子。如今璟瑟有了好归宿，臣妾请求您不要因为臣妾离世而让璟瑟守丧三年再出嫁。明年，明年就是个好年头。再不然，就当她早就嫁去了蒙古，明年只是补上婚仪罢了。她已经十七了，从前是舍不得她嫁人，如今却是耽搁不起了。”

皇帝颔首，眼角有微亮的泪光：“璟瑟是朕与皇后唯一的嫡出之女，朕一定会好好疼惜她。皇后安心即是。”他沉吟片刻，似是下了决心，“朕就破例准许璟瑟出嫁后可另立府邸，与额驸留驻京师。”

皇后眸中一亮，颇有欢欣之意：“臣妾多谢皇上。”她挣扎着想要撑起身子，却也实在是无能为力。皇帝伸手扶住她半边身体，欲要出言相劝，却见她一脸执着，只得道：“皇后有什么话，但说便是。”

皇后依着皇帝的手臂，这样健硕而温热的身体，却从来不是只属于自己的。皇后油然而生无限凄苦之意，只觉得半生好强之心，尽数化作了一堆灰烬。无数言语挣扎着要从她舌尖蹦将出来，喘息了片刻，方能定住心神：“皇上，臣妾自知不久于世。虽然舍不下与皇上多年情意，但臣妾亦知，天际不可无月，后宫不可无主。”她仰起身，保持着最后一丝皇后的尊严，郑重道，“臣妾以执掌凤印的六宫之主身份，向您举荐继后人选。纯贵妃苏氏诞育皇子，勤谨侍奉，温厚襄赞，她的德行足以填位中宫。”

皇帝眸中一凉，像是秋末最后的清霜，覆上了无垠的旷野。他依旧含着最温和的微笑：“皇后多虑了，你会好起来的。”

皇后咬着暗紫的下唇，勉力摇头：“臣妾知道，臣妾是不能了。臣妾的大公主、二阿哥和七阿哥都在下面等着臣妾了。皇上，纯贵妃她……”

皇帝的笑意沉了沉：“皇后，这些事不该是你思量的。皇后不仅是一个称呼、一个身份，更是朕的枕边人。那是朕该量度的事，而不是你。”

皇后的面色逐渐发青，像一块碧色沉沉的玉，却无半点润泽的光华，她笑容凄苦如残叶瑟瑟：“皇上，恕臣妾多嘴一句。纯贵妃、舒嫔，哪怕是您要另选女子为中宫，臣妾都不担心。可有一个人，断断不能。”她眼中闪过一丝隐忍而怨毒的光芒，“娴贵妃出身乌拉那拉氏，先帝的景仁宫有多恶毒，您是知道的。这样的女人的后裔，断断不能入主中宫。”

皇帝还是那样平静的口吻：“皇后，你好生歇着，不必说这些了。”

皇后眼中有抑制不住的痛苦，跳跃着几乎要迸出森蓝的火星：“皇上，臣妾自嫁入潜邸，您便只叫臣妾为福晋。臣妾得蒙皇上垂爱，正位中宫，您却也只称呼臣妾为皇后。福晋与皇后，不过是一个身份和名号而已。”她喘息着道，“皇上，您很久没有叫过臣妾的名字，您……您记得臣妾的名字么？”

皇帝安抚地拍拍皇后的手：“皇后，你身子不好，不要再伤神了。”

皇帝的指尖所经之处，有男子特有的温暖力度，让身体渐渐发冷的皇后，生出无尽的贪恋之意。曾经，曾经这双手亦是自己渴盼的，可从未有过一日，这双手真正属于自己。这一日，它拂过谁红润而娇艳的面颊；那一日，或许又停留在谁饱满而蓬松的青丝之上。皇后这样恍惚地想着，眼中闪过一丝心痛而不甘的光芒，像是划过天际的流星，不过一瞬，就失去了光彩：“皇上，臣妾的名字，名字是……琅嬅，是琅嬛福地，女中光华的意思。”

皇帝点点头，眼里几分温情更浓，柔缓道：“琅嬅，琅嬅。你的名字，很像一个皇后。”

“皇上！”皇后枕在床上，忽地仰起身子，激烈地喊了一声。那声音太过仓促而凌厉，有着玉碎时清脆的破音。

素练即刻入内，小心唤了声：“皇上，皇后娘娘有何吩咐？”

皇帝温和地摆摆手：“下去吧，皇后只是叫朕一声罢了。”他停一停，又吩咐道，“没朕的传唤，都不许进来扰了朕与皇后说话。”

宫人们恭谨退下，皇后的神色软弱下去，半边削薄的肩靠在苍青色嵌五蝠金线的帐上，整个人恍如一团影子，模糊地印在那里。

素练见此情形，早就红了眼睛，忽然拉住莲心的手，泣道："瞧娘娘这个模样，只怕快是不行了。我在宫外还有病重的额娘，你可怎么打算？"莲心除了宫外弟妹就只有自己一人，自从心怀报复，从未想过此生还有"打算"二字，不觉愕然苦笑。素练依旧说着："我们在宫里得些体面，无非因为咱们是皇后娘娘的人。若日后皇后娘娘不在了，咱们也难立足。咱们好好伺候了娘娘这一场，或许皇上肯开恩放我们出去呢。"

莲心默默无言，想起皇后落水那一刻，她分明是看见的，也生了要救她的念头。可不知怎么，那一步无论如何也跨不出去。可如今看她垂死，也有些不忍。若言报复，她莲心手上也早沾了鲜血，将本不能久活的永琏早些送上了路，对皇后亦是如此。或许，她作下的孽，也只有拿这条残命来还了。

皇后的喉间有无声而破碎的哽咽："皇上，臣妾听您唤着自己的名字，才稍稍安心些。臣妾这一辈子，有时候真的不甘心，也真的害怕。"

皇帝叹息："害怕？你是朕从前的嫡福晋，如今的中宫皇后，你有什么可怕的？所谓不甘心，大约总有不满足之处。"

烛光盈然照亮一室的昏沉，却仿佛照不亮她暗郁的心境。这一刻，她并不像一个母仪天下的尊贵之女，反而像某种瑟缩墙角不能见到天日的阴湿植物，怯弱而卑微。她的神思不知游离何处，痴痴道："臣妾自闺中起就被教养要如何做一个正妻，相夫教子，主持家事。能够嫁与皇子是臣妾的福气。臣妾自知道这个消息，每一日都欢欢喜喜，满怀期盼。直到臣妾知道，臣妾并不是您亲自选定的嫡福晋，您一早相中的人是乌拉那拉氏。臣妾不过是先帝和皇额娘执意让您选的，代替了她的嫡福晋之位。"

皇帝似乎不忍，也不愿再听下去，只道："你是怪朕？"

"不敢，"皇后的唇边绽开一丝冷冽笑意，仿佛一朵素白而冷艳的花，遥遥地开在冰雪之间，"臣妾不敢。臣妾只是惶恐不安，生怕自己这个旁人不如您自己选的嫡福晋。而且乌拉那拉氏日日在臣妾眼前，虽然降为侧福晋，却得您宠爱，臣妾如何不怕？"

"民间男子尚且三妻四妾，朕是皇子，你便连这个也受不住？"

皇后的呼吸渐渐受窒，急促而沉重，那声音如错了点的鼓拍，绝望地敲打着："臣妾从未真正拥有过一个完整的夫君，更不曾完全拥有他的心。可臣妾不能怨，不能恨，不能失了自己的身份。臣妾一直努力做一个好妻子，可臣妾也不过是个女人，想得到夫君的爱怜。"

皇帝冷然中带了许多不忍心与不懂得："朕这些年待你不好么？你有尊贵的出身，嫡妻的身份，儿女双全，位极中宫。你还有什么不安生的？"

皇后胸中忽然大恸，他的不明白，原来就是她的绝望。那样前所未有的绝望，盘根错节占据了她行将碎裂的身心："皇上待臣妾很好，可这种好，是夫君对妻子的好，不是情深爱浓。寻常妇人抓不住夫君的心也罢了，可臣妾是皇后，六宫的人堆到一块儿，臣妾站在峰巅上。臣妾没有什么可以依凭的，若您的心意变化，臣妾所拥有的貌似安稳的一切便会烟消云散。"皇后的哭声哀怨沉沉，她本是虚透了的人，如何经得起这样激烈的情绪，不得不躺在床上仰面大口地喘息着，如同一条离开水太久的行将干枯的鱼。

殿阁里静极了，青雀舫偶尔随着水面的波动均匀而和缓地起伏，像遥远的时候母亲轻轻摇晃的摇篮，催得人直欲睡去，直欲睡去。镏金烛台上的红烛烧得久了，烛泪缓缓垂下，嗒一声，嗒一声，累累如珊瑚珠一般。

皇帝静静侧耳，听着周遭细微的响动，良久，他亦动容："皇后，你从未对朕说过这么多话。所以竟连朕也不知道，原来你是这样不安稳，这样害怕。你是朕的嫡妻，朕一直爱重你、容忍你。朕自己不是嫡母所生，所以格外盼望自己的太子能是皇后嫡出。你为朕生了两个嫡子，朕疼惜不已。便是有人在朕面前诋毁你，朕也会逼迫自己不要去理会。许多事，朕都睁一眼闭一眼，只作不知。”皇帝忽然放缓了声音，俯下身子，问道，“其他的事也罢了，朕听过只当是脏了耳朵，掏干净便是。但过些日子就是诸瑛的生辰了，朕很想问问你，当年她难产而死，到底是天意还是人为？”

仿佛有惊雷隆隆滚过天灵之上，皇后身体剧烈地一震，睁大了浑浊含泪的双眼，颤声道：“皇上，哲悯皇贵妃死后几年，便有传言说臣妾嫉妒她生下长子，所以害她难产而死。原来您也是这么想的！”

皇帝俊挺的面庞上疑云深重：“那么慧贤皇贵妃呢，自然是她作恶多端，谋害皇嗣，但陷害如懿，里头就少了你的事了？”

皇后的声音陡然凄厉，高高抛向云际，复又举起右手指天道：“臣妾发誓，臣妾用富察氏全族百年的荣耀和福祉发誓，哲悯皇贵妃之死，绝非臣妾所为！臣妾只是不满娴贵妃抚养永璜有夺嫡之心，才信了她做的恶事。但娴贵妃狼子野心，咒死臣妾的永琏，是千真万确。臣妾发誓……”

皇帝轻缓地握住她指天发誓的右手，温和道：“皇后真是病糊涂了。誓言若是有用，朕还要纲纪法度做什么？”

皇后失血的双唇剧烈地颤抖：“臣妾一生所为，无一不是为了保全大清的血脉，为了对得起富察氏列祖列宗用血汗换来的荣光！不到逼不得已，臣妾何必置人于死地？”

皇帝疑虑重重：“你自己已经说得明明白白，是为了你心心念念的富察氏一族！如懿曾被朕选为嫡福晋，她的姑母是先帝皇后，你一直不喜她的出身，对她厌恶不已。哪怕对着一直顺服你的慧贤皇贵妃，因她有高斌这个阿玛，也为你所忌惮。所以你一早赐了她们那么珍贵的翡翠珠缠丝赤金莲花镯，防着她们有孕。便是如懿进了冷宫，许多事你不也做得得心应手！”

有片刻死寂，几乎要逼得人发疯。皇后哑声笑了起来，似是用尽了所有的力气，凄然呼道：“原来这些事皇上早就知道，却隐忍至今才来问臣妾。是，臣妾是不想她俩抢在臣妾之前有孕，臣妾也是深恨乌拉那拉氏诅咒永琏而在她入冷宫后加以挫磨。可冷宫闹蛇之事，乌拉那拉氏中砒霜之事，臣妾真心不知！”她恨到了极处，惶惑地望着四周，枯瘦的手紧紧牵缠着床帐上垂落的杏色绞银线流苏，仿佛只有如此，才能撑住自己随时都会倒下的身体似的。她原本温和端庄的杏眼睁得滚圆，神情近乎痴狂：“这些事，是谁冤枉臣妾？是谁要害臣妾？”

皇帝的神色平静如水，话语的锋利藏在悠然语调中：“没有人要害你，也没有人害得了你！这些年你的所作所为，朕也算略知一二。但作为一个皇后，你为朕生儿育女，也算节俭自谦，对着嫔妃也算御下宽和，不曾让天下臣民有半分议论。朕若揭破你，只会让你成为朕山河岁月里的污点，让皇室成为天下人的笑柄。就像一袭华美的衣袍，纵使底下虫蛀蚁蚀，破败不堪，他也得保留着外表的金玉绮丽。”

皇后的目光倏地一跳，骤然死死盯在皇帝身上，由炙热而至冰冷：“原来皇上只是为了这个。这究竟算是您的恩典还是臣妾的冤孽？”

“哪怕朕曾经选的是如懿为嫡福晋，但时也命也，她成了侧福晋，你是朕的发妻。多年相伴，朕与你的恩情自然不浅。你的过失，朕顾念皇室颜面和富察氏的名望，顾念着咱们的儿女，也都不提了。”多年夫妻，恩情固然不会少，又有共同的孩子。他知道她本性温和，并不如后来所知的那样凌厉，也知道她会极力维持着这样的温和过下去，只不过那些事，终究在他心底种下了疑根。

皇后静静地听着，所有的情绪在她的克制下渐渐平息，终于回到如常的雍容与宁和。她挣扎再挣扎，终于支撑着俯身拜下，冷然道：“皇上圣恩滔天。”她仰起脸，目视皇帝，“既是皇上恩惠，那臣妾不能不报，就恕臣妾直言一句。臣妾固然是为了富察氏一族殚精竭虑，您又何尝不是为了自己的心意无所不用其极？您圣明聪敏，但冷心冷情，亲近之人会为此所伤。事到如今，臣妾做的错事臣妾自己担着。可来日无论谁为继后，有您在一日，只怕下场都不会好过臣妾今日！臣妾就睁着这双眼睛，在天上看着！”

皇帝缓缓起身，行至紫檀雕牡丹圆桌前，瞥了一眼桌上的茶点，沉声道：“今世之事未有定数，皇后还想着身后的因果么？难怪你昏迷之后，还惦记着一报还一报，那么这报应都落在了谁身上呢？琅嬅啊琅嬅，你是否后悔难当，痛彻心扉？”

皇后心肺俱裂，凄厉地嘶喊：“皇上——”

皇帝走到殿阁外，一阵冰凉的水上夜风扑面而来，无声无息地轻拂着他的身体，像不经意的侵袭。他不自觉地打了个寒噤，心底原本极力压着的恼怒之情，腾地蹿起密密的火舌，和着皮肉被舔灼时的焦苦气味，竟有了无数怜悯之意。这样端正持重的女子，垂垂之际，竟也会如此凄厉哀戚。

那一瞬，有一个念头，几乎如滚雷般震过他的心头。如果，皇后说的是真的；如果，她其实并未做过那么多错事；如果，对如懿和后宫的种种挫磨真的仅止于阿箬和晞月的无知和刻毒。

那么这个女子，是不是也曾被他错怪了许多、误会了许多？

神思蒙昧的瞬间，他突然忆起从前，红烛摇曳成双的那刻，他也曾真心期盼过，可以得到一位贤惠温柔的名门闺秀，相伴一生为妻。

琅嬅，固然不是他自己的选择，却也不失为一个很好的选择。他掀起金线绫罗红盖的那一眼相遇，她也曾真心而期待地说过：“妾身愿以富察氏的百年荣光，相随夫君左右，为夫君生儿育女，为贤良妻室。”

或许曾经，他们都曾真心地期盼过，未来的日子可以风光明媚，永无险途。

而最后，他和她一一失去自己共同的孩子。长女，次子，第七子。

唯余下一个璟瑟，如今也要嫁为人妇，不得承欢膝下。

一场数十年的姻缘所得，只能留下这些么？

皇帝用力摇了摇头，似要摆脱这种不悦情绪的困扰，索性迈步朝前走去。李玉早已带人候在外头。

皇帝不自觉地问：“李玉，你侍奉朕与皇后多年，你觉得皇后是一个恶人么？”

李玉再乖觉，也不知该如何回答，踌躇片刻，才赔笑道：“皇上，皇后是六宫之主，也是寻常女子，一样有喜怒哀乐、爱恨情仇。”他觑着皇帝的神色，“皇上伤心，过于忧思。您情深义重，一直陪着皇后娘娘，也要当心龙体。”

皇帝并不回答，李玉忙收了话头，恭谨问道：“皇上，夜深了。请旨，去哪儿？”

皇帝一时迷茫，也不知往何处去。回船中，定与皇后再度争执。离开，却放不下皇后病情。他唯有立在船头，离皇后不远不近就好。

忽然，身后哀声大作，宫人们放声大哭。赵一泰疾奔而出，跪倒在皇后的青雀舫外悲声大呼：“皇后崩逝——”

皇帝怔了怔，有冷风猝不及防地扑进他的眼，扯动他的睫，那样细微的几乎不可察觉的疼痛，如细碎的裂纹，渐渐蔓延开去。他的声音无限凄切，在深沉的夜色里如碎珠散落：“永琏，永琮，你们在地下别怕，你们的额娘来陪你们了。”

壹陆 暗涌 上

乾隆十三年三月十一日亥时，皇后富察琅嬅崩于德州，年三十七。

皇后崩逝那夜，皇帝一直静静坐在自己的龙舟之内，深深的沉默仿佛巨大的山脊将皇帝压得沉重而无声。如懿闻得消息，早已换过一身素净衣衫，只以素银钗并白色绢花簪鬓。皇帝俊朗的面容在昏黄烛火的映照下，有着虚弱的苍白。想是许久未眠，他的眼微微地肿着，暗红的血丝布满青白色的眼底，如纵横交错的血网。

如懿依在皇帝身边，两个人的影子重叠在一起，仿佛只有一个似的，相对亦是只影寂寥。夜风吹起涌动的水波，拍在船身之上，悠悠荡荡发出沉闷绵长的声音，和着远远传来的哭声，缓而重地拍在心上。

皇帝定定地看着如懿，半晌之后才幽幽地轻叹一口气：“皇后死了，但她至死不认。”

如懿握着他的手，冰凉冰凉的手指，和自己的一样，彼此抵触交缠，却始终暖不过来。她的神情平静至极，徐徐道：“至死不认，也已经是做下了的事情。”

皇帝斜倚在椅上，明明是乍暖微凉的春夜，他的长吁短叹，却是秋色初寒的冷：“皇后拿着富察氏百年的荣耀和福祉发誓，她做过的她认，可哲悯皇贵妃难产丧命，冷宫闹蛇之事，勾结慧贤皇贵妃谋害皇嗣之事，你中砒霜之事，她至死不认。朕知道皇后，她在意朕，在意名位，在意大清的嫡子，在意富察氏的荣耀。这些都是她最放不下的东西。”

如懿的身体微微一颤，牙关紧咬处有讶然之声逸出。她仰起脸问：“富察氏百年的荣耀和福祉？她真的拿这个来发誓？”连她亦是知道的，身在众星拱月的凤位，心心念念着诞育皇子、稳居后位的女子，最在意的，也不过是富察氏的荣耀。然而她的神色旋即冷了下来，“也不过是发誓而已，臣妾不相信誓言。”她沉吟片刻：“皇上，素练与莲心是皇后的心腹随身，许多事咱们如有疑问，如今皇后崩逝，或许可以从她们口中探知些许。”

皇帝静了片刻，沉声唤了李玉，然而入内的却是进忠，他叩首道：“皇上，李公公方才出去了，奴才候着。”

皇帝也不理会，只道：“你在也是一样，去传素练和莲心过来。”

进忠正答应着要转身出去，忽然见外头帘影一动，一个人影闪了进来，道：“奴才李玉给皇上请安。”他跪伏在地，看了进忠一眼，沉声道，“皇上不必去唤素练了，奴才适才出去，便是听人来报说素练触柱而死，殉了皇后娘娘。”

皇帝与如懿对视一眼，从彼此眼中读到一丝震惊之色，不禁相顾失声：“素练殉主？”

李玉低首道：“是。皇后娘娘崩逝，青雀舫上本有许多事要料理。谁知忙中生乱，莲心遍寻不着素练，只好知会奴才一起寻她。就在上岸的地方有座牌坊，奴才寻着素练时，谁知她已经在牌坊的石柱子上撞死了。”

如懿望着皇帝，从他闪烁的神色里读到一丝再清晰不过的狐疑之情。那狐疑，分明也是长在自己心底的，像一根细细的毛刺，隐隐触动着细微的痛和痒："皇上，殉主是光明正大之事，素练何必悄悄儿地背着人？"

皇帝凝神片刻，问道："李玉，你让毓瑚瞧瞧素练的尸身。另则，莲心在哪里？"

李玉一壁答应着，忙回禀道："莲心不安，已随奴才过来了，正候在外头呢。"

皇帝不假思索，立时道："让她进来。"

因是皇后跟前儿得脸的宫女，莲心已经换了一身雪白孝服，罩着浅银色弹丝绣暗青往生莲花比甲，黑发用银线绾就，簪着满头白霜霜的花朵。她一张容长脸儿极淡漠，细细的眉眼低垂着，眼中虽然含泪，却并无过于悲痛之色。莲心进来行了礼，便规规矩矩跪在地上，也不起身，像是知道有话要答似的。

如懿见莲心这般，便也懒得费口舌，径直道："皇后娘娘的病不是一日两日了，你和素练同在一处，素练是否早有殉主之意？"

莲心垂首跪在地上，淡淡道："自奴婢离开王钦又回到皇后娘娘身边伺候之后，虽然还是皇后娘娘的贴身侍婢，但到底不如往日了。有什么事，皇后娘娘和素练也多避着奴婢，只叫奴婢在殿外伺候。倒是皇后娘娘这番病了之后，素练还与奴婢有些话说。"她眸光一扬，少了些低眉顺眼，一字字道，"素练说起皇后娘娘的病状，十分忧心，也曾提到家中仍有病弱老母，希望来日可以出宫侍奉左右。"她轻叹，"素练真是孝顺之人，不比奴婢无依无靠，无家可归。"

皇帝与如懿如何不懂，便是李玉亦惊呼："素练牵挂家人，怎会突然殉主？想是她知道的事多了，怕获罪才自裁倒说得过去。"

莲心跪在地上，素白的孝服掩得她身姿格外纤弱，可她的话语却是那般掷地有声，铿锵入耳："李公公这话糊涂了。素练是皇后娘娘的奴婢，她若有罪，那皇后娘娘成什么了。若想自裁，也不必惦记着家人了。"

李玉一向在皇帝面前得宠，惯是圆滑的，闻言也有些讪讪。

如懿见皇帝并不作声，只是支着额头，双眸似闭非闭，仿佛只是在听，仿佛亦只是倦了眠一眠。她如何不知其中利害，当下示意李玉出去，方才问出声："素练是否有罪，皇后娘娘做了什么？莲心，你总该知道些许。"

莲心的目光恍若一渊深潭，乌碧碧的，望得深了也不见底。她俯身叩首，郑重道："奴婢自回到皇后娘娘身边伺候，许多事奴婢因未能近身，所以懵然不知。但奴婢侍奉皇后娘娘多年，也算知道她心性。皇后娘娘虽然爱子情切将端慧太子之薨迁怒于您，但也忌惮您曾是嫡福晋的人选，许多事奴婢觉得她犯不上去做。"

如懿目光一震，只觉胸间五味杂陈，酸涩苦辣一齐逼了上来，只在逼仄的喉头涌动。与莲心的眼神短暂相接，她不自禁地缓缓摇头，莲心以她双眸的清明冷静，默然承受。良久，如懿只是轻叹："难为你肯说这样的话。"

莲心微微一笑："奴婢知道娴贵妃娘娘未必相信，连奴婢自己都不相信。奴婢活下来的这几年，只要有人有一语提到王钦，奴婢心头就会滴血。连在梦里，奴婢都会梦到那些不堪的日子，夜半惊醒。但诚如奴婢所言，皇后娘娘会因私心而行事不当，但许多事她无谓去做，更怕做了会牵连她最重视的富察氏荣耀，还有她日夜期盼的太子之位。"

这些话，如同铮铮惊雷滚过如懿的心头，一颗心惊得几乎要翻转过来。忍了这么多年，恨了这么多年，到头来若不是自己恨着的那个人，又会是谁？情思恨意千回百转，然而，这一层滋味是无法以言语尽述的。如懿的脸色像初雪一般苍白至透明，是一种脆弱的感觉，仿佛自己成了一片薄而脆的枯叶，转眼便要随着风飘散了似的。信，抑或不信，曾经以肉身和心肠所承受的种种苦楚，抵死之痛，都已经在她的身上留下了不可磨去的烙印。时光荏苒留给她的，是血肉模糊后疤痕依旧的身心和日渐趋于完美的无可挑剔的笑容。

而这些所受，来自谁，她一直以为自己是再清楚不过的。可如今，却也是糊涂到了极处。

皇帝见如懿神色恍惚，心中亦是不忍，忙伸手扶住了她道：“夜深了，你再熬着也是苦了自己，赶紧回去歇息吧。”说罢，便吩咐了李玉，殷殷送了如懿出去。

如懿才走到皇帝龙舟尾上，却见风露中宵，一位披着莲青色如意云纹披风的玲珑女子立于舟尾，遥遥望着自己，莹白面容上盈出融融笑意。

如懿原是疲累到了极处，一见她笑盈盈望着自己，不觉心头一暖，疾步上前握住她手道：“海兰，夜来风寒，怎么这个时候还过来？”

因在夜间，海兰只用一枚羊脂白玉嵌碧玺莲荷扁方松松绾着云髻，燕尾上几朵碧玡瑶珠花点缀，越发显得素雅清简。海兰垂首道：“今日自早膳后便未和姐姐说过话，心里总存着许多事，实在睡不着，便来这里等姐姐了。”

如懿替海兰紧了紧披风上的垂珠深紫缎带，嗔道：“生了永琪后一直畏寒怕风，自己也不仔细些。”她瞥一眼四周，“你若不嫌烦，今夜便在我那里住下，咱们好好儿说说话。”

海兰眼眸一转，正声道：“那是应该的。皇后娘娘崩逝，姐姐怕有许多事要照料，我只陪着姐姐，照应些微末琐事吧。纯贵妃早已守在大行皇后[①]的青雀舫上。”她忽然凝眸，伸手替如懿取过系着的青绫销金线帕子，沾了沾她额头晶莹的汗珠，取笑道，“姐姐怎么了？这会子夜寒，竟出起冷汗来了？”

如懿与她挽了手走得远些，只觉得牙关一阵阵发紧，哑声道：“她拼死不认想要害死咱们！她说不是她做下的……”

---

① 大行皇后：对刚去世的皇后的敬称。

海兰骤然停住步子，转身凝视着如懿，打断道：“就算不是她做下的事，这些年咱们受的这些苦，都和她脱不了干系！”她冷笑，“难不成她做了鬼魂，还要来找咱们分辩不成！我倒盼着她魂魄归来，与我说个明白呢！”

心头如被透明的蚕丝一缕一缕细细牢牢地缠紧，一圈又一圈，几乎透不过气来。如懿喃喃道：“海兰，我不知道自己该不该信。若害咱们的事不是她做的，那会是谁？她已经死了，高晞月也死了，我却不知道还要和谁斗下去，那人又躲在哪里？我们活在这儿，却又和草莽野兽有什么区别，夜防日斗，生死相搏，却永不知下一个对手何时会出现，何时会咬住自己的喉咙。”

“一身绫罗，不过也是享着荣华的困兽，与它们并无区别。”海兰笑色婉然，露出糯白细牙，“姐姐，爱，如果能支撑着人活得更好，那恨，于我们也是一样。无论富察氏是否做过那些事，但那些事总和她脱不了干系。做便做了，她是来不及后悔，咱们是犯不上后悔。”她以淡然的目光相望，唇角衔着一丝清淡笑意，掰着纤纤的指道，“姐姐，前头压着咱们的一个个死绝了，也该轮到我们了。”

如懿只是恍惚地笑着，一双眼藏着幽幽沉沉的心事起伏，茫然不知望向何处。这样清寒的夜里，隐隐约约有春鸟的啼啭夹杂在哭声之中，对着杨柳烟、梨花月，无端惹人悲凉。

海兰上前一步，与她的手紧紧相握：“姐姐，你应该高兴。”

须臾，如懿向上挑起的唇勉力勾勒出一朵笑纹，却清冷得让人觉得凄凉：“海兰，我恨了她那么久，如今她死了，我却不觉得高兴。死了阿箬，死了高晞月，死了富察氏，我恨着她们，算计着她们，彼此缠斗了这么多年，可接下来会是谁？我又为什么高兴？总仿佛这样的日子无穷无尽，永远也过不完似的。”

海兰眉目间清净内敛，语调却冷得如万丈寒冰：“旁人的人生可以删繁就简，安稳一世，可咱们一脚踏进了紫禁城，这一辈子就是今日重复昨日的日子，永无尽头。姐姐，你可以不恨，可以不高兴，但你得明白，我们若不努力活着，今日躺在那儿被别人哭的，就是自己。”

簌簌风露拂面，如懿立于月色波縠银光素涟之下，已无太多喜悦或是悲伤，只是有淡淡的倦，并有寒意。

龙舟殿阁中静得出奇，莲心跪在阴影里，大气也不敢出。皇帝只身长立，凝神俯视不语。莲心的身子俯得越发低了，几乎要匍匐在龙靴边上，那浅金色的靴子，黄漳绒的靴面用夹金线穿着米珠和珊瑚粒，密密匝匝。盯得久了，只觉得自己也成了那靴面上细细的一粒，一不留神便会滚落下来，踏成齑粉。

也不知过了多久，皇帝才淡淡道：“你是个聪明人，许多事应该明白。”

莲心恭谨道：“奴婢自然明白，无论奴婢是因为谁而脱离王钦的魔掌，但归根究底，能允许奴婢逃离、能放奴婢生路的，这世间只有皇上一人。若无皇上应允，什么都是虚空。”

皇帝颔首：“莲心，这便是你比旁人聪明的地方。”他缓缓论起，将阿箬与晞月昔日之言一一述说。

莲心皱眉细想了片刻，扬眉道：“皇上不觉得慧贤皇贵妃薨前说的这些话里，屡屡提到素练，却未曾提到皇后娘娘么？”

皇帝轻哂，仰首望着阁顶繁复的迷金叠彩，那细腻的金粉填在艳色的朱漆上，炫得几乎要花了眼睛：“素练比你更算是皇后的心腹，她的所作所为，难道不是皇后所指使么？”

莲心一时语塞，半晌，她摇头，咬着唇道：“奴婢不知，亦不能答。皇上方才又提起皇后娘娘用冷寒之物毒害冷宫中的娴贵妃，这事奴婢也略听过一二。但奴婢细细想去，皇后娘娘自己素日都不大留心饮食。想来皇后娘娘出身望族，哪里懂得什么食物性温性寒，便是什么蛇莓引蛇之事也是丝毫不懂。”

皇帝眸中微寒：“你是说除了素练和皇后，只怕还有人牵涉其中，背后指点？素日与皇后往来的，除了慧贤皇贵妃还有谁？”

莲心细细想了半日：“纯贵妃、嘉妃与婉常在也常常来往。皇后喜欢四阿哥，与嘉妃略亲近些，但嘉妃一向与慧贤皇贵妃面和心不和。”

皇帝的眼底闪着幽暗的光芒，旋即自己亦摇头，释然道：“嘉妃一向是个口无遮拦的，是个直性子。得罪了人也不仔细，对着朕更是有什么说什么的。纯贵妃心里只有儿子，其他也不多想。她这样直肠子的性子，想来也没什么。”

莲心静了片刻，似乎想说什么，想想却也没什么确实的疑迹，便也无言了。

皇帝神色黯然，挥了挥手：“也罢。莲心，你在宫中之事已了，朕会让你出宫安置，好好度日吧。”

莲心一怔，旋即有泪水滑落，郑重三拜，谢恩离去。毓瑚立时进来，端了一盏清茶，悄无声息走到皇帝身边，轻轻唤了一声：“皇上。”

皇帝淡淡道：“朕无须人伺候，下去吧。”

毓瑚躬身答了一句，却不退下，从袖中摸出一枚烧蓝镏金蜂点翠绣球珠花，摊开右手，平伸在皇帝跟前。

那珠花上，分明沾了一丝血痕！

皇帝的身体微微一震，原本空茫的目光骤然缩成一根锐利的银针，几乎能戳穿毓瑚弓腰缩背的身体。他的声音喑哑低涩，像生锈的铁片涩涩地挫磨：“这是朕赏给纯贵妃的！哪儿来的？”

毓瑚到底年长，见惯了御前风雷，便道：“方才奴婢去瞧素练的尸身，她额骨碎裂，说是触柱自杀可，可若说被硬按着脑袋撞上柱子也可。只是素练所死之处偏僻，平日无人会去，所以……”

皇帝冷笑：“查无可查，是不是？”

“在素练攥紧的手心里，发现了这个。”她看一眼皇帝的神色，不动声色道，“素练至死紧紧攥在手里，想是要紧的东西，奴婢不敢错了，也不敢惊动旁人，悄悄取了出来。”

皇帝的神色似是寒霜冻凝：“你做得极好。”他侧一侧脸，毓瑚懂得，将那珠花放在皇帝身后的黄花梨长桌上。她正要离去，皇帝冷冷道：“你也认得是纯贵妃的东西，是不是？”

毓瑚道：“去岁七夕，皇上特为各宫主位所制，说是不要只用主位们素日最爱的花儿朵儿，另外择了的。皇后娘娘用的是佛手花，娴贵妃是玫瑰，纯贵妃是绣球，嘉妃是栀子，愉妃是蔷薇，舒嫔是珍珠兰，每人六对，都用烧蓝镏金蜂点翠镶了南珠，做簪鬓之用。奴婢来见皇上前，特意又找内务府的人查问了一番，并无错漏。”她微微迟疑，还是道，“除此之外，奴婢也未查到什么，只是光凭一朵珠花，作不得数的。”

“一朵珠花，的确作不得数！”皇帝口吻极淡，“眼下纯贵妃在哪里？”

毓瑚顺从地答：“奴婢从皇后娘娘的青雀舫过来，见纯贵妃与嘉妃忙着置办丧仪之事呢。”

皇帝目光一凛：“嘉妃也在？”

毓瑚道：“是。嘉妃也帮不上什么，一应都是听纯贵妃的安排处置。”

皇帝的声音沙沙的：“嘉妃听纯贵妃的安排处置？纯贵妃倒厉害，朕还没吩咐，她便自己上赶着去安置大行皇后的丧仪了！连嘉妃也得听她的，好不简单！”

毓瑚诺诺应着，赔笑道：“纯贵妃年长，又有三个阿哥！嘉妃平日纵然眼高些，也分得出轻重缓急。”

皇帝忽地抿紧了唇，像是拼命压抑着某种涌动的情绪，冷冷道：“纯贵妃，倒是养着朕的大阿哥、三阿哥和六阿哥呢！”

毓瑚哪里敢接这样的话，只得屈膝道：“奴婢失言，奴婢没有诋毁纯贵妃的意思。”

皇帝摆了摆手，和言道：“毓瑚，你是从前和朕的……”他似乎意识到不对，立刻改口道，“你是和李太嫔一同进宫伺候的，年久稳重，又怎会失言？”

毓瑚答应着，见皇帝说罢，沉思着良久无言，便也福了福身告退。皇帝只盯着那枚带血痕的珠花，眼底燃起一簇火苗，渐渐燃成焚心火窟，仿佛要将那珠花烧熔殆尽，焚为灰末。

皇后临终之语犹在耳边，皇帝渐渐明白皇后的畏惧与不安。与她同眠二十二载，竟不知枕边人的心思。这夫君当得也实在不堪……自责与愧疚悔恨一缕一缕吞噬着皇帝的心。

也不知过了多久，月光慢慢移下了金丝木窗棂上蒙着的素丝云绡。那朦胧的流素清光，映上皇帝哀伤而倦意沉沉的脸。他缓缓起身，步至床榻边，颓然倒下：“皇后，要是朕疑心错了你……”他低喃，语意艰涩，“你别怪朕，你别怪……”他无声地抚着榻上一对空落落的明黄云缎桃蝠枕，微一侧首，有透明的水痕滑落。

皇帝念及皇后相伴多年，悲恸良久，命諴亲王允禄、和亲王弘昼，恭奉皇太后御舟缓程回京，自己则嘱咐了如懿与绿筠在德州料理主持皇后的丧事。

大行皇后崩逝次日，皇帝心中苦绵，忆起两番丧子之痛，哀恸不能自禁，在大行皇后所居的青雀舫上写下了痛悼挽诗：

恩情廿二载，内治十三年。忽作春风梦，偏于旅岸边。
圣慈深忆孝，宫壶尽钦贤。忍诵关雎什，朱琴已断弦。
夏日冬之夜，归于纵有期。半生成永诀，一见定何时？
棉服惊空设，兰帷此尚垂。回思想对坐，忍泪惜娇儿。
愁喜惟予共，寒暄无刻忘。绝伦轶巾帼，遗泽感嫔嫱。
一女悲何恃，双男痛早亡。不堪重忆旧，掷笔黯神伤！

三月十四，皇帝亲自护送大行皇后的梓宫到天津。本留守京中的皇长子永璜连夜策马赶来迎驾。三月十六戌刻，皇后梓宫到京，于长春宫安奉。文武官员及内外命妇缟服跪迎。皇帝辍朝九日，服缟二十七日；妃嫔、皇子、公主服白布孝服，皇子截发辫，皇子福晋剪发；满汉文武大臣一律百日后才准剃头；停止嫁娶作乐二十七日；国中所有军民，男去冠缨，女去耳环。天下臣民一律为国母故世而服丧。

这样的丧仪，是大清入关以来前所未有的隆重，而这空前的隆重还不止于此。向来后妃及王大臣凡应赐谥者，皆由大学士酌拟合适字样，奏请钦定。而皇帝根本不理会内阁，自行降旨定大行皇后谥号为“孝贤”。更晓谕礼部：“皇后富察氏，正位中宫一十三载。逮事皇考克尽孝诚，上奉圣母深蒙慈爱。覃宽仁以逮下，崇节俭以褆躬。追念懿规，良深痛悼。宜加称谥，昭茂典于千秋；永著徽音，播遗芬于奕禩。从来知妻者莫如夫。朕昨赋皇后挽诗，有圣慈深忆孝，宫壶尽称贤之句。思惟孝贤二字之嘉名，实该皇后一生之淑德。应谥为孝贤皇后。”

皇帝郑重以待，如懿与绿筠在内宫之中更是丝毫不敢放松，带领嫔妃宫人极尽哀仪。终于稍稍得空之时，海兰前来翊坤宫看望如懿，亦看望已经长得聪灵俊秀的儿子永琪。

海兰抱着永琪哄了一会儿，不觉仔细端详如懿连脂粉也遮不住的微微苍白的面色，关切道：“没想到孝贤皇后过世，皇上对丧仪这么经心，真是难得了。倒是辛苦了姐姐。”

如懿半支着身子斜靠在锦绫缎桃叶纹软枕上，翻看着丧仪用度的簿子，神色疲倦：“皇上这么经心，是真对孝贤皇后动了悔意了。”

海兰哄永琪喝着手里荷叶盏中的牛乳，笑道：“人走了茶都凉，再后悔又有什么用？”

如懿摇摇头：“皇上与孝贤皇后有过两个嫡子，虽然素日有些隔阂，但情分到底不同些。如今人不在了，自然更念着她的好处了。”

“再有什么好处，也与我们不相干。倒是皇上对姐姐另眼相看，将丧仪的事交给了姐姐和纯贵妃一并处置。我原还以为，纯贵妃有三个皇子，这次孝贤皇后的丧仪，她要大权独揽呢。”海兰见惢心半跪在榻上伺候如懿捏着肩膀，面前的桌上还搁着一碗凉了的红参茯苓汤，不觉叹气道，“这几日姐姐劳碌归劳碌，有些正经的大事，也该思量起来了。”

如懿轻轻揉着额头，看着永琪无忧无虑的笑颜，不自觉便松了口气，道：“我知道你说什么。可孝贤皇后崩逝，皇上伤心不已，不是筹谋这个事的时候。”

海兰轻声道：“姐姐不筹谋，别人可已经动了这个心思了。”

“这个心思，从孝贤皇后崩逝那一刻起，宫中就无人不动了。只是这个时候，一动不如一静。”

如懿说着，便端起跟前的红参茯苓汤正要喝，海兰忙伸手拦住，嗔道：“都放凉了，仔细喝了伤胃。”她说罢站起身来，从螺钿圆几上捧过一盏双生莲金丝盏来，“我知道姐姐累着了，这是昨日后半夜就熬着的黄芪玉真汤，拿蜜乳调的，益气补身，又能开胃。”如懿闻言粲然接过手轻轻抿了一口，低声叹道：“难为你的心思了，这些东西容易得，但是熬煮起来最费时不过，又得提前将里头用的黄芪、杏仁、甘草、茴香细细磨碎了。你又心细，不放心旁人动手，这些事必是你自己做的。”如懿端详着她眼底血丝，实在心疼，“我说你进来时眼睛红红的，你还不认。”

海兰微垂着粉白的颈，有些不好意思：“我能为姐姐做的，不过是这些微末小事罢了。风口浪尖儿上，姐姐更得仔细自己身子。”她想了想，示意惢心抱了永琪下去，“听说孝贤皇后临死前，曾举荐纯贵妃为继后。如今纯贵妃趁着这几日领着嫔妃祭拜，格外示好笼络，连嘉妃也巴巴儿地跟着她呢。”

如懿淡淡一笑，撩拨着耳朵上一串银流苏珍珠耳坠：“这是应该的。如今宫里只有我和她两位贵妃，她位分尊荣，儿子也多，又有孝贤皇后临死前的举荐，难免会动心。”

海兰比着素银镂海棠纹的护甲，有一下没一下地划着掌心："她的资本，不过是有着两个亲生的皇子，一个养子罢了。"

浅浅的笑影在如懿梨窝内一转便消逝了，她微微黯然："多好的资本啊！"

海兰轻嗤，并不十分上心："姐姐也有咱们的永琪。"

如懿看她一眼，比了个噤声的动作，生了几分寥落："永琪自然是好，可落在旁人眼里，我到底是不能生养的女人。在这宫里，孩子就是恩宠，就是依靠。我却是没有的。"

海兰有些发急："难道姐姐真的不想么？除了孝贤皇后和慧贤皇贵妃，姐姐是潜邸里出来的位分最高的人。在潜邸时姐姐是侧福晋，苏绿筠不过是格格。姐姐是满军旗出身，苏绿筠是汉军旗，这到底是不一样的。而且您出身后族，您的两位姑母都是先帝的皇后。"

如懿平静的面容上多了一分忧色："正因为如此，我才没有担当后位的资历。所谓的家世其实约等于无。无子，无家世，仅仅是出身满军旗，这能算什么。"

海兰沉默片刻，凝眉道："可姐姐，难道你不想么？不想再居于人下，不想再看旁人的脸色，不想再谨小慎微。你就是六宫之主，往大了说你是国母；往小了说，六宫这些女人再想害你，也不敢明目张胆了。"

如懿凝神须臾，素淡的容颜上闪过一丝凌厉之色："想，可光靠想有什么用？"

海兰微微露出几分喜色："那就好。只要姐姐想，那咱们就是一心的。"

如懿轻轻摇头："想归想，如今却不合适。孝贤皇后崩逝，皇上极为哀痛，这就表示皇上暂且没这个想头，咱们还是安静些好。"

海兰拈着绢子一笑，身上银白仙鹤长春素锦服的袖口便闪过一点柔软的光泽："咱们想安静，纯贵妃领着嘉妃却头一个不安静呢。"

两人正说着话，却见三宝进来禀道："小主，大阿哥来了，说是来向您请安呢。”

如懿欢喜，即刻道：“还不赶紧请进来。还有，去备下大阿哥最喜欢的点心。快些！”

海兰掩口笑道：“姐姐到底是抚养过大阿哥的，如今还这么疼爱。这些日子，好像大阿哥也来得勤了。”

正说着话，永璜便进来了，请了安道：“母亲万福，愉娘娘万福。”

海兰起身虚扶了一把，笑道：“大阿哥每每来翊坤宫，还是不忘旧日对娴贵妃的称呼，还是叫母亲呢。”

永璜有些羞涩：“儿子养在纯娘娘名下，在外不得不只称呼一句‘娴娘娘’，但在内，儿子的心还是同往日一样的。”

如懿忙扶了他起来，吩咐了坐下：“你这孩子，总也不学乖，里里外外都称纯贵妃为纯娘娘，一声额娘也不称呼，也不怕她吃心。”

永璜腼腆一笑，看着如懿的眼睛道：“儿子有额娘，也有母亲。纯娘娘自己有儿子，不会怪罪的。”

如懿闻言，心下不由得一软，疼惜道：“这些日子你领着诸位皇子遵行丧仪，也是累着了。其实你的福晋伊拉里氏去岁为你生下绵德，你更该顾着府里些。如今却只能以嫡母的丧事为重了。”

永璜谦恭道：“儿子虽然是皇阿玛诸子中第一个有孩子的，但正因如此，儿子才更要恪尽孝道，安慰皇阿玛，时时伴随在侧。”

如懿点头道：“难为你有心。我记得今日是你额娘哲悯皇贵妃的生忌，已叫人去宝华殿为你额娘送了祭品。”

永璜闻得生母之事，不觉双目盈然：“多谢母亲挂念之心，纯娘娘便不记着额娘的生忌，总在皇祖母处。额娘早走，又这般不明不白，儿臣总是难过。”

如懿听他语中颇有不满，即刻打断：“你进宫来，可先去看过纯贵妃了么？要是疏忽了礼仪，她难免会不高兴的。”

永璜忙醒过神道：“儿子已经去过钟粹宫了，但听宫人们说，纯娘娘往太后宫中去了，怕一时半会儿回不来呢。”

海兰略略惊疑：“纯贵妃这些日子常往太后跟前去么？”

永璜道：“是啊。皇阿玛膝下唯有儿子与三弟永璋最长，得忙着丧仪之事，所以纯娘娘总带了六弟去太后宫中问安，太后也比从前更喜欢六弟和纯娘娘陪着了呢。”

海兰脸色微微一沉，旋即笑道：“中宫崩逝，太后难免郁郁不乐，有纯贵妃这番孝心自然是好的，只是咱们都没想到呢。”

永璜略坐了坐，便起身告辞了。如懿知道他是长子，丧礼上许多事离不开他，因此很得皇帝重用，便也不留他，又嘱咐了道：“你是你皇阿玛的长子，多少眼睛看着你呢，自己仔细些。”

永璜颇有几分自傲：“儿子知道。此刻正是宫内宫外要用儿子这个长子的时候，儿子定当十分尽心。”

如懿见他言语间颇有得色，原本想多叮嘱几句，也说不出来了。倒是他走后，海兰道：“如今看永璜和从前不一样了，常常把长子两个字挂在嘴边呢。”

如懿轻叹道：“也难怪他。谨小慎微了那么多年，皇上一心只想着立嫡，他这个长子从来不受重视。如今能被皇上这样倚重，自然是高兴的。”

海兰带了一点意味深长的笑意：“古来立太子，不是立嫡就是立长，再来就是立贤。皇上所有的儿子里，只有永璜成年，又生了儿子让皇上做了玛父①，是占尽天时地利了。”

如懿沉默片刻，抬眼已多了几分忧虑：“人贵自知，但愿永璜明白有利之处也有弊。”

说罢，海兰和如懿看了看时辰，也预备着更衣往长春宫中去守丧。

---

① 玛父：满族对祖父的称谓。

彼时玉妍正怀着她的第三个孩子。自在乾隆十一年七月生下永璇后，如今不过一年多，她又有五个多月的身孕，可见圣眷之隆。可饶是如此，她却不甚高兴。原来皇帝已经和她说起，北族老王爷病重，恐怕撑不到夏天了。老王爷一旦过世，世子顺理成章继承北族王位自然是喜，可玉妍又多了另一重心事。她来大清之前，原与世子情投意合，无奈实在貌美出众，才被送来大清。如今后宫正主去世，后位空悬，世子私下也催得紧，希望他为北族王爷之时，也是玉妍成为大清皇后之日。

如此沉沉心意，她如何不感动，不觉痴痴道："他是北族的王爷，我就会成为大清的皇后。只不过啊，在我心里，做北族王妃可比当什么劳什子大清皇后美满多了。"

贞淑知她多年心意只在世子身上，纵然皇帝风流，她这般得宠，也未曾入眼入心，心之所系，唯世子一人。如此相思煎熬，又不能诉之于人，才熬得口齿一日比一日尖酸。贞淑柔声劝道："从前的遗憾您别想了。孝贤皇后过身，只有纯贵妃和娴贵妃二人可堪与您匹敌了。"

玉妍起身，抚着肚腹，傲然道：“娴贵妃无子，又是景仁宫之后，不值一提。纯贵妃胜在有三个儿子，我偏要让这个成为她的致命弱点。”

贞淑轻轻搭上她的手扶住：“奴婢永远帮着您，完成您和世子的心愿，北族上下的心愿。”

慈宁宫中安静得如一潭碧波沉水，连光影也悠悠晃晃，成了水波涟漪半透明的影子。福珈放下暗银色乌金团寿软帘，悄然躬身走到太后身边。太后闭目静坐：“送走了？”

福珈道：“是。”

太后轻轻笑叹了一声：“从前不大见纯贵妃，总觉得她安静不多话，也算是个贤惠人。如今来慈宁宫多了，仔细相处起来，还真有点笨笨的，和她说话是有些累。”

福珈点上了一支翡翠镶金嘴水烟袋送到太后手里，笑道：“宫里都是聪明人，难得有个笨笨的也好。光和聪明人打交道，奴婢这样的蠢人听着费脑子。”

太后哧地一笑，瞟着她道：“你也觉得这样的人不错？”

福珈道：“太后圣明，什么都在太后预料之中。只是娴贵妃也算是个有孝心的了，这些日子太后反而淡淡的，不太理她。”

太后吸了一口水烟袋，沉默片刻道：“孝贤皇后一走，宫里迟早得选继后。娴贵妃性子刚烈，透着聪慧劲儿。可她是景仁宫的侄女，哀家可以看她做贵妃哪怕皇贵妃，但不愿她成为未来的皇后。”她缓一缓，隐然苦笑，“福珈，哀家是不是终究太小心眼了？”

福珈含笑道：“谁心里没个过不去的坎儿呢？奴婢明白您心里的坎儿。纯贵妃是个好性子，而且子嗣多。还是孝贤皇后临终前亲自向皇上举荐的。”

太后长叹如幽微的风：“不怪哀家要偏心些。说到底，娴贵妃也是吃了没孩子的苦头。看着永琏和永琮夭折后孝贤皇后的那个样子，你就知道在宫中有个亲生儿子是多么要紧的事。哀家就是吃亏在这点上，所以一把年纪了，还要费心费神，未雨绸缪。”

福珈忙道：“孝贤皇后过世，皇上只顾着伤心。等皇上把前朝料理干净，后位也定了，太后就能放心了。”

太后点头道：“但愿如此。皇帝已经够聪明精干了，若皇后还是伶俐透了的人，哀家就有的受累了，还不如乖乖笨笨的就算了。且你以为孝贤皇后有多真心举荐纯贵妃，不过也是为着这样罢了。”

如懿到了长春宫中，绿筠已经领着命妇们按着班序站好，一切井井有条。一众嫔妃命妇围着绿筠众星捧月似的，绿筠也格外地仪态万方，恰如副后一般。玉妍陪在绿筠身边，脸上仍挂着奉承的笑意，谦恭无比：“幸好一切有纯贵妃打点，才妥妥当当，没什么差池。若换了旁人，定是不成的。”

其中一个命妇道：“嘉妃娘娘说得是。太后不也对纯贵妃娘娘赞不绝口么？且看三阿哥稳重有礼，一看便知是纯贵妃娘娘教导有方。”

玉妍本有着身孕，体态慵憨，闻言便支着腰身笑道：“可不是嘛，三阿哥是贵妃姐姐亲生的，自然不必说，便是大阿哥，得贵妃姐姐抚养，也是调教得极能干的呀！”

另一常在道：“大阿哥是皇上长子，自然更要有所承担些。也亏得纯贵妃娘娘多年来悉心照顾呢。”

海兰与如懿听着她们嘤嘤呖呖地说话，不过相视一笑，便站到了自己的位子上，向着孝贤皇后的灵位跪下行敬酒礼。如懿与绿筠并排跪着，绿筠敬完酒，低声向如懿道：“听说方才永璜又去看过妹妹了？”

如懿淡淡笑道：“永璜先去了钟粹宫，姐姐不在，所以去了我那里。略坐坐就走了，哪里谈得上又去看过？”

绿筠似笑非笑：“到底妹妹是抚养过永璜的，难怪永璜老这么惦记着。我就不一样了，呕心沥血抚养了那么多年，知冷知热的，怕人闲话说不疼永璜，比对自己的阿哥还上心。闹了半日，还是不如妹妹。”

如懿的口气极温婉，含了几分谦逊之色，道："我只抚养了永璜那么点时候，永璜就惦记着，别说姐姐你这么对永璜用心。永璜是个有孝心的，姐姐放心就是。"

绿筠穿着一袭浅银色夹玫瑰金线云锦宫装，裙摆用深一色的银线夹着玄色丝线密密绣着团寿纹样，满头白纷纷珍珠流苏如寒光轻漾，在殿中光线掩映之下，更显冷清，恰与她此时疏远与不信任的语调一般："永璜有没有孝心，果然是娴贵妃知道更多。我这个做养母的，到底是白心疼了。"她长长地叹一口气，"只是没有自己的儿子，孝贤皇后走下来的地方，就别痴心指望着了。不孝有三，无后为大啊。孝贤皇后不也是因为这个羞愧而死的么？"

如懿回过首，见永璜与永璋并肩而立，领着诸位阿哥在灵前尽孝，端然是长兄风范，十分引人注目。连永璜的福晋伊拉里氏亦十分得体，领着诸位同辈的福晋，进退得宜。

玉妍跪在绿筠身后，听见二人这般低声言语，眼瞅着妃位以下的嫔御们都退得远了，不觉抚着高高隆起的肚子慵慵笑道："娴贵妃不是好歹还抚养着永琪么？怎么看着旁人的孩子那么眼馋，连纯贵妃的养子您瞧着也是好的。其实您也不怕，不过才过了三十一岁的生辰，便要拼着力气生养一个，也是不难。到底，孩子还是亲生的好啊！"

如懿听玉妍尖酸，便淡淡道："是啊。不经嘉妃提醒，我总都忘了自己已经年过三十。其实细算起来，咱们姐妹都是差不多的。嘉妃不也三十六岁了嘛，这样怀着身孕，还要按着规矩行祭礼，真是辛苦了。"

玉妍与绿筠都是康熙五十二年生的人，足足比如懿大了五岁。若要拿年纪来细论，她们自然是论不过如懿的。海兰跟在如懿身后，笑得轻巧和婉："其实细论起来，咱们的年纪都大过了娴姐姐，只不过娴姐姐的位分比我与嘉妃高，所以咱们都得称呼一声姐姐。宫里嘛，总是先论位分，再论年纪的。"

海兰本就是和声细语的人，说得又在情理之中，玉妍虽然不忿，但也不能驳嘴。正巧意欢敬香上前，听得几人言语，细巧的眉眼斜斜一飞："其实娴贵妃客气了。论起在潜邸的位分，纯贵妃是格格，娴贵妃是侧福晋，如今虽然都是贵妃了，但到底还是根基有别的。娴贵妃由着纯贵妃称呼一声妹妹，固然是年纪轻些的缘故，但到底位分搁在那儿呢。"

绿筠口齿本不及意欢伶俐，如今听她掀起旧事来，只得讪讪不语。还是一同出身潜邸的婉茵打圆场道："纯贵妃和娴贵妃哪里会计较这个。嫔妾记得刚进紫禁城那会儿，纯贵妃的三阿哥突然要被抱去撷芳殿养育，纯贵妃伤心起来，连夜找的第一个人就是娴贵妃呢。两位贵妃这样亲近，一句半句的姐妹称呼，算得了什么呢？"

绿筠脸上有复杂的神色一闪而过，只是垂眸恍若不闻。

如懿有一瞬的恍惚。那样的亲近，是许多年前的事了吧？她和绿筠算不上什么至交密友，但论起来潜邸诸人中，除了海兰，便是与她亲近了。当年困窘尚可彼此相依，如今大家同为贵妃，反而彼此不能相容了么？她看着孝贤皇后乌木漆金的棺椁，这么多年，她害得自己一直没有子息，身体流转的血液里都带着她精心布置的零陵香气息，害得自己做不得一个母亲，一个完整的女人。琅嬅一次次意图逼自己入死地，真的，恨了那么多年，连如懿自己都觉得，这样的恨已经成了一种深深的习惯，深入骨血。

可此刻，琅嬅穿戴着整齐而华丽的皇后冠服，静静地躺在棺椁之中，接受着天下臣民的哀哭与追忆。

是，高晞月已死，琅嬅已死。那些让她警惕的女人，都成了一抔黄土、红颜枯骨。可她却不能松一口气，新人在不断地出现，旧人们也丝毫不肯放松。皇后死前的暗潮汹涌一派和睦终于随着她的死分崩离析，连胆小如苏绿筠，都可以对她冷嘲热讽、赤眉白眼，来日皇后之位虚位以待，尚不知要生出何种事端？

而她乌拉那拉如懿，她算什么呢？不过是无子、无家世，只依靠着一息微薄的宠爱而生存的女人。而这宠爱，是多么渺茫，仿佛琅嬅灵前跳动的耀目烛火，一阵轻轻的风，都可以肆意扑灭。

她是太知道“恩宠”了。从阿箬的死、晞月的死，到今时今日死去的琅嬅，无一不是受过皇帝的宠爱，并且仿佛身后还享受着这样的宠爱。

她实在是太懂得了。因为懂得，所以彻骨寒凉。

趁着祭酒礼歇的一刻，绿筠与如懿听着各宫各处的太监宫人们来报上琐事。海兰跪得久了，只觉得膝头酸麻不已，见别的嫔妃们并无进偏殿歇息的样子，便招了招手示意叶心带上药酒，跟着自己往偏殿去。

叶心扶着她出来，低声道：“小主的膝盖不好，经不得这样长跪呢。”

两人正说话，如懿恰好扶了惢心出来，打算往偏殿更衣，见了海兰便道：“是不是膝盖受不住了？你先去偏殿歇一歇，我叫人端碗八宝甜汤来给你，再涂点药酒。”

海兰摆手道：“生了孩子之后到底是不如从前了。姐姐悄声些，别让人拿住了话柄说我不敬孝贤皇后。”

海兰这样的话不是没有道理，孝贤皇后死后，皇帝很是哀痛，脾气也喜怒无常，前两日便因前朝的几位大臣在丧礼上不够悲痛，便立刻施廷杖打死。如果旁人知道海兰因为跪在孝贤皇后灵前而犯了膝头酸痛，不知又有多少是非呢。

如懿知她言下之意，叹道：“皇上如今的脾气……罢了，孝贤皇后过世，皇上失了结发妻子，到底是伤心的。”

海兰冷笑一声：“生前不见得怎样，如今倒成了恩爱夫妻了。孝贤皇后若地下有知，会不会嫌自己弃世太晚，不能早些得到这样的尊重恩情？”

如懿看了看四下，比起手指轻嘘一声：“说话越发任性了。”

海兰一脸通透：“我这样的人还怕什么呢？不过是看穿了姐姐看不

穿的宠爱罢了。”

如懿正挽着海兰的手要进偏殿，忽然听得里头有窸窣的低语声。二人见有人在，一时也不便进去，正转身要走，却听得依稀是永璜和福晋伊拉里氏在说话。

伊拉里氏温声软语劝道：“爷累了这么几天，喝点参汤提提精神吧，妾身已经准备了热水，爷敷敷脸，精神些。”

永璜似乎很不耐烦：“弄这些劳什子做什么？我得赶紧去皇额娘灵前守着。皇额娘崩逝，弟兄之中唯我居长，这一时半会儿，缺了旁人尚可，我这个长子不在，像什么样子。”

伊拉里氏很是心疼：“爷这辈子就是被长子两个字困住了。您不是铁打的人，但凡多歇一歇又怎么了？一得空还得往娴娘娘那里跑，她只是您曾经的养母，您好歹得顾着纯娘娘的面子啊！”

永璜冷笑：“纯娘娘有她亲生的儿子，哪怕为我娶亲，也只选了你这样伊拉里氏出身的小姓小族。历来皇子所娶的正室福晋可多出自满洲八大姓氏的！”

伊拉里氏似乎是嗫嚅：“纯娘娘想着亲上加亲……”

永璜不耐烦地打断：“亲上加亲固然好，但说来终究是门第姓氏最重要了。你啊别凡事亲近纯娘娘。她满心里只有自己的儿子，也不是真心疼你这个远亲。”

伊拉里氏怯怯的，连声音也不敢高：“您的话妾身记下了，不敢和纯娘娘多走动。”

永璜很是懊恼叹息：“人哪，终究是要靠自己的。我小时候差点被皇额娘派人害死在撷芳殿。要有她在，我终究没有爬上去的一天。”

伊拉里氏思忖着小心道：“皇额娘崩逝，后位左不过是落在纯娘娘、娴娘娘或嘉娘娘身上。爷可要看准了是谁。”

永璜道：“纯娘娘要是当了皇后，她的儿子就成了嫡子了。我还能有指望么？娴娘娘……母亲她没有儿子，我多多提着她当年的抚养之情，会比不上永琪那个乳臭未干的小子？即便母亲当不上皇后，只要她多向皇阿玛提着我是长子的事，我争太子之位也多些胜算。”

伊拉里氏道：“说来，到底是娴贵妃更疼爷些。”

有片刻静寂，仿佛昔日的温情再度流转其间，然而这样的幻象亦如天际辉丽的彩虹，转瞬消失不见。永璜似是在冷笑：“疼不疼的，谁知道呢？不过是彼此看着还用得上，多多利用罢了。我在这宫里长到这个岁数，难道还不懂这些？什么亲情孝义，都是假的！只有当上太子，大权在握，才是最真的。”

似乎是伊拉里氏唯唯诺诺的应答声，永璜长长地叹了口气：“手头事多，傍晚得闲，我得去宝华殿上香，今儿是额娘的生忌。说来我额娘死得太冤屈！”他似是有些哽咽，“我额娘，死得冤屈！”

伊拉里氏道：“听说一早娴娘娘与嘉娘娘都让人送了祭礼去了。等会儿妾身和您一块去。”

永璜道：“你我同去太过点眼，免得被人拿住话柄说不敬嫡母。我自己去一遭便好。”

他说完，里头再无声音。片刻，有脚步声逐渐迫近，继而开门声响起。如懿与海兰站在阶下，指着远处的宫殿似乎说着什么。永璜见了她们，便是一脸孝和谦恭的样子，拱手道：“母亲好，愉娘娘好。”他似乎有些紧张，“两位娘娘怎么在这里？”

如懿从容笑道：“本宫正和愉妃说，从长春宫这里望出去对面的琉璃瓦颜色特别亮，在丧仪期间似乎不太合适，得蒙上白布才好。”

永璜松了口气：“那儿子立刻去办。”

他说罢，匆匆离去。

檐外有细雨蒙蒙，三月的紫禁城仿佛融在了暗灰色的烟雨之中，一片哀色凄凄。如懿轻声呢喃，似是问海兰，亦是自问：“海兰，我真心疼过的孩子，怎么会变成这样了？”

海兰对如懿的伤心全然不以为意：“皇家的孩子，以后都会长成这个样子。我倒觉得，这样的永璜更像一个皇子。”她看着如懿，伸手替她挡住被风扑进的蒙蒙银丝，“姐姐很伤心么？”

如懿伸出手，接住细细的雨丝，那种湿润，好像是泪，落于掌心：“永璜，毕竟是我真心疼爱过的孩子。在我没有孩子的日子里，我一直把他当成自己的孩子。”

海兰的声音薄而细韧，仿佛一条拉长的细线，截断细雨如丝的伤感：“姐姐疼爱永琪么？或许有朝一日，永琪也会变成永璜这个样子，不如我们预期中长大。兄友弟恭，父慈子孝，在这宫里不过是个笑话，不过是死后写进功德里的溢美之词。来日永琪会有自己的心思自己的想法，甚至有更想得到的东西。这世间多的是母子失和、夫妻离心，所以，母子也好，夫妻也罢，这种到头来或许都会疏远的感情，比不上我们姐妹彼此风雨多年的情感。姐姐，或许哪一日，永琪有了自己的亲人，皇上也彻底不再宠爱我们，那么只有我和你，继续相伴深宫岁月，一如从前。”

海兰的语气里有深深的依赖，然而如懿的心思却在细雨绵绵中飘摇着疑惑不定：“海兰，我从未问过你，为何你对世间的情爱，这么不能相信？”

海兰的眼角闪过一点晶亮的泪光：“姐姐，你知道我的阿玛和额娘是怎么死的么？我额娘与阿玛在年轻时也算是恩爱亲密，可有一日我额娘红颜不再，阿玛喜欢上别的女子，我额娘不能忍受，彼此争执之时失手刺死了阿玛，然后悲愤自尽。我自小被寄养在伯父家长大，所以一直认为，再相爱又如何，到最后因爱生恨的太多太多，与其如此，还不如不曾恩爱。世间的男欢女爱，不过是皮肉交合，实在是不可依靠的。”

如懿默然，只是轻叹一声：“只是海兰，什么都不相信，会不会太空虚，像找不到依靠？”

海兰轻笑，眼中有深深的依赖：“姐姐，我相信你啊。”她紧紧靠着如懿身侧，“所以姐姐，无论我做什么，你都要相信我。”

如懿温然颔首，一任雨丝凄凄拂上身来：“是，我都相信。”

海兰轻声道：“姐姐，从冷宫出来后，你一直很想劝自己不要去多想，只要相信皇上就好。可一个人这样劝自己，她本身就已经是开始不相信了。对么？因为你知道，哪怕皇上为你做了很多，但他可以为了稳定后宫和朝局就把你送进冷宫，这样的男人，本来就是不可依靠的。”

如懿闭上眼睛，以此来拒绝眼前的虚空：“海兰，不要再说了。”

海兰懂得地点点头：“那我说另一件事。纯贵妃志在后位，如今又和慈宁宫走得近。咱们得想想办法了。”

有冰冷的感觉蜿蜒心上，如懿霍然睁开眼：“她最大的胜算，就是子嗣。”

海兰扬起唇角优美的弧度：“她最有利的是什么，我就得把它变成最不利的。”

如懿颔首，然而微有迟疑：“但永璜不是她的胜算。哪怕他再不好，别动他。”

海兰笑了笑，伸手仔细拂去她仙鹤衔梅素白银线锦袍上沾上的晶亮雨丝：“姐姐到底还是心疼永璜。”她轻舒一口气，“眼下姐姐在风口浪尖上，凡事不动为妙，一切有我。”

如懿看着帘外细雨阑珊，拂去鬓角雨丝，恍若无心：“如今，皇上最忌讳的可是举丧不哀。咱们去偏殿上了药，就赶紧回去吧。”

如懿回到殿中，绿筠正与玉妍着人派发午后歇息时喝的银耳莲子羹，福晋命妇们仿佛预知绿筠日后可能会有的荣华锦光，亦格外奉承，直如众星捧月一般。相形之下，缓步入内的如懿则显得冷清许多，除了意欢、嬿婉和婉茵，便少有人笑脸相迎了。如懿不知为何众人变数这样快，还是意欢忍不住说了一声：“方才太后来过了，体恤福晋们守灵辛苦，所以亲自送了银耳莲子羹来，并嘉奖纯贵妃守丧辛苦却事事妥帖，有大家之风。又说三阿哥虽未成年，却很能照顾几位幼弟，也十分能干。”

孝贤皇后死后，后宫中本已暗潮汹涌，太后如此褒扬，无疑是在立后的立场上更偏向于绿筠了，众人如何能不见风使舵，处处恭维纯贵妃。

嬿婉与几位答应、常在围着绿筠和玉妍热络地说着什么。嬿婉小心替绿筠拂着衣角的尘灰：“贵妃姐姐仔细脚下，您这么精致的衣袍，沾了尘灰就不好了。”

绿筠不以为意地笑笑，坦然接受她的殷勤，口中道：“这些事交给宫人们打理就是了，令贵人不必如此。”

嬿婉蓄足了满脸笑意，正要搭腔，却听玉妍冷不丁儿笑了一声，扬着手中的杏子绿百绦绢子道：“纯贵妃姐姐不必担心，令贵人原是我的宫女出身，做这些事最合宜了。”

嬿婉如今也算得宠，听了这话脸色唰一下白了起来，又见众人皆捂着口笑看她，越发臊得无地自容，只得讪讪收手避到人后。

玉妍鄙夷一笑，越发与绿筠聊得热络，一双手蝶舞似的翻飞着：“我这怀的也不知是个阿哥还是公主，我瞧着姐姐的四公主真是好，满心羡慕。太医也说这一胎象是女胎呢……我只求啊，若是个阿哥能有姐姐的三阿哥一半争气就好了……”

二人说起孩子来，又是扯不完的话。玉妍又一意奉承着绿筠，哄得绿筠几乎合不拢嘴，亲热地与她牵着手推心置腹。

意欢远远看着，撇了撇樱桃唇道：“一个乐得被巴结，一个嘴上不留德。”

如懿比了个轻嘘的手势，低声笑道：“就你脾气最好！最不是古怪性子！”

意欢拈了水蓝色打黄莺儿八宝瓔珞绢子一晃，轻嗤一声：“我知道自己什么古怪脾气，左右和她们不一样就是了。”说罢荷惜便来请：“小主，该到吃坐胎药的时候了。”

如懿微微诧异：“我记得这些日子皇上并不曾召幸啊，怎么你还吃这个药？”

意欢脸上腾地一红，便有些不好意思：“从前是按着侍寝次数赏的坐胎药，如今大约是盼子心切，我求了皇上两次，便按着每日都送来了。”

如懿知道端的，又实在不能说破，勉强含笑道：“无论是坐胎药也好，还是什么，是药三分毒，不吃也罢了。当年慧贤皇贵妃求子心切，也是常常吃坐胎药，却没什么效力。可见什么都是假的，唯有恩宠才是真的。”

意欢的唇角蕴了一点甜蜜的笑色：“其实我也知道药未必有效，但……”她向来冷冽的脸庞上全是甜而柔的红晕，恍若冰雪初融，关容春晓，“但皇上对我好，心疼我，我都是知道的。”她说罢更是含羞，忙扶着荷惜的手走了。

如懿怔在当地，不知自己脸上的表情是喜是悲。她是知道的，唯有她知道，皇帝知道，齐汝知道。可谁都不会说，不会告诉她。这样的心疼，这样的好，背后是怎样的不堪入目？她唯有闭上眼睛，不可说，不能看，不去想，只当自己是混沌泥潭里的一块污浊，同流合污下去。唯有这样，才是保全了意欢含糊而温柔的一点绮梦。

海兰看她怔在那儿，便牵了永琪过来道：“姐姐，你瞧着舒嫔做什么？”

如懿醒过神来，忙笑道：“没什么，原是有些乏了。”她看海兰牵了永琪过来，便问，“怎么了？要带永琪出去？”

海兰满脸不放心：“方才听永琪有两声咳嗽，我带他去太医院瞧瞧，看要不要喝点枇杷露。”

如懿疼爱地抚了抚了永琪的脸，道：“那快去快回，路上别着了风。”

海兰出了长春宫，便牵着永琪往西长街上走，因居丧不便，只一个亲近的乳母和叶心跟着。才走到储秀宫后头的拐角处，却见永璋也匆匆往太医院方向走过来，她索性立住脚，扬声道：“永琪，现在额娘嘱咐你的话，你可要好好听着了。”

永琪似懂非懂地睁大了眼睛，道：“是。”

海兰朗声道：“永琪，后天你皇额娘的梓宫要奉移景山观德殿暂安，那天是大礼，你可万万记得，一定不能哭，不能伤心，知道么？”

永琪疑惑道：“可娴贵妃额娘嘱咐，是一定要很伤心地哭，否则皇阿玛会生气。”

海兰弯下腰，神神秘秘道：“平时是这样，可到了后天，娴贵妃额娘也会这样嘱咐你。那天所有的阿哥公主都会去哭丧，谁都会哭得很伤心。只有你一个人镇定自若，一点也不哭，你皇阿玛便会对你另眼相看。因为你是在所有痛哭流涕沉浸于悲哀的人中，唯一保有清醒与理智的一个。”

永琪的眼神有些迷茫：“额娘，为什么？”

海兰郑重道：“因为对你皇阿玛而言，不仅失去了你皇额娘，也失去了你七弟这个嫡子。所以对他而言，得到几个孝子不是最要紧的，最要紧的是得到一个不为悲喜所左右的未来的太子，你懂么？”

海兰转过头，见到永璋便立在不远处，似乎在侧耳倾听她与永琪的对话。海兰立刻有几分慌张不安，紧紧牵过永琪的手将他掩于身后，有些尴尬地道：“三阿哥，你怎么在这儿？”

永璋不以为意地笑笑，谦恭地行礼：“愉娘娘万安，五弟好。”

永琪亦规规矩矩叫了声“三哥”。永璋摸了摸他的额头，笑道：“儿臣见几位弟弟因为劳累都起了口疮，想着接下来还有奉移梓宫的大事，可不能累坏了身子，所以想去太医院取些金银花来煮水给弟弟们喝。”

海兰不自在地摸着鬓角一朵雪白的海棠花：“三阿哥真是有心。到底是纯贵妃教养出来的好孩子。”

永璋摆手道：“愉娘娘过奖了。那儿臣先行一步。”他侧身，意味深长地看了永琪一眼，含笑离开。

永璋打点完一切，回到绿筠宫中。他一见绿筠，哪里还按得住脾气，便将海兰叮嘱永琪之语悉数告知了绿筠。绿筠冷笑道：“我原当愉妃是个安分的，原来却动了这个心思。本还以为娴贵妃打的是永璜的主意，如今看来，是我们太小瞧她的心胸了。”

永璋迟疑：“那额娘的意思是……”

绿筠爱惜地抚了抚儿子的辫发，替他整好衣衫：“好儿子，永琪还小，能有多大的心思。即便是不哭装出一副大人腔调，别人也只当他发呆不懂事罢了。你好好学着点，永琪即便不哭，额娘也有本事让他哭了就是。”

永璋松一口气：“多谢额娘替儿子筹谋。”

绿筠心疼道：“你这孩子，跟额娘说起这样见外的话来了。额娘不疼你，还能疼谁。永璜虽然也寄养在额娘膝下，但到底不是亲生的，额娘疼他也是顾着面子罢了。好儿子，除了永璜，阿哥里就数你年纪最长。你是有额娘的，额娘熬到贵妃这个位分上，一切都是为了你，掏心挖肺也是愿意的。你就好好替额娘争口气，得了你皇阿玛的欢心，当上太子就好了。何况，咱们还有孝贤皇后临死前的一份举荐呢，更要好好用心。”

永璋肃然道：“额娘放心，额娘的心愿就是儿子的心愿。那日儿子还会好好劝慰皇阿玛的。”

绿筠笃定笑道：“这就好了。额娘已经告诉过你，嘉妃便是个聪明人，事事都奉承着额娘。她虽得宠，但到底是北族贡女，一辈子也指望不上皇后之尊，只要她和咱们一心，你也多一层保障。”她的口气愈加隐秘，“至于永璜，皇上器重他让他主持丧仪，可他到底不经事，你万万留心他的一举一动，但凡拿到错处，便好办了。”

永璋顽皮一笑：“额娘舍得？”

绿筠有些难言的伤感：“额娘胆子小，也心软，永璜到底也是额娘的养子。”她顿一顿，深吸一口气，“可为了你，额娘什么都舍得。”

母子俩关上殿门，愈加密密筹谋起来。

海兰候了永琪从太医院回来，便领着他往养心殿去。才到了阶下，李玉便先迎上来，含笑道：“愉妃娘娘怎么带五阿哥来了？下了雨路滑，您小心脚下。”

海兰含了极谦和的笑，那笑意是温柔的，含了两分怯怯，如被细雨敲打得低垂下花枝的文心兰，柔弱得不盈一握：“永琪有两声咳嗽，但还惦记着皇上，一定要过来请安。本宫拗不过，只好带他来了。”

李玉向着永琪赔了个笑：“五阿哥真是孝心！”他有些为难道，“愉妃娘娘，皇上这几日痛心孝贤皇后之死，除了纯贵妃和娴贵妃，还有大阿哥和三阿哥，几乎未见其他嫔妃和阿哥，恐怕……”他垂下眼睛不敢说话。

海兰会意，幽然叹道：“皇后仙逝，本宫也伤心。但皇上总得当心龙体才是啊，否则咱们还哪里有主心骨呢。”她摸了摸永琪的头，“罢了，你皇阿玛正忙着，咱们也不便打扰。你去殿外叩个头，把额娘炖的参汤留下便是了。”

永琪乖巧地点了点头，快步走上台阶，在廊下跪倒，磕了头，朗声道：“皇阿玛，儿臣永琪来给皇阿玛磕头。皇额娘仙逝，儿臣和皇阿玛一样伤心，但请皇阿玛顾念龙体，不要让皇额娘在九泉之下担心不安。请皇阿玛喝一点儿臣炖的参汤，养养神吧。儿臣告退。”永琪说完，认认真真地磕了三个头，直磕得砰砰作响，方恭恭敬敬退开了。他才转过身走下台阶，只见身后紧闭的朱漆雕花殿门豁然洞开，皇帝消瘦的身影出现在眼前，伸出手道：“永琪，过来。”

海兰低首，一双翠绿梅花珍珠耳环碧莹莹地扫过雪白的面颊。她露出一丝淡而浅的笑意，恭谨而温顺。永琪赶紧跑到皇帝身边，牵住皇帝的手，甜甜唤了一句：“皇阿玛。”

皇帝连日来见着两个皇子，说的都是规矩之中的话，连安慰亦是成人式的，早就不胜其烦。听了这一句呼唤，心中不觉一软，俯下身来道：“你怎么来了？”

永琪垂下脸，似乎有些不安，很快伸出手擦了擦皇帝的脸，道：“皇阿玛，您别伤心了。您要伤心，永琪也会跟着伤心的。”

皇帝脸上闪过一丝温柔与心酸交织的神色，慈爱地揽过永琪的肩膀：“永琪，带了你的参汤进来。”他看了在廊下独立的海兰，穿着一袭玉白色素缎衫，领口处绣着最简单不过的绿色波纹，下面是墨绿洒银点的百褶长裙，十分素净淡雅，发髻上只戴了一枚银丝盘曲而就的点翠步摇，一根通体莹绿的孔雀石簪配上鬓侧素白菊花，单薄得如同烟雨蒙蒙中一枝随风欲折的花。皇帝虽久未宠幸海兰，也不免动了几分垂怜之意：“愉妃，你来伺候朕用参汤。”

海兰温顺得没有任何多余的表情，走到皇帝身边，掩上殿门。殿中十分幽暗，更兼挂满了素白的布幔，好像一个个服丧的没有表情的面孔，看起来更是有一种难以言喻的死气沉沉。皇帝脸上的胡楂多日未刮了，一张脸瘦削如刀，十分憔悴。

永琪与海兰跟着皇帝进了暖阁，见桌上铺着一幅字，墨汁淋漓，想来是新写的。海兰柔声道：“皇上，殿中这样暗，您要写字，臣妾替您点着灯吧。”

皇帝哑声道：“不必了。孝贤皇后在时十分节俭，这样的天色，她是断不会点灯费烛火的。”

海兰道了“是”便安静守在一旁：“皇上写的这幅字是给孝贤皇后的么？”

皇帝颔首：“是给孝贤皇后的《述悲赋》，一尽朕的哀思。”皇帝看着永琪，“你说这参汤是你给朕炖的，那你告诉朕，里头有什么？”

永琪掰着手指头，认真道：“这道参汤乃紫丹参炖成，配天冬、竹叶、栀子、红枣，入口甜苦醇厚，有降火宁神、益气补中之效。”

皇帝奇道：“入口甜苦醇厚？你替皇阿玛喝过？”

永琪仰着天真的脸，拼命点头道：“是啊。《二十四孝》中说汉文帝侍奉生母薄太后至孝，汤药非口亲尝弗进。儿臣不敢自比汉文帝，只是敬慕文帝孝心，所以儿臣准备给皇阿玛的参汤，也尝了尝，怕太苦了皇阿玛不愿意喝。”

皇帝颇为欣慰：“好孩子，朕果然没有白疼你。”皇帝由着海兰伺候着盛了一碗参汤出来略喝了两口，“《二十四孝》的故事你已经读得很通了，是个有孝心的孩子。”

永琪坐在皇帝身边，懵懵懂懂道：“皇阿玛，《二十四孝》儿子都明白了，可今天大哥说了一个什么典故，儿子还不大懂，正打算明日去书房问师傅呢。”

皇帝漫不经心，随口道：“你大哥都忙成这样了，还有心思给你讲典故？说给朕听听。”

海兰忙道：“是啊，有什么不懂的，尽管问你皇阿玛。你皇阿玛学贯古今，有什么不知道的，哪里像额娘，一问三不知的。”

永琪便道：“今日儿臣在长春宫向皇额娘尽哀礼，后来咳嗽了想找水喝，谁知经过偏殿，听见大哥很伤心地说什么明神宗宠爱郑贵妃的儿子朱常洵，不喜欢恭妃的儿子朱常洛，还说什么明朝有忠臣，所以才有国本之争[①]，自己却连朱常洛都不如。儿臣不知道大哥为什么这样伤心，朱常洛又是谁，大哥怎么拿他和自己比呢？不过儿臣还听见大哥跟大嫂说话呢，不敢多听就走了。”

皇帝轩眉一皱：“既是在给你皇额娘尽哀礼，他们夫妻俩又窃窃私语什么？”

永琪掰着手指头，稚声稚气道：“不是窃窃私语。大哥说‘皇额娘崩逝，弟兄之中唯我居长，自然要多担当些’。儿臣觉得大哥说得没错呀！”

皇帝缄默不语，面孔渐渐发青下去，如青瓦冷霜，望之生寒。永琪有些害怕起来，看了看愉妃，又看着皇帝，摇了摇皇帝的手道：“皇阿玛，您怎么了？是不是儿臣说错了什么？”

海兰愈发惶恐，忙跪下道：“皇上，永琪年幼无知，若说错了什么，您别怪他。臣妾替永琪向您请罪了。”

皇帝瞟了海兰一眼，口气淡漠如云烟霭霭：“你起身吧。朕知道你不看书，不懂得这些。便是如懿，诗文虽通，这些前明的史书也是不会去看的。永琪还小，这些话只能是听来的。”

海兰诚惶诚恐地起身，拉过永琪在身边。皇帝的手紧紧地握成拳，脸上却含了一丝冷漠的笑意，显得格外古怪而可怖：“呵，永璜果然是朕的好儿子，可以自比朱常洛了。那么永璋，是不是也有朱常洵的样子，敢有他不该有的心思，也是仗着生母的缘故么？”

---

① 国本之争：是明朝明神宗册立太子的问题。当时有两派分别拥护皇长子朱常洛与皇三子福王朱常洵（郑贵妃所生）争夺太子之位。大臣按照明朝立长子为太子的原则，大多拥戴皇长子朱常洛。然而明神宗不喜欢宫女出身的王恭妃所生的朱常洛，有意立宠爱的郑贵妃的儿子朱常洵为太子，却受到大臣与慈圣皇太后极力反对。由于明神宗迟迟不立太子，令群臣忧心如焚。朝中上下也因此分成两个派别，明神宗与群臣争论达十五年之久。

海兰一脸忧惧，小心翼翼道："皇上说什么仗着生母？臣妾只知道，纯贵妃是要继立为皇后的呀！"

皇帝意外，不觉瞬目道："什么？"

海兰睁着无辜而惊惶的眼眸："皇上还不知么？宫中人人传言，孝贤皇后临死前向皇上举荐纯贵妃为继后啊！"

皇帝脸色更寒，沉思片刻，含着笑意看着永琪："原来如此啊。永琪，参汤朕会喝完的，你和愉妃先退下吧。"

海兰忙带着永琪告退了，直到走得很远，永琪才低低道："额娘，儿子没说漏什么吧？"

海兰温然含笑，紧紧拥住永琪幼小的身体："没有，不仅没有说漏，而且说得很好。真是额娘和娴额娘的好孩子，不枉额娘翻了这些天的书教你。"她仰起脸，一任冰凉的雨丝拂上面颊，露出伤感而隐忍的笑意，"姐姐，我终究没听你的。"

海兰出去不足一炷香，毓瑚已经恭敬地站在皇帝跟前。皇帝略略打起些精神，问了些永璜与永璋与理丧的诸位大臣亲贵相处的情形。毓瑚如实相告，只说大阿哥谦和有礼，对上待下都客气有加，颇得内外赞誉，又言三阿哥虽然年幼几岁，但对臣下也是执礼有加。且看在纯贵妃面上，大家更尊重三阿哥。

皇帝并不将这些好话都听在耳中。他眼皮微垂，似乎漫不经心："那永璜与永璋是兄友弟恭一齐招待呢，还是各自为政？"

毓瑚答得谨慎："宫中大丧，诸事繁多，兄弟俩都是各顾各的。尤其大阿哥身为长子，恨不得事事亲力亲为。三阿哥也不甘人后。"

皇帝冷笑一声，手里把玩的一串翡翠十八子手串重重撂在桌上。毓瑚一惊，不知皇帝为何动了怒气，立刻跪下了。皇帝一把扶了她起来，口中道："他们要都是对孝贤皇后的孝心，那便是诚孝有加。要是暗怀鬼胎招揽人心，那就该死了。"毓瑚忙维护着阿哥们说了几句"不敢"，皇帝依旧冷冷的："儿子大了，心也大了。皇家父子，多少惨事便是由此而起。朕再问你一句，孝贤皇后丧仪之上，嫔妃福晋们是更尊纯贵妃还是娴贵妃？”

毓瑚默然片刻，见皇帝目光灼灼逼人，只得道：“娴贵妃无子，自然不可与纯贵妃相比，受些冷落也是人之常情。”

皇帝轻叹一声，点了点头。

晚来皇帝特意召了如懿过来，拉住她手，关切道：“这些日子，你可受委屈了？”如懿怔了怔，心里是有委屈，却也不知这委屈从何说起，只得笑道：“臣妾无甚委屈，从何说起？”皇帝伸出手，轻抚烛光下她微红的面庞，轻声道：“宫内宫外多少势利眼。她们是不是小觑你膝下无子，便一味奉承着旁人去了？”

如懿盈然一笑，反握住皇帝的手：“原是这些小事。臣妾如何能算膝下无子？皇上将永琪交给臣妾抚养，宫中尽人皆知。”皇帝微微蹙眉，如懿软语道，“臣妾虽未生养，但皇上的儿女不也是臣妾的儿女？若是旁人以此小觑臣妾无子而加以鄙薄，其眼界之窄，臣妾也不屑理会。”皇帝见她如此，想起她多年未能生养的苦楚，心中更是怜惜：“如懿，是朕对你还不够好，护着你不够多。只是你能有如此胸襟，比那些满心里只为自己孩子计较打算的人，让朕欣慰多了。”

如懿无言，轻轻伸出手指，从指缝间与他的手紧紧交握，才有些许温然的安心。

京城三月的风颇有凉意，夹杂着雨后的潮湿，腻腻地缠在身上。永璜只带了一个小太监小乐子，瞅着人不防，悄悄转到宝华殿偏殿来。

小乐子殷勤道：“奴才一应都安排好了，阿哥上了香行了祭礼就好，保准一点儿都不点眼。”

永璜叹口气：“每年都是你安排的，我很放心。只是今年委屈了额娘，正逢孝贤皇后丧礼，也不能好好祭拜额娘。总有一天，我一定会为额娘争气，让她和孝贤皇后一样享有身后荣光。”

二人正说着，便进了院落。偏殿外头静悄悄的，一应侍奉的僧人也散了。永璜正要迈步进去，忽而听得里头似有人声，不觉站住了脚细听。

里头一个女子的声音恓惶惶道："诸瑛姐姐，自你去后妹妹日夜不安，逢你生辰死忌，便是不能亲来拜祭，也必在房内焚香祷告。姐姐走得糊涂，妹妹有口难言，所以夜夜魂梦不安。可如今那人追随姐姐到地下了，姐姐再有什么冤屈，问她便是。"

永璜听得这些言语，恍如晴天一道霹雳直贯而下，震得他有些发蒙，他哪里忍得住，直直闯进去道："你的话不明不白，必得说个清楚。"

那女子吓得一抖，转过脸来却是玉妍失色苍白的面容。身边的贞淑更是花容失色，紧紧依偎着玉妍，颤声道："大阿哥。"

玉妍勉强笑道："大阿哥怎么来了？哦，今日是你额娘生忌，你又是孝子……"

永璜定下神来："就是孝子，才听不得嘉娘娘这种糊里糊涂的话。今日既然老天爷要教儿臣得个明白，那儿臣不得不问嘉娘娘了。"

玉妍慌里慌张，连连摆手："没什么糊涂的，你额娘和孝贤皇后同为富察氏一族……"

永璜闻言愈加悲愤："同是富察氏一族？"他连连冷笑，"宫中一直传言我额娘死得不明不白，方才嘉娘娘说儿臣的额娘走得糊涂。嘉娘娘的意思……儿臣的额娘本不该这么早走的？"

玉妍眼波幽幽，忙取了手中的绢子擦拭眼角："唉……多久远的事了，有什么可说的，说了也徒添伤心。大阿哥等下还要去主持丧仪呢，这么气急败坏的可要失礼数的。"她见永璜毫不退让，一壁摇头，似是感伤，"可惜诸瑛姐姐走得早，想起当日姐姐与本宫比邻而居，说说笑笑多热闹。唉……"

贞淑一壁连连使眼色，一壁怯生生劝道："小主……"

玉妍猛地回过神，懊悔地拍了一下自己的脸："瞧本宫这张嘴，什么话想到就说了，竟没半些分寸。这半辈子了，竟也改不得一点！”玉妍轻叹一口气，柔声道，“大阿哥和本宫一样，都是个实心人，却不知实心人是最吃亏的。”

永璜低声道：“嘉娘娘心疼儿臣，儿臣心里明白，有话不妨直说。”

玉妍挺着肚子，眼角微微湿润：“本宫出身北族，虽然得了妃位生了皇子，却总被人视为异族。我们母子想要寻个依靠也不能啊。”

永璜连忙笑道：“嘉娘娘放心，儿臣身为长子，一定会看顾好弟弟。”

玉妍感触道：“有大阿哥这句话，本宫还有什么不放心的呢。”她忽然屈下膝，行了个大礼道，“但愿大阿哥来日能看顾本宫膝下幼子，不被人轻视，本宫便心满意足了。”

永璜见她如此郑重，慌了神道：“嘉娘娘，您快请起。”

玉妍执拗，只盯着永璜，泪眼蒙眬道：“有嫡立嫡，无嫡立长。大阿哥若不答应，本宫不敢起身。”

永璜拗不过，只得道：“嘉娘娘所言，儿臣尽力而为便是。”

玉妍这才起身，恢复了殷勤小心的神色，低声道：“既然大阿哥肯保本宫母子周全，有件事本宫不能不说了。”玉妍的神色诚恳而敬畏，“慧贤皇贵妃的宫女茉心临死前曾见过本宫，她说起你额娘薨逝乃孝贤皇后所为。或许茉心觉得本宫曾与你额娘比邻而居，算是有缘；或许她是死前忏悔，不想带着这个秘密到地下。”

永璜紧紧握住拳头，直握得青筋暴起，几乎要攥出血来。他极力克制着道：“嘉娘娘，虽然宫里都传言皇额娘不喜欢我额娘先生下了我，可这话干系重大，断断不能开玩笑……”

玉妍摇头道：“茉心说完之后，不过几天就出痘疫死了，死无对证。”她叹口气，“不过大阿哥，就算这事是真的，孝贤皇后也已离世。哪怕她生前再介意您这个长子，也都是过去的事了。”

永璜越听越是狐疑，面上如披严霜，迫近了玉妍，万分急切道：

“合宫都知嘉娘娘是直性子，最是有什么说什么的。还请告诉儿臣明白。”

玉妍被永璜吓得连连倒退，倚在贞淑身上，二人彼此扶着，骇得面无人色，只是一味摇头。贞淑扶着玉妍，跺了跺足，发了狠劲道：“小主，从前咱们满心疑惑，只是碍着那人还活着，什么都不敢说。如今人都走了，咱们还怕什么。您说了出来，也算您与哲悯皇贵妃姐妹一场。”

永璜神色大变，扑通跪下了道：“儿臣生母早逝，许多不明不白的地方，若嘉娘娘知道也不肯告诉，儿臣来日还有何颜面去见亡母！”他连连磕头不止，“还请嘉娘娘成全！”

玉妍忙弯腰拦住，急赤白脸的，为难了片刻，顾不得贞淑拉扯，咬着牙道：“罢了，本宫知道什么全都告诉你就是了。你额娘自生了你这个长子得宠，又不服孝贤皇后管教，皇后便容不得她了。后来你额娘又有孕，皇后怕她继续生子夺宠，就让人在她生产时做了手脚，于是你额娘难产而死，一尸两命。可怜啊，那时你额娘怀的分明是位公主，若是生下来也妨不着谁。”

永璜遽然大恸，撒开手无力地倚在墙上，仰天落泪道：“果然是她！果然是她！”他的脸都扭曲了，低哑嘶声道，“可皇额娘不知，以为额娘又要产子，所以了结了额娘的性命，连我的妹妹也这么去了。额娘，你死得好冤啊！”

玉妍登时花容失色，咬着绢子畏惧不已：“你额娘刚去那几年，无人敢说这件事。可后来你长大了，皇后护着端慧太子这个嫡子，处处防范你，大家就都看明白了，渐渐也有了这样的话传出。”

贞淑躲在玉妍身后，死死扶住她因惧怕而摇摇欲坠的身子：“其实不管哲悯皇贵妃怀的是男是女，她生了您，又不服孝贤皇后的做派，就必死无疑了。您看孝贤皇后在的时候，我们小主不也是战战兢兢小心做人。”

玉妍慌不迭地看着四周，连连哀恳：“大阿哥，求你给本宫一条生路，万万别说出来是本宫告诉你这件事！还有……后日孝贤皇后的梓宫便要移往景山观德殿，皇上要亲自祭酒，你可千万忍耐，别露了声色。”她哪里还说得下去，只得扯了贞淑，二人跌跌撞撞走了。

穿过空落落殿堂的风有些冷厉，吹拂起玉妍轻薄的银灰色袍角，似一只怯弱而无助的飞鸟。唯留下永璜立在殿内，任由冷风吹拂着自己热泪而冰冻的眼。

三月二十五，孝贤皇后梓宫奉移景山观德殿暂安。皇帝率六宫嫔妃、亲王福晋、宗室大臣同往，并亲自祭酒。[①] 皇帝居中，嫔妃以如懿为首，跪于左列，依次至答应。诸皇子跪于右列，以永璜为首，自四阿哥永珹以下，皆由乳母陪伴在侧。

皇帝哀恸之至，亲自临棺诵读刑部尚书汪由敦所写的祭文：“……尚忆宫廷相对之日，适当慧贤定谥之初，后忽哽咽以陈词，朕为唏嘘而耸听……在皇后贻芬图史，洵乎克践前言；乃朕今稽古典章，竟亦如酬夙诺。兴怀及此，悲恸如何……”

汪由敦是本朝出名的文人，下笔文辞委婉，感人至深，更兼皇帝临文涕零，娓娓读来，更是动人心肠。在场之人都含了悲痛之色，见皇帝如此伤感，益发哀哀不止。一时间无人不涕泪纵横。永璋原本尚有犹豫，回头见永琪果然呆呆跪着，眼中一点泪意也无，一时间下定决心，生生把含在眼里的泪退了回去，朗声道：“皇阿玛请节哀，勿再哭泣伤身。”

皇帝正在伤心欲绝，听得这一声，骤然转过头去。他这一回头，见永璋殊无悲痛之色。永璋见皇帝注目，心头一喜，道：“皇阿玛节哀，您看大哥镇定自若，毫无悲切，果然气度非凡。”

皇帝眼风扫过，见永璜眼中干涸，神情淡漠，唯在永璋说话时露

---

① 孝贤皇后丧仪描述参考《正说清朝十二后妃》，徐广源著。

出厌恶之色，想起海兰言语，不觉沉下了脸。皇帝道：“永璋，你想说什么？”

永璋磕了个头，恭恭敬敬道：“皇阿玛节哀。孝贤皇后弃世，多日来皇阿玛一直沉浸于悲痛之中，儿臣心疼不已。但愿皇阿玛以龙体为念，切勿悲伤过度。”

皇帝漠然道：“你好孝心！时时处处挂念朕。只是今日是你嫡母丧礼，你两眼只瞧着你大哥举动做什么？难不成你大哥在你心里比嫡母还要紧？”

永璋一怔，连忙道：“儿臣不敢！”

皇帝屏息片刻，两眼如炬：“那么永璜，你又是为了什么，对你的嫡母一滴眼泪都没有？”

永璜如何能说得出自己的苦衷，怔了片刻，只得勉强挤出伤心神色：“儿臣想着皇阿玛过于哀伤，儿臣身为长子，还得替皇阿玛操持着孝贤皇后的丧仪，不敢过于悲痛伤身，以免误了差事。”

皇帝大笑一声，右手颤颤指着两个儿子，一语不发。嫔妃们突然见生了这样的变故，一时也都惊住了，含着泪不敢言语。皇帝回过神来，脸色生硬如铁，朝着两位皇子狠狠扇了两耳光，勃然大怒：“不肖子！孝贤皇后是你们的嫡母，如今崩逝，你们却不悲不痛，只顾着内斗相争！朕如何会有你们这两个不孝不忠的儿子！”

绿筠吓得低呼一声，赶紧膝行出列，抱住皇帝的腿道：“皇上息怒！皇上息怒！永璜和永璋都是为您着想，不敢过于哀哭，也怕您伤了龙体，并非不孝啊！”她惊慌失措，指着永琪道，“何况也不是永璜和永璋不哭，永琪也没有哭啊！”

皇帝冷冷盯住永琪：“小儿也是这般没心肝么？”

永琪不解世事，睁大了眼睛，一脸无辜：“皇阿玛，儿臣本来很难过。可儿臣方才看三哥不哭只盯着大哥，像皇额娘崩逝和他无关似的。儿臣一时不解，所以不敢哭了。”

绿筠气得浑身乱颤:“你这孩子，小小年纪也敢扯谎，明明是愉妃……”

永琪吓得哇一声哭起来，用手背抹着眼泪道:“皇阿玛，儿臣为皇额娘伤心，但额娘说儿臣不该当着皇阿玛的面哭，会让皇阿玛伤心，所以儿臣不知道该不该哭。儿臣好想皇额娘……”

皇帝听得这一句，冷笑连连:“好个永璋！自己不孝，还带坏了弟弟！果然是兄长里的榜样！”皇帝的脸色冷得如数九寒冰，“纯贵妃，你有永璋和永瑢，朕还把永璜交给你抚养，你倒真替朕教出好儿子来！”

永璜与永璋吓得面无人色，拼命叩首不已:“皇阿玛息怒！皇阿玛恕罪！”

如懿见永璜受责，看皇帝的脸色便知是动了真怒。她膝行上前一步，正要劝解，却发现自己的裙角被海兰用膝盖死死压住。海兰谦卑地低着头，却以眼神制止她再向前一步。如懿还是不能忍耐，唤道:“皇上……永璜也是为您和孝贤皇后的丧仪考虑，并非有心不孝……”

皇帝的鼻翼微微翕张，怒极道:“不是有心就如此？若是有心，岂不要弑父弑君！朕真是后悔，当初没把永璜及早送还你身边抚养，否则也不致如此！”皇帝指着两个浑身发抖的儿子道，“大阿哥永璜已二十一岁，此次皇后大事，竟然毫不具人子之心，无半点哀慕之忱，实在不孝。以他昏愚之见，必是认定皇后崩逝，弟兄之内以他居长，无嫡立长，日后除他之外无人能肩承社稷重器，才妄生觊觎之心。朕今日就说明白，太子之位事关重大，以永璜言行，断不可立之。”

永璜一张脸泛着可怖的金色，永璋大呼道:“皇阿玛，那也是大哥的事，与儿臣无干啊！”

绿筠心疼爱子，忙护着他道:“皇上，永璋才十四岁，他懂什么？”

皇帝怒火越炽:“就是有你这么护短的额娘，才有如此荒唐的儿子。永璋处处与永璜争锋，讨好亲贵，谋夺太子之位。还有你，纯贵妃，你怀的什么心思，真当朕不知么！”

绿筠大呼冤屈，涕泪横流。皇帝只看着如懿道：“娴贵妃，朕素日怎么告诉嫔妃们家法规矩的？”

如懿见此情景，在巨大的惊讶与慌乱中极力镇定道：“皇上素日常说，子事父以孝，妻妾尊夫则为顺，臣敬君为恭，奴才奉主必得忠。”

皇帝冷冷道：“君者为人伦之极，五伦无不系于君。臣奉君，子遵父，妻从夫，不可倒置。纯贵妃，你们母子三人倒是将朕的话忘得一干二净。”

绿筠吓得语无伦次，只得拼命磕头告饶。皇帝毫不理会，径自宣告：“永璜言行悖乱，永璋年已十四岁却全无知识，更无人子之道。朕年幼时何等恪尽孝道，似这般不识大体，朕深愧不止。总之来日，此二人断不可承继大统！”他看见流泪哀哭的永瑊，心软了几分，“便是永瑊都比他二人懂事许多，更可指望。”

绿筠惊呼一声，立时晕在了皇帝脚边，不省人事。皇帝毫不理会，犹自气得浑身乱颤。他双拳紧紧握住，却无人看见，他紧握的袖中，死死握住的，正是那一日素练死时手中攥着的那枚烧蓝镏金蜂点翠绣球珠花。

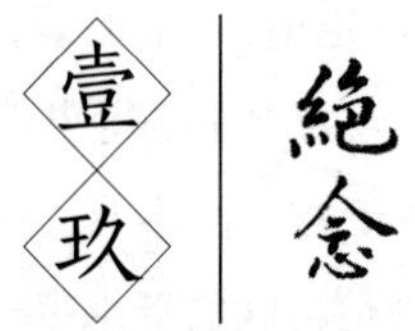

壹玖 绝念

这一场泼天大怒，彻底断绝了永璜与永璋的太子之路，亦让这些日子来踌躇满志的绿筠气痛缠身，卧床不起。皇帝却犹未息怒，连着惩罚了永璜和永璋的师傅与谙达，罚俸，杖责，并未有一丝平息之意。一时之间，满宫之中人人自危，深恐被牵连，曾经门庭若市的钟粹宫，骤然变得门庭冷落，无人探视。

而皇帝又听海兰说起孝贤皇后临死前举荐绿筠为后之事流传后宫，更认定是绿筠身边的人有意泄露，于是将绿筠身边伺候过的宫人一一查检，略有不顺眼的便打发出宫。

绿筠也不知昏沉了多久，好容易自晕厥中醒来，却见床边案几上一只颜色老旧的布偶。

她记得的，当然记得，当年她是如何往布偶肚中塞芦花、海兰是如何帮着缝布偶的画面，历历都在眼前。她怎么会忘记呢？那是她含着平生里最深的恨意，怀着阴暗的念头，要去报复一回。可是这布偶，海兰不是说早就烧了么？

她瞬间明白过来，海兰骗了她！这个最与人无害的愉妃骗了她！

绿筠像被针刺了一般，几乎要跳了起来，她用失色的嘴唇激烈地质问：“这是……这是哪里来的？”可心摸不着头脑：“是愉妃娘娘着人送来的。说是昔年咱们三阿哥的布偶，落在她那里了，不意翻着，给送回来了。这不，愉妃娘娘刚来过，才走到宫门口吧。”

绿筠惊怕得快要崩溃了，她尚未从上一次打击中恢复过来，又来了这更可怕的打击，这个布偶，是会夺走她母子的性命的呀！“不！这不是永璋的！这些和永璋都无关！愉妃……是她……当年也有她！当年就有她！”

绿筠推开不知发生了何事的可心，立即追出去。海兰并没走远，还在院子里悠悠望着蓝天白云，怡然自得。

绿筠死死抓住海兰的衣袖，那衣袖是上好的杭绸，触手生滑，恰如海兰这个人一般，滑不溜手，根本不是她能明白和掌控的。绿筠又是怕又是恨，像一头暴怒的母兽，连连质问：“为什么？为什么断我永璋还有永璜的路？为什么当年告诉我那只布偶你烧掉了，私下却留到现在，还在这个时候送到我面前来？”

海兰笑得云淡风轻，缓缓拍着绿筠的手背：“姐姐说笑了。三阿哥和大阿哥贵为皇子，妹妹能做什么。那只布偶也不过就是一只普通布偶，当年妹妹记错以为烧掉了，就那般告诉姐姐，如今妹妹翻检东西无意撞到了，就给姐姐和三阿哥送回来。并无其他。”

绿筠瞪着眼睛，逼问道：“你到底想做什么？是想告诉皇上端慧太子之死和我有关？你不要忘了，那只布偶上也有你的针脚。”

“端慧太子故去这么多年，只要风平浪静，自然谁也无意再提皇上的伤心事。妹妹现在将布偶交还，也是一切交由姐姐决定。”

绿筠急红了眉眼，蕴着怒意低喝：“为了娴贵妃？你是想为娴贵妃筹谋后位，所以对我和永璋下手，是不是？”

海兰替她理着蓬乱的头发，扶正发髻上零零散散的珠花：“姐姐和大阿哥三阿哥受挫，冒尖的都在嘉妃和四阿哥那里。妹妹就算有心为娴贵妃筹谋，又能为娴贵妃落得什么？孝贤皇后新丧，皇上悲恸难平。大臣中举丧不哀者尚屡受重责，我们这些妃妾子女，若不与皇上一心，不为孝贤皇后尽点最后的心意，更或起了对后位或者太子之位的心思，不是自惹皇上盛怒？这种心思不是娴贵妃与妹妹的心性，妹妹想，也不是纯贵妃本来的心性。”

绿筠一句话都说不出来，海兰好声好气的，像从前一样：“姐姐说吧，是谁挑唆了您？那才是害了您和三阿哥的人。”

绿筠整个人都僵在了原地。

怎么会这样呢？满腔的雄心壮志，这一辈子只燃了一次的欲望，被浇得彻彻底底，全然熄灭了。凭什么去斗？凭着有儿子么？却生生被人挑唆、被人利用，连儿子的前途也断送了。鹬蚌相争，渔翁得利啊！绿筠简直瞧不起自己，她连海兰和玉妍的心思都看不透，凭什么去夺后位？罢了，罢了吧。

绿筠灰了心，失了意，慢慢坐了下去。

如懿的翊坤宫和玉妍的启祥宫异常热闹起来。因绿筠抱病，丧仪的后续事宜都落在了如懿肩上。而引领诸阿哥举丧之事，却由年仅九岁的玉妍之子四阿哥永珹来担当。众人纷纷揣测，永璜和永璋被皇帝厌弃之后，永珹成了最堪立的皇子。因为永琪的生母海兰虽是妃位却无宠，六阿哥永瑢的生母是受牵连的绿筠，七阿哥永琮夭折，八阿哥永璇亦是玉妍所生。且玉妍自潜邸侍奉皇帝以来，一直宠遇不断，更怀着腹中的孩子，可见皇帝圣眷隆重。这样看来，倒是玉妍更添了几分踏上后位的可能。

为着如此，如懿反而更谨慎，除了日常在宫中处理六宫琐事，几乎极少与嫔妃们来往，便是海兰，也见得少了。这一日海兰来看望永琪，好容易见上了如懿，几乎要落下泪来：“姐姐这些日子对我避而不见，是在怪我害了永璜么？”

如懿对着棋盘上的黑白子思索不已，冷淡道：“你除去永璋，我无话可说。可永璜，你原不必做得这样绝。”

海兰道：“姐姐都知道了？”

如懿看着棋盘上泾渭分明的黑子与白子，并不看她：“你去对皇上说了什么？你明知道皇上最恨旁人觊觎太子之位。杀人诛心，你的确很厉害。”

海兰凝神片刻，低低道：“永璜与永璋为太子之位明争暗斗，明眼人都看得出来。我不过让永琪在皇上面前提了明神宗的国本之争，说永璜自比长子朱常洛，埋怨皇上宠爱宠妃之子，皇上便信了。皇上如此多疑，可是我左右不得的。”

“稚子天真，为你所用。你提明神宗的国本之争，是暗指大阿哥自比朱常洛，埋怨身为父亲的皇上不喜爱自己，不肯立长子为太子，又偏爱宠妃所生的三弟，既有夺位之心，又有不孝之怨。更算准了皇上同样也会疑心永璋仗着生母受宠生出夺位之心，让永璜忌讳。这样一箭双雕，谋算人心，果然一丝不错。”如懿清冷道，“只是你可知道？永璜自上次遭皇上贬斥，抱病在王府，已经一个月不能起身了。他的福晋多次来求见我，希望我可以去宽解他，可我如何能够宽解？说到底，终究是我害了他。”

海兰分辩道：“我自然不是无意。但姐姐是自己亲耳听见的，如今的永璜这样势利，早不是当年承欢膝下的幼童了。他对姐姐不过是倚仗利用，姐姐又何必对他有真心？”

如懿郁然长叹，摩挲着光润如玉的棋子道：“永璜到了如今的地步，固然是因为自小失母的缘故，也是因为他的境遇比别的皇子艰难许多。他错在一意谋算人心。可海兰，我们又何尝不是这样的人？”

海兰语气温婉，甚是推心置腹，神色却是冷然：“按姐姐这么说，宫里都是这样的人这样的心，和我们并无不同，难道个个都是同类？我一心为姐姐，为自己，并不觉得这样是错。”

桌上的一盏清茶慢慢凉去，温润袅袅的茶烟也只剩下触手生凉的意味。如懿缓缓道：“你固然没有错。若我是你，也只会怪永璜轻易上当，不懂克己控制情绪。成王败寇，输的人自然只有认命，没什么好说的。可海兰，他毕竟是我疼过的孩子。”

海兰脸上浮起一层如烟般的失望与哀然：“姐姐，你爱过的男人或许有一日会为了别的女人厌弃你，你疼爱过的孩子有一日会为了自己的追求来利用你。即便是我，也会用可能伤到你的法子来帮你帮自己。姐姐，恕我直言，你太重感情，这会是你最大的软肋。”

如懿默然沉郁：“还好，这只是我的软肋，不是你的。”

海兰缓一缓神，脸上那种柔软的气息渐渐散去，那样小巧温柔的面庞，亦能散发出冰冷刺骨的决绝寒意：“姐姐，我不妨直言。真正值得被器重的孩子应该是姐姐和我的永琪。姐姐是永琪名正言顺的养母，以此为依靠，成为皇后指日可待。这就是我的打算。”她含着几许失落，深深拜别，“这是我和姐姐多年来第一次生分吧？我知道姐姐还介意，不敢奢求姐姐原谅。但求我所言所行，姐姐都能明白便好。”

惢心看着海兰离去，为凉透的清茶添上热水，道：“小主，愉妃小主的话并没有大错。她的所作所为，若从为了您来看，是绝对无可挑剔的。”

如懿抚摸着渐渐温热的杯盏，低郁道：“我如何不知道，只是过不去自己心里这道坎罢了。哪怕亲耳听见永璜算计我，我想到的，始终是那个小小的、在我膝下读书写字的永璜，是在我失宠即将被关进冷宫前还去为我求情的永璜。”她眼中有氤氲的潮湿，“我只是伤心，那样的好孩子，终究不见了。”

海兰转身步出翊坤宫，四月香花弥漫的时节，原该是最温暖而明媚的。她却只觉得森凉的寒意无处不在地逼来，就仿佛许多年前，她亲眼看着阿玛与额娘双双死去，就像她知道自己被一夕宠幸之后就被皇帝抛诸脑后，那种对未来的坚信失去后的无助与迷茫。她缓步走上长街，回头看着翊坤宫金字绚烂的匾额，忽然眼底多了一层湿润的白汽，遮住了她素来温柔低垂却坚毅的眼。

海兰离开后，随即来拜见的嬿婉并未获得进入翊坤宫的准许。三宝挡在宫门外，和颜悦色道："娘娘已经歇息了，请贵人改日再来吧。"

嬿婉赔笑道："我刚看愉妃娘娘离开，贵妃娘娘这么早就歇息了么？"

三宝笑道："六宫琐事繁杂，娘娘难免劳累，所以愉妃娘娘也不便打扰，先行离开了。"

嬿婉讪讪笑："那也好，我不打扰贵妃娘娘养神。若娘娘醒来，还请通传一声，说我来请过安。"

三宝笑得谦恭："那是一定的。贵人放心。"

嬿婉携了侍女春婵的手离开，春婵低声道："贵人别在意。娴贵妃也不是光不见您，六宫的小主，她都避嫌呢。"她思忖道，"其实嘉妃娘娘也是后位炙手可热的人选，不如咱们去拜见嘉妃娘娘吧。"

嬿婉站住脚，剜了她一眼："你也觉得嘉妃有登上后位的可能么？"

春婵素知她与玉妍的心结，仍然道："奴婢说句不怕小主忌讳的话，嘉妃接连生子，又得皇上宠爱，不能说没有争夺后位的可能。其实无论是娴贵妃或者纯贵妃封后，跟咱们都无干。但若是嘉妃娘娘，小主是知道的，她可不是好相与的脾气，只怕第一个要为难的就是小主您。与其如此，不如咱们先低一低头，当是未雨绸缪吧。"

嬿婉原本含了一腔子怒气，见春婵这般为她打算，亦动了心思："你的话我如何不明白。也罢了，去吧。"

嬿婉正转身要往启祥宫，才走了几步，却见前头煊煊赫赫一行人来，软轿上坐着一个衣饰精丽的女子，一身橘灿色凤穿牡丹云罗长衣，衬着满头水玉珠翠，被落于红墙之上的阳光一照，几乎要眯了人的眼睛。

嬿婉一时看不清是谁，但见迷离繁丽一团，便知位分一定在自己之上，忙侧身屈膝立于长街粉墙之下，低眉垂首，恭敬迎接。

那行仗在经过她时停驻下来，却听一个尖厉的女声带了笑音道：“哟，本宫当是谁站在路边候着呢，原来是令贵人。”

嬿婉一听声音，心头不觉一缩，便知道是玉妍。她抬起眼，见软轿之上的女子妩媚万千，因着身孕更添了几分慵懒的高贵与丰腴，朝着她似笑非笑。她忙恭声道：“嘉妃娘娘万福金安。”

玉妍摆了摆手，打了个哈欠道：“罢了。”

跟在玉妍身边的丽心俏丽笑道：“看令贵人请安的身段语调，说是贵人，可奴婢瞧着，怎么还是从前伺候娘娘时的身段口吻呢。”

嬿婉平生最恨被人提起是玉妍侍女的往事，那段不堪回首的往事，不仅是刻在心上的羞辱，亦是她最不能提起的伤疤。此刻丽心以这样戏谑的口吻提起，一点也不把她当作嫔妃看待，心下已然含刺。然而她哪里敢露出分毫来，只是一味赔笑：“丽心姑娘说笑了。”

丽心掩了绢子咯咯笑道：“贵人说得对，奴婢是说笑。从前和贵人一同伺候娘娘的时候，咱们可不是这样说笑的么？”

随行的人一同笑了起来，嬿婉面红耳赤，只得低下头，更低下头，不让温柔如儿手的四月风拂上面颊，仿佛挨了一掌，又一掌。

玉妍止了笑，看看她来的方向，便问：“刚去了翊坤宫？可见到娴贵妃了？”

嬿婉只得道：“嫔妾未进宫门，这个时候，娴贵妃怕是午睡呢。”

玉妍抚着肚子笑吟吟道：“这话你也信？怕是哄你呢。这哪里是午睡的时辰，分明是娴贵妃多嫌了你，不愿见你。”她的笑声听来尖锐地刮着耳膜，“上回你那么巴结纯贵妃，替她去拂衣上的尘埃，如今又掉转头去讨好娴贵妃，她能理你么？换了本宫也看不上你那见风使舵的样子！罢了罢了，你还是乖乖儿……”她正说着，忽然看见玉湖色绣缠枝红萝的鞋尖上落了一点燕子泥，不觉惊叫起来：“哎呀，哪儿来的燕子泥，脏了本宫的新鞋！”

丽心和贞淑忙不迭要替玉妍去擦拭。玉妍眼珠一转，笑道："哎，你们忙什么？这样的事，可是令贵人做惯了的。樱儿，你说是不是？"她说完，忙忙掩口，"瞧本宫这记性，有了身孕便忘性大。什么樱儿，如今是令贵人了，是么？"

嬿婉望着她绣工精致的鞋面上一点乌灰的燕子泥，心下便忍不住作呕。她如今养尊处优，又颇得皇帝的恩宠，哪里受过这样的折辱，一时犹豫不前。春婵忙笑道："嘉妃娘娘，咱们小主戴着护甲不方便，怕钩破了您这么好的苏绣鞋面，不如奴婢来动手吧。我们小主常说，奴婢擦东西可干净了。"

玉妍冷下脸道："你说令贵人戴着护甲，摘了不就成了。想在本宫跟前伺候，先得掂量掂量自己配不配。"她眼中多了一丝鄙夷的锐色，"令贵人，你不会只愿伺候病歪歪的纯贵妃，而不愿伺候本宫吧？那也好，本宫便向皇上说一声，让你去和纯贵妃做伴吧。"

嬿婉浑身一凛，她知道的，玉妍有这个本事，也说得上这样的话。眼见绿筠是失势了，她如何能把自己填进去。于是顺从地摘下护甲，弯下弱柳似的腰身，用真丝绢子一点一点替玉妍擦拭着鞋子。玉妍舒服地歪着身子："看你那小腰儿细的，说弯就弯下去了。哪里像本宫，大着快七个月的肚子，动也不方便，只好劳驾你了。"

嬿婉死死地咬着舌尖，以此尖锐的疼痛来抵御旁人看她的那种轻视而嘲笑的目光，低声道："娘娘言重了。"

玉妍打量着她纤纤如春池柳的身量："话说你承宠的时候也不短了，怎么一直没有身孕呢？到底是沾染了娴贵妃那种不会生儿育女的晦气呢，还是自己本就福薄？熬了这几年，却还只是个贵人的位分，本宫看着都替你可怜。"

有滚热的泪一下灼痛了双眼，嬿婉死死忍着，让自己的声音听起来像在笑："嘉妃娘娘多子多福，这样的福气，嫔妾怕是不能高攀了。"

玉妍细长的眼眸悠然飞扬，笑容灼得烫人："你自己明白就好。能伺候在皇上身边已经是你的福气了。别妄求太多，你——不配！”

最后三个字，从金玉妍艳而灼的红唇间如吐瓜子皮一般轻巧吐出，深深刺在了嬿婉心上。争了那么多，求了那么多，原来还是旁人眼中的不配！没有孩子，她便要落到如此境地么？她盯着玉妍隆起的肚子，手指控制不住地发颤。她从未觉得，玉妍高高隆起的肚子是这般惹人生厌。

丽心笑眉笑眼道：“还请令贵人仔细些，别粗手重脚地擦破了小主的鞋。”

玉妍瞥了嬿婉一眼，跷起鞋尖，看的确是擦干净了，方才懒懒道：“好了，退下吧。本宫这苏绣的鞋面可比你的手指还娇嫩呢。”她抬起脚尖，顶了顶嬿婉的下巴，肆无忌惮地笑了起来。

苏绣的鞋面光滑得如新生婴儿的肌肤，几乎吹弹可破。那细密的针脚、鲜艳的配色、一针一线的精巧，硌在她的下巴上，却几乎能蹭出她心上的血滴子来。嬿婉攥着绢子站在玉妍面前，不敢动，也不敢退却，渺小得如同一粒尘芥。她忽然觉得，凭着自己所拥有的微薄恩宠，或许哪一日被掩埋在这红砖青瓦之下，也无人问津。

玉妍正得趣，却见李玉带着凌云彻过来，见了她忙打了个千儿道：“嘉妃娘娘万福金安。”

玉妍顺势收回脚，端正了神色笑道：“李公公往哪儿去，这么匆匆忙忙的？”

李玉道：“奴才正要去启祥宫传旨，皇上请娘娘往养心殿同用晚膳。”

玉妍忙笑道：“有劳公公了，本宫即刻就去。”玉妍瞥了嬿婉一眼，轻嗤一声，仿佛厌倦了戏弄老鼠的猫，挥手扬长而去。嬿婉身子一晃，春婵赶紧扶住了，急切道：“小主，您没事吧？”嬿婉撑着她的手臂站直身子，望着玉妍远去的背影，狠狠掐住了自己的手心。

凌云彻见玉妍走远，忙向李玉道：“公公，我认识去缎库的路，我自己去就可以。公公还是忙着差事去吧。”

李玉微眯了双眼，手笼在衣袖里，笑道：“也好。凌侍卫，皇上记得你救皇后的事，一定要再赏你十匹贡缎做嘉许。你前途无量啊！”

二人拱手而别。嬿婉转过脸，见是凌云彻，知道方才的窘迫都已经落进了他的眼里，越发觉得难堪，恨不能钻进宫墙的缝隙里才好。嬿婉微微横了一眼，春婵知趣地退开几步。云彻掏出怀中的手帕递给她：“擦一擦吧。”

嬿婉并不去接，云彻微微尴尬，还是笑了笑：“臣下用的东西，小主怎么肯用呢。”

嬿婉将手中的绢子狠狠扔开，抬起绣着白色晓春橘花的袖口用力擦了擦下巴，别过脸道：“我情愿是皇上看见，也不要是你看见。”

云彻默然片刻：“皇上看见是怜惜动情，微臣看见，不过是故人伤情。”

嬿婉哧地一笑，眼里却不由自主冒了几分蒙眬的泪气：“我以为你已经忘记了，我们是故人。”

云彻别过脸，清癯的面庞上多了几分英气。是啊，他们都不再是十三四岁的少年，两个渐行渐远的人，如何还有故人心肠。他低声道：“小主要努力忘记的，微臣也会努力忘记。”

嬿婉的眼中闪过一丝清亮的明暖之色：“云彻哥哥，要努力忘记的，终究是最难忘记的，是不是？”

有一瞬的怔忡，连嬿婉自己也不明白，为什么会问出这样的话来。身为宫妃的日子里，她无时无刻不骄傲地提醒着自己，自己已经是至高无上的君王的女人。她一直不屑提起过往，克制着想起自己所不屑的时光里的人，譬如，云彻。所以她一直避免着与他的相见与交谈。

其实他们自己都知道，彼此是常常能见到的。当她去养心殿承恩的时候，被锦被裹着赤裸的身体从围房抬进养心殿的寝殿时，她会在深沉的黑夜里，看见守在殿外的他模糊的面孔。她甚至猜想，若是在风大的夜里，他是否也能听见自己在皇帝身下甜腻而暧昧的娇笑与呻吟。

但，一重门内，一重门外，便是天壤之别。

而分隔这么多年后，这是她第一次，又换回旧日的称呼，叫他“云彻哥哥”，一如从前。

仿佛有水珠从高处清冷落下，嗒一声，重重敲在心上。无数的往事瞬时涌上心头，少年时清纯的嬿婉与此时高贵而娇艳的嬿婉的面庞互相交叠着，许久也不能叠成同一个人。

云彻看着她，眼底有一丝难掩的怜惜：“嬿婉，这就是你千辛万苦求得的路么？”

嬿婉的眼底涌出晶莹的泪水：“这条路固然不好走，也未必见得比从前的路难走许多。我会自己想尽办法，把这条路变得好走一些。”

云彻尽量冷漠了语气，却仍有一丝难掩的温情：“这样与人争，与人斗，还要被人羞辱，嬿婉，我只是觉得你太辛苦。”

“所有的路要往前走，都一样辛苦。”嬿婉的语气低柔如悄然绽放的花瓣，一点一点摇晃着细而软的蕊，“有你这句关怀，我已经很知足。”

她欠身，缓步离去。在数步之后迎上了春婵伸来搀扶的手，她低沉而坚定：“春婵，无论用什么办法，我一定要怀上一个孩子，一定！”

孝贤皇后崩逝后的日子，虽然琐事不断，却也有条不紊安宁地过了下去。绿筠静心“养病”，几乎是自闭于宫中，日日吃斋念佛为儿女祝祷，盼望着能平息皇帝的盛怒。宫中唯有玉妍张扬些，却也因为怀着身孕，又不能侍寝，众人都让着她。玫嫔的恩宠渐渐不如从前，唯意欢一枝独秀些。另外，便是海兰、嬿婉、陆沐萍、婉茵与秀答应了，除了海兰无须承恩邀宠，其他人也就如常过着。而如懿，除了料理后宫诸事，便一心一意抚养永琪。

相对于后宫的平静，前朝却不太安静。孝贤皇后崩逝的余波不断，先是皇帝发现皇后的册封文书译为满文时，误将“皇妣”译为“先太后”，盛怒之下，将管理翰林院的刑部尚书阿克敦按“大不敬”议罪，斩监候后赦免；刑部满汉尚书、侍郎全堂问罪，革职留任。又因翰林院撰拟皇后祭文，用了“泉台”二字，皇帝认为这两字用于常人尚可，“岂可加之皇后之尊”？连带着三朝重臣大学士张廷玉等也受到罚俸处分。[①]

工部因办理皇后册宝“制造粗糙”，全堂问罪。光禄寺因置备皇后祭礼所用之饽饽、桌张“俱不洁净鲜明”，光禄寺卿、少卿俱降级调用。宗人府也几次受到申饬。随后，外省满族文武官员五十余人因没有具折奏请赴京叩谒皇后梓宫，或降级或销去军功处分。一批官员在皇后丧期内违制剃发，经查究后受到惩处。两江总督尹继善、闽浙总督喀尔吉善、漕运总督蕴著、浙江巡抚顾琮、江西巡抚开泰、河南巡抚硕色等五十三名，均是先帝在时便受重用的臣子，此次亦在惩处之列。江南河道总督周学健更因擅自剃发，又被发现有贪污行为，被赐令自尽。甚至因“违制剃发”，连慧贤皇贵妃的父亲——大学士高斌也受到严谴，在朝堂上被皇帝当面申饬。

旁人也就罢了，张廷玉乃是三朝重臣，又是一直以来力撑孝贤皇后在后宫地位的老臣之一，此时因孝贤皇后崩逝而获罪，实在是出人意料。更何况慧贤皇贵妃死后，皇帝追念不已，每到皇贵妃去世的填仓日，必定作诗悼念，年年如是。又对慧贤皇贵妃的母家格外厚待，连着她两个侄子都得了官衔在朝廷供职。如今却连皇贵妃的阿玛都未被顾及，受了这般惩处，实在是皇帝已愤怒到了极点。

所以李玉来请如懿时，脸色都变了，有些不安地擦着额头上因为一路小跑而出的汗：“娴贵妃，高斌大人和张廷玉大人都在养心殿被训斥，皇上发了大脾气，这个时候，只怕只有您能去看看了。”

如懿放下手头正在整理的八宝五色丝线，问道：“皇上怎么又训斥他们了？不是前两日在朝堂上已经训斥过了么？”

---

① 参考《清代皇帝传略》。

李玉忙道："张大人和高大人原是为上次受责的事前来请罪的，不想皇上见了他们说起要将孝贤皇后东巡时所居的大船青雀舫运回京中保存，高大人原本不敢辩驳，张大人却仗着是老臣，先赞许了皇上伉俪情深，又说此举不妥。"

"不妥？"如懿疑惑道，"青雀舫是孝贤皇后最后所居之地，皇上不过想保留此船，有什么不妥么？"

李玉皱了皱眉，比画着道："船太大了，城门洞狭窄，根本进不了城。皇上就想把城门楼给拆掉。"

如懿吃了一惊，旋即道："这样的大事，难怪张廷玉要反对了。"

李玉搓着手道："可不是。所以皇上动怒了，斥责两位大人没心肝！两位大人遭了斥责也罢了，皇上气伤了身子可怎么好。"

为着孝贤皇后的丧事，皇帝连日来动怒，如懿心下也有些吃紧，便赶紧吩咐了轿辇随着李玉去了。

养心殿中极安静，宫女太监们都伺候在外，一个个鸦雀无声地垂首侍立着，生怕皇帝的雷霆之怒牵连到他们。如懿扶着李玉的手下了辇轿，示意惢心和菱枝候在阶下。她才步上汉白玉台阶，便已听得皇帝的震怒之声："孝贤皇后是天下之母，朕为天下之母而拆去一座城楼便又如何了？你们家中夫妻两全，朕的丧妻之痛，你们如何能懂得？全是没心肝的东西，只会满口仁义道德。出去！"

如懿候在殿外，只见两位老臣面面相觑，狼狈不堪地退了出来，见了如懿，便躬身请安："娴贵妃娘娘万福。"

如懿微微颔首，并不在意他们对自己的态度不甚恭敬。也是，她与孝贤皇后、慧贤皇贵妃明争暗斗了半辈子，张廷玉一向护持皇后，高斌是皇贵妃的生父，何必要对自己毕恭毕敬。她看着两人的背影，意味深长地笑了笑，尊重与恭敬，原也不在一时。

她缓缓步入殿内，彼时正值午后，四月熏风被紧闭的窗扇隔绝在了外头，阳光亦成了映在窗上的一缕单薄的影子，缥缈无依。皇帝仰起头躺在冰凉的椅子上，一脸疲累。

如懿笑道："皇上这样仰面躺着倒好，从来人只看自己脚下的路，却很少望望自己的头顶上方是什么。以致乌云盖顶都不知，还在匆匆赶路。"

皇帝的声音里透着淡淡的倦意："你来了？那朕发脾气，你都听见了？怕不怕人？"

如懿走近他身边："天子之怒，四海战栗，臣妾当然怕。何止臣妾，方才张廷玉与高斌两位大人走出去，战战兢兢，如遭雷击。臣妾想，他们真的是害怕了，也只有他们害怕，朝廷上下才都会敬畏皇上，不再把皇上当成刚刚君临天下的年轻君主。"

皇帝舒一口气，以手抵上额头："如懿，朕已经三十七岁了。"

如懿从身后搂住皇帝，感慨良多："是。臣妾已经陪伴皇上十七年了。十七年来，臣妾从未见过皇上如此雷霆之怒。"她从案上取过珐琅描花小钵里的薄荷油，往指尖搓了点蘸上，替皇帝轻轻揉着额头，"皇上对着外人发发脾气就罢了，可别真动了怒气伤肝伤身。依臣妾来看，皇上今日做的是高兴的事呢。"

皇帝闭目沉吟："朕怎么高兴了？"

如懿抿唇一笑："这些日子来，外人看着皇上肝火甚旺。但皇上处罚的人，或是三朝元老，或是先帝旧臣，或是嫔妃母家。对于尾大不掉又在朝堂倚老卖老掣肘皇上的人，趁这个机会除去，名正言顺，又是皇上情深之举，绝不惹人诟病。"

皇帝的嘴角露出几分从容的笑意，伸手攀住她的手笑道："如懿，何必这样聪明。"

如懿伸开细长的手指与皇帝牢牢交握："不是臣妾聪明，是臣妾与皇上一心。"

皇帝将脸颊紧紧贴在她的柔滑手背上："朕喜欢你说这个词，一心。"

如懿温婉地笑了笑，有一丝感动，亦有一丝疑惑。或许在外人看来，皇帝对皇后这样追念，也是难得的一心了吧。也许所谓的一心，本来就是落在旁人眼里的如花似锦、花团锦簇，而内里却是如何的满目疮痍。谁知道呢？

静默了片刻，如懿还是问：“皇上虽然训斥了张廷玉和高斌，但移动青雀舫之事，皇上心中应该已有盘算了吧？”

皇帝颔首道：“礼部尚书海望替朕想出了一个运船进城的方法，即搭木架从城墙垛口通过。木架上设有木轨，木轨上满铺鲜菜叶，使之润滑。届时促使千余名人工推扶拉拽，便可将青雀舫顺利运进城内，既能保住城楼，又可节省大量人力财力。朕思来想去，孝贤皇后死在宫外，最后一息尚存之地是青雀舫，那么朕将青雀舫移入京城，也可略表哀思。”①

如懿垂首：“皇上对皇后心意真切，臣妾敬服。”

皇帝慢慢拨着指上的玉扳指：“孝贤皇后崩逝已是无法挽回之事，朕再伤心，也不过是身外之事。廷玉仗着老臣身份屡屡干涉，而高斌竟与御前太监私相勾结。只是朕若不借着孝贤皇后的事好好肃清朝廷，那么那帮老顽固便真小觑朕了。”

如懿浅浅微笑：“朝廷上的事臣妾不懂。臣妾只知道，自己手里提拔上来的，才会真正感恩戴德，没有二心。”

皇帝会意一笑：“朕倒不是怕他们有二心，他们也不敢！只是别总以为自己有着可以倚仗的东西便自居功臣老臣。朕喜欢聪明听话的臣子，那些喜欢指手画脚的，便可以退下去歇歇了。”

如懿心中一动，想要说些什么，终究觉得不妥，只得换了无意的口气道：“皇上说得是。只是外人也就罢了，永璜和永璋到底是您亲生的孩子，您气过了便也算了。永璜抱病至今，什么人都不敢见，永璋也总

---

① 参考《正说清朝十二后妃》，徐广源著。

是垂头丧气的，怪可怜见儿的。”

皇帝看她一眼，冷然道：“女人的心思就这么温柔细巧，上不得大台面么？或者说，如懿，你一向是最聪明通透的，为什么落到了子女身上，便这般看不清楚。”

如懿一怔，却只能把这惊愕转化为略略赧然的神色：“臣妾不过是个小女子，眼界短浅。偶尔能猜到皇上的心思也不过是侥幸而已，如何真能像皇上一样目光如炬呢？”

皇帝这才释然一笑：“也罢。你一直生活在后宫，所看的世界不过是这紫禁城内的一方天空，难怪许多事被遮了眼睛。”

如懿盈盈望住他：“臣妾不知道的，皇上细细说与臣妾听不就好了。臣妾正指望自己能听个明白呢。”

皇帝的手指叩在紫檀木的桌面上有沉闷的笃笃声：“永璜和永璋的事固然有他们的不孝之处，但朕也明白，他们的不孝也有孝贤皇后自己的过失在里头。”皇帝口吻陡地凌厉，他站在紧闭的窗扇下，阳光映在长窗上的印花如同淡淡的水墨痕迹，为皇帝的面孔覆上一层浅浅的荫翳，愈发显得他天威难测，“但朕最介意的，是他们居然觊觎太子之位。他们为孝贤皇后守孝以来的种种举止，当朕都看不见么？一个自诩为长子，一个自诩为有生母可以倚仗争宠。这些行径，是当朕死了么？”

如懿见皇帝的口气虽然平静，但底下的森冷意味，如汹涌在河流底下的尖冰，随时可以把人扎得头破血流。她忙俯下身道：“皇上息怒。您正值盛年，阿哥们不敢动这样的心思。尤其是永璜，哲悯皇贵妃去世得早，他一直没有生母教导，能倚仗的只有皇上您，他更不敢有这样的僭越之心。”

皇帝冷哼一声：“再不敢，他也已经动了这样的心思。圣祖康熙子嗣众多，长子允禔有夺嫡之意，一直被幽禁而死。前车之鉴，朕如何能不寒心？何况朕的儿子，必须听朕的话，顺从朕的意思。朕伤心的时候他们怎敢不伤心，当着嫔妃亲贵们的面与朕不同心同德，朕如何能忍？”

呵，这才是真意了。天家夫妻，皇族父子，说到底也不过是君臣一般，只能顺从。不，连做臣子的也有直言犯谏的时候，他们这样的人却是不能的。只有低眉，只有顺从，只有隐忍。

她们，和他们一样，从来都不是可以有自己主见与意念的一群人。

如懿于是缄默，在缄默之中亦明白，永璜与永璋命运的可悲。或许海兰是对的，她游离于恩宠之外，所以可以看得如此透彻，一击即中。她推开窗，外头有细细的风推动着金色的阳光涌进，空气里有太甜腻的花香，几乎令人欲醉。那醉，亦是自己醉了自己的悲悯。

贰拾 姐妹

是夜，如懿宿在养心殿。皇帝睡得极熟，她却辗转无眠，只是一任他牵住自己的手沉沉睡去。呵，真是酣眠。她盯着枕边人熟睡中的面孔，嘴角微微翘起的弧度有温暖而诱惑的姿态，眼角新生的细纹亦不能掩饰他巍峨如玉山的容颜。当真是个俊逸的男子，不为岁月所辜负。

她的手与他紧紧交握，在他熟悉的掌纹里默默感知着彼此年华的逝去。到底，他们都已经变了。他不再是翩翩少年，而是颇具城府的帝王；而自己，亦不再是骄纵任性的闺秀，而是善于谋算的宫妃。但，无论如何，他们都还是般配的。因着这般配，才不致彼此离散太久。

如懿出神地想着，忽然觉得有些冷。她伸手抓住锦被紧紧裹住自己的身体，却在那一刹那察觉，如果靠近身边身体温暖的男人，会是更好的选择，然而，她还是选择了自己保护自己，哪怕是在与自己肌肤相亲过的男人身边。

这一种下意识，几乎在瞬间逼出了她一身冷汗。是，或许在她的心底，这个男人未必能保护自己。那么会是谁，谁才能在危险的境地里义无反顾地护住自己？她细细寻思，细细寻觅，唯一能想起的人，居然是凌云彻。

那个小小的侍卫，他有着乌墨天空里明灿如星子的眼睛。哪怕你知道，他也心怀向上的欲望，但他的眼睛，不似她一直看过的那些男人的眼睛，只被欲望和权势蒙住了的眼睛。

这样隐秘而不可对人言说的想法，让她在温暖绵绵的被褥里冒着凉浸浸的寒意。骤然，皇帝的呻吟声在睡梦中响起，他温柔地呢喃："琅嬅，琅嬅……"

如懿仔细分辨片刻，才想起那是孝贤皇后的闺名。在她的记忆里，皇帝从未这样叫过皇后的闺名，他一直是以身份来称呼她，"福晋"或者"皇后"。

她看着皇帝在睡梦里痛苦地摇着头，额上冒出细密的汗珠，终于忍不住推醒了皇帝，轻柔地替他擦拭着汗水："皇上，您怎么了？"

皇帝惊坐起来，有瞬间的茫然，看着帐外微弱的烛光所能照及的一切，气息起伏不定。

如懿柔声问："皇上，您是不是梦魇了？"

皇帝缓过神来，疲乏地靠在枕上，摇头道："如懿，朕梦见了孝贤皇后。她站在朕的床前，满脸泪水地追问朕，日后会是谁取代她入主长春宫。她还一直追问朕：皇上皇上，你是不是还在怀疑臣妾，怨恨臣妾？"

如懿看着皇帝，神色清淡温然，有着让人平静的力量："孝贤皇后虽然有她的错失，但她对皇上的心也是无人能取代的。"

烛影摇动暗红烨烨，皇帝清俊的面容在幽暗的寝殿中并不真切，深邃的眼眸仿佛一潭深不见底的池水。良久，皇帝长舒了一口气，唤进毓瑚道："你去告诉李玉，传朕的旨意，长春宫是孝贤皇后生前的寝宫，朕要保留孝贤皇后居住时的所有陈设，一切皆不可更改。"他思量片刻，又道，"还有，慧贤皇贵妃的画像也一并供在那里。朕可时时前往凭吊。

往后，长春宫朕不会再让别的嫔妃居住。”

毓瑚答应着退了下去，如懿默默听着皇帝的种种嘱咐，神色安静如常：“皇上这样做，孝贤皇后地下有知，也会安慰。皇上可以安心了。”

皇帝郁然长叹：“朕作了一篇怀念孝贤皇后的《述悲赋》。过几日，朕会亲自抄录送与皇后灵前焚化，希望她在九泉之下与永琏和永琮母子相聚，能够稍稍宽慰吧。”

夜风拂动芙蓉锦帐堆雪似的轻纱，床头的赤金九龙帐钩在晃动中轻微作响，连那龙口中含着的明珠亦散出游弋不定的光。皇帝复又躺下，沉沉睡去。如懿望着他，只觉得心底有无数端绪萦绕辗转。最后，亦只能闭上眼，勉力睡去。

这一觉睡得轻浅，如懿醒来时，皇帝正起身准备穿戴了前去上朝。如懿已无睡意，索性起身服侍皇帝穿上龙袍，扣好盘金纽子。皇帝的眼下有淡淡的墨青色，如懿站在他跟前，正好够到他下巴的位置，只觉得他呼吸间暖暖的气息拂上面颊亦有滞缓的意味，轻声道：“皇上昨夜没有睡好，等下回来，臣妾熬着杜仲雪参红枣汤等着皇上。”

皇帝温言道：“这些事便交给下人去做吧。你昨夜也睡得不甚安稳，等下再去眠一眠吧。”

如懿低低应了一声，侍奉着皇帝离开，便也坐着软轿往翊坤宫中去。天色只在东方遥远的天际露出一色浅浅的鱼肚白，而其余的辽阔天幕，不过是乌沉一片，教人神鬼难辨。惢心伴在她身边，悄声问：“小主，为何孝贤皇后崩逝之后，皇上如此情深，念念不忘？”

如懿淡淡笑道：“你只要知道，你活着的时候他待你一心一意，永不相疑，才是真的好。其他都不重要。”

惢心有些茫然地点点头。

如懿长叹一口气：“惢心，我刚出冷宫的时候你总说要多陪陪我，如今三十了，可以出宫好好嫁人。江与彬人不错，我会告诉皇上，把你赐婚给他。”

惢心脸上带着红晕，诚恳道："可奴婢还想多伺候小主几年。"

如懿微笑："年纪不等人，一个女人的好年岁就这么几年，别轻易辜负了。再不嫁了你，不知道江与彬背后得多恨本宫呢。我希望你好好儿出宫，安稳地过日子。"

惢心激动得满眼含泪，二人正说话，软轿一停，原来已经到了翊坤宫门口。如懿扶着惢心的手下了软轿，三宝匆匆迎上道："小主可回来了。延禧宫递来的消息，愉妃小主从昨夜进了太后宫中，一直到现在都没有出来。跟着伺候的人说，愉妃小主在慈宁宫的院落里跪了一夜，太后到现在都不许她起来。"

如懿心下一凉，即刻问："这消息旁人知道么？"

三宝摇头道："延禧宫的人都是愉妃小主亲自调教出来的，懂得分寸，只敢把消息递到咱们这里，旁人都不知道。"

如懿略一思忖，往前走了几步："惢心，我乏了，再去睡一会儿。"

惢心答应着替她接过解下的云丝银罗披风，道："是。那奴婢伺候小主睡着，再去请五阿哥起床，该去尚书房了。"

如懿走了两步，微叹一口气，终究忍不住转身："去慈宁宫！"

如懿赶到慈宁宫外时，天色才蒙蒙亮。熹微的晨光从浓翳的云端洒落，为金碧辉煌的慈宁宫罩上了一层暧昧不定的昏色。如懿伫立片刻，深吸一口气。这个地方，无论她来过多少次，总是有着难以言明的畏惧与敬而远之。

是的，太后曾经救过她，是她的恩人。但对整个乌拉那拉氏而言，太后又何尝不是一手毁去他们所有荣华与倚仗的仇人呢。

恩仇交织，却不能奈太后何。这才是真正的敬畏。

然而此刻，海兰在里头，虽然不知道是为了什么事，但如懿隐隐觉得不安。太后虽然主持着六宫事宜，但一向并不插手小事，而且她御下也极温和，甚少有罚跪一夜的厉举。

所以越走近慈宁宫，如懿心底的惴惴越重。外头的小宫女们一层层通报进去，迎出来的是福珈，她见了如懿不惊不诧，只是如常平和道：“娘娘略坐坐。太后已经起身正在梳妆，娘娘请入内吧。”

太后素性喜爱时鲜花卉，皇帝又极尽孝养，故而慈宁宫内广植名贵花木，以博太后一笑。诸如海棠、牡丹、玉兰、迎春等皆为上品，又有“玉堂富贵春”的好意头。花房还特拨十名积年老花匠，专心照料太后最爱的几株合欢花。因此慈宁宫内繁花似锦，永远花开不败。更兼夜露莹透，染上花花草草，更是透出别样的娇艳来。

如懿看了看院子里，除了花草芳菲，唯有两只仙鹤在芭蕉下打盹儿，四下静静的，并未跪着什么人。如懿越发担心，低声问道：“姑姑，愉妃呢？”

福珈笑吟吟垂着手道：“愉妃娘娘是有位分有孩子的，太后怎会要她如此丢了脸面，要跪也不会跪在这里。否则传了出去，愉妃娘娘还怎么做人呢？”

如懿猜不透太后的盘算，便跟着福珈进了暖阁。福珈指着案几上一碟莲心酥并一碗核桃酪道：“这是太后昨夜给娘娘备下的夜宵，娘娘没用上，已经凉了，奴婢叫人撤了，换些早膳点心吧。”

如懿诧异，却只能不动声色含笑道：“姑姑怎知本宫没有用早膳？”

福珈笑道：“奴婢哪里能知道，不过是按着太后的吩咐做事罢了。只不过娘娘昨夜没来，那必定是因为侍寝而不知道。若是侍寝之后即刻回宫，那这个时辰知道了会赶来。娘娘一向与愉妃娘娘情同姐妹，不是么？”

如懿暗暗咋舌，太后身边一个姑姑都活成了水晶玻璃通透人儿，何况是太后自己。看着早膳上来，她索性定下神来，用了点奶茶和马蹄饼，又用了一小碗栗子粥。福珈在旁笑眯眯道：“太后临睡前嘱咐了，要是娘娘没有用东西的精神，她便懒得和娘娘多言了。要是娘娘还吃得下，那就还能有心思说话的。”

如懿心头微微发沉，像是坠着什么重物一般，她依然含笑：“福珈姑姑，本宫已经吃饱了，哪怕太后要拉着本宫和愉妃一起受罚，本宫也有力气支撑。只是愉妃……”

福珈如何不懂，笑道：“娘娘放心。太后罚跪便是罚跪，不会饿着愉妃娘娘的。愉妃娘娘若是能，跪着瞌睡也成。”

如此回答，如懿亦只能缄默了。她略吃了些东西，静候了一炷香时分，见太后还未出来，便道：“太后正梳妆，本宫得太后赏赐早膳，该入内谢恩，侍奉梳妆。”

福珈微微颔首，珠帘挽起，发出轻晃声清脆玲玲，如同细雨潺潺。她入寝殿，太后已然端坐在象牙妆台前，唇色微染宝石红，妆容浅淡雍容，唯有眉色未黛，只待点染。

如懿忙行礼，诚惶诚恐：“太后万安，福寿康宁。”太后不理会如懿，只由着老姑姑细细画眉，并未有叫她起身的意思。如懿保持着请安的姿势，直到双膝酸痛，太后都不发话，只是紧扭眉头看着镜子，怎样都不满意。“替哀家画了几十年的眉，今日画的哀家看着怎么那么别扭。”老姑姑很是惶恐，连连请罪，太后从镜子里看着如懿，“既然来了，你给哀家画吧。”

如懿见太后神气不好，已知这眉毛难画，然而眼下也无他法，只得取过螺子黛，按着太后素日喜欢的柳叶眉轻轻描画。

因着与太后是面对面，她连呼吸都无比小心。太后螓首蛾眉，那眉毛纤长，却不浓黑，须得细细描绘。手里握的是蛾绿螺子黛，调以龙脑香，下笔柔和，细腻纯净，芬芳宜人。她小心翼翼地填着每一根眉毛间的空隙。太后的声音透彻如水，有碎玉般的玲珑通透：“下笔挺利索，下手更利索。怪不得两个皇子都折在你手里。”

如懿的手一抖，险险有螺子黛逸出，差点歪了。她保持着恭谨的微笑：“臣妾知道，皇子受责，纯贵妃抱病不出，在您眼里，是臣妾从中得益最多，自然容易疑心是臣妾做的。太后明鉴，臣妾并无此心。”

福珈知趣地领着宫人退下，唯余如懿与太后静静相对。太后道：

“你无此心？那还能有谁？”

原来太后早就疑了她。心头倏然一刺，仿佛有利针猝不及防刺入，逼出细密的血珠。她极力撑着脸上的笑：“太后心如明镜。皇上龙颜大怒，无非是生气两位皇子动了对皇位不该有的心思，这些旁人如何能左右。再者臣妾若真有心做什么，事情如此明显，臣妾岂不是自招祸患。”

太后转了冰冷脸色：“你的意思就是，都是皇子们的错？永璋便罢了，连你抚养过的永璜都可以怪罪，心思好狠啊！”

如懿纵然历练多年，却也耐不住这样的刺心之语，只觉得满脸滚烫，抬起头道：“太后，两位皇子可能也是一时糊涂。尤其永璜，生母早亡，幼时由臣妾教导。太后真要怪罪，就责罚臣妾当年教养不善吧。”

太后微眯了双眼，神色阴沉不定：“果然是乌拉那拉氏，说辞滴水不漏，比你姑母当年长进多了。难怪你姑母宁可舍了自己也要保你。”

如懿画眉的手停了片刻，似乎是手心汗浸浸的，她缓一口气，心平气和徐徐往下画。

“姑母过身已久，臣妾这些年若有长进，也是全赖您的教导。”

太后讥讽地笑：“哀家可教导不了你和你姑母一样成为皇后。”

如懿目视太后，意味深长：“太后明鉴。姑母生前确实曾叮嘱过臣妾，要成为皇后，以延续乌拉那拉氏的荣光。可是臣妾无能亦无知，这么多年来也没想明白，延续家族荣光，为何就一定要位至中宫。”

太后的目光逡巡在她身上，继而冷笑：“你姑母就是被自己的这个心思给困死的。其实想想看，哀家从未做过皇后，如今好好坐在这里的是哀家，来日和先帝同穴而眠的也是哀家，再看你姑母那般执念，是不是可笑得很？”

是很可笑吧。可那是一个女人对夫君的爱恋，只希望和他有名有分、有情有缘。这样的情意，是不该被嘲笑的：“太后说得是。臣妾当年看着姑母绝望而亡，也只有心疼，心里想着像姑母一般做了皇后又如何？”

熹微的天光从重重垂纱帷帘后薄薄透进，太后坐在妆台前，衣裾在足下铺成舒展优雅的弧度。任凭身侧是四月锦绣，花香弥漫的浮光万丈，她的面孔却似浸在荫翳之中，连着浑身的金珠玉饰、朱罗灿绣，都成了冰冷的死色。太后打量着如懿的神色，片刻才道："人生如春蚕，作茧自裹缠。你自己好好思量，要不要像你姑母一样作茧自缚。"

如懿很是恭谨："是。臣妾谨记太后教诲。"

她终于将一双眉毛画完，秀眉弯瓠，比平时略浅一些，弧度也更柔和，配着淡淡妆容，整个人如江南烟雨一般淡雅温润。太后细看，也无可挑剔，缓缓道："浓淡得宜，画得不错。"

她这才稍稍松一口气："臣妾得太后夸奖，不胜欣喜。"她这才跪下，郑重叩首三回，"此次的事与愉妃毫无干系。太后知道愉妃生下永琪后就再未承宠，她没必要争宠算计。"

太后的口气淡淡的："你们倒姐妹同心。愉妃跪了一晚上，也不肯招了和你相关呢。"

如懿望着太后，恳切道："此事与愉妃无甚关系。而且太后是过来人，遇见这样的事，自然明白，不会去怨算计的人有多可怕，而是可怜被算计的人为何这样容易被算计了。"

太后唇角的笑意越来越深，眼中却是极淡极淡的邈远之色，仿佛她这个人，永远是高不可攀，难以捉摸："你这样的心思，倒是越来越像你的姑母了。"她瞥一眼帘后，"愉妃跪在哀家的后殿，你自己去看看吧。"

如懿本为海兰担心，听得这一句，忙走到后殿，见海兰跪在地上，神色虽然苍白且疲惫不堪，倒也不见受了多大的折磨。

海兰一见如懿，忍不住落泪潸潸："姐姐说的话我都听见了。何必要把事情和我撇清，所有的事都是我做的，姐姐从没有做过。"

如懿示意她噤声，扶着她艰难地站起来，替她揉着膝盖道："你先坐坐，等下我扶你出去。记得别乱动，跪了一夜，膝盖受不住。"

海兰含泪点点头，乖乖坐下。如懿回到寝殿，跪下道：“太后怜悯，臣妾心领了。”

太后慢慢道：“愉妃没了恩宠，争这些做什么？她的儿子给了你做养子，自然事事为了你。但许多事，你搁在心里头就是了，不必痴心妄想。”

如懿静静地听着，目光只落在太后身后那架泥金飞绣敦煌飞天仙女散花的紫檀屏风上。那样耀目的泥金玉痕，绚丽的刺绣纷繁，衣饰翩跹，看得久了，眼前又出现模糊的光晕，好似离了人间。如懿安分地垂首：“一切由皇上和太后定夺，臣妾不敢痴心妄想。”

太后笃定一笑，叹口气道：“这话虽然老实，却也不敬。后宫的事难道哀家做不得主，还要皇上来定夺？”

如懿听到此节，心中的畏惧减了几分，轻笑道：“个中的缘由，太后比臣妾清楚。”

太后收敛笑意，淡淡道：“你便不怕哀家把你算计永璜和永璋的事告诉皇帝？你害了他的亲生儿子，他便容不得你了。”

如懿的神情清淡如同一抹云烟：“若说算计，后宫里谁不曾算计过？太后一一告诉了皇上，也便是让他成了孤家寡人。太后舍不得的。”

太后冷冷笑道：“哀家舍不舍得，是哀家说了算。你既然来了，哀家也不能不罚你，可为什么罚你，哀家也不能张扬。不是为了你，是为了皇家的颜面。这件事，哀家便记在心里，你走吧。”

如懿心头一松，忙道：“多谢太后。那么愉妃……”

太后眼皮也不抬：“你都走了，哀家还留她做什么，一起走吧。”

如懿如逢大赦，忙与叶心一起扶了海兰出了慈宁宫。海兰紧紧扶着她的手，一步一步走得极慢极慢。她站在风口上，任由眼泪大滴滑落在天水碧的锦衣上，洇出一朵朵明艳的小花：“我以为姐姐不喜我狠绝，再不会理我了。”

如懿凝视着她：“我早说过，你做与我做有什么区别？海兰，我知道你的所言所行都是为了我，但我始终觉得，我们不必如此。”

海兰沉默良久，轻叹如拂过耳畔的风：“姐姐从冷宫出来的那一年，曾告诉我会变得更决绝狠心，不留余地。可今时今日看来，姐姐还是有所牵绊。我一直想，皇上能做到弃绝父子之情，姐姐为何做不到？”

如懿语气沉沉：“因为我从未走到皇上站过的地方。高处不胜寒，皇上与我们看到的、感受的，自然不一样。”

海兰望着如懿，替她拂了拂被风吹乱的金镶玉步摇上垂落的玉蝶翅萤石珠络：“所以我希望姐姐可以站到和皇上并肩的位置，和皇上一样俯临四方，胸有决断。”

如懿的笑凝在唇际，久久不肯退去：“这是我的愿望，也是姑母的愿望。虽然还有些难，但我会努力做到。”

叶心忙道：“娴贵妃这些日子忙于料理六宫的事，很少和我们小主来往，我们小主虽然不说，但心里不高兴，奴婢是看得出来的。”

海兰瞋了叶心一眼，泪中带笑：“其实这些日子我一直想，若是姐姐一直和我生分下去，咱们姐妹会生分到什么地步？”

如懿笑道：“现在还这么想么？”

海兰思忖片刻：“现在我想，若是我们姐妹连这样的事都没有生分，以后还会为了什么事生分呢？”

如懿浅浅笑道：“多思多虑，还不赶紧回宫，治治你的膝盖呢！”

如懿搀着海兰慢慢走在长街上，远处有明黄辇轿渐渐靠近，疾步向慈宁宫走来。如懿微微有些诧异，忙蹲下身迎候：“皇上万安。”

皇帝脸上有着深深的关切与担忧：“从慈宁宫出来了？皇额娘有没有为难你们？”

如懿不明就里，忙道：“这个时候皇上不是刚下朝么，怎么知道臣妾与愉妃在慈宁宫？”

皇帝道：“太后身边的宫人来传话，说你与愉妃在受责罚，朕刚下朝，便赶来看看。”皇帝执过她手，温言道，“不要紧吧？”

皇帝的眼底似一潭墨玉色的湖，只有她的倒影微澜不动。如懿心头微微一暖："皇上放心，已经没事了。"

皇帝微微颔首，柔声道："你和愉妃先回去，朕正要去向皇额娘请安。"二人退到一边，眼看着皇帝去了，自行回宫不提。

皇帝进了慈宁宫，笑吟吟行了一礼："皇额娘正用早膳呢？正好儿子刚下朝，也还没用早膳，便陪皇额娘一起吧。"

太后招招手，亲热地笑道："只怕慈宁宫的吃食不合皇帝你的口味。福珈，还不替皇帝把冠帽摘了，这样沉甸甸的，怎么能好好儿用膳呢。"

福珈替皇帝整理了衣冠，又盛了一碗粥递到皇帝手边。皇帝一脸馋相，仿佛还是昔日膝下幼子，夹了一筷子酱菜，兴致勃勃道："儿子记得小时候胃口不好，最喜欢皇额娘这里的白粥小菜，养胃又清淡。皇额娘每天早起都给儿子备着，还总换着酱菜的花样，只怕儿子吃絮了。"

太后欣慰地笑，一脸慈祥："难为你还记得。"她看皇帝吃得欢喜，便替他夹了一块风干鹅块在碗中，"纯贵妃病了这些日子，皇帝去看过她么？哀家拣皇帝素日喜欢的小菜，赏了她些。"

皇帝喝完一碗粥，又取了块白玉霜方酥在手："纯贵妃是心病。如今她一心吃斋念佛，静静心也好。"

太后微笑着瞥了皇帝一眼："太医无能，治不好心病，皇帝难道也不行么？"

皇帝唇边都是笑意，仿佛半开玩笑："儿子要治好她的心病，就得收回那日说过的话，得告诉纯贵妃永璜和永璋还有登上太子之位的可能。皇额娘，孩子们生了不该有的心思，儿子实在不能容忍。"

太后叹口气："哀家明白。孩子们是太野心勃勃了些，更有违孝亲之道，让你寒心。可孩子大了不由娘，未必是纯贵妃的过错。"

皇帝似笑非笑的，眼里如含了一缕寒气："儿子不仅是永璜与永璋的阿玛，也是他们的君上。先君臣，再父子，可惜他们都不明白。"

皇帝说得发沉，便有些呛着。太后替皇帝添了一碗枸杞红枣煲鸡蛋羹，慈爱道：“来，喝点羹汤润一润。”

皇帝一笑：“多谢皇额娘疼惜。”他吩咐道，“毓瑚，朕记得娴贵妃很爱吃这个白玉霜方酥，你取一份送去翊坤宫。”

毓瑚忙答应着端过酥点去了。太后饶有兴致地看着皇帝：“皇帝倒很在意娴贵妃啊。”

皇帝生了几分感慨：“潜邸的福晋只剩了如懿一个，多年夫妻，儿子当然在意。”

太后并无再进食的兴致，接过福珈递来的茶水漱了漱口：“皇帝是念旧情的人，但后宫不可一日无主。后位久虚，人心浮动，就会生事。”

皇帝的笑意如遭了寒雨的绿枝，萎垂寒湿：“皇额娘，恕儿子直言。孝贤皇后刚刚去世，儿子实在无心立后。若真要立后，也必得等皇后两年丧期满，就当儿子为她尽一尽为人夫君的心意吧。”

晨光透过浮碧色窗纱洒进来，似凤凰花千丝万缕的浅金绯红的花瓣散散飞进。太后侧身坐在窗下，目光深幽幽的，直望到人心里去。她沉思着道：“皇帝长情，哀家明白。可六宫之事不能无人主持，纯贵妃与娴贵妃都是贵妃，可以一起料理。或者，皇帝可以先封一位皇贵妃，位同副后，摄六宫事。”她悠然叹息，“昨日哀家看到璟妍与永瑢来请安，儿女双全的人，真真是有福气啊。”

皇帝眼底的笑影淡薄得如落在枝叶上浅浅的光影：“若以子嗣论，纯贵妃子女最多。嘉妃有永珹、永璇，腹中这个孩子大约也是个阿哥。纯贵妃性子温和，嘉妃张扬。”

太后颇为吃惊：“你属意嘉妃？嘉妃虽说资历不浅，又有子嗣，可能否服众？”

皇帝也笑了：“皇额娘，儿子一向待嘉妃不薄，这回北族的老王爷殁了，朕打算安慰嘉妃，封她为贵妃。只是嘉妃生产后还要坐月，也无力打理后宫之事。”

太后眸中微沉，唇角倒还维持着一缕薄薄的笑意：“那就唯有娴贵妃了。可娴贵妃的家世，你是知道的。乌拉那拉氏早已破落，于你在前朝毫无助益。当年若非她为家世所累，早就是你的嫡福晋，而不是勉为其难做了侧福晋。”

皇帝的神色极静：“没有家世，便是最好的家世。”

太后一笑：“你是怕有人倚仗家世，外戚专权？可是皇帝，宫中子嗣为上。”

皇帝坦然：“正因无子，才可以对皇嗣一视同仁。”

太后脸色有一瞬的僵冷，很快笑道：“好，好！原来皇帝已经打算得这样周全了。原是老太婆操心过头了。只不过先帝在时，有句话叫满汉一家。纯贵妃是汉军旗出身的，你可还记得么？”

皇帝恭谨，欠身道：“皇额娘为儿子操心，儿子都心领了。先帝是说满汉一家，所以纳了许多嫔妃都是汉军旗的。但要紧的当口上，皇后也好，新帝的生母也好，都是满军旗。皇额娘不也是大姓钮祜禄氏么？其实当年皇阿玛在时，疼爱五弟弘昼不比疼爱儿子少，但因为弘昼的生母耿氏乃是汉军旗出身，才失之交臂。皇阿玛的千古思虑，儿子铭记在心。”他顿一顿，深深敛容，“皇额娘，儿子已经不是黄口小儿，也不是无知少年。儿子虽然是您一手调教长大的，但许多事，儿子自己能有决断，可以做主了。”

挂在檐前垂下摇曳的薜荔蘅芜丝丝缕缕，碧萝藤花染得湿答答的，将殿内的光线遮得幽幻溟蒙。气氛有瞬间的冷，太后凝神良久，才勉强挤出一个笑容：“是了。且看你在前朝怎么发落张廷玉和高斌，怎么打压群臣，让他们对你敬畏有加，哀家就该明白自己不必多口。”

皇帝却不接这个话头，只是恭谨道：“皇额娘息怒。还有一件事，儿子要回禀皇额娘。大金川莎罗奔不服朝廷驯化，儿子派兵镇压，可惜兵心涣散，屡战屡败。”

太后并不十分放在心上，只道：“兵败不过是统帅无能，换一个就是。”

皇帝心事颇沉，想了想还是道：“金川战役吃紧，得派能熟练军机的亲信之人。儿子打算命讷亲为经略，前往金川指挥战事。”

太后眉心倏忽一跳，不自觉地搁下了手中的筷子，郑重道：“讷亲虽然颇有才具，但兵法并不娴熟，非统军之才。皇帝可要三思。”

皇帝笑容微微发涩：“川陕总督张广泗在前线不力，讷亲前往督战，可总督军事，必能战事获捷。讷亲是皇额娘族人，也是朕的辅政之臣。他一定会尽心尽力为朝廷办事，成就功业。”

这一来，太后也无话可说了，只得点头道：“那也好。”她想了想，终究还是又提后宫之事，“朝政之事你能把握，后宫的事哀家就说一句，没有家世没有子嗣的皇后，会当得很辛苦。”

“是。娴贵妃若不能克服辛苦，便是她自己无能。就像讷亲，儿子给了他立功扬名的机会，他若不能平定大患，也是他无能。前朝还有事务，儿子先告退了。”

太后点点头，目送皇帝出去。福珈点了一炉檀香送上来，袅袅的白烟四散，眼前考究而不堂皇的陈设也多一丝柔靡之意。那香烟温润，游龙似的绕住了人，将太后的容颜遮得雾蒙蒙的：“娴贵妃说得对，皇帝果然不是刚登基的皇帝了。”

福珈取过一枚玉搔头，替太后轻轻挠着发际：“皇上桀骜，若是新后再不能把握在手中，太后在后宫的地位便不能稳如磐石。”

太后无奈一笑，深吸一口气：“皇帝如此抬举讷亲，哀家不能不看在这个情面上退一步。若讷亲真能平定金川，那便是大功一件。哀家在后宫也不必担心那么多了。”

福珈好生安慰道：“也是。皇上说先不立后，只是皇贵妃而已。太后自然可以慢慢瞧着。”

贰壹 媚好

乾隆十三年，彼时嘉妃玉妍离临盆尚有三月。彼时北族传来消息，老王爷离世，全族服丧。世子继承王位，成为北族新王。这位北族新王素来对大清颇为恭顺，皇帝看重北族在北地举足轻重的地位，也特意派了使者前往厚赏，新王为表感激，正打算承袭王爵后进京拜见皇帝。这般热闹，连着玉妍也增荣耀，赶在众人之前晋位为贵妃。太医又说她腹中怀的多半是男胎，即将成为三子之母，真当是春风得意，风光无限。然而玉妍真正喜悦的，是一别多年之后，终于能见上新王一回。北族新王知道了玉妍先封了贵妃，也是欣喜万分，以为封后有望，难免又递了许多消息来，多是嘱咐玉妍往后位上争夺的。说来玉妍多子，除去不得宠的大阿哥、三阿哥，去了的二阿哥，唯有四阿哥为长。如懿没有子嗣，便少了为皇后的资本，就算皇帝喜欢，太后也并不满意。贞淑跃跃欲试，若等新王进京，玉妍也能封后，那才是助益北族最好的消息了。如此日思夜想，难免夜来有些不能安枕。玉妍这一胎怀相并不大好，总是酸软乏力，腹中不适。太医看了，只叫安养不要劳心劳力，问起缘由，也只道玉妍定是在孝贤皇后丧仪上哀伤过度，损了玉体。

到了七月初一，乌拉那拉氏如懿晋为皇贵妃，位同副后，摄六宫事；嘉贵妃协理六宫，同日晋舒嫔叶赫那拉氏意欢为舒妃，令贵人魏嬿婉为令嫔，庆常在陆沐萍为庆贵人，婉常在陈婉茵为婉贵人，秀答应为秀常在，还有几位平日里伺候皇帝的宫女子，亦晋了答应的位分，如揆答应、平答应之流。

虽然人人封赏，但总有不同，比如新封了令嫔的嬿婉。虽然封嫔，但她的恩宠却因着如懿晋封、玉妍有孕而稀落了下来。且此前燕窝细粉之事，总是蒙了一层不悦与惶然，让她面对皇帝之时一壁暗暗勤学，一壁又生怕说错什么惹了皇帝嗤笑，所以总不如往日灵动活泼，渐渐皇帝也少来了。

然而皇帝与北族的亲厚并无多久，前去贺喜观礼的使者便递来消息，新王继位不足半月，却与王妃发生龃龉，逼得王妃羞愤自杀。国中孝贤皇后离世未久，皇帝思念发妻，闻知北族新王逼死发妻，惹得物议如沸，登时勾起了对孝贤皇后之情，勃然大怒，深以为他无情无义，简直非人所为。盛怒之下，立刻命使者带兵拘了新王押解进京，要亲自发落。养心殿上下皆知，只瞒着有孕在身的嘉贵妃不提。

养心殿不提，嫔妃们自然不知。唯有进忠一心讨嬿婉喜欢，将此事兜头兜脑都告诉了嬿婉知道，又提了此事若是嘉贵妃何时知道的要紧，又笑道："万一嘉贵妃生下了孩子再知道这事儿，怕再生气也不会伤身了。"嬿婉明白进忠心意，当下谢过，又问了皇帝总是不来的缘故，进忠也是无可奈何，只得让嬿婉自己在子嗣上想办法。嬿婉焦心无比，便私下吩咐澜翠去请了坤宁宫侍卫赵九宵来问话。

九宵其实很久未见嬿婉了。自从凌云彻高升，便通融了关系，把在冷宫受苦的兄弟赵九宵拨到了坤宁宫，当个安稳闲差。赵九宵自然是感念他兄弟义气。他素日从未进过嫔妃宫殿，在坤宁宫当的又是个闲之又闲的差事，他正和几个侍卫一起喝酒摸骨牌，忽然来了人寻他，又换了太监装束从角门进去，一惊之下不免惴惴。

进了永寿宫，九宵便有些束手束脚，加之穿着不知是哪个小太监的衣裳，更是浑身别扭。他知道嬿婉是有过宠眷的，更见永寿宫布置得颇为奢华。他小心翼翼地挪着步子，进了殿中，九宵只觉得身上一寒，在外头走了半日的汗意倏然往千百个毛孔里一收，竟有掉进冰窟里的感觉。好一会儿才想起六宫中入夏后便开始用冰，却不知能清凉到这种境地，果然是舒坦极了。但见十二扇阔大屏风上描金漆银，雕花繁复华丽，四周锦纱垂地，泛着锦绣应有的淡淡珠光。他满眼缭乱，不知该往何处落脚。

澜翠很瞧不上他那战战兢兢的小家子气，又是好气，又是好笑，便轻声喝道："娘娘在上，你的眼珠子往哪里乱转悠呢？"

赵九宵这才抬起眼来，只见暖阁的榻上斜靠着一个堆纱笼绣的美人儿。他认不清那是什么衣料，只觉得散着明艳的光芒，脸上的艳光亦是带着珠玉的华彩。身边一个宫女装束的女子一看便知是有身份的，正替那美人儿打着一把玳瑁柄簇金薄纱扇子。他很想仔细看看那两位女子的脸，只是阁中景泰蓝大缸中瓮着冰块冒着丝丝的雪白寒气，加之窗上的湘妃竹帘安静地垂落，那女子的脸便有些光晕模糊。半晌，只听得那榻上的女子懒懒打了个哈欠，声音悠悠晃晃道："澜翠，人来了么？"

九宵紧张得手脚都不知道该往哪里放了，胡乱朝着前头跪下，口中呼道："令嫔娘娘万福金安，令嫔娘娘万福金安。"

榻上的女子坐直了身子，笑吟吟道："赵大哥，如今怎么这么客气了？快起来吧。"

九宵不是没听过嬿婉的声音，当年她还是宫女的时候，清脆的，娇俏的，总是围绕着一脸喜悦的凌云彻，像只欢快的小黄莺。而如今，这声音如玉旨纶音一般，惊得他拼命磕头道："令嫔娘娘恕罪，令嫔娘娘恕罪，微臣只是喝了点小酒摸了副牌，不是有意偷懒的！"

嬿婉娇笑一声，亲切中透着几分沉沉的威严：“澜翠，还不扶赵侍卫起来！做人哪里有不忙里偷闲的，何况本宫与赵侍卫是旧识，便是知道了又是什么大事呢。”

澜翠哪里愿意自己的手去碰到他低等太监的服色，便虚扶了一把道：“赵侍卫快起来吧，咱们娘娘还有话问你呢。”

九宵心头大石落地，这才敢抬起头来：“令嫔娘娘有什么尽管问，微臣都会知无不言言无不尽。”

嬿婉使了个眼色，澜翠搬了张小杌子来给九宵坐下，春婵停下手中的扇子，递上一杯茶，两人便悄然退下了。九宵捧着那杯热茶，见嬿婉只是抚着金丝珐琅护甲含笑不语，便坐也不安，站也不安。片刻，嬿婉才闲闲道：“赵大哥如今和凌侍卫来往还多么？”

九宵一愣，才反应过来她问的是凌云彻，便脱口道：“咱们兄弟，还和以前一样。”

嬿婉轻轻一笑，忽而郁郁：“真是羡慕赵大哥啊！本宫与凌侍卫青梅竹马，如今竟是生疏了呢。想想本宫在宫中可以信赖的旧识，也只有赵大哥和凌侍卫了。凌侍卫与本宫疏远至此，真是可惜了，他怕是已经恨死了本宫吧？”

九宵摸着脑袋道：“那也不会吧。娘娘侍奉皇上……那个……云彻他虽然伤心，但也从未说过恨娘娘啊！”

嬿婉满脸忧色，抚着粉红香腮道：“形同陌路，再不过问，和恨本宫有什么区别呢？”

九宵愣了愣，正犹豫着该不该说，但见嬿婉愁容满面，更见清丽，便忍不住道：“云彻他还是很惦记娘娘的。他受皇贵妃提拔引荐给皇上，也替皇贵妃做事。微臣想，若不是皇贵妃与娘娘有三分相似，云彻也不会替她效力了。”

嬿婉听他这般说，心中更有了三分底气，越发笑得亲切：“有赵大哥这句话，本宫也安心了。左右咱们相识一场，别落得个相见不识的地步便好了。”她说罢，也懒得虚留九宵，依旧吩咐了澜翠送了九宵出去，便问：“春婵，这个时候，皇上在养心殿么？”

春婵看了看铜漏，便道：“这个时候皇上怕是在娴皇贵妃宫里午睡呢。”

嬿婉点点头，神色郑重了几分，看着湘妃竹帘一棱一棱将郁蓝天空镂成细密的线，微微眯起了双眼：“该预备的都预备下了么？”

春婵道：“都好了。”她看着院子里九宵走出去的身影道，“只是小主，想定了的事，何必还找这么个人来问问，不会多余么？”

“既然要做好一件事，就必须十分有底。”她忧然叹息，“皇上已经有半个多月没来了吧？”

嬿婉默默地转着手指上一枚红宝石银戒指，那戒指本是最暗的红宝石嵌的，并不如何名贵，只是她戴在手上久了，成了习惯，一直也未曾摘下。那还是她刚进宫那时候，手上什么首饰也没有，被一起在四执库当差的宫女们笑话，她向云彻哭诉了，云彻攒了好久的月俸，才替她买了这一个。当年爱不释手的饰物，如今戴着，却显得十分寒酸。初初得宠的时候，皇帝赏赐了不少珍贵的首饰，她也曾摘下过，保养得娇嫩如春葱如凝脂的手指，更适合镂刻精美名贵的首饰。可心中旧情难解，那个念头又在她心里盘根错节地滋长时，她便又忍不住戴了起来。左右，皇帝是不在乎她戴些什么佩些什么的。嬿婉想了想，从手指上摘下这枚红宝石银戒指，递到春婵手中，下定了决心道：“去吧。”

澜翠将九宵送到了永寿宫门外，半步也不愿再向外多走，转身便要进去。九宵看着澜翠袅娜的背影，心头像有什么东西晃了几晃，起了深深的涟漪，情不自禁道：“姑娘！”

澜翠转过身，带了点不耐烦的笑意，便道：“怎么了？”

九宵笑得嘴都咧开了，收不回来似的：“姑娘，我辛苦你带趟路，还不知道你的高姓芳名叫什么呢？”

澜翠听他说得不伦不类，越加好笑：“本姑娘就是个伺候娘娘的人，什么芳名不芳名的。”说罢甩了甩绢子，吩咐守门的太监道，“外头日头毒，还不关上大门，免得暑气进来！”

那小太监答应了一声：“是，澜翠姑娘。”

九宵站在白花花的太阳底下，浑然不觉得自己已经起了一层油汗，情不自禁地搓着手痴痴笑了。

夜来时分，宫门下了钥，除了偶尔走过的值夜侍卫，静得如在无人之地。夜色浓稠如汁，从天空肆意流淌向紫禁城的每一个角落。深蓝冥黑的天空中星河邈远，沉沉暗淡，夜色迷离得如一层薄薄的轻纱，好似随时能蒙住人的眼睛，叫人失去了方向。半弯皎洁明月里头隐约有些杂色，仿佛是广寒宫桂花古树的枝杈错乱，或许嫦娥早已心生悔意，正怀抱玉兔在桂花树下述说着暗偷灵药的悔恨，遥遥无期的寂寥和永不能言说的相思。

云彻跟在春婵身后，不解地问：“这么夜了，令嫔娘娘还有何要事吩咐？”

春婵提着灯笼，一脸愁容道：“小主一直饱受嘉贵妃欺侮，实在忍受不了，动了轻生之念。奴婢没办法，所以请凌大人来劝慰小主。”

云彻静默片刻，免不了还是记挂：“令嫔娘娘无事吧？”

“小主一直寻死觅活，奴婢和澜翠轮流看着才没出事。可小主若一直这么想不开，迟早也会出事啊。这宫里小主最相信的就是凌大人，请您务必劝一劝，别看着故人轻生出事啊。”

“嬿婉不是会轻易软弱的人，真会如此，想是被嘉贵妃逼急了。”云彻扯了扯身上的小太监衣装，浑不舒服地道，“我一个小小侍卫，又能帮得了什么呢？还偏得打扮成这样，鬼鬼祟祟的。”

春婵温静一笑，感激不尽的样子，倒叫人难以拒绝：“小主不算得宠，又逃不出嘉贵妃折磨，实在生无可恋。皇上和嫔妃们去斋宫了，您守着养心殿也无事，帮奴婢劝劝小主吧。只要大人肯来，便是顾念旧识一场，是帮小主了。”她说罢，引着云彻继续向前，过了咸和右门便看得到永寿宫的正门了。

夜已有些深了，皇帝大概已经在平答应的永和宫中歇下。夏夜的暑气渐渐被清凉之意逼散，加之甬道上被宫人们泼了井水生凉，在朦胧月色下似水银铺就一般，亮汪汪的。那一瞬，连云彻自己也有些模糊了。他是走在什么地方？这样熟悉的路，却像是要走到一个不能归来的地方去。他心事重重，听着春婵轻巧的脚步声落在镂花青石板上，每一步都引着他往永寿宫越走越近。他深吸一口气，抬头一望，只见宫墙红壁深深，一重重金色的兽脊披着生冷而圆润的棱角，冷冷映着月色，漠然地俯视着他。四下里寂然无声，守卫的侍卫固然不见，连宫门口垂着的灯火都暗暗的无精打采，格外疏冷凄静。

他微微叹息，想起方才转角经过嘉贵妃的启祥宫，灯火通明，彩致辉煌，无数宫人簇拥，真真是个宠妃所居的地方，可一道之隔的永寿宫却如此冷清。大约嬿婉的日子，当真算不得很好吧。但，他极目远望，隐隐望得见翊坤宫那飞翘的檐角，心里稍稍生了一丝安慰，至少如懿，此刻已经安稳了许多。

他正凝神想着，春婵已经引了他入了庭院。偏殿与后殿当真是一点灯光也无，唯有嬿婉所居的正殿有几星灯火微明。春婵规规矩矩地立到一旁，并无进去的意思，恭谨道：“凌大人请进，小主已经在里头等候大人了。”

云彻微一踌躇，“这样似乎不妥吧，还请姑娘陪我进去。”

春婵为难道：“不到万不得已，小主怎会起了轻生的念头呢，还是您去劝为好。再者，里边自有伺候大人的人。”

云彻听得这句，才微微放心，举步入内。他才一进去，春婵已经在身后将殿门紧紧闭上。他颇为意外，再要转身也觉不妥，只得缓步入内。殿中只点了几盏烛火，又笼着莹白的缕纱灯罩，那灯火也是朦朦胧胧、暧昧昏黄的。他试探着唤了一声“令嫔娘娘”，却不曾听见有人回应，隐约中见西次间暖阁灯火更亮些，便又入内几步。

最末梢的暖阁内却是重重轻绡堆软，是绕指柔的粉红色，温柔得像是女子未经涂染的唇。宝鼎熏炉内若有若无的香味清幽无比，他虽然常常出入养心殿，闻惯了各种香料，但也说不出那是什么香气，只觉得柔媚入骨，中人欲醉。

阁中大约是供着数瓮新起出来的冰雕，将暑意都隔在了外头，只余下一个清凉自在天地来。

云彻见四下无人，心下不安，只得拱手道："或许令嫔娘娘一时远离，微臣不便久留，先行告退。"

他正要转身离开，只觉得肩上微微一重，似有翩翩的蝶停驻在了肩头。有透彻如水的女子声音传来："云彻哥哥，你便等不得我一等了么？"

云彻脑中一蒙，只得镇声道："微臣凌云彻……令嫔娘娘，您无事吧？春婵说您有了轻生的念头，让微臣来劝您。"

嬿婉的低诉轻柔得如攀上枝头的紫藤软蔓："我以为没了你也不要紧，可真没有了你，我的日子过得生不如死。"她的手指微微一动，像水蛇般绕上他裸露在外的脖子。

云彻不自觉地打了个激灵："日子怎么过是您自己选的。微臣以为您是被嘉贵妃欺辱才想不开，看来不是如此。那微臣先走了。"

云彻只觉得攀附上自己的那双手指尖冷若寒冰，却柔软如绵，所经之处，便似点燃了小小的火苗，一点一点舔着他的皮肤，让他无端地生出一种原始的渴望来。

嬿婉的气息温柔地拂在他耳边，轻轻道："云彻哥哥，你怎么不回头看看我？"那样蛊惑的声音，让他渴望又心生畏惧。记忆中的嬿婉并没有这样柔媚至死的声音，他真的很怕一回头，见到的不是嬿婉，而是一张传说中鬼魅的狐狸面孔。可他不能不转过头去，嬿婉的手已经抚摸到了他的嘴唇，温柔地逡巡着。他不由自主地转过身体，唤道："令嫔娘娘……"

他的目光在一瞬间看到了嬿婉洁白而裸露的肩头和手臂，像是新剥出的荔枝肉，微微透明，白而冻，却散发着温暖的热气。她身体的其他部分都被一块薄得近乎透明的红绡紧紧围住，勾勒出美好而诱人的曲线。可她的身体，怎美得过她此刻微漾的星眸、丰润的红唇和那欲嗔未嗔的笑容。

他，没有见过这样的嬿婉，从来没有。

一定是哪里出了错。他狠狠咬了下自己的舌尖。痛，咬得用力，连血液都沁了出来。嬿婉只是一笑，手臂蜿蜒上他脖子，欲去吻他唇边新沁出的鲜红的血。

疼痛在一瞬间清醒了他的头脑。一定是哪里不对！一定是！

他趁着那一分清醒霍然推开她，挣扎着道："令嫔娘娘请自重。"

"令嫔娘娘？"嬿婉轻嗤，在他耳边吐气如兰，"哪个娘娘会这样来见你。"她伸出染成粉红色的指尖在云彻掌心悄然回旋，有意无意地挠着，所到之处，便引起肌肤的一阵麻栗，她的身体越发靠近他："我是你的嬿婉妹妹。云彻哥哥，你别走。你抱抱我吧，就像从前一样。"

"嬿婉？"他艰难地抗拒，"嬿婉不会如此。我们的从前已被令嫔娘娘您亲手舍去，如今您无须再留恋了。"

"不，我留恋的。就算皇上在身边，我也想着你。云彻哥哥，只有你对我最好。"她的手指在他胸口，透着薄薄的衣衫，那种酥痒是会蔓延的。嬿婉显然是新沐浴过，容敷浅浅红妆，珠兰香气缠身，浑身都散发着新浴后温热的气息，在这清凉的小世界里格外酥软而蓬勃。嬿婉的身体贴上了他的身体，哪怕隔着衣衫，他也能感受到那玲珑有致的身段，是如何成了一团野火，让他无法克制从喉间漫逸而出一缕近乎渴望的呻吟。嬿婉轻声道："我如果嫁的是你，我们夜夜都会如此。"她轻吻他的耳垂："云彻哥哥，我是这样思念你，你感受到了么？"

云彻挣扎着挪动身体，他的挪动显然无力而迟缓，弥漫的香气成了一张无形的网，将他控得无处可逃。他的脑海里如同浮絮般轻绵而无处着力，声音亦是如此微弱："不，不……"

"为何要说不？"嬿婉俯身在他之上，几欲吻住他的唇，"难道除我之外，你心里喜欢上了别人？"

嬿婉似笑非笑地看着他，是如此笃定而漫不经心。她认定了的，他心里只有她，再无旁人。可于云彻，却恍然有惊雷贯顶，他没有答案，可那一瞬间，是一张颇为肖似却神情迥异的面孔出现在了眼前。

是如懿！

居然是如懿！

大约是殿阁中太清凉，大约是气氛太暧昧，大约是他昏了头脑，在这一刻，他想到的居然是如懿。

仿佛有冰水湃入头脑的缝隙，彻骨寒凉。他霍然站起身来，推开柔情似水的嬿婉："你对我做了什么？"

嬿婉微微诧异，她双颊是热烈的橙红，唇齿间都是难以抵挡的柔香："我能对你做什么？云彻哥哥，这不是你一直以来所想的么，我只如你所愿罢了。"

"不！那是你的意愿，不是我的。"他盯着嬿婉，目光清冽如数九寒冰，"为什么这样？"

"为什么？"嬿婉苦笑，"若不是因为没有孩子，我怎么会落到如此田地？云彻哥哥，我过得并不好。我只是不想再受人欺凌，为什么这样难？"有清泪滑落，"我只想要一个孩子，让我后半生有个依靠而已。云彻哥哥，我只希望那个孩子的父亲是你。"

"是我？"云彻愕然而恼怒，"你用这样的方式选择是我？"他别过头，见案几上有一壶茶水，立刻举起倒入干燥的喉舌，以此换来更多的理智和清明："你选择的是皇上，不是我！"

"那有什么要紧？"嬿婉红了双眼，"只要你是我孩子的阿玛。"

是恼怒还是羞辱，她用这种方式，来贬低自己，贬低他。他终于道："你有皇上！"

嬿婉有些急切："皇上与我，或许没有子嗣的缘分！而且皇上老了，并不能让我顺利遇喜。我已经喝了那么多坐胎药，我……我只想要个孩子！你比皇上年轻，你……"

云彻摇头："不！如果你有了孩子，会怎么对我？你要除去我，太简单了。"

嬿婉惊诧地看着他，柔弱而无助："云彻哥哥，我们多年的情分，你居然这样想我？"

"断得一干二净，不留任何余地，是你一贯的处世之道。"云彻的眼里有一点因愤恨和失望而生的泪光，转瞬干涸，"你找我，不过是我有可利用的地方而已。"他奋力支撑起身体，"令嫔娘娘，但愿你能留住最后一点我对您的善意想象。"他起身，跌跌撞撞离去。

嬿婉望着他离去的背影，颓然坐倒在榻上，眼角的泪光渐渐锋利，成了割人心脉的利刃。春婵惊惶地闯入："小主，凌云彻怎么走了？他会不会说出去？"

嬿婉疲累地摇头："本宫不知！"

春婵慌不择言："按着咱们原先想好的，只要事后成功，一定得除去凌云彻灭口。可眼下……"

"不！不要杀他！他和别人不一样，他真心对我好。"嬿婉的面色苍白似初春的雪，是冰冷僵死般的残喘，在松弛的尽头散发着无力的气息，"他走了也好，至少以后不必是本宫来杀他了。他大概也不会说出去吧。"

"他对您好就该成全您的心愿，让您有个孩子。"春婵的手按在嬿婉的肩头，像是扶持，亦是强逼自己的安慰。可她还是害怕，从骨子里冒出的寒气让她手指发颤："他不会，也不敢。对不对，小主？奴婢看得出来，他是在乎您的，他对您有情有义。其实他是个挺好的人，真的！"

嬿婉支着明亮的额头，低眉避过春婵惊惧的面容，引袖掩去于这短短一瞬间掉下来的清亮泪珠："他当然是个好人，可以依托终身的人。

是我为了荣华富贵放弃了他，是我不好。”

春婵甚少见她这般感伤而无助，她吓得一个激灵，全然清醒过来，跪下道：“小主，您别这么说……您是有福气的……”

嬿婉沉静许久，面上的颓废哀色渐渐逝去，恢复了如常的冷静，看了春婵一眼：“那炉香没用了，去倒掉吧。”

云彻走了好一段路，寻到庑房里换回自己的衣裳，又一气灌了许多茶水，才渐渐恢复清明的神志。同住在庑房里的侍卫们都睡熟了，浊重的呼吸混着闷热的空气叫人生出无限腻烦。他透着气，慢慢摸着墙根走到外头。甬道里半温半凉的空气让他心生安全，他靠在墙边，由着汗水慢慢浸透了衣裳，缓缓地喘着气，以此来抵御方才暧昧而不堪的记忆。印象中嬿婉美好纯然的脸庞全然破碎，成了无数飞散的雪白碎片，取而代之的是她充满情欲的媚好的眼。他低下头，为此伤感而痛心不已。片刻，他听到响动，抬起头，却见如懿携着惢心并几个宫女从不远处走来。

他心头蓦然一松，起身守候在旁：“皇贵妃娘娘万福金安。”

如懿颇为诧异：“这个时辰，凌大人怎么在此？”

云彻有些窘迫，很快道：“侍卫巡夜，微臣怕他们惫懒，特意过来查看。夜深，娘娘怎么还在外行走？”

惢心笑道：“宫里请了国师在雨花阁诵经，小主刚去雨花阁祈福归来。”

云彻道：“娘娘虔诚，一定会心想事成。”

如懿示意众人退后几步，低声向他道：“凌大人身体不好？脸色怎么这样难看？”

云彻无奈苦笑：“娘娘，微臣只是见到自己不愿见到的改变。想不通旧时的人、旧时的事，怎会面目全非？”

如懿的笑容温暖而沉着：“是人都会变。比起十四岁初入潜邸时的我，如今的我可以说是面目全非。所以不要执念于你过去的所见所闻，能接受的变化便接受，不能接受便由它去。你所能控制的，只有你自己。”她说罢，扶过惢心的手，带着温静神色，缓步离开。

云彻有一瞬间的恍惚，这个与嬿婉眉眼间有着几分相似的女子，这个正当韶华盛放的女子，有着不同于任何女子的沉稳笃定。或许这是她在深宫中失去的，亦是收获的。他望着她，保持着静默的姿态，目送她离开，却清晰地记得，自己在迷糊的一刻，清醒地想起她的脸。

那才是对于他自己，最撼动心肺的变化。

贰贰 私情上

皇帝的万寿节是八月十三。自过了七月十五中元节，国师安吉便领着一众弟子入紫禁城，暂住在雨花阁中修行祝祷，为皇室祈福，直到八月十五中秋节。

这是宫中难得的盛事。国师虽然年未至四十，但自小有灌顶之慧，颇有修为。上至太后，下至宫人，无一不对国师虔诚膜拜。

如懿统摄六宫，对此等大事自然不敢怠慢。一来孝贤皇后去世后皇帝郁郁寡欢，少与嫔妃亲近。二则自乾隆十二年四川藏族大金川安抚司土司官莎罗奔公开叛乱，朝廷派兵镇压失败，皇帝一怒之下改用岳钟琪兵分两路进攻大金川，莎罗奔溃败乞降，顶佛经立誓不再叛乱，宫中祈福，也可求国家祥和。三则玉妍怀着身孕时为孝贤皇后的丧礼操持劳碌，有许多不可避免的礼仪劳顿，所以怀娠的样子越来越不好，渐渐有了肚腹酸胀不适之症，太医们忙着请脉开方，倒惹得她脾气上来，终日烦躁不已。

这一日玉妍正在午睡，冰室送冰的小宫女艾儿进来换瓮中的冰块。

天热出汗，冰块又滑，艾儿不慎，一小块手掌大小的冰落在地上，震出了些许声响。玉妍登时惊醒，想着这一醒又难入眠，霍地掀开珍珠纱帐，举起一把扇子便扔过来，口中叱道："笨手笨脚的！打！"

丽心见玉妍动了真火，立刻上前捏着艾儿的耳朵拧了几下，喝骂道："太医叮嘱了多少次，小主要静养。艾儿，你一个低贱丫头，要是惊动小主的胎气，可是作死了。"

艾儿哭求了几句，丽心见玉妍更不耐烦，立刻便打了几下重手，又拔下发髻上的烧蓝银簪子，狠狠戳了几下，不许她哭出声来。贞淑连忙打扇子送酸梅汤安抚玉妍，玉妍这才好些，发落了艾儿去跪在太阳底下，不许喝水吃饭。

玉妍肚腹颇隆，起坐不便，这一闹，身上更觉不舒坦，喝了两口安胎药，问了新王进京拜见皇帝之事，贞淑也是一点消息也无。玉妍懒懒的，贞淑便劝："国师午后就要进宫，小主要不要顺便祝祷求得胎象安稳？"

玉妍原本一心信奉北族的北君教，除了必需的例行公事，从不进供奉释迦牟尼佛的宝华殿与供奉藏传佛教密宗的雨花阁，也不过问宫中一切佛事。如今怀胎不安，只得答允了，多求个保障。

且不说玉妍上心，自讷亲出征，太后一直没听到战事胜利的消息，反而吃了败仗，也是十分心焦，亦一心要去雨花阁祈福。太后道："若战事得胜，讷亲便能建下不世之功业，成为朝廷的中流砥柱。哀家与两位公主、钮祜禄氏一族便更有依靠。可若战败……"

太后不愿再说下去，福珈殷勤准备了香烛，陪着太后祈福不提。

这一日安吉国师带着一众徒弟入宫，果然合宫轰动，为国师端正形貌与高深修行所震，个个诚心敬服。

如懿在正殿迎接。玉妍顾不得疲惫，也强撑着陪在如懿身后，举动风仪万千。见面自然是客气寒暄，如懿道："自从孝贤皇后去世，皇上一直郁郁寡欢。二则金川战事僵持难下。希望这次祈福，也可求国家祥和。”

安吉国师赤诚满怀：“兵战有伤天和。我会为战死沙场的将士求得魂魄安宁。”如此闲聊几句，安吉国师目光澄明一片，不觉对如懿微微注目，“皇贵妃印堂红中带黑气，似有大吉，然而吉中有不祥之事。”

如懿不甚放在心上，倒是三宝留心：“敢问国师，那须得如何防范不祥？”安吉尚来不及答，如懿先笑了：“祥瑞与否都在天意，人为能阻止什么？本宫倒想看看，会有如何不祥。”

玉妍瞟着二人，按捺住好奇之色：“皇贵妃胆子好大，换作旁人早就急坏了。”

安吉国师双手合十，恳切道：“我会为皇贵妃施法祈福，换得平安。”

玉妍描得飞扬凌厉的眉毛一挑，响亮地笑道：“国师真是热心肠。”

次日，玉妍便将亲手抄写的经文送来请大师诵读，也常常派贴身的侍女宫婢前来跟着法师们诵经描画经幡。只是自己绝不进雨花阁敬香礼佛的。

如此，法师们便在雨花阁住了下来，每日晨昏敬香，虔诚不已。

说来那艾儿无端挨了打又受罚，心中委屈得紧，又无处倾诉，当日黄昏便随着宫女太监们一同到雨花阁外聆听众位法师诵经。正逢诵经完毕后法师出来，一个太监大着胆子冲上前跪下求国师摩顶增福报。安吉慈悲，一一摩顶赐福，又叮嘱他们诚心念诵经文，得无上福报。宫人们激动得热泪盈眶，感念不已。

一时人多，安吉不能一一摩顶，便嘱咐大弟子安多一同赐福。安多一个个摸着宫女太监们的头顶，待到人群渐渐散去，才看到沮丧的艾儿也跪在人后，怯怯不敢上前。安多性子憨厚，见她满目伤心委屈之色，怜悯地为她摩顶，艾儿不想自己也有这般福气，不由得落泪：“多谢大师慈悲。奴婢受了苦，不敢说。只求以后不再受苦。”安多连连点头，答允了为她诵经祝祷，艾儿自小孤苦，头一回得人这般照顾，有人与她和颜悦色说话，早已感激得泪流满面。一来二去，艾儿便与安多熟稔了不少，安多也是孤儿，打小跟着安吉国师修行，只道人待我好，我亦待人好，见艾儿去启祥宫送冰动辄得咎，便宽慰她持平静心，安然度日。艾儿哪敢奢求眼前安稳，唯有与安多说话时，才觉这世间有众生平等的说法，便求道："大师，我希望来世可以过得好些。可否将您手上的佛珠赐给我，让我感知您无边的慈悲。"安多自然褪下手上的佛珠，递给艾儿，"愿它予你平静与福泽。"艾儿喜不自胜，双手捧过佛珠，虔诚感激。

如此过了几日，入夜后安吉国师便独自一人，安静为如懿祈福，连皇帝知道也叹："皇贵妃真得人心，国师初入宫都愿意为皇贵妃祈福。"有皇帝此言，宫中上下便越发巴结如懿不提。

玉妍每日便照着规矩好歹抄了些佛经敷衍。天儿闷热难耐，玉妍累得一身汗，又不见艾儿如常来送冰，便有些恼怒。贞淑怕她动气，连忙道："艾儿大概忙着去雨花阁祈福了。"

玉妍正恨文字难写，不如北族的简便，索性丢了笔，半靠在榻上喝着冰碗消暑："一个毛丫头，还能求到什么福气！倒不像皇贵妃，一封高位，连国师也来巴结。"

贞淑细长的眼睛笑得不见了缝儿，舀了一块蜜瓜喂到玉妍口中，语气有些暧昧："谁知道是不是巴结？一男一女，无事献殷勤能有什么好儿？"

玉妍笑着支起了腰身，盯着贞淑道："这倒有点儿意思了。"

隔了两日皇帝得闲，便与如懿同去雨花阁敬香。安吉国师大赞皇帝仁心慈爱，苍生备受恩泽，祝祷必定灵验。皇帝记挂着战事，稍待片刻便要离开。如懿则等着嫔妃们将自己抄写的经书送来给国师诵读。说话间，几人都迈出了正殿。如懿脚下不慎，被红木门槛一绊，险些跌倒。幸好惢心和三宝手快，安吉国师也在旁扶了一把，总算站稳了。皇帝闻声回头，正见安吉的手扶在如懿袖子上，虽不涉男女大防，心中总是有些不乐，叮嘱了如懿一句“皇贵妃小心”，便往前朝去。

皇帝当下虽不言，但一路回去，看几拨儿宫女都兴致勃勃朝着雨花阁方向去，似乎对国师到来格外感兴趣。

进忠见皇帝注目，便道：“国师精通佛法，人也长得端正俊逸。宫女们去得格外勤了。”

皇帝想起方才之事，心头便蒙了一层荫翳，纵然李玉也道国师难得入宫，宫人们都想听他诵经，得到福报。皇帝却不甚入耳，沉吟片刻后道：“宫女们少见外男，虽然说国师是出家人，但也得避嫌。祝祷结束后，命他早些出宫吧。”

如懿自然不知，也不将此事放在心上，也未顾及贞淑便在殿内与法师们议论为玉妍母子祈福之事，与安吉闲话片刻，等着嫔妃们送来手抄的经文，又见纯贵妃那篇是特意刺破手指抄录心咒百遍，为儿女祝祷的，也是感她诚心可鉴。

待回来时，如懿又收了安吉国师所赠的一把藏香并一个青铜香炉，便吩咐菱枝点了起来。正好进保过来，说了皇帝见宫中宫女勤去雨花阁外听经，总有流言说国师精通佛法，人也长得端正俊逸的缘故，打算祝祷结束后，便要避嫌，送国师出宫。如懿答应了安排，又问了几句皇帝万寿节的准备，便也坐下歇息。

菱枝点了一把藏香放在窗台下，连连道：“好冲的气味，可比沉水香冲多了。”

如懿笑道：“藏香可聚福慧，对身体更是大有裨益。也是安吉大师有心，才赠了本宫这一小把。”她转头见殿中只有菱枝带着小宫女忙碌，便问，“惢心呢？方才没跟着本宫去雨花阁，此刻人也不在宫里。”

菱枝抿嘴一笑：“惢心姐姐还能去哪里，估摸着到时辰该请平安脉了，亲自去请江太医了。”

如懿会心一笑，低头轻嗅那藏香，道：“这香味虽有些冲，但后劲清凉醒神，等下留出一份送与太后。”

菱枝正答应着，如懿侧首望向窗外，见江与彬与惢心并肩穿过庭院，有风轻柔地卷起他们的衣衫，将袍角卷在一起，江与彬亦从容含笑，体贴地弯下腰身，为惢心拂好裙角。

如懿看着他们，仿佛看见昔年的皇帝与自己，如此两情相依，彼此无猜疑。

二人很快进来，如懿笑着道：“再不许你们成婚，便真是我的不是了。”

惢心有些不好意思，转身站到江与彬身后去了。江与彬垂衣拱手，一揖到地：“多谢皇贵妃垂爱。”

如懿由着江与彬请过了平安脉，江与彬道：“娘娘一切安好。”

如懿拊了拊手腕，淡淡笑道：“安好便罢，能不能有子息，也在天意，非我一人主宰。”

江与彬道：“听说皇贵妃近日总在雨花阁祈福，与大法师颇为相熟，娘娘积福积德，一定会有福报的。”

如懿笑道：“说来也怪，我与国师素未谋面，却一见如故。法师虽然年未至四十，但佛学精通，总让人有清风拂面、豁然开朗之感。”

江与彬垂眸笑道：“佛法有通灵一说，想来大法师便是如此。”

如懿略略思忖，抚着榻边一把紫玉多宝如意，慢慢道：“其实你与惢心两情相悦已久，我很该早些把惢心许婚给你。等过了九月，孝贤皇后丧期过了半年，本宫便把惢心指婚于你。希望你能好好待她。”

江与彬神色激动，跪下道：“有皇贵妃这句话，微臣便是再等上十年，也是心甘情愿的。”

如懿笑道：“你等得住十年，惢心可等不住。本宫都已经在想，若你们生下孩子，一定要常常带来，在本宫身边做半个义子，本宫便算也享了天伦之乐。”

惢心含笑带泪，对着江与彬认真道：“我且告诉你，便是小主赐婚了，每日宫门下钥前我都会来侍奉小主，天黑才回家去，你可不许管着我。”

如懿笑得撑不住：“瞧瞧，这还没有嫁人呢，便已经这样霸道了。叫人还以为翊坤宫出去的，都被本宫惯得这样坏性子呢。”

江与彬的笑意纵容而宠溺：“惢心说什么，微臣都听她的。”

如懿微微含笑，仿佛能从江与彬的宠溺与爱意里探知几分往日的时光。但，那终究是往日了。

翊坤宫和乐安宁，慈宁宫中却是连福珈都小心翼翼。自讷亲到了金川前线，便冒进求胜，还与张广泗不甚和睦，导致一败再败。虽说胜败乃兵家常事，可讷亲被吓破了胆，从此不敢领兵出战。皇帝动怒，便派了岳钟琪将军和傅恒大人去了金川，代替讷亲指挥战事。

太后知晓，自然忧惧。孝贤皇后崩逝后，皇帝借丧仪之事贬斥群臣，连张廷玉和高斌都不能幸免。一时间朝局大变，讷亲虽然身在金川，也是终日惶惶。唯有傅恒是孝贤皇后的弟弟，进了军机处当差。皇帝对国政的掌控，早就今非昔比啊。若讷亲大人能将功抵过，就保得住钮祜禄氏的荣华。否则连太后也不敢设想结局如何。悬心半日，太后只能叹息：“哀家早说讷亲不懂兵事，非统军之才。皇帝执意要用他。如今战败，不知皇帝会如何处置讷亲。”

如此，太后每日只在宝华殿、雨花阁、慈宁宫三处走动，也免了嫔妃拜见，专心为战事祈福而已。

这一夜，如懿便如往常一般在暖阁中沐浴梳洗。诵经祈福之后，便为皇帝万寿节的生辰之礼忙碌了许久。孝贤皇后新丧，皇帝的万寿节既不可过于热闹，也不能失了体面，更是要让嫔妃们崭露头角，安慰皇帝。如懿新摄六宫事，不能不格外用心操持。

如懿沐浴完毕，惢心伺候着用大幅丝绸为她包裹全身吸净水分，来保持身体的光滑柔嫩。孝贤皇后在时最爱惜物力，宫中除了启祥宫是特许，一例不许用丝绸沐浴裹体。然而孝贤皇后才过世，自金玉妍起便是大肆索用丝绸，那一阵绿筠与她亲切，便也不太过问，更喜向玉妍讨教容颜常驻的妙方，也开始享受起来。皇帝素来是喜好奢华，如懿亦有意松一松孝贤皇后在世时六宫节俭之状，便也默许了。由此，宫中沐浴后便大量使用丝绸，再不吝惜。

银朱红纱帷垂地无声，如懿用一把水晶钗子绾起半松的云鬓，身上披着一身退红绛绡薄罗衫子，身影如琼枝玉树，掩映其下。身侧的碧水色琉璃缸里满蕴清水，大蓬的粉红雪白两色晚莲开得如醉如仙。远远有菱歌声和着夜露清亮传来，想是嬿婉宫中，正陪着皇帝取乐。听闻嬿婉新出了主意，命人采来晚开的红莲，又于夜间捕来流萤点点，散于殿阁中，湘簟月华浮，萤傍藕花流，自是合了皇帝一贯雅好风流的心意。

惢心听着那银丝般萦萦不断的曲声，只是笑吟吟向如懿絮絮："小主今夜披于身上的衫子真好看，红而不娇，想是内务府新制的颜色。"

如懿知她不愿自己听着旁人宫中承宠欢笑，便也有一句没一句地道："半月前皇上读王建的《题所赁宅牡丹花》，其中一句便是'粉光深紫腻，肉色退红娇'，只觉那'退红'二字是极好的，只不知如今能不能制出来，便叫内务府一试。内务府绞尽脑汁只做出这一匹，颜色浓淡相宜，娇而不妖，果然是好的。"

那幽幽的一抹退红，是明婉娇嫩的华光潋滟，有晚来微凉的潮湿，是开到了辉煌极处的花朵，将退未退的一点红，娇媚而安静地开着。

惢心撇嘴笑道："如今小主新摄六宫事，只弄个退红颜色也罢了，便是天水碧那样难的料子，内务府怕也制得欢喜呢，生怕讨好不了小主。"

如懿斜睨她一眼，扑哧一笑，伸手戳了戳她笑得翘起的唇："这小妮子，越发爱胡说了。"

如懿任由惢心用轻绵的粉扑子将敷身的香粉扑上裸露的肌肤。敷粉本是嫔妃宫女每日睡前必做的功课，日日用大量珍珠粉敷遍身体，来保持肌肤的柔软白滑，如一块上好的白玉，细腻通透。

如懿轻轻一嗅，道："这敷体的香粉可换过了么？记得孝贤皇后在时，这些东西都是从简，不过是拿应季的茉莉、素馨与金银花瓣拧的花汁掺在珍珠粉里，如今怎么好像换了气味。"

惢心一壁扑粉一壁道："小主喜欢白色香花，所以多用茉莉与素馨、栀子之类，其实若要肌肤好颜色，用玫瑰与桃花沐浴是最好不过的。不过奴婢这些日子去内务府领这些香粉，才发觉已经不大用这些旧东西了，说是皇上偶尔闻到小主们身上的香气，嫌不够矜贵。所以如今用的都是极好的呢。今日小主用的香粉，是用上好的英粉和着益母草灰用牛乳调制的，又用茯苓、香白芷、杏仁、马珂、白梅肉和云母拿玉锤研磨细了，再兑上珍珠粉用的。这还不是只给咱们宫里的，但凡嫔位以上，都用这个。"

如懿出身名门，见惯了这些豪奢手段，然而听得惢心一一说来，也不觉暗暗咋舌："孝贤皇后在时最节俭不过，连嫔妃们的衣衫首饰都有定例。如今人方走，大家便物极必反，穷奢极欲起来，也没个管束。只那马珂一例，便是深海里极不易得的海贝，几与珊瑚同价。"

惢心听得连连吐了舌头道："听闻嘉贵妃还在孕中，便已经每日用鲜花拧了汁子擦拭身体，保持肌肤柔软，还催命太医院炮制让身形恢复少女柔嫩的香膏，用的什么苏合香、白胶香、冰片、珊瑚、白檀，那些稀奇古怪的名字，奴婢记也记不住，珍珠更是非南珠不用。"

如懿听得连连蹙眉，片刻方轻笑："世人总是爱做梦，希望重回少女体态。只是若失了少女身段，还配上一副少女心肠，那便是真真无知了。"

惢心道："她哪里是无知，是太过自信。以为纯贵妃抱病，又失了大阿哥和三阿哥两个靠山。她便仗着自己生了两个皇子，又有孕在身，新封了贵妃协理六宫，便自以为得了意了。"

细白的珍珠粉敷及身体的每一个角落，让本就雪白的肌理泛起更不真实的白色。如懿怅然道：“嘉贵妃自然得意。其实能像她一般急欲保养也是好的，哪里像我，或许没有生养过的人，终究不显老些。”

惢心知如懿一生最痛，便是不能如一个寻常女人般怀孕生子，她正要出言安慰，忽然听得外头砰一声响，很快有脚步声杂沓纷繁，渐渐有呼号兵器之声，骤然大惊，喝道：“什么事？竟敢惊动小主！”

外头是三宝的声音，惊惶呼喝道：“有刺客！有刺客！保护小主要紧！”

这一惊非同小可。如懿本是半裸着肩头，惢心旋即拿一件素白寝衣将她密密裹住。两人正自不安，恍惚听得外头安静了些许，却是三宝执灯挑帘进来，禀报道：“让小主受惊了。”

如懿因未曾亲见刺客，倒也渐渐镇定下来：“怎么回事？”

三宝道：“方才奴才烧了热水，打算放在暖阁外供娘娘使用。谁知奴才才过院子，却见有一个红袍刺客翻墙进来，奴才吓得摔了脸盆，那人听见动静立刻翻墙走了。谁知便惊动了外头巡守的侍卫，进来查看。”

如懿惊怒交加：“翊坤宫竟敢有刺客闯入，实在是笑话！那结果如何？”

三宝惴惴道：“刺客跑得快，已经不见了。”

“无用！”如懿厉声呵斥，心中忽而有不安的涟漪翻腾而起，“你是说你一发现刺客的行踪喊起来，外头巡守经过的侍卫就听见了？”

三宝答了“是”，如懿愈加疑惑：“从来巡守的侍卫经过都有班次，并不该在这个时刻，怎来得这样快？”

三宝寻思着道：“或许是因为小主晋封了皇贵妃，他们格外殷勤些也是有的。”

如懿心底大为不耐烦，道：“既然殷勤，就不该有刺客闯入。现下又太过殷勤了。”她想了想，“去将今夜之事禀告皇上，再加派宫中人手，彻底搜寻翊坤宫及东西各宫，以免刺客逃窜，惊扰宫中。最要紧的是要护驾。”

三宝答应着赶紧去了，如此喧闹一夜，再查不到刺客踪迹，才安静了下来。

次日一早，皇帝便亲自来探视如懿，安慰她受惊之苦，又大大申饬了宫中守卫，但见合宫无事，便也罢了。

到了午后时分，如懿正在盘查翊坤宫的门禁，却听外头李玉进来，打了个千儿道：“皇贵妃娘娘万福金安。”

如懿见了他便有些诧异：“这个时候皇上应当在午睡，你怎么过来了？”

李玉道：“皇上在启祥宫歇的午觉，也只睡了一会儿，嘉贵妃陪着皇上说了会子话儿。皇上说请娘娘立刻过去呢。至于什么事儿，奴才也不清楚，大约是皇上还在担心娘娘昨夜受惊的事吧。”

如懿便道：“那你等等，本宫更衣便去。”

虽然已是八月十一，天气渐渐地凉了下来，但午后总是格外闷热些，如懿坐在轿辇上一路过来，也不免香汗细细，生了一层黏腻。待走到殿中，便觉清凉了不少。

玉妍出身北族，她的启祥宫也装饰得格外新奇，多以纯白为底，描金绘彩，屏风上所绣的也是北族的山川景色，秀美壮丽。因是在自己宫中，玉妍也是偏于北族的打扮，北族女子崇尚白色，所以她穿着浅浅乳白色的绣石榴孔雀平金团寿夏衣，衬着她硕大隆起的肚腹，越发显得华贵无比。她耳上坠着华丽及肩的翠玉琉璃金累丝流苏耳饰，头发梳成低低的平髻，以榴红丝带束起，再用拇指粗的赤金双头并蒂的丹珠长钗绾住，顺滑垂落于脑后，两边鬓发上佩着金累丝团福镶红绿宝石和田白玉片，颜色喜庆，又华丽璀璨。

相形之下，如懿不过是一袭水天一色海蓝宝簇银线繁绣长衣，下着水月色云天水意留仙裙。云鬓上不过是些寻常的细碎珠花，只在侧首簪了一双金累丝并蒂玫瑰步摇，实在是比不上玉妍的细心雕琢，仪态万千了。

因着畏热，皇帝不过穿着家常的云蓝色银线团福如意纱袍，斜靠在暖阁的榻上。底下的紫檀小几上搁着一碗喝了一半的参鸡汤并一把伽倻琴[1]。想来如懿来前，皇帝便是听着玉妍弹唱伽倻琴，品着参鸡汤，惬意自在度过午后炎炎。

如懿福身向皇帝问安，玉妍亦起身向她肃了一肃。如懿便客客气气道："嘉贵妃身子重，还是不要劳动的好。"

皇帝嘱咐了如懿坐下，脸上犹自挂着淡淡的笑容："皇贵妃，听说你最近常去雨花阁祈福？"

如懿欠身道："是。国师难得入宫一回，臣妾想要诚心祝祷，祈求康宁。"

玉妍伴在皇帝身边，手里轻摇着一叶半透明的玉兰团扇，闲闲道："臣妾希望腹中阿哥平安落地，所以每日晨起都会去雨花阁将前一日所抄写的经文请国师诵读，但皇上知道臣妾信奉北君教，所以未曾亲自入内。说来皇贵妃比臣妾心意更加诚挚，晨昏必去，十分虔诚。"她莞尔一笑，瞟了如懿一眼，"不过臣妾身为嫔妃，想着入夜后不便，国师虽然出家修行，但终究是男子啊。"

皇帝的口吻淡淡的："国师到底是国师，你也别多心。"

玉妍眼眸轻扬，娇声笑道："臣妾哪里敢多心，不过是随口一说罢了。说来也到底是皇贵妃合国师的眼缘，藏香也好，手串也好，什么都是给皇贵妃的。"

如懿听她语气不善，便道："藏香倒是真的，昨日国师刚送了臣妾一把，臣妾闻着气味不错，想留给太后一些。"她向着玉妍笑，"嘉贵妃行动不便，消息便这般灵通了，倒像是跟在我身后盯着呢。至于手串，我倒是不知了，也不知嘉贵妃哪儿听来的话。"

---

① 伽倻琴：为北族传统弦乐器之首，是民族色彩很浓的弹拨乐器。

玉妍凤眼流漾，轻声笑道：“皇贵妃真是懂得避重就轻，藏香有什么了不得的，认了便也认了。”她击掌两下，唤上贴身侍女贞淑。贞淑见了如懿，恭恭敬敬行了一礼，递上一串七宝手串奉于皇帝手中，道，“皇上，前几日奴婢奉小主之命前往雨花阁送经文祝祷，但见国师与皇贵妃举止亲密，窃窃私语。随后安吉国师将一盒藏香、一个青铜香炉交到皇贵妃手中，并将这手串亲自戴在皇贵妃手腕上，以做定情之物。”

如懿闻言，遽然变色道：“好个敢擅自窥探主上的奴才！这手串本宫都未见过，你如何认定是定情之物？再者既是定情之物，为何不在本宫手腕上，却在你手中？”

如懿的气质如秋水深潭，若非亲近之人，望之便生清冷素寒，又兼之此刻连声诘问，虽然出语从容，但语中凛冽之气，让贞淑不觉颤颤生畏。

玉妍媚眼如丝，轻妩含笑：“皇贵妃何必这般咄咄逼人，贞淑不过是说出她所见而已。至于手串嘛，是臣妾连着这个东西一起拿到的。”她说罢，从袖中取出一枚精巧的玩意儿。

玉妍掌心里是一枚折叠精巧的方胜。方胜折得极细巧，折成萱草的图案，原是取“同心双合，彼此相通”之意。她将方胜递给皇帝过目，皇帝闭上眼道：“朕已经看过了，你给皇贵妃自己看便是了。”

玉妍婉声应答，将方胜递到如懿手中，笑吟吟道：“手串是与这方胜一起在翊坤宫外捡到的。宫中巡守的侍卫发觉之后惶恐不已，径自来交予我了。我哪里经过这样的事，更不敢看一眼，立刻封了起来先请了皇上做主。皇贵妃先自己看一看吧。”

如懿抖开方胜，拆开来竟是张薄薄的洒金红梅笺，因她素日喜爱梅花，内务府送入翊坤宫的信笺也以此为多。她心下一凉，只见那洒金红梅笺中间裹着几枚用红丝线穿起的莲子，往下打了一个银线攒红丝的同心结，却见笺上写的是：“置莲怀袖中，莲心彻底红。忆郎郎不至，仰首望飞鸿。曾虑多情损梵行，入山又恐别倾城。得君手串相赠，已知两下之情。此物凭蕊心带与君为证，君若有心，今夜候君于翊坤宫东暖阁，相知相识，如来与卿，愿君两全。”

那一个个乌墨的字迹避无可避地烙进如懿眼中。她脑海中轰然一震，前几句《西洲曲》原是女子对情郎的执着相思，又有莲子和同心结为证。后面的话，本是情僧六世达赖喇嘛仓央嘉措的诗句化用，若真是嫔妃与国师私通，倒真是恰当至极。而真正让她五内俱寒、如浸冰水的，是那几行柔婉的字迹，分明是她自己的笔迹。

皇帝斜倚榻上，缓缓道：“如懿，你自幼家学，通晓满蒙汉三语，所学的书法师从卫夫人簪花小字，婉然若树，穆若清风。宫中嫔妃通晓诗书的不多，更无其他女子学过卫氏书法，要仿也无从仿起。若是慧贤皇贵妃还在，或许能临摹几许，但慧贤皇贵妃早已乘鹤而去，更无旁人了。”

他的声音甫落，玉妍已经接口：“上面是皇贵妃笔迹无误。至于这手串，作信物引刺客入翊坤宫相聚，谁知被人发现惊动，刺客慌不择路逃窜时，落在翊坤宫宫墙之外的。”

如懿将洒金红梅笺递到皇帝身前，勉力镇定下来道：“皇上若以为这些字是臣妾写的，那么臣妾也无可辩驳。因为臣妾一见之下，也会以为这些字是出自臣妾手笔。可臣妾的确没有写过这样的字，若有人仿照，却也极可能。”

玉妍横了如懿一眼：“若说仿照，除了自己亲手所写，谁能这般惟妙惟肖？也真是抬举了那个人，枉费心机来学皇贵妃的字迹。”

如懿如何肯去理会她，只望着皇帝恳切道：“皇上，请您相信臣妾，臣妾并未做过任何背弃皇上之事。”

皇帝别过脸，慢慢摸着袖口上密密匝匝的刺绣花纹，似是无限心事如细密的花纹缭乱：“皇贵妃，刺客到来之时，你在做什么？”

如懿道：“臣妾正在敷粉预备安寝，有蕊心为证。”

皇帝点点头，看着玉妍道：“嘉贵妃，你去问过雨花阁，当时国师在做什么？”

玉妍微微得意：“国师自称要静修，将自己闭锁在雨花阁二楼，不许僧人出入。”

皇帝鼻翼微张，呼吸略略粗重：“以国师的修为，要从二楼跃下，倒是不难。”

玉妍换了个舒服的姿势撑着身体，悠悠然道：“皇贵妃，你沐浴敷粉之后便要安寝，刺客也是算准了时候来的。昨日贞淑见到国师赠你手串，昨晚便出了刺客夜往翊坤宫之事。且有侍卫见到刺客穿着红袍，国师等人的衣袍便是红色，加之信笺上的诗句。皇上，这些事儿堆在一起，实在是太巧了。”

“朕相信世间之事会有巧合，所以会严查下去。”

如懿听得皇帝的口吻虽然平淡，但语中凛然之意，却清晰可闻。如懿望着皇帝，眼中的愤怒与惶然渐渐退去，只剩了一重又一重失望：“皇上是不信臣妾了么？既然是臣妾私通僧侣，那么为何没有叮嘱宫人，先发觉刺客喊起来的，竟是臣妾宫中的掌事太监三宝？”

玉妍在旁嗤笑道：“偷情私会之事，怎会尽人皆知，自然十分隐秘。若有无知之人喊了起来，也是有的。皇上久不进后宫，国师又端正俊秀，皇贵妃才会热情如火。”

如懿冷笑反问：“臣妾与皇上情好，何必与人私会？”

皇帝盯着那张信笺，只是沉默。

玉妍道：“皇上，既然信笺上涉及皇贵妃的贴身侍婢惢心，不如先把惢心带去慎刑司审问，以求明白。”

如懿神色大变，急道：“慎刑司素以刑罚著称，怎能带惢心去那样的地方？”

玉妍笑波流转，望了如懿一眼：“快到皇上的万寿节了，原以为皇贵妃出入雨花阁是为皇上的万寿节祝祷，却不晓得祷出这桩奇闻来。皇上这个万寿节收了皇贵妃这么份贺礼，真是堵心了啊！”

皇帝冷了半晌，目光中并无半丝温情：“嘉贵妃，你怀着身孕，少这般饶舌。”

玉妍讨了个没趣，只好道：“臣妾也是为皇上着想。皇上为战事祈求祥瑞，请国师入宫。谁知国师却与皇贵妃生出这般不名誉之事。有如此心术不正之人来祈福，与皇贵妃私会，战事岂会顺遂？难怪连连战败，枉伤了天地人和。”

说到战事，皇帝也不能不慎重，最后便吩咐送了如懿回宫，先不忙带走惢心，另派人去严查。

贰叁 私情 下

如懿不知道自己是怎样走出启祥宫的。外头暑气茫茫，流泻在紫禁城的碧瓦金顶之上，蒸腾起灼热的气息，那暑气仿佛一张黏腻的透明的蛛网，死死覆在自己身上，细密密难以动弹。她本在殿内待了许久，只觉得双膝酸软，手足发凉，满心满肺里都是厌恶之意。她兀自难受，陡然被热气一扑，只觉得胸口烦恶不已，立时便要呕吐出来。

凌云彻本守在廊下，一见如懿如此不适，脸色煞白，人也摇摇欲坠，哪里还顾得上规矩，立时上前扶住了她的手臂，急切道："皇贵妃怎么了？"

如懿只觉得浑身发软，金灿灿的日光照得眼前一片晕眩，唯有手臂处，被一股温热的力量牢牢支撑住。她勉强镇定心神，感激地看他一眼，本能地想要抽出被他扶住的手臂，口中只道："多谢。"

李玉跟着出来，一看这情形，吓得腿也软了，又不敢声张，赶紧上前替过凌云彻扶住了如懿，慌不迭道："皇贵妃娘娘，您万安。"他低声关切道，"事情才出，怎么样还不知道呢。娘娘仔细自己身子要紧。"他悄悄瞥了身后一眼，“否则，有些人可更得意了。”

如懿摆摆手，按住胸口缓了气息道：“本宫知道。”

惢心叹气：“为什么是非老跟着咱们？”

如懿心中明白，只要后位虚悬，是非就不会断。

凌云彻见如懿这般神色，且殿内的争执大声时也不免有两三句落入耳中，便知是出了大事。他本是一介侍卫，许多事做不得主，可此刻见如懿如风中坠叶，飘零不定，不知怎的便生出一股勇气，定定道：“无论何事，皇贵妃且先宽心。微臣若能略尽绵力，一定不辞辛苦。”他神色坚毅若山巅磐石，“皇贵妃安心便是。”

如懿本是失望，又受了委屈忧惧，听得凌云彻这样言语，虽知他人微言轻，但此时此刻自己这般狼狈，却能听到如此慰心之语，满腔抑郁也稍稍消散，她无言相对，只是深深望他一眼，从他沉静眼底攫取一点安定的力量。只是，她仍忍不住凄然想，为什么殿中那人，却不能对自己说出这般言语呢？

李玉看了凌云彻一眼，立刻道：“奴才也是一样。”

如懿沉住气，缓声道：“本宫饱受冤屈忧惧，幸得还有你们慰心之语。凌云彻，李玉，”听得他们答应，她又道，“那些所谓的证物都是先到嘉贵妃手里的，本宫总是不放心。你们务必择机查看证物，看看有何不妥。”

二人立刻答应了，如懿才安心回宫去。

皇帝在启祥宫虽恼恨万分，但是夜太后问起，他倒也冷静了些许，只叫先查各宫里有什么动静，再留意雨花阁人员的出入，不愿妄生风波。太后很是松了一口气，又听皇帝为如懿分说：“其实除了皇贵妃有嫌疑，倾慕国师的宫女也不少，若是那晚真是国师私闯宫中，会否也只是与宫女有私，误入翊坤宫。”

太后笑了笑：“看来皇帝还是很回护皇贵妃。虽然有物证，却也不肯轻易下定论。国师远来是客，咱们不能轻动雨花阁。那就借此肃清后宫，看看宫女们有什么不检点的。如果真有不安分的，立刻打发出宫。”

皇帝借机便请求太后料理此事，求得稳妥。太后自然愿意，嘱咐了福珈去查。说罢，太后又笑言：“皇贵妃是皇帝你自己选的人，情分不同。虽然有数样物证，但你也不会全然相信皇贵妃会与国师有私情。”

皇帝虽然疑心重，但太后这番话很是说到他心坎上，关系如懿名节，自然得慎重。请了太后处理，是知道太后虽然对如懿不甚喜爱，但到底笃信佛法，不会轻易偏私。

福珈久在宫中，办事雷厉风行。当下先领人搜了如懿殿阁，又将宫女太监居所翻个底朝天，皆无所获。福珈离去时便宽慰如懿：“皇贵妃娘娘，虽然冒犯了您，但什么都没查出来，总是好事。”

如懿点头，福珈继续去查别宫，谁知到了清晨，便押来了一个送冰的宫女叫艾儿的，揭发她与国师大弟子安多私相授受，收了一串成色极佳的蜜蜡佛珠。那蜜蜡品相极佳，又显然是男子所用的尺寸。太后还好些，问了福珈说艾儿是个胆小的，一问就全招了。缘由也无可指摘，那佛珠是她秋来想为自个儿祈福，所以日夜戴在身上。

皇帝却生了恼怒，怨道：“男子用的佛珠这样日夜戴着，这艾儿很不检点。安多行事轻率，轻易将贴身之物许人，也是上梁不正下梁歪。这个安多会不会是夜闯翊坤宫之人？”

福珈细细问过，知道那夜安多在雨花阁守灯，且艾儿住在冰室那儿，安多要真与她有私，也不会去翊坤宫。皇帝无法，便命人将艾儿带去当众鞭打一百，命合宫宫人旁观，以作训诫。又下令禁止雨花阁中人员出入。

如懿的事未了，又查出一个艾儿来，都是与雨花阁国师等人有关，传言便有些不大好听了。玉妍本就有些暗悔这回告发如懿，到底是走得急了些。就算有了贞淑这个人证，也有不少物证，但皇帝并非全然相信。她一腔私心，只想着世子已经继位为北族新王，她必得赶紧登位为皇后，才算完成二人心愿，更是对新王继位最好的贺礼。其实谁都知道，想凭那些东西就让皇帝处置如懿，怕也很难。但对于一个即将登上后位的女子，最怕的便是名誉不够清白。一个被情欲流言所缠绕的女子，如何能正位中宫。她亦晓得皇帝疑心颇重，若皇上被说动对如懿严查，彼此一定心生芥蒂，情分疏远，那皇帝自然不会立她为后。若皇帝不查，任由流言蜚语满天，只怕立后之事一旦提出，前朝后宫就都会有异议。更何况朝中人人信国师，这种玷污佛法之人，谁都会介怀。然而如今皇帝按兵不动，偏不让这火烧起来，却又叫玉妍费了心思。

如懿郁郁不快，皇帝自然也不舒心，人少时对着那张信笺犹豫不定，皆是因为那笔迹与如懿实在太相似。而且如懿的辩词的确有些勉强，这些都是疑处。还有一桩不能说的心事，便是皇帝也亲眼见过安吉国师对如懿搀扶过一次，虽说是如懿行走不小心，可安吉也殷勤了些，毕竟，那样貌美庄严的男子，宫女们都心动拜服，如懿也未必能免俗。

可若再疑心下去，孝贤皇后崩逝前，皇帝便对她颇有误会猜疑，以致孝贤皇后临终伤怀不已，含恨而去。皇帝每每思及，感愧万分，更不愿因这样的事再误了如懿。一时间皇帝查也难，不查也难。翊坤宫闹刺客，宫中已有风言风语传言皇贵妃与人有私情，哪怕福珈搜宫无事，可底下还是有无数揣测。若不查，只会任由流言汹涌，伤了如懿。若查，只怕矛头更对向如懿，推她于风口浪尖之上。无论事实如何，这些流言蜚语都已伤人。

皇帝正踌躇间，毓瑚匆匆赶来，惊道："皇上，可不好了！"

原来那艾儿在当众受刑之时，挨不了鞭刑之苦，大喊起来："我不过是受了安多大师的佛珠请求福祉，并无大错。安多大师更是无辜！哪里比得上皇贵妃与人相约翊坤宫私会，污及宫规。我不服！我不服！"宫人们闻言都喧哗起来，再想去堵艾儿的嘴，才发觉她已经咬舌自尽了。

本就流言蜚语，如此一来，翊坤宫更成了众人瞩目之地。太后又惊怒又无奈，只得劝皇帝只能明着查问所谓皇贵妃有私情之事，才好有个交代。自事情闹出，皇帝一直将物证留在养心殿，至于人证，能证明皇贵妃当时清白的，只有惢心一人。太后知道嘉贵妃曾提议送惢心进慎刑司严加拷问，思虑再三，动不得国师，也只能先查问惢心。

皇帝面色阴沉，太后道："流言是否无稽，皇贵妃是否有私情，你心底总想要个明白吧。皇贵妃是你中意的人，惢心是皇贵妃的贴身侍女，一旦要查问，必得用刑。这刑罚轻重，关乎性命。皇帝，你自己掂量着看吧。"

到了这一日，如懿便是真被禁足了。她在阁中坐着，三宝带人候在宫门外，只是再不能进殿伺候了。进保过来道："冰室的宫女儿艾儿私藏安多大师的佛珠，行刑的时候喊出了您与国师有私情。事儿闹开了，只好请惢心姑娘去慎刑司查问当夜翊坤宫闹刺客之事。当夜巡值的侍卫都已经被送进去查问。惢心姑娘自然不能回避。"

如懿并不认得艾儿，怎晓得她会胡乱攀扯自己，可是人群里已不见了惢心，心中便凉了一半。一想到慎刑司，更是难过忧惧。她来不及说更多的话，只得匆匆道："告诉李玉和江与彬，往慎刑司知会着点。还有愉妃，让她别为本宫担心。"

三宝眼见着皇帝身边的进保陪着如懿进了内殿，忙点了点头。

进了里头，进保上前一步凑近道："皇贵妃娘娘安。师父让奴才转告您，凌大人去打探过，那些证物从捡到到交至嘉贵妃手中，中间并无可疑。至于那证物，凌大人察看了也无异样。"如懿懊恼地皱眉，一时想不通关节所在，进保又道，"嘉贵妃在皇上跟前说了那七宝手串是如何证明您与国师奸情，皇上很是懊恼，不愿看见那些证物，叫封起来放着了。您也别急着要求见皇上，师父说了，请您别轻举妄动。皇上背后还有太后，惹恼了谁都不好。"

如懿无可奈何，只得答允了。她仍居翊坤宫，由四名慎刑司拨来的精奇嬷嬷陪伴，一律饮食起居，都由她们照顾，更不许翊坤宫中原本的宫人入内伺候，形同软禁。这般山雨欲来风满楼的仓皇，人人自顾不暇，倒让她想起了当年入冷宫前的情形，也是这般惶惶不安。

如懿坐困愁城，又担心惢心在慎刑司的境况，越发睡不安稳。一早起来，一双眼睛底下便乌青一团，如同附着乌云一般。

次日便是十三日，皇帝的万寿节。如懿被困在宫内，自然见不到皇帝为他贺寿，思量半日，好容易说得精奇嬷嬷们愿意了，送了一壶八宝冰饮去延禧宫给永琪品尝。

海兰为了如懿日夜不安，忽见得一精奇嬷嬷送了冰饮来，忙叫宫人收下打赏，却也问不出什么关于如懿的话来。她心中不宁，只得拿着那壶冰饮细看，也是疑惑："姐姐只为送这个花纹的瓶子来？"她唤来侍女绿痕，倒出冰饮看个究竟，"莲子、蜜枣、赤豆……哎，明明只有七样东西，怎么叫八宝冰饮？"绿痕嚷起来："数错了？那就是七宝冰饮呗。"

分明是七宝，为何要唤作八宝，这分明不妥啊！海兰恍然大悟："是了，姐姐的心思原是如此。绿痕，你与叶心回去做些醒酒汤，照样用这个壶装来。"

绿痕犹豫道："小主，等下便是皇上的万寿节夜宴，您还忙这个做什么？"

海兰一笑："便是夜宴才好呢。"

这夜皇帝意兴阑珊，本不愿去夜宴。可这时候不去，似乎更昭示了对如懿清白之事的在意，议论更会沸腾。当夜巡值的侍卫们都说看见有法师模样的人出入翊坤宫，只有惢心还没招认。慎刑司又是再三来问，能证明如懿清白的唯有惢心一人，到底可否用刑。皇帝思虑再三，到底还是说了"用刑"二字。

嫔妃们哪里知道里头的缘故，一味想用热闹掩盖这桩难堪的传闻，便是数月来抱病不出的绿筠亦盛装入席。而如懿新封皇贵妃，理应由她主持万寿节大礼，此时对外也只称皇贵妃抱恙，不能列席盛宴。倒成全了玉妍，着一身水红色金银双花翟凤氅衣，挺着高高隆起的肚腹陪在皇帝身侧，风光无限。

翊坤宫遇刺之事早已在宫内传得沸沸扬扬，嫔妃们私下里亦有议论。因为同样奇怪的是，早前嫔妃们虔诚礼佛的雨花阁诸位法师，也被闭锁阁中。如此一来，更是流言如沸，让人不自觉地去揣测如懿的突遭冷落与雨花阁法师有关，渐渐地私通之说不胫而走，海兰急得几次要去翊坤宫见如懿，也是不得入内。皇帝那儿更是一面都见不到。连得宠的意欢问起皇贵妃一句，皇帝亦是只字不提。末了，看着万寿节上热热闹闹，皇帝伴着玉妍笑语如常，还是太后说了一句："这便真真是烈火烹油，花团锦簇一场，全是为他人作嫁衣裳了。"

如此喜庆，皇帝也并未翻谁的牌子，只想独自宿在养心殿。太后知道皇帝的心思，便道："孝贤皇后刚去世，你的万寿节陪着谁都不安静，还是静静对着她，留一份念想吧。"

皇帝黯然道："是。往年儿子的万寿节，都是孝贤皇后陪在身边，如今她去了，儿子还是希望她魂梦有知，能够入梦相见一回。"

太后正了正发髻上的翡翠西池献寿簪，和声道："哀家知道皇帝你烦心什么。但雨花阁的法师到底是修行之人，许多事没有问出端倪之前，实在不宜大肆惊动，以免扰了礼佛尊敬之心。若真有什么，那也只是其中一人修为不足，不干其他人的事。"

玉妍在旁笑道："臣妾知道，所以雨花阁一切供应如旧，只是为防嫌隙，不许嫔妃宫人们再出入了。拘进慎刑司拷问的，也只有惢心及那夜巡守拾到证据的几个侍卫。"

太后微微不悦，面上的笑意淡了几分，只看着皇帝道："如今皇帝身边的人越发能干了。哀家和皇帝说话，也敢自己插嘴了。"

玉妍当下便有些讪讪的，皇帝看她遇喜辛苦，也格外看顾，赔笑道："嘉贵妃出身北族，许多事不那么拘束，更率性些。"

太后淡淡“哦”了一声，眸色平淡无波：“原来到底是出身北族，和咱们不大相同。到底是非我族类啊。”她不顾玉妍窘迫，招手向永瑢道，“纯贵妃，快带着永瑢上来给哀家瞧瞧。抱在怀里的婴儿总是一股奶味，不及永瑢虎头虎脑可爱。”

如此，玉妍也不敢再在太后跟前借口说去看自己亲自安排的《流霞舞》，便退到一边去了。慎刑司的人已经用刑审问惢心，但她一直没有吐口。玉妍趁着更衣时冷笑道：“那是用刑不够重。人是肉做的，谁熬得过铁打的刑具，必得生生磨得她认了皇贵妃的奸情。再或者，她若一定不认，就在用刑中让她死了，来个死无对证。”丽心忙答应着去了不提。

待到玉妍再出现时，是在灿灿华灯下，一群舞姬着雪白洒红色泼墨流丽的舞衣，做北族女子的打扮，腰佩长鼓，风情万种地舞了上来。哪怕自己有孕不能起舞，玉妍都安排得如此精心。连婉茵都感叹不已，快临盆了还是不忘讨皇上喜欢，难怪玉妍这般得宠。

宴乐正是到了热闹极处，繁鼓轻歌响在耳畔，那北族风情的舞蹈，自然又赢得了雷动般的欢呼。皇帝心意一动，从那些青春芳华的女子身上窥探到玉妍初来大清的影子，仿佛还是那一年北族进贡的芳华少女，以一曲北族歌舞，轻而易举地映入皇帝年轻的眼眸。

趁着歌舞的空当，海兰哄了永琪往皇帝身前说笑，皇帝亦只是如常，并未介怀永琪是如懿所抚养而冷落。连着绿筠所生的永瑢，皇帝亦抱在膝上逗弄了片刻，还对永璜和永璋嘱咐了几句，仿佛浑然忘却了几个月前父子之间的不愉快。

这样的花好月圆，如懿在与不在，亦成了不要紧的琐碎。

待得月上中天，太后离席，丝竹寥落了下来，歌舞也成了残碎的红影潋滟，甘洌的酒香混合着脂粉的浓醉搅动了近乎十五之月的完满，这样的纸醉金迷，好似一切云谲波诡都未发生过一般。

皇帝是半醉着离开重华宫的，李玉紧紧扶在辇轿旁边，嫔妃们虽然心切，但因皇帝嘱咐了，也不敢跟随，只得眼巴巴看着他去了。

玉妍见皇帝去得远了，便媚眼斜斜看着海兰：“恭喜愉妃了，这么多年不侍寝，即便送进养心殿也不过一刻钟工夫便被抬了出来，仗着皇上舐犊情深，也还能凭着五阿哥和皇上说上几句话。”

海兰微微侧首，发髻间的碎玉珠花闪出一点温润的光华烨烨。她谦卑地低首：“贵妃娘娘说得是，皇上顾念旧情，爱子情深，自然是我的造化，也是宫中姐妹的造化。”

玉妍伸出手撩拨着永琪的下巴，永琪虽然不喜，也只看了看海兰，不敢露出半分神色。玉妍怜悯地摇摇头，嗤笑道：“可惜了这么一个俊秀孩子，亲娘不受宠，养母又是个淫贱坯子，没个人好好教导着，可怜巴巴的。”

永琪的眉心闪过一丝不忿，很快恭谨鞠身：“额娘，即便您不受宠，儿臣也会孝顺您的。”他的声音提高了几度，眼睛只看着海兰，却是说与玉妍与众人听的，“额娘，儿臣的养母皇贵妃娘娘不是淫贱坯子。只要皇阿玛一日没说她是，谁也不能越过了皇阿玛这么说，否则百善孝为先，儿臣的耳朵里听不得这样的话，皇阿玛的耳朵里也必听不得这样的话。”

海兰感佩于儿子的机敏得体，摸了摸他的额头，赞许地笑了笑。

玉妍笑容一冷，似霜花微凝。她拨了拨耳垂上拇指大的金珠红宝耳坠：“五阿哥的口齿越来越厉害了，难不成皇上冷落了大阿哥和三阿哥之后，五阿哥就自己耐不住要跳到皇上跟前去出挑一回了？”

海兰知道玉妍存心挑拨永琪与诸位阿哥的情分，亦是挑起绿筠的不满，正要说什么，永琪已然一脸纯挚地笑道：“嘉娘娘说笑了。儿臣年幼，且上头还有四哥呢，连嘉娘娘都说了，儿臣的额娘不得宠，是万万比不上您的尊荣的，儿臣也更不敢和四哥比肩了。”

这话说得极厉害，连温婉的海兰，也不得不暗赞儿子的善于应对。

绿筠在旁看着笑道：“愉妃最安分守己了，哪里教得出这样会说话的孩子。果然是养在娴皇贵妃膝下的好处了。”

永琪拱手施礼道:“纯娘娘，大哥和三哥纯孝，只是一时不察，才会受了皇阿玛训斥，否则皇阿玛眼里哪里看得到儿臣和四哥呢。且四哥到底比儿臣年长，更能承欢膝下，讨皇阿玛欢心。”

绿筠自养子与亲子失幸于皇帝以来，一直疑心是为人所挑唆，但细细查去，也只能疑心海兰的言语而已。可那日永琪的表现，的确也如海兰所教，并不像是海兰存心挑唆的。如今看来，渔翁得利的玉妍才最像是有心去安排的。如此想着，绿筠看向玉妍的目光亦渐渐不善。玉妍自觉不好，狠狠横了永琪一眼，永琪却是一脸的稚子无辜，只乖巧跟随在海兰身边，并无一丝机心的样子。

玉妍讪讪离开，绿筠亦带着孩子自行回宫。嫔妃们都散尽了。海兰松口气，吩咐了叶心带永琪回去睡觉，又问:“醒酒汤都备下了么?”

叶心道:“都备下了。”

海兰微微一笑，便向养心殿去。

这般喜夜不喜，雨花阁中也失了往日的安闲宁和。唯有国师安吉还镇定地坐在庄严高大的镏金佛像前数着佛珠。无风，烛火端直燃烧，藏香浓郁，却无论如何也无法让安多心静下来。为了一串赠予的佛珠生出这么多事来。让艾儿挨鞭子，他已经心痛后悔不已。谁想艾儿又会喊出牵连皇贵妃的话来，更生滔天风波。他什么话都还没问明白艾儿，艾儿就已经自尽。一条鲜活人命，数日前还在求来世福报，突然就这么不在了，他真是难以忍受。而今，雨花阁又多了许多看守的人，不许他们再出入了。他悔恨至极，只以为这许多事，都因为自己一时怜悯而起，害了师父师弟，恨不能自裁谢罪。安吉国师却依然淡泊清明，温言开解:“只要能敬奉神明，屋外是否有人把守围困，有何区别?”

安多多少知道宫中流言都指向国师曾私闯后宫，如何能释然。可安吉却仿佛不把这红尘谬乱之语放在心上。

安多想到艾儿单薄的面容，不觉心生软弱：“那个被我赠予佛珠的宫女，听说她忽然咬舌自尽，临死前直指皇贵妃与人私会，那不是把矛头指向师父吗？师父，是我害了您。我没想过会这样。”

安吉温然一笑，起身点燃三支香：“你别胡思乱想。那宫女突兀自尽，又事涉我们，说不定有不得已的苦衷。你为她超度吧。”

月瓣似乎将要盛开到了极致，淡银色的光辉从云彩后面流泻而下，偶有轻风吹皱了月影，亦吹皱了行走在月下的人的心思。

海兰带了绿痕缓缓往养心殿走，正见前头转角一个颀长的身影匆忙赶过来，凝神一瞧，竟是江与彬。

海兰忙唤住他道：“江太医怎么从这里来？”

几日不见，江与彬看上去憔悴了不少，两眼发红，嘴角都起了干皮，脸颊也瘦削了下去，深深地凹陷着，乍一看就像变了个人似的。

“微臣，微臣……”江与彬话未说完，便有些哽咽。

海兰沉吟片刻，望着他过来的方向：“你去慎刑司了？”

江与彬侧过脸用袖子擦去眼角的泪痕：“微臣根本进不了慎刑司，托了许多关系打听了，只知道惢心一被送进去就开始受刑，嘉贵妃嘱咐了务必要出口供，所以慎刑司上下下手也特别狠。如今……还不知道成了什么样子。”

海兰感伤道：“慎刑司的七十二道刑罚，真要过一遍下来，只怕不死也成了残废。可皇上不过问，慎刑司也严密得水泼不进，本宫根本说不上话。便是皇贵妃也一定为了惢心心急如焚呢。”

江与彬连连颔首：“皇贵妃娘娘有心。愉妃娘娘有心。”

海兰满脸担忧：“本宫正想去养心殿看看皇上，若能进言，本宫是一定会力劝的。”

江与彬拱手道：“愉妃娘娘的恩情，微臣铭感于心。”

海兰衔着几分冷冽之意：“记得恩情不要紧，要紧的是记得谁害了你们。”

江与彬沉声道：“是。”

海兰走到养心殿外，却见洁白如霜的月光如浮动的波光粼粼，空落落的台阶下，便有一个纤瘦的身影，跪在那皎洁的粼光里，端正得纹丝不动。

迎上来的小太监进保道：“愉妃娘娘万安。夜都深了，您怎么来了？”

海兰努一努嘴道：“这是……”

进保忙道：“回愉妃娘娘的话，这是令嫔娘娘啊。”

海兰颇为惊异：“她跪在这儿做什么？皇上还醉着么？”

进保忙道：“李公公在里头伺候着皇上醒酒呢，幸好皇上醉得也不是很厉害。皇上回来之前，令嫔娘娘就跪在这儿了。皇上下辇轿的时候看见她还问了一句呢，问她怎么跪在这儿。令嫔娘娘眼泪汪汪的，说娴皇贵妃可怜，请求皇上明察。”

海兰虽然狐疑，但还是连忙问：“那皇上怎么说？”

进保道：“皇上有些醉了，还能怎么说，就说旁人的事让令嫔娘娘不要多搭理。令嫔娘娘还是求，皇上便由着她跪在这儿了。这不，都跪了快半个时辰了。”

海兰将醒酒汤递到进保手里：“本宫备下的醒酒汤，不管皇上喝与不喝，都是本宫的一点心意。劳烦你送进去……”

进保勉强接过，有些为难道：“可愉妃娘娘，恕奴才多嘴一句，这醒酒汤啊，养心殿有的是。”

海兰温然一笑，悄然将一张银票团入进保手中：“本宫的心意，皇上喝不喝到嘴里都无妨，要紧的是皇上看见就成了。”

进保捏了捏银票，笑容满面道：“好吧。旁的小主没送，愉妃娘娘您独一份送了，皇上不喝也会看一眼的。包在奴才身上吧。”进保抱着白瓷瓶里的醒酒汤进去。海兰走到嬿婉身边，打量她几眼，轻轻道：“真是难得，你倒有不顾自己、顾着别人的时候。”

嬿婉的神色在清澜似的月光下看起来格外从容而平静："皇贵妃曾对凌云彻有恩，就当我是为了云彻哥哥报恩。"

海兰不屑地笑笑，轻声道："你的所作所为，一定有自己的理由，何必要来说服我相信。"她转身盈然离去，侧首见凌云彻笔挺守在殿外，便与他颔首示意。凌云彻懂得，看她走到养心殿门外，方才悄悄跟了出来，低声道："愉妃娘娘有什么嘱咐？"

海兰容色沉郁，如被湿漉漉的雾气笼住："李公公在当差，我只好来问你。姐姐的事除了在惢心身上，便只能看看证物有何错漏，可听说你查了并无问题？"

云彻心下愁闷："皇上今次倍觉羞辱，连那些所谓的物证都扔在了暖阁里不理。微臣这几日用尽办法也查不出其他端倪。雨花阁也被关得水泄不通，只知道出事当日，国师独自在修行。"

海兰缓缓摇头，那青玉六棱镜面簪上的碎珠攒紫晶璎珞，随着她无奈的动作在夜色中闪出暗沉的星点般的光芒。淡淡的焦灼，从她眼底的悲色中化了开来："诗词书信可以说是伪造，那串七宝手串若再有不妥，这两样证物就都被推翻了。"

"是。那些物证是微臣亲手封起，七宝手串上金银都是寻常东西，所用的蜜蜡和珊瑚都极其名贵，实在看不出有不妥。"

海兰眸中骤然一亮，似小小烛火，有了朦胧的光："姐姐托付我一件事，想让没有不妥的东西变得不妥，如何？"

云彻不解其意，便答道："但请愉妃娘娘吩咐。"海兰眸中一亮，向凌云彻低语几句，旋即转身离去。

云彻躬身目送海兰离开，再转进时，便望见皇帝寝殿的灯火已经暗了下来，李玉出来比了个手势，督促上夜的宫人们守着。云彻走到廊下，低声道："皇上睡着了？"

李玉比了个无可奈何的手势，垂头丧气道："皇上看了会儿孝贤皇后的画像，便有些乏了，一晚上都闷闷的。"他忽而想起一事，笑道，

“对了，刚才的醒酒汤是延禧宫送来的？”

云彻道：“愉妃娘娘亲手拿来的。”

李玉抿嘴一笑，比了个大拇指夸赞道：“这便是愉妃娘娘的厉害之处了，难怪这些年不侍寝皇上也没完全冷落她。你瞧着吧，皇上不出明天，至多后天，一定会去一趟翊坤宫的。”

云彻有些糊涂了：“李公公，这是怎么说？难道愉妃娘娘的醒酒汤特别能让人神志清醒？”

李玉笑吟吟道：“醒酒汤还不都是一个样，天仙做的也没别的味儿啊。倒是愉妃娘娘有心，没在汤上用心思，倒用在瓶子上了。青樱花，红荔枝，真是有心了！”

云彻的心思不在这个上面，只将海兰所言凑近李玉的耳朵全盘道出，李玉脸色渐渐惊异：“你胆子够大，敢出这种主意。”云彻又道，“不是我的主意，是皇贵妃的暗示。说来这事摆明了是旁人诬害，咱们苦无翻身之地，难道就要坐以待毙么？要救皇贵妃和惢心，咱们得冒险一试。”

李玉听得要对惢心用刑，早就五内如焚，听得能救惢心主仆，立刻下了决心道：“好！为了惢心……和皇贵妃，等皇上睡熟了，我去做便是。”

他说罢，走到台阶下，对着依旧跪着不起的嬿婉，也颇有些感动，道：“令嫔娘娘，皇上已经睡下了，您再跪着也是自个儿为难自个儿，还是起来吧。左右您的心意皇上知道了就成了。”

嬿婉也不推却，扶着春婵的手吃力地起身：“多谢公公。”

嬿婉双腿有些发颤，见凌云彻就在近旁也未上前相扶，心里发酸，却也不愿流露在脸上，半扶半靠着春婵走了。

贰肆 琉璃脆

养心殿前的汉白玉石板尽数雕着如意吉祥的图纹，跪得久了，那些吉祥如意似乎也烙进了皮肉里，走一步都会牵扯着痛。春婵心疼道：“小主，咱们跟娴皇贵妃非亲非故的，素日也少来往，你何必这么点眼地去替她求情，也没个结果，犯不上啊！”

“连你也觉得本宫犯不上么？”嬿婉含了一缕清寒如雾的微笑，“纯贵妃已然失势，嘉贵妃风头正健，娴皇贵妃本是平步青云，眼看离皇后的宝座只有一步之遥了，冷不丁被扯上私通的罪名。你想想，那么她们三人之中，谁还最有机会成为未来的皇后？”

春婵迟疑着道：“小主这么说，自然是嘉贵妃最有希望了。这个节骨眼上您还来替皇贵妃求情，岂不是生生得罪了嘉贵妃么？”

“本宫与她的嫌隙还少么？就算本宫如何委曲求全，嘉贵妃上位，本宫除了受辱便没有其他的路。这么多年了，本宫只是想活得尊贵一点，不要再受辱，却总是不能。本来以为要忍辱受气看嘉贵妃一辈子的脸色了，可今日你没瞧见么？太后显然是不待见嘉贵妃的。”

春婵看了看四周，压低了声音道：“太后再不待见，那也不是皇上的亲生额娘啊！她说了顶用么？反而嘉贵妃若知道，更容不下小主了。”

嬿婉弯下腰轻轻揉着膝盖：“嘉贵妃要为了今日本宫为娴皇贵妃求情的事儿责罚本宫，也只是让六宫知道她不能容人的度量。而且，哪怕太后的话不顶用，但至少让本宫知道，嘉贵妃要封后，必有太后的阻力在。”

春婵担心不已：“可太后也不喜欢娴皇贵妃啊！”

嬿婉衔了一缕怨，一缕喜：“那又如何？本宫总要赌一赌的！不为别的，就为着不愿再受嘉贵妃的气。而且，本宫本来是毫无把握的，现下也多了几分把握了，因为皇上看见本宫为娴皇贵妃跪求的时候，没有发怒赶走本宫，这便是一个好兆头了。”

春婵忧心忡忡道：“这是好兆头？”

月光清朗，照在她洁白莹然的面孔上，如同积了一层碎薄的春雪。嬿婉含笑：“是。只要娴皇贵妃有一丝机会沉冤得雪，本宫今日就没有白跪，她会记得本宫这份雪中送炭之情。本宫不赌其他，就赌娴皇贵妃在宫中浸淫这么多年，她不会由着别人把自己逼上绝路。”

次日黄昏，御驾前呼后拥，果然到了翊坤宫前。彼时斜阳如金，照在那宫苑重重叠叠的琉璃瓦上，流光如火如霞，刺眼夺目。如懿只觉得这些时日挂心惢心，望眼欲穿，心中早就焦虑如焚，只不肯在人前流露罢了。

皇帝到来时太监一下一下的击掌声遥遥递来，外面宫人早跪了一地。如懿看着皇帝穿着一袭家常的素金色团龙纱袍徐徐步入，面容越发清晰，如能和心中所思的模样密密重合，不知怎的，便生了一重酸涩之意。

从来，他便一直是自己想象中的模样，却并不曾如她期待一般，信重于她。

如懿这般模糊地想着，皇帝已然步入。如懿屈膝迎了下去："皇上万安，臣妾多日不见，在此恭请圣安了。"那四名嬷嬷自是亦步亦趋地紧紧跟着，如看管着犯人一般，寸步不肯放松。皇帝知她从冷宫出来后再未受过这般苦楚，何况她又是心性极高的人，这几日被人时时刻刻盯着，怕也是难受到了极处。

这般一想，皇帝心底无端便柔软了几分，也不看旁人，只挥手道："下去吧。"

那四名嬷嬷即刻退下，殿中越发静谧，只剩了皇帝与如懿二人相对。如懿泪眼盈盈，只是倔强着不肯落泪，一身烟青色无绣丝袍穿着，越发显得如一株凌霜的寒竹，细而硬脆。皇帝蓦然轻叹，只是两相无言。他一眼瞥去，见如懿手边的紫檀小几上搁着一本翻了一半的《菜根谭》，眼底闪过几丝诧异："这个时候，你倒有心看这个？"

皇帝十指轻翻书页，如同翻着自己忧惶而支离的心情。如懿螓首微垂，低婉的轻叹如薄薄的风："事有急之不白者，宽之或自明，毋躁急以速其忿[①]。臣妾看了半本《菜根谭》，唯有这一句颇合己意。"

皇帝凝视她片刻："所以你不急着向朕申辩，肯安静禁足。"

这一句颇有温厚之意，勾起如懿蓄了满眼的泪。如懿强自撑着道："痛哭流涕或是苦苦纠缠，不是臣妾的作风。"

皇帝沉默片刻，微微颔首："所以朕如今才肯来听你说几句。说吧，你有什么可辩的？"

庭前一株株石榴花树，开得团团簇拥，烈烈如焚。她只凝睇着他，满心只希望得到一个肯定的答案，执意地问："臣妾只问一句，若臣妾无甚可辩，皇上是否肯相信臣妾？"

有那么片刻的沉寂，如懿几乎能听见更漏的嘀嗒声，每一声都如

---

① 此句的意思是：当事情急切之际难以表白时，不妨先宽缓下来以听其自然，也许事情不久之后就会澄清。不要太急着为自己多方辩解，否则会使对方更加火上浇油。

千丈碎冰坠落深渊，激起支离破碎的残响。真的，只有那么片刻，仿佛就在那一呼一吸之间，足以让她心底仅余的热情急转直下为荒烟衰草的颓冷。

终于，皇帝犹豫片刻，极力克制着情绪，那声音渺渺响起：“不是朕肯与不肯，而是后宫所有人能否接受且相信。”

如懿听皇帝这样说，大为失望，只得一一道来：“那臣妾就为自己辩解几句。皇上，臣妾的字师从卫夫人的簪花小字，写的人是少，但臣妾的字迹在宫中并非不可得，有人蓄意陷害之下，刻意仿练，也并非难事。洒金红梅笺虽是专供翊坤宫所用，但旁人并非不可得。皇上，就算臣妾与大师真要私会，又怎么可能把惢心的名字写在上面，万一有什么不妥岂不是自落把柄。至于那手串，臣妾并未见过，不知怎的就成了许情私通之物。臣妾蒙冤不说，更害得大师无辜受牵连。”她满腹委屈与凄恨纠缠成一团乱麻，逼得她急切不已，“既然罪在私通，皇上可问过国师了？”

皇帝的语气有棱角分明的弧度：“朕曾派人查问出事那晚他的行踪，他只道自己独居一室，未曾离开，但是并无人可以为他证明。倒是有他几个弟子说起，见过你与他多次私下交谈，比寻常嫔妃更亲密。”

如懿沉吟片刻，朗然道：“修行人不打诳语。臣妾与国师交谈，也是视他为教法使者，都是为了祈福祝祷之事，无关男女私情。大师被牵连此事中，只因有人说看到深夜离开翊坤宫之人穿着和大师相似的袍服，这话究竟是谁说的臣妾不得而知，但仅凭这一点就牵连大师，完全是捕风捉影。”

皇帝的脸上看不出任何波澜：“捕风捉影也是被人抓了疑影儿。他无法自证，就只能朕查。”

如懿陡然闻得皇帝冷声，只觉脊背间有细密的汗珠沁出，似多足的细虫，毛刺刺爬过，所经之处，痛痒难耐。她到底还是捺不住性子：“那么皇上打算如何处置国师？”

"朕一生的颜面，岂可为蝼蚁之人所带来的流言损伤？"皇帝的口气轻描淡写，却含着无可比拟的厌憎，"若证实国师无罪便罢。若真有罪，必当严惩，以正清规。"

自那日玉妍将所谓的"证据"七宝手串交给皇帝之后，如懿便只匆匆看过一眼。然而，她亦明白，从那日的所谓"遇刺"开始，到巡守侍卫的经过，再到与她字迹一模一样的私通书信，便是一张精心织就的天罗地网，死死地兜住了她。没有破绽，根本毫无破绽可寻。除非，她能制造一个破绽。

她的心更揪紧了几分："那惢心呢？等皇上最终查得臣妾与大师皆是无辜蒙冤，惢心岂不是可怜，无辜受刑，遭尽苦楚。"她上前一步跪下，急切道，"皇上，到底惢心受了多重的刑罚？"

皇帝的神情淡漠得如斜阳下一带脉脉的云烟："方才还拿《菜根谭》的话劝诫自己毋躁急，一提惢心便急成这样。你放心，她是不会死的。朕对她用刑，为的是后宫所有人都能接受且相信你的清白。"

如懿盯着皇帝，强忍着心口重重紧皱的郁结，她清静淡漠的眸子依然如旧，仿佛是一泓不见底的深潭，不过轻轻漾了一圈涟漪："臣妾自问与皇上经历过许多事，皇上还不相信臣妾么？非得要对惢心用刑才能证明臣妾无罪？"

那一刻，如懿眸子似有秋水寒星般的冷冽之光，含幽凝怨，乌定定地直直向他心底钻去。那光似乎有某种灼人的力量，刺得他微微发痛。他有些动容，却转首不经意地避开她的目光："朕看重你，对你有情分。但所谓清白，从不是光用朕一人的情分来断定的。朕要所有人都相信你是清白的，并未犯下那样的错事，所以惢心的证词很重要。"

如懿仰起脸，缓缓地浮上一层稀薄的笑意，恍若月初时分清冷暗淡的月光："臣妾没有做过那样的事，惢心招无可招。"

皇帝也恼了，从袖中掏出那串七宝手串并那枚方胜，掷在她身前的锦花红绒地毯上。

那方胜原不过是薄薄的洒金笺，里头又裹着东西，一时受力不住，那莲子便破出来滚了出去。皇帝一时不觉，雪白的靴底踩在莲子之上，发出闷闷的碎裂声响，听得人心神凛凛。那七宝手串仿似一条五彩斑斓的死蛇逶迤在她跟前，吐着僵死的芯子。

皇帝站起身来："惢心伺候你多年，朕知道你们主仆情深。若是惢心受了严刑还坚持你是清白的，旁人才会知晓你的无辜，才会相信你配得到朕的宠信。"

如懿实在为惢心心痛，她所受的苦楚，都是因为自己啊。如懿苦苦哀求："皇上，臣妾并无私通，这样的清白无须用另一个无辜之人的血肉之躯来证明。否则就算证明了臣妾的清白，臣妾也觉得太过残酷。"见皇帝不作声，她泣不成声，"皇上，求您放了惢心吧。就算皇上是为了臣妾好，可臣妾舍不得惢心，更不愿用酷刑流血来佐证清白。"

皇帝见她苦求，便也不忍道："你要明白朕的苦心。那么你告诉朕，还有什么证据可以为你辩白？"

如懿仰脸，出语激烈："臣妾并没有其他的办法来证明自己。可是皇上，所谓情分与信任，本不用旁人来证明，更不会被流言轻易击碎，是么？而且多年来，臣妾并不在乎外人言语，只求皇上真心相待。"

"朕知道你的意思，你只要朕相信你，不需要理会旁人。可是如懿，咱们身在这世间，时时刻刻都处在世人的言语和目光中，真能遗世独立，超俗出众，不与浊世为伍么？既然身在浊世，要保持清洁，只能用清水洗去污浊。"

所以惢心就要当那清水？不！如懿喊道："臣妾不愿惢心受苦，皇上放了惢心，惩罚臣妾吧。"

皇帝喝道："你的清白要紧，朕的名声就不要紧么？放了惢心容易，漫天的流言蜚语像脏水一样泼向你和国师，朕的颜面已经被流言损伤，你还要让朕继续一同陷在这些污秽里？"

"说来说去，皇上最在意的就是声名。所以不惜舍出与臣妾情同家人的惢心。那臣妾实在无奈，也为惢心痛惜。”

皇帝想说什么，还是叹了口气：“除去放了惢心，你还想求什么？”

如懿眼中的泪冻在眼底，清冷道：“臣妾恳请皇上遍查各宫宫女嫔妃，最好是左右手都会写字的试试，看谁的字与臣妾最相似。”

皇帝“嗯”一声：“好。朕已经在查。朕要确信朕的皇贵妃清白无污。”他向前几步，眼看着就要跨出门槛去了，如懿看着自己指尖的七宝手串，细细摩挲着，她狠了狠心，抓着手串扬起，“皇上留步！皇上，这串手串不对！”

皇帝本欲抬起的右足霍然定住，转身向她道：“什么？”他的话里有热切的不确定的希冀。如懿的一颗心悬在喉头，指间死死攥着那条七宝手串，颤声道：“这几日，皇上可曾细细看过这串手串？”

皇帝的声音里有伤心与厌倦，仿佛蒙蒙的潮湿的雾气，让人觉得窒闷：“这样的污秽东西，朕不想看。”

如懿立刻将七宝手串递到皇帝跟前，切切道：“皇上，七宝乃是金、银、蜜蜡、珊瑚、砗磲、珍珠和玛瑙。但国师另有修行，所用七宝中玛瑙换成了红玉髓。虽然二者颜色相近，质地也相差无几，但不同的修行者绝不会混淆。而这串七宝手串上，用的却是玛瑙而非红玉髓。”

皇帝的眉头渐渐蹙起，似叠峦山川，曲折难平。他举过那串手串上珠子对着天光细瞧了片刻，重重拍在紫檀螺钿小几上。

李玉一拍脑袋，叫道：“皇上，这串手串上并非国师修行所用的七宝，所以说皇贵妃与国师私相授受，绝对是旁人诬害。”

皇帝扬了扬手中的七宝手串，神色冷漠而锋利：“宫中嫔妃都出身满蒙汉，断然不会弄错七宝。能弄错的，一定是不懂修行的外来女子。”

李玉忙忙应承：“是了。若是修行之人，怎敢污蔑国师，妄造口孽。也唯有不尊教法之人才敢拿这个胡作非为！”

皇帝神色愈加不好：“李玉，你去令启祥宫上下每人用左右手各写下寻常七宝与国师修行所用七宝之物，谁的字像皇贵妃，立刻带来见朕。”

李玉“嗻”了一声：“可是皇上，如今各宫小主总在启祥宫奉承，奴才这么雷厉风行去了，怕是不好。”

皇帝想了想：“内务府有一对红玉髓步摇，你送去给嘉贵妃吧。”

李玉答应着，立刻领命去了。

如懿低首含眉：“臣妾被禁，翊坤宫乃不祥之地，请皇上万勿久留。”

皇帝道：“朕问过你几句，便也罢了。”

如懿终不肯抬头，只是望着自己素色鞋履上连绵不绝的茉莉花碎纹：“皇上暂肯一顾，许臣妾辩白几句，臣妾感恩不尽。”

她俯首，郑重三拜，依足了臣下的规矩。皇帝默默看着她，有些愧疚：“你原不必与朕这般生疏。”

原来，他还是明白的。

如懿伏在地上，尘灰弥漫于地的气味，微微有些呛人。她分明听得皇帝的足音出去了，眼底的泪忍了再忍，蒙眬里抬起头来，唯有凌云彻临去一顾，深深颔首。

蓦地，她心底便安宁了不少。

启祥宫宾客盈门，正莺莺燕燕挤了满殿。绿筠本是不大出门的人，也坐在下首，却不似众人一般笑容满面，只是愁绪满怀，含泪垂眸。

玉妍本与绿筠皆为贵妃，此刻却坐在上首，更兼她服色鲜明，一袭红衣如一团烈烈榴花一般，更衬得简衣薄鬓的绿筠畏畏缩缩，困顿不堪。

玉妍笑吟吟道：“纯贵妃姐姐所请，不是我不愿，实在是无能为力啊。您知道的，宫中一向能说得上话的是皇贵妃。我虽有协理六宫之名，不过是虚名而已。”

绿筠赔笑道：“如今谁不知道皇贵妃自身难保，一切有赖嘉贵妃而已。”

玉妍笑着瞥了一眼绿筠，被蔻丹染得鲜红的指甲点在同样艳红的唇边：“纯贵妃姐姐说这样的话，我可不敢当。”

绿筠急切道：“我知道永璋不争气，读书比不上永珹，甚至连永琪也比不过，可他到底是皇上的儿子。皇上自从在孝贤皇后丧仪上呵斥永璋，也就更瞧不上他了，见面便是叱责。好好儿的孩子，见了皇上如老鼠见了猫似的。嘉贵妃，我知道永珹得皇上欢心，你能在皇上面前说上话，也请你顾及永璋，顾及我做额娘的一点儿心意，为永璋多说几句好话吧。”

玉妍微微正色：“纯贵妃姐姐，你我都是做额娘的人，自然知道孩子是得凭自己争气。我自己的几个孩子都顾不上，如何能顾得过来旁人的孩子呢？没叫人笑话，说我手太长，去插足你们母子之事。”

绿筠语塞，眼看要落下泪来。玉妍偏还不肯放过，嚼了一枚香药乳梨道：“纯贵妃，说句实话，我只是嫔妃，不是中宫皇后。若有那一日，永璋成了我的庶子，我自然不能不开口。可今日，罢了吧。”

绿筠纵使再好脾气，也按捺不住性子，霍然站起身来。然而，身畔众人只围着玉妍说笑，无人将她放在眼里，一时进也不是，退也不是，无限孤清。

玉妍毫不在意绿筠，只顾着说笑，骤然见了李玉前来，正谈笑风生着，笑纹仍挂在唇边：“李公公怎的一阵风儿似的来了？”

李玉举起手中的青玉钿盒，笑眉笑眼地道：“皇上新得了一对步摇，让奴才给嘉贵妃娘娘送赏赐来。”

为首的庆贵人笑着奉承道：“皇上有好东西只疼嘉贵妃娘娘，今日也让我们开开眼。”

玫嫔冷笑道：“皇上对着嘉贵妃娘娘，有几日不赏的。只怕打开了启祥宫的库房，还不够庆贵人看的。皇上特地命李公公前来，怕还有旁的事要吩咐，咱们何必这么不开眼，非戳在这儿呢？”

庆贵人有些讪讪的。绿筠第一个坐不住，也不告辞，立时去了。当下众人亦识趣，便一一告退。

李玉趋奉上前，打开青玉钿盒，满面堆笑：“皇上新得的步摇，特赐予嘉贵妃娘娘。”

玉妍连声谢了恩，细看道：“谢皇上隆恩。李公公，这仿佛是红玉髓吧，和玛瑙倒是很像，若不细看，实难分辨。”

李玉道：“二者是相近，但嘉贵妃娘娘好眼力，确是红玉髓。”

玉妍当下便笑：“红玉髓不算名贵之物，皇上怎的想起来做步摇了？”

李玉道：“孝贤皇后在时最不喜奢侈矜贵之物，向来朴素。皇上这几日思念孝贤皇后不已，所以拿红玉髓制了步摇，以表哀思，更表对孝贤皇后俭朴的尊崇。”他微微凑近，“嘉贵妃如今万人之上，可明白其中的道理了？”

玉妍与贞淑互视一眼，强压着满腔狂喜，笑道：“原来皇上有如此深意。亏了公公明言。”

李玉拱手含笑：“还有一事，奴才须得禀明嘉贵妃娘娘。如今皇上说皇贵妃私通之事涉及国师，又有七宝手串为证。皇上要各宫都写下寻常七宝与国师修行所用七宝之不同。您位分最尊，此事须得从您宫中开始。不知您意下如何？”

李玉每说一句，玉妍的笑容便淡一分。她沉吟片刻，目光徐徐扫过身侧的贞淑，淡然笑道：“皇上吩咐，本宫自然遵循。贞淑，你将宫里的人都唤来吧。”

李玉含着笑，眉眼却是凛冽：“贞淑姑姑是启祥宫中人，也得写了才是。”

玉妍一怔，看贞淑不自觉地缩到自己身后，便温言道：“贞淑是北族人氏，不识中原文字，还是罢了吧。”李玉奉旨而来，哪肯这样轻易放过，玉妍无奈，只得让贞淑胡乱去写了。

然而，并没有谁的字格外像如懿的，倒是有一个宫人的字奇丑无比，扭扭曲曲。李玉何等机灵，便立刻要提了这人去皇帝的养心殿，正是玉妍身边的宫女贞淑。

贞淑哪里肯去，被带到了启祥宫外，仍求救似的看着玉妍："小主，小主。"李玉不耐烦起来，"好好儿的喊嘉贵妃做什么，别惊了她的胎气。"说罢一行人拉扯着贞淑就走。

贞淑一步三回头，却也禁不住他们这般硬架着去了。玉妍眼见心腹被带走，心中一万个舍不得，立刻追出来，想要喝止。李玉见她主仆这般情厚，看了看玉妍的肚子，关切无比："嘉贵妃娘娘，您挺着肚子跑出来做什么？快回去吧。"

玉妍再三追问，意欲留下贞淑，李玉笑道："皇上有句交代，奴才浑忘了。皇上说谁的字要写得最别扭，也要带去瞧瞧。这不，奴才就带走贞淑姑姑了。嘉贵妃娘娘，您保重龙胎要紧啊。"

玉妍自离母族来到大清，与贞淑无一日分开过。贞淑于她，是身边唯一的族人，唯一可信之人，是她的乡愁，她的思念，她与新王之间最密切的联系。可皇帝这般召唤，玉妍万般无奈，只得看着他们离去。

贞淑颤巍巍跪在坐榻下，因她是跟玉妍从北族来的陪嫁，皇帝对她也格外客气些，道："这些字写得那么难看，可是你的手笔？"

贞淑低着头畏惧道："是。"

李玉厉声喝道："那这些年来写家书总是会的吧？北族的字虽然比满文汉文简单些，倒也不至于换种字就写得跟蚯蚓爬似的吧？！"

贞淑嗫嚅着道："宫里不许宫女识字写字，奴婢很久不写，也生疏了。"皇帝笑了笑，眼中却如深渊寒冰一般，唤道："李玉。"

李玉即刻上前来，递上两颗珠子。皇帝道："那也无妨。这是朕赏你的玛瑙，你选一颗好的带回去穿成链子戴着，也算是对你这么多年伺候嘉贵妃的一点儿心意了。"

贞淑不解其意，但见皇帝这么吩咐，惶惑了许久，终于选出其中一颗较红的，欠身道："奴婢谢皇上赏赐。"

皇帝仰了仰脸，定定道："李玉，朕方才让你送去给嘉贵妃一对步摇，嘉贵妃怎么说？”

李玉朗声道：“嘉贵妃谢皇上赏赐的红玉髓步摇。”

皇帝摇头道：“嘉贵妃倒识得清楚。”

皇帝瞥了贞淑一眼，定定道：“贞淑，朕方才说错了，这两颗不是玛瑙，都是红玉髓。你不能分辨二物，难怪连国师修行所用的七宝只用红玉髓也不知道。”皇帝沉下脸，“李玉，把贞淑送进慎刑司，换了惢心出来。告诉慎刑司，对贞淑哪里都能用刑，只不许伤了手，直到她能写出和皇贵妃一样的笔迹来。”

李玉答应着，皇帝又唤住他：“送惢心回来，再请最好的太医来，替惢心瞧瞧。”

皇帝这么说，如懿心中更是一沉，忍不住露出几分焦灼神色来，眼看着李玉飞也似的跑出去了，更是挂心。皇帝温然相对：“如懿，今夜你好好儿歇息，明日是中秋，你是朕的皇贵妃，朕等着你来主持中秋家宴。”说罢，皇帝便起身离去。精奇嬷嬷们也跟随着离开。仿佛不过一瞬，如懿又从地狱回到人世，回到她暂摄六宫的皇贵妃之尊。

云端地狱两重辛苦，虚得一颗心仿佛落不到实在处。如懿来不及细细去分辨这其中的辛酸甘苦，只是一迭声向外道：“三宝，三宝！快去请江与彬过来。”

惢心是被放在春藤软围上抬回来的，她已经根本不能站立。盖在她身上遮掩伤势的白布只有薄薄一层，早被鲜血完全浸透，沥沥滴了一路。江与彬得了消息，一早便来到了翊坤宫，伴着如懿心急如焚，立在宫门口候了良久。惢心的神志尚且清楚，见了如懿，热泪滚滚而落，强撑着道：“小主，小主，慎刑司的人问不出我什么。”

如懿望着地上触目惊心的血红，如何还答得出话来，唯有泪水潸然而落。

才说完这一句，惢心就晕厥了过去。如懿只留了小宫女菱枝和芸枝在旁伺候惢心，检查伤势。惢心身上的衣裳不知积了多少层血水，一层层黏在皮肉上，根本解不开来，轻轻一碰，便让昏迷中的惢心发出痛楚的呻吟。如懿知她必定是受了无数酷刑，一时也不敢乱碰，只得让芸枝端了温水进来，一点一点化开衣服上的血水，再用小银剪子将衣服小心剪开。

见到惢心的身体时，所有人的脸色都变了。鞭笞还有棍棒留下的痕迹让她的身上几乎没有一块好肉。而更可怕的是，她的左腿绵软无力，肿胀得没了腿形，根本碰不得。如懿心痛如绞，只得忍了泪与恨，由着江与彬和几位太医来查验。

众人抬了惢心进去，如懿稍稍安神，回头看凌云彻："这回的事你们做得很好，本宫谢你和李玉。"

凌云彻哪敢居功，连忙道："愉妃娘娘悟到您的心思，李公公行事，微臣实属无能。"

说话间李玉已经匆匆赶来，请了如懿安，一味只问惢心的安好。如懿再三谢了他，又想着李玉要伺候皇帝，不能在此久留，但李玉始终不肯离开。如懿安慰他几句，便许他留下了。

等到黄昏时分，几位太医才忙完了出来回禀。这些日子的焦灼寒心让如懿困顿不堪，她勉强沐浴梳洗了，换过燕居的绿纱绣枝梅金团鸾衬衣，坐在灯下默默挑着灯芯。那一颗烧得乌黑卷曲的灯芯便如她自己的心一般，她不敢去细想自己的内心为何浮动不定，只担心着惢心，那样忠诚而可靠的惢心，居然会为了自己落到这样的地步。

江与彬带着沉重的神色走到她跟前时，她的心便凉津津的，几乎坠到了谷底，那声音仿佛不像是自己的了："惢心到底如何？"

江与彬含着愠怒的泪光，痛心不已："从伤痕来看，受过鞭刑、棍刑，伤口被浇过辣椒水，所以化脓厉害，十指都被穿过针，这些都还能治。可惢心的左腿被上过夹棍，生生夹断了小腿骨，只怕以后便是恢复，她的左腿也不能和常人一样行走了。"

李玉握紧拳头，切齿道："皇上是吩咐了用刑，可她们用刑之重，超出慎刑司所能。微臣问了，是嘉贵妃吩咐格外用重刑的。惢心不过是一个弱女子，竟然被折磨成这样……"

如懿心头像被火舌吱吱地舔着，烫得皮肉焦裂，可她所承受的惊怕，如何抵得上惢心这几个日夜的苦楚。她紧紧地攥着绢子，攥得久了，关节也一阵阵酸痛起来："他们想折磨的，哪里是惢心，恨不得加诸本宫身上才痛快！”如懿深吸一口气，“你好好儿治着惢心，其余不要多想，要用什么尽管说，没有什么药是难得的，通通都用上去，务求还本宫一个好好儿的惢心。”

江与彬沉声道：“是。微臣什么都不会多想，除了治好惢心，便是要害她的人受一样的苦楚才好。这个仇，微臣永远会记得。”

李玉恨恨不已：“别放过她们，一个也别放过。”

江与彬仰起脸，不假思索道：“还有一件事，无论惢心以后如何，能不能正常行走，微臣都想求娶惢心，照顾她一生一世。”

李玉一震，失声道：“江太医！”他很快笑得酸涩而感动，“江太医，你是个值得托付终身的人。惢心选你是对的。”

微红的烛光落在江与彬诚挚的面上，这样深情的男子，不离不弃，亦是世间难得的吧。如懿忽然明白了自己心底更深的害怕，原来她的惊惧与惘然，是明白自己身边可以仰仗终身的男子并不是这样的良人。然而，能如何呢？她亦只能留在这里，留在他身边，继续这样于荣华中颠沛辗转的日子。

如懿在感触中慨然落泪：“惢心性子要强，你肯，她未必肯。她只怕拖累了你。”

江与彬的声音沉沉入耳，叫人心生安稳：“微臣中意一人，不在乎她身躯是否残损。”

如懿微微笑了笑：“你肯，自然是好的。本宫也知道，惢心没有选错人。等本宫回过了皇上，定会给你一个答复。这些日子你便常来翊坤宫照顾惢心吧。”

江与彬答应着，躬身离去。如懿望着他的背影，郁然叹了口气，吹熄了蜡烛，任由自己沉浸在孤独的黑暗里。

自贞淑进了慎刑司，玉妍便心神不定，没片刻安生，连喝水用饭也没了心思。待得丽心探听消息回来，知道惢心出了慎刑司，贞淑却进了慎刑司，当即惊得站了起来，却不想失手打翻了桌上一对玉瓶，砸了个粉碎响亮。那玉瓶是她这回刚有孕时北族使者送来的，细腻如脂，光华莹然，也是取玉器宁神之效。

玉妍一惊，腹中一股抽搐之劲狠狠钻了上来，她便有些站不住，勉强才有力气道："本宫要救贞淑出来！"

丽心见她捂住了肚腹，急白了脸，冷汗滚滚而出，知道不好，忙扶住了道："您别动了胎气！事情已经这样了，您得先把自己择出来，别扯进去了啊。"

玉妍只觉得肚子里一阵阵收缩抽动，胎气翻滚，哪还有精力说话，只得由着丽心去唤了太医来不提。

江与彬连着照顾惢心，费尽心血，回到太医院当值时，已经十分疲倦。玉妍惊动胎气，龙胎不安。为她安胎的太医根本不知如何安稳她的胎象，生怕出了什么意外，便请了几个太医一同看了脉案，拟了方子斟酌药量。江与彬的医术向来得皇帝与如懿赞许，在太医院中颇有地位，见了他来，人人赔笑问好，又请他一同参详为玉妍安胎的方子。江与彬听得是为嘉贵妃所用，多少恨意都翻腾上来，只是不动声色，依旧客气地笑。他细细看了方子，都是极好的药，药量也用得甚是小心。他心念一动，当下笑道："嘉贵妃还有一个月就要生产，龙胎不安，可用人参、当归、白术、川芎调治，再配阿胶。这方子一点儿不错。脉案上可知嘉贵妃胎动不安得厉害，若想快些见效，还得再加一味黄连入药。"

黄连有清热解燥的功效，治心烦不安是最有效的。太医们纷纷赞许，立刻提笔加了"黄连"二字，吩咐了小太监抓药熬煮。

玉妍这一胎颇受重视，安胎药很快便送到了启祥宫。夜深人静，红烛高照，散发着幽幽的火光。玉妍歪在锦绣软枕之上歇息，勉强喝了一碗安胎药下去，口舌之间便苦涩到了前半夜，连晚膳也没有滋味用下分毫。偏偏太医们着紧，吩咐了两个时辰就要喝一回，待得丽心再端安胎药进来，玉妍闻到气味便皱起了眉头。奈何腹中总是不安宁，又心系贞淑，更添了几分不豫。玉妍再不想喝，为着腹中即将落地的孩儿，也只能硬着头皮喝下去。可是才喝了一口，那汤药的苦味便直冲五脏，玉妍“哇”的一声，抖心抖肺一般呕吐了起来，直吐得吃下的东西呕了个干净，又吐了许多发黄的苦胆水来。

玉妍又气又恨，厌烦不已：“什么安胎药，跟黄连一样苦。”

丽心担心龙胎不安，只得好生劝慰了是治怀胎不适的药。玉妍哪里喝得下去，倒觉得这药不是安胎反而是催命了。贞淑进了慎刑司，细细想来，北族也很久没消息传来了。一夜之间，仿佛什么事都不对了。玉妍一想到母族，想到新王，便是一阵心烦意乱，仗着自己还有一个月便要生产，索性推开了安胎药：“什么安胎药，难喝极了，不喝了！”丽心看她这般苦况，还想说什么，玉妍动气，早把汤药打翻在了地上。

次日便是中秋团圆夜宴。嫔妃们见如懿照常以皇贵妃身份主持宫仪，前日里趾高气扬的玉妍却因胎动不安未曾出席。众人一时也不敢多加揣测，只是如常般欢笑饮宴。皇帝似是极高兴，对嫔妃们的欢声笑语殷勤劝酒来者不拒，终致醉倒，斜斜支在青玉案上，如玉山倾颓，伏几醺睡。

筵席上丝竹歌舞的迷媚间，如懿以雍容清远的姿态，含着得体而温煦的笑意冷眼相望，一壁吩咐李玉：“好好儿扶皇上回去。”她的目光对上嬿婉渴盼的眼，不动声色地嘱咐，“送皇上去令嫔宫中吧。”

嫔妃们一一散去，海兰主持着殿中纸醉金迷的残局，一一收拾。如懿只觉得意懒，仿佛这盛世华章，亦不过是余烬人生的浮华点缀。唯有满月悬于高空，以事不关己的姿态，嘲弄着人间的世事无常。

她轻叹间，望见身边一脉长影。她认得出是谁的影子，便轻声唤：“凌大人。”

一语间，是难言的怅然与感激。凌云彻语意寥寥：“夜凉，皇贵妃不宜立于此地。”

如懿转身看着他，一任裙裾旋成流霞旖旎的盈然。她轻笑如珠："再冷的地方都待过，这里已经很好。"

这话听在云彻耳中，分明是伤感的。他无言以对，只是道："皇贵妃受苦了。"

"你眼中本宫的苦，在旁人眼中却是本宫大幸。怕是许多人都在想，瞧，这个女人竟又爬了起来，站得那么稳！"她似笑非笑，倚栏轻叹，"世人只敬仰成功，却无人理会孤寒苦痛。"

云彻坦然："所以皇贵妃娘娘后福无穷。再者，皇上还是很维护您的。"

"皇上虽然也维护本宫，却要以牺牲慫心为代价，本宫心中始终难过。而且此次并非本宫后福无穷，而是出了下策偷天换日。"她深深凝睇，"嘉贵妃的那串七宝手串并无问题，的确用的是红玉髓，但她不信佛理，唯有她弄错，才会让人相信。"

云彻端方的容颜谦逊之至："嘉贵妃既要害您，那么以彼之道还施彼身也不算错。"

仿佛一道幽细的微光从阴暗的深邃处蓦然照亮内心深处的曲折。原来他与海兰一样，无论惊涛骇浪，依旧一叶相随。云彻一语既了，明如寒星的眼闪过一丝心安理得的快意。如懿与他相视一笑，同望朗朗皎月，心内亦有明澈。

到了十六那日，如懿陪着皇帝在养心殿一一赏玩各王府公侯家送来的节礼。皇帝尤喜欢一个珐琅内绘童子赏春的鼻烟壶，叫人赏赐给了和亲王弘昼。另有一对金凤出云点金滚玉合欢步摇，最是精美不过，皇帝亲手簪在如懿的青丝之上，含笑道："合欢寓意两情欢好，朕替你簪上，再合适不过。"

如懿亦只是低头浅笑，谢恩而已。真的，所谓两情欢好，只在彼此情意与信任上，若要步步疑心，步步惊心，一丝安稳也难得，又何来合欢情好呢？

此时，李玉捧着一张纸进来道：“皇上，奴才用刑下去，贞淑依旧不肯招供。倒是奴才询问了一些与她亲近的宫人才推得些消息，理出这份供状。又迫使贞淑用左手书写申冤，其中几个字与陷害皇贵妃娘娘的几个字十分相似，全是出自一人之手。”

“她肯动笔，那么再要极力扭曲字迹掩饰也难。难为你这般用心，查得一清二楚。”皇帝瞥了几眼，“用左手写的？倒真和皇贵妃的字迹一模一样。”他递给如懿：“你自己瞧瞧。”

倒真是如出一辙。如懿冷笑：“难为她一个北族女子，倒和本宫的字这么像。”

李玉摇头道：“慎刑司再用刑，贞淑实在受不住，终于认了自己模仿皇贵妃字迹之事。但其余的事贞淑什么也不认，连模仿皇贵妃字迹陷害之事，也只说是自己不满皇贵妃跋扈，与嘉贵妃丝毫无干。”

“跋扈？”皇帝大为不满，“皇贵妃怎会跋扈？贞淑一个人又哪里做得成这些事？”

如懿亦是不悦：“与臣妾的字真是肖似。贞淑是嘉贵妃的陪嫁，是嘉贵妃在朝中唯一的族人和亲信，若说嘉贵妃不是主使，臣妾实在不信。”

李玉忙补道：“奴才问过了。贞淑是医女出身，略懂医道，会写字，所以才成为嘉贵妃的陪嫁。嘉贵妃也算有心人，有这么个人在身边帮衬，何事不成？”

皇帝随手将纸抛掷于地，冷冷道：“嘉贵妃？传旨六宫，嘉贵妃金氏骄恣妄为，不敬皇贵妃，降为嫔位，禁足于启祥宫思过。”他想一想，“这样的额娘，不配养育她所生的两位阿哥。李玉，立刻着人领回她的两个阿哥，就交在撷芳殿抚养。”

李玉答应着去了。如懿抚摸着发髻上冰冷的金线缀珠流苏，心有戚戚：“金玉妍心思狠毒，皇上只降位为嫔位，臣妾真是可惜了惢心的一条左腿了。”

皇帝静静地看着她，眼波并无一丝起伏：“朕知道慎刑司刑罚残酷，打残了惢心一条腿是委屈了她。可朕不能不委屈她。因为惢心受尽酷刑而不招认，你才是清白的。只有你是清白的，才可以做朕的皇后。孝贤皇后离世后，朕一直想着的就是要许你皇后之位。”

仿佛被倏然抛进冰冻的湖水之中，周身凄寒彻骨。她抬起眼盯着皇帝：“皇上，清者自清，臣妾本就是清白的！”

皇帝微合的眼眸如秋末清凛的风，冷冷掠过：“如懿啊，你在深宫多年，难道不明白，有时候清白不是由自己证明，而是需要旁人佐证的么？清者自清，连莲花的出淤泥而不染也需时时有人歌颂明白，何况是红墙之中的波谲云诡。”

皇帝的话固然有直剖心胸的冷酷，但确实有几分道理。然而，她的心仿佛覆着厚厚的冰，寒冷而沉重：“那么如果臣妾没有从那串七宝手串上找出嫌疑，皇上是要处死惢心来力证臣妾清白么？”

皇帝的声音沉稳而笃定，并无一丝迟疑：“惢心不会死。死人是不能用来证明清白的，有时候还会归于畏罪自尽，更让你百口莫辩。只有受尽酷刑而不改口供，那才是真的。”

如懿心中的震惊如裂帛碎石，有震腑之痛：“皇上的意思是要惢心赔上自己手足，成了一个活活的废人，才能让皇上相信臣妾清白？”

皇帝看她如此激动，换了温和的语气，伸手向她道：“如懿，这回的事朕疑心本不深，直到艾儿临死前咬定你与人私通，朕才下决心彻查此事。朕要所有人都相信，所有人都对你没有非议。”

如懿并没有以手相应，凝视他良久。她语调清冷且疏远：“不，皇上是天下之君，只要您深信不疑，流言不能撼动臣妾。皇上所谓的让所有人相信，其实是最想让自己相信。”她笑色凉薄，凄然落泪，“以一个小小奴婢的残废来换取您的安心，换取旁人对您挑选的皇后的认可，太合算了。”

皇帝的眼神仿佛铅水凝滞，是沉甸甸的铁灰般的冷与硬：“朕当然需要旁人的认可。你忘了么？当年朕想选你为嫡福晋，上至皇阿玛与皇额娘，下至慧贤皇贵妃，人人都不认可你。这样的事，朕不想再发生第二回了。”

当年他还是先帝的四皇子，当然要遵从父母之命。可如今他是天下之尊。为何还要如此？

皇帝还在继续说下去：“朕不是昏君，为了维护心爱的女子就可以什么都不顾。而且流言深重，就如污泥沾身，越积越多，再难洗去。朕是爱惜羽毛，也是为了你好。”

有凉风猛烈吹进，宛若一把锋利的尖刀刮过，虽不疼却是冷浸浸的冰凉透心。如懿忍不住轻轻颤抖了一下，真的是自己不知轻重么，还是真相，已经习惯了被温存婉转的表象所覆盖？

她跪坐在厚厚的绒毯上，初秋绚金的阳光从镂花长窗中映照而进。她浑身沐浴在明媚的光影里，然而，金子一样灿烂的阳光并没能给她带来如释重负的心情，相反，在这温暖的阳光里，她竟觉得自己成了华美缎子上一点被火焰烧焦的香灰色，瑟缩黯淡，不合时宜。

“皇上在乎这些，所以就多了无谓的牺牲。惢心为了臣妾残废了左腿才换回皇上的确信，世人的认可，臣妾实在痛心。”

那泣声沉默。唯有她自己知道，她曾经是如何忍泪不哭，而此刻，此种悲泣无异于斩断了对于夫君最深重的信任。

皇帝以为她伤心感触到了极致，抑或是他太少见到如懿的泪，终于缓和了口吻，扶她起身：“好了。朕是好意，你便不要怨朕，也不能怨朕了。”

如懿怔怔片刻，缓缓道：“是，皇上是没有错的。”

她在皇帝身边多年，不是听不出皇帝的语气里已经是最后的包容和耐心。再有哭诉与不满，都不过是自毁长城。对聪明人而言，时间是最好的师者，日复一日，将她的聪明调教成智慧。而大部分的智慧，与隐忍和适可而止有关。

皇帝已经年近四十了，即便是保养得宜，眉心也有了岁月经过的浅浅划痕，此刻，那些痕迹随着笑意渐渐疏淡。他爱怜地拍了拍如懿的手：“朕自然是没有错的。”他想了想，或许觉得这样的表示太过于凛冽，“或许朕也会有错，但朕是天子，即便有错也不是朕的本意。”

这，也许算是最委婉的表达了吧。她太明白这个答案底下的凛冽与深寒，亦知是不能揭破的。一旦揭破，便是无可挽回的错误。她已经走到了这里，千辛万苦，如履薄冰，断不能再失去了。

于是，如懿含了恰到好处的笑意，有委屈，有柔婉，有近乎谅解和懂得的情绪：“是。臣妾明白。只是惢心已然废了一条腿，一定得嫁个好人家。太医院的江与彬向臣妾求娶过惢心，请皇上成全。”

皇帝颔首道：“惢心忠心可嘉，大可指一个朕御前得力的侍卫，譬如凌云彻也好。一介太医，前程上是没什么指望的。”

如懿不意皇帝会突然提起凌云彻，忙笑道：“江与彬有心，臣妾问了惢心也愿意，也算是两情相悦。”

皇帝不以为意：“也好，那朕就成全了他们俩吧。那惢心不在你身边伺候了，你也要挑几个得力的人上来。”

如懿沉默片刻，笑容静若秋水：“臣妾身边比不得嘉贵妃，有那么多得力的人。皇上赏赐了惢心的忠心，那么是否也应该赏罚分明？”

皇帝替她擦去眼角的泪痕，道：“贞淑是从北族跟来的人，即便她受刑不招，朕也不便赐死了她，即刻叫人送回北族去便是。至于金氏，朕已经下旨降为嫔位，闭宫思过，无事不许到朕跟前来伺候。”

如懿垂下脸，低低道：“皇上赏罚分明，臣妾安心了。”

皇帝沉沉道：“你要安心的不只是这个。从此之后，无人会再质疑你。皇贵妃之后，你的后位之路也会安稳妥当。朕会一直陪着你，走到皇后的宝座之上。”

心底有无声的震动，是，她走到了与后位无限靠近的距离，却也失去了对这个男人发自内心的依靠与信任。她伏在他怀里，将脸埋入他的胸膛，却只是更孤寂地感知这种徒劳无功的索然。

永瑊和永璇的被迫离开，降位的惩处，激得玉妍心神激荡。不过，那也不怕，亲生的孩子，总能再寻机会从撷芳殿里接回来。毕竟肚子里还有一个呢，要得皇帝垂怜也不难。所以任凭二子大声哭泣，启祥宫中乱作一团，玉妍都能勉强接受，立着与李玉保持着客套。当然，她不是没有恳求，贞淑已经进了慎刑司，总希望二子都还在自己身边。她托了李玉求情，李玉笑得发虚："要您母子分离的不是皇上，是您自己啊。您好好保重身子，龙胎一落地，也得立刻送去撷芳殿。何况您护得了阿哥们，也护不住贞淑。贞淑即刻要被送回北族了。您还是安心闭宫思过吧。"

这一击，才是乱了玉妍的心神。贞淑怎么可以走？她如何能失去贞淑这个臂膀？十数年相依为命，在大清的后宫红墙中安身立命，何曾少过她的扶持。而且贞淑这一走，岂不让新王知道，自己是多么无能，在生子封贵妃后，还是跌落嫔位，失去抚养儿子的资格，失去皇帝的宠爱，更失去了攀向后位的可能。

不，不，她怎能让新王失望啊！宁死都不能的！

玉妍跌坐在地上，丽心赶紧扶住，慌不迭嘱咐她太医所提醒之事，断不能大悲大怒，才能保得龙胎平安啊。

是，是，龙胎是最后的希望了。只要是个皇子，总能多个倚仗，寻机会东山再起。有小宫女见机送了安胎药上前，希望她喝下好受些。她勉强喝了一口，又被黄连的苦味激得口舌发麻，这药根本不是给人喝的吧？她越发想念贞淑，如果贞淑在，她会怎样劝自己喝下这些苦药，会准备什么甜果子呢？啊！贞淑分明是她漂泊异乡的唯一一颗甜果，她怎可失去贞淑呢？

天色昏黄，所有的殿宇伏于沉沙般暗金之色下。已是夏天的末梢，只消一场秋雨，便可断送了最后的炎炎烈暑。

呵，封为贵妃的繁华才这么短短数十日，便匆忙断送了么？

正心慌意乱间，贞淑被侍卫押解着往宫门前去。长街的风已经失了夏日的暑气，夹杂了些微的秋燥与凉意，如同玉妍一颗失了方寸的心。玉妍见贞淑浑身带着伤，披头散发，早失了往日的气势，更是心疼，连声唤道：“贞淑！贞淑！”

贞淑见玉妍挺着肚子赶出来，哪里舍得她这般受罪，一下便跪下了。那侍卫们怎容她如此，生拉硬扯便要送出宫去。贞淑直挺挺跪着，挣扎着磕了几个响头，哭道：“小主，奴婢对不住您，再不能伺候您了！奴婢该死啊！”

玉妍推开那些侍卫：“容本宫和贞淑说几句话，几句就好。”她的腹中一阵阵抽动，她声色俱厉，“你们若不许，本宫就怀着龙胎一头碰死在这里。看你们谁敢担逼迫龙胎之责？”

李玉微微摇头，众人无奈，只得畏惧地退开，只遥遥看着她们。

玉妍一把抱住贞淑，解开身上缕金深翠色披风掩住她受伤的身体：“我去求皇上。你走了，我就孤零零一个人了。”

贞淑哪里容得她这般冒险，紧紧拉住玉妍冰凉的双手，低低求恳：“您别去。奴婢已经连累了您，您不能再受苦了。小主，您好好保重自己，找机会翻身。您还有皇子，您是北族所有的指望……”

玉妍忍着痛楚，咬牙道：“好。你回去告诉王爷，无论如何我都会忍耐，我一定不辜负他的期望，不辜负母族的期望。”

前头嬿婉携了侍女春婵漫步过来，她愁眉轻锁，似有不悦之态。嬿婉缓步过来，玉妍正在气头上，哪里顾得她，只听嬿婉凑近了低语，关切至极：“其实贞淑也不必急着去北族。北族的王爷继承王位没多久，就逼得王妃自裁，正被皇上押解入京责问。今日已到京城，很快就要入宫了。”

玉妍听到前半句，也不在意逼死王妃之事，想着他二人夫妻无情，自然因为新王与自己有情的缘故。待听到后头入京责问，一张俏脸早就失了人色，双唇颤颤发抖。

嬿婉做出十分惊讶的神色，掩口道："你自己母族的消息竟不知道？还是你怀着身孕他们不让你知晓？可怜啊，实在是可怜。"

嬿婉举眸良久，望着幽蓝辽远的天际，只衔了一丝森森冷笑，缓步离开。

玉妍瞬时成了一个泪人儿，所有的心智谋算，在那一刻全盘溃散，只懂得胡乱自问："怎么会这样？王爷才继位就被押解进京，那他以后在北族如何立威服众？啊！是了！王妃是从前老王爷在时让王爷娶的，王爷根本不喜欢，夫妇情薄才会起了争执。也是王妃自己想不开要自杀，又不是王爷逼迫的。怪王爷做什么？怪王爷做什么？"

贞淑听闻北族大祸，哪里还顾自己是否要被送回去，又看玉妍面无血色，蜡黄一个人儿，连声劝她保重自身。

"王爷若真出了什么事，我还要这身子做什么。"玉妍只觉腹中的抽动成了一道道鞭子，不停扭转，她泪流满面，"我就知道，王爷和王妃不睦，他就是心中一直放不下我。"

贞淑吓得魂不附体，赶紧捂住玉妍的嘴，拼命叮嘱道："您记住了！您是怀着皇嗣的时候正逢孝贤皇后丧仪，悲伤劳累，费尽心神，损耗母体，也有损胎气。您再这个样子，只怕要出事啊。"

玉妍哪里还听她的，踉跄着起身，跌跌撞撞便往养心殿去。她走几步就倚在墙上喘气，丽心要来扶，也被她一把推开，一心只想着要见皇帝，绝不能让新王有事！

玉妍一走，贞淑立刻被侍卫们拖走，贞淑拉住丽心的手，惨然喊着："丽心，照顾好小主啊！我不在了，你要为小主尽忠到死啊！"

丽心是潜邸的丫头，自玉妍入潜邸，便和贞淑一道伺候，受了贞淑无数好处与照顾，自然把她的话记在心里，当下便点头道："我会的，我会的！"

玉妍听得二人言语，猛然回头，贞淑已被拖出去老远，不由得撕心裂肺喊起来:“贞淑！贞淑啊！”

如懿欲离开时，已经是黄昏时分。她陪着皇帝用了晚膳，以此温暖家常的情景来告诫自己适应种种变故，又回到了昔日的宁静安详之中。打破这种气氛的是养心殿外传来的已被降为嘉嫔的金玉妍砰砰的磕头声。

没有别的言语，也没有哀切的申诉，更没有伤心欲绝的哭泣，金玉妍只是默默叩首，以额头与金砖地面碰触的沉闷声响，来向皇帝默默倾诉。贞淑被赶回北族，形同告知她失去赖以依靠的母族，她身边的孤立无援已然显露失宠的败迹。那是最大的危险，远胜于位分的起落，意味着依附在她身上的母族的荣宠也会随之减色。所以她亦明白，自己只能如此，不能哀哭申辩。

殿中静若深水，外头的声响仿佛来自遥远的另一个世界，沉闷而邈远:“皇上，您饶恕王爷吧。您饶恕他吧！他新承王位，有失分寸，您教导他就成了，别责怪他呀！”

如懿陪着皇帝临着董其昌的字。自康雍以来，世人多推崇董其昌的书法，皇帝自然也有涉猎。外头响声绵绵不绝，皇帝也不抬头，只问:“谁告诉她这些的？”

这话自然不是问如懿的，李玉打开殿门看了一眼，低声道:“北族王爷已经进京，这事瞒不住了呀！”

皇帝的脸色果然更难看了几分:“怀着身孕还这般发疯，只想着为母族求情！也不看看这北族玉氏的新王是什么东西，一得王位就迫得发妻自尽，简直不配为人！”

如懿轻挽衣袖，不急不缓替皇帝研墨，道:“董其昌云，晋人书取韵，唐人书取法，宋人书取意。此时哭求声扰耳，无论取韵、取法还是取意，都是不能的了。皇上还是暂且停笔，让臣妾为皇上磨出颜色适合的墨汁吧。”

玉妍在外又哀求道："皇上，王爷一直忠心于您，北族也忠心于您啊。"

"忠心是臣子的本分，有何可炫耀。"如懿寥寥一语。

皇帝伸笔饱蘸墨汁，下笔如行云流水，曳曳生姿，丝毫不见滞缓，道："如懿，你出去，以皇贵妃的身份告诉她，从此刻起，她已经不是嘉嫔，而是嘉贵人。若再吵扰一次，便再降一等，直到被废为庶人为止。"

玉痕上 贰陆

如懿明白皇帝言出必行的性子，便福一福身，缓步走到外头。阔大的廊下，硕大环抱的红柱林立，如巨大的壁垒，将跪伏于地的金玉妍衬得渺小而卑微。玉妍穿着一身月白的素色无纹长袍，袖口与衣襟绲着浅银灰的镶边。她脱簪披发，换下象征嫔妃身份的花盆底，只穿平底软鞋，跪在殿外不断叩首。

她离临盆时日不远，高隆的肚腹让她完成这些动作十分艰难。

她执着地叩首求情，丝毫不敢懈怠："皇上，自您登基，王爷尚为世子，就处处以大清为尊，进献钱粮。皇上，您想一想王爷的好处啊。"

在看到玉妍面容的一刻，如懿有微微的惊诧，这个一向妩媚娇艳的女子，却未在此时展露她梨花带雨的更能惹人怜爱的哭容，只是倔强地抿着嘴，重重低下一贯高昂的头颅。

"皇上口谕，从此刻起金氏已不是嘉嫔，降位为嘉贵人。若再吵扰，便再降一等，直至被废为庶人。"如懿没有多余的表情，只是平静地将皇帝的话复述完毕，方才吩咐进忠道，"送嘉贵人回启祥宫，无事不必再出来了。”

玉妍素白的没有任何脂粉装饰的脸，除了眼角细微的如金鱼尾上柔软摇曳的纹理，依旧那样完美，是几乎没有瑕疵的玉璧。甚至连续以额叩地后带来的肿起红色，亦不过为她无神的面孔增加了一点儿明艳的桃色芳菲。唯一美中不足的是，她的声音并不如她的容颜一般诱惑，充满了愤恨与恼怒：“皇贵妃！我分得清玛瑙和红玉髓！就算贞淑分不清，那算得什么！是你蓄意害我！”

如懿双眸微扬，顺手将鬓边一缕垂覆的红璎玉滴珠流苏掠起，那瞬间流露的神采有几分淡然的鄙夷，隐约又带着倔强的不屑，轻轻一嗤：“在这宫里，真相从来就不重要。许多事，根本无人在意它是真是假，而是在于是否有人相信。所以你我都是在赌，赌皇上信谁，或者说赌皇上为了圣誉和皇室的颜面，选择相信哪种说法。”她剜了玉妍一眼，目光似森冷的磨着骨片嚓嚓微响的刀，“当然，你也可以告诉皇上，你早就知道那七宝手串上本就是用的红玉髓，根本不是玛瑙。那么你猜皇上会不会想，只有主使之人才会那么肯定呢？我记得，是你告诉皇上的，那日得了这些东西你可一眼都不敢看便封了起来给皇上了。”

玉妍的身体栗栗颤抖着：“我怀着龙胎，皇上不会这么待我的！一定是你挑唆的！是你！”她咬着嘴唇，全然不顾雪白的齿落在暗红而柔软的唇上咬出深深的印迹。

如懿冷淡的眉眼仿若这个季节最末的流火炎炎，隐隐带着冷峻与肃杀将来的气息：“是我么，还是你自作自受？就如我分明与国师没有任何私情，但你所做的一切就是想让人信以为真而已！”

有泪水在眼眶里泫然欲落，玉妍用力举袖狠狠擦拭，抹杀了那即将要涌出的泪水滴落的可能，继而以灼灼的目光直视着如懿，仰着脸道：“你想挑唆我和皇上，你想看我伤心难过，我偏不哭，偏不让你如愿！”

她的眼神冷漠如十二月的霜雪，带着沉沉的疑惑覆落于玉妍之身：“这就奇了，你和皇上生分可以不哭，为了你的母族王爷竟可以号啕大哭不顾身份求情?”如懿说罢，嫌恶地不欲看她狼狈而狰狞的面容。

“不许你污蔑王爷，污蔑北族!”玉妍忽地站起身，扑上前来欲扇如懿脸孔。她张扬的手高高扬起，凌厉的风贴着皮肉刮过的一瞬，如懿不避不闪，淡然道:“你要打只管打，只是这巴掌一落下来，人人都知道你心里把北族王爷看得比皇上还重。别说你想为母族王爷求情，便是自身也难保了。”

玉妍举起的手掌悬在离如懿的面孔只有半寸之地瑟瑟发颤，仿佛找不到着落一般。许久，那白如葱根的手终于重重落在了她自己的脸颊上，响亮的耳光声和着她的悲鸣凄幽无尽:“皇上——皇上——您不能弃绝臣妾，弃绝臣妾的母族啊!皇上!皇上!您可以责怪臣妾，惩罚臣妾，但求您饶恕王爷。臣妾求您了!”

如懿缓缓摇头，注目她良久:“没有人要弃绝你，是你弃绝了你自己，是你为求荣宠不择手段才可能会牵累了你的母族。私通?”她不屑，“你的脑袋里除了这些污秽东西，难道生你养你的北族便没有教给你一点点聪明良善与懂得进退么?”

鄙弃的神色如刻在玉妍面庞上一般不可抹去:“皇贵妃，你和我都不是善男信女，何必说这样的套话?你有你想维护的东西，我有我的母族和孩子，既然狭路相逢，我算不过你的心机计谋，只能认输。但是，我不许你羞辱我的母族，羞辱王爷!”

如懿轻轻嘘一声，轻蔑道:“你那位王爷?皇上最恨人刻薄发妻，你猜皇上会怎么处置他?”

有热泪无可抑制地滚滚而下。玉妍一向自恃身份，将自己与北族的颜面看得极重，如今提及，显然是伤心害怕到了极处。她气怒攻心，指着如懿，神色扭曲:“你……你……”

如懿轻轻握住她的食指按回玉妍的手心里:“你已经输了，好好生孩子要紧。”如懿俯视于她，凝神片刻，悄然迫近，极轻极轻地道，“不过你也可以猜一猜，这次本宫为什么赢得那么快?”

玉妍梗着脖子，倔强着恶狠狠道："不，我还没有输！你也没有赢！"

如懿伸出纤长的两根手指，轻轻一晃："慧贤皇贵妃也好，孝贤皇后也好，如果真是她们要害本宫，如今人死尘烟散，也该尘埃落定了。可若是她们也是为人挑唆，那么她们一个个死绝了，那个躲在背后的人，也该轮到自己上场了。说到底，皇后之位近在眼前，你终于忍不住了，是不是？"

玉妍吃惊地看着如懿，双肩不由自主地一抖，往后缩去。她一贯妩媚轻柔的双眸里隐着尖锐如针芒的冷光，几乎要穿透她的身体。玉妍的牙齿发出咯咯的摩擦声，若不是进忠眼疾手快按住了她，她几乎要忍不住猱身扑上来。玉妍厉声道："你胡说！她们算什么？既然后位虚悬，谁都有望争一争！"

当然只是胡说，如懿哪里有半分凭证。唯一所有的，不过是孝贤皇后死前的厉声呼号和一点点辨无可辨的蛛丝般的痕迹。

"所以为了争后位，你暗中使了多少手段？别以为你身后有北族为靠。眼下北族王爷背德凉薄，皇上也不会容他！"

玉妍如遭雷击，气焰立刻低了下去，痛楚地呻吟了一声。如懿懒得与她多费口舌，正漠然相对间，却见国师身着红袍，手持一串橙黄的蜜蜡佛珠，神态祥和，在昏沉沉的天色下缓缓步上养心殿的台阶。

如懿颔首施礼："国师安好。"

安吉眉眼间有淡泊清澈的笑意："皇贵妃积福，一切安好。"

如懿瞥了掩面啜泣的玉妍一眼："有大师佛法庇佑，邪灵不侵。"

安吉微微一笑："姜女不尚铅华，似疏梅之映淡月[①]。即便尘埃拂身，亦终归洁净之道。"

---

① 出自《菜根谭》。《菜根谭》是明代还初道人洪应明收集编著的一部论述修养、人生、处世、出世的语录世集。

如懿会意，眼底闪过一抹明亮的笑影，如淡淡天光：“禅师不落空寂，若碧沼之吐青莲[①]。即便身陷淤泥，亦能不染自身。”她欠身，温言道，“大师为何此刻来养心殿？”

安吉和缓含笑，有拈花看尘的娴雅之态，道：“中秋已过，特来向皇上辞行。”

如懿微微黯然：“宫中污秽，不是国师清修之地。”

安吉微笑道：“修行处虽然苦寒，但自有清静大自在。”他侧过脸，看着玉妍的目光无比悲悯而慈和，“你有一张美丽胜过格桑花的脸，却没有一颗美丽的心。你有你的孩子，有你的家族，有你的未来，为何不体会清净圆明的自在？不要求无相、求虚妄，否则你的罪过会绵延到你的孩子身上，让他们来承受母亲的业报。”

玉妍美丽而狭长的眼睛鄙夷地转过，她娇艳的嘴唇间狠狠往地上啐出了一口唾沫，以此来表示她的愤恨与不满。然而那愤恨不过一瞬，她再度抱住了腹部，发出疼痛的呻吟。如懿实在不愿看此情景，便吩咐人送她回去。

安吉宽和地微笑，对着如懿道：“皇贵妃，你以后的路还很远，荆棘与险阻还很多。那日你问我什么是禅，其实心无挂碍执着就是禅。这样，所有的尘埃都侵扰不了你，因为你没有破绽。”

如懿双手合十：“多谢大师提点。”

安吉含笑：“我也只是提点而已。在雨花阁那几日，我已经发现，皇贵妃娘娘虽然来雨花阁参拜，但所求皆为宫中之事，从不为自己，娘娘其实是不信神佛的。”

如懿失笑：“大师目光清明，被您看穿了。本宫向来不信神佛，只信自己可以做到的。”

---

① 具有三教真理的结晶和万古不易的教人传世之道，为旷古稀世的奇珍宝训。对于人的正心修身、养性育德，有不可思议的潜移默化的力量。

安吉凝视她须臾："信神佛的人有心软之处，只信自己的人必然受过谁都不可信的创痛。但皇贵妃娘娘终有一日或许也会觉得，神佛不在于多么神明灵验，而是让漂泊无助之心有一寄托安慰之处，扶持来日之路而已。"

他待要再说，李玉已经出来，满面笑容道："国师，皇上在里头等您了，快请吧。"

如懿见安吉进殿，便也离开了。

并不愿坐辇轿，也不愿侍从随行，连三宝和菱枝也被打发开去，茕茕独行，更适合如懿此时的心境。

五味杂陈。她没有言声，只是默默前行，企图消弭心底汹涌而来的迷茫与怅然若失的惊痛。

也不知过了多久，她才发现有一道身影一直紧随在身后，如同自己的影子一般，不曾离去。她转首，看见提着羊角风灯跟随在后的凌云彻，淡淡问："跟着本宫做什么？"

凌云彻跟随在如懿身后三尺远："本来陪着进忠公公护送嘉贵人回宫，但见娘娘心情不佳，微臣不能劝解，所以一路随行。"

如懿无心顾他，懒懒道："那就应该提灯在前，而非跟随在后。"

他眉目间清澈内敛，笑容仿佛天边清淡如许的月光："娘娘自己看得清前路走向何方，微臣只需伴随身后，为娘娘照亮后头走过的路，不至于回头之时，心下茫然，连退路都难以看清。"

初秋的月光静谧铺满宫院的每一个角落，一丛丛深红的秋海棠开得正盛，绚烂至寂寞。如懿无谓地笑笑："也好。本宫此刻的心境，不喜有人陪得太近，但一个人走，又太寂寞惶然。你在，总是好的。"

云彻不再多言，只是默默跟随。当翊坤宫门前火红的绢纱宫灯照亮了如懿苍白的容颜时，他方才低声问道："为什么娘娘脸上的表情一如微臣当年？"

"什么当年？"

“那时微臣已经失去了从前的孅婉，却又不知该怎么继续走下去。”

如懿轻轻摇头：“本宫知道怎么走，皇上给本宫指出了一条前路。”

云彻有些好奇，有些怜悯：“这前路是您想去的地方么？”

如懿感知于他的敏锐，轻声道：“那或许是身为女子最尊贵的去处，却并不是本宫最在意的。”她微笑，“本宫最在意的，是全心全意的信任与彼此托付。可惜，本宫在意的，或许很难得到了。”

云彻微微苦笑，拱手施礼：“微臣只希望，娘娘以后的路平安顺遂，再无荆棘风雨。”

有一瞬的感动犹如江潮汹涌没顶的一刻，居然只是想着，原来还有人这样关切着自己。她旋即含笑，明白自己此刻的身份：“凌云彻，江与彬已经向本宫求娶惢心。你的年纪不小，如今也有了前程，是否也该娶妻生子，成家立业？本宫可以为你安排，求娶淑女。”

云彻的神情转瞬黯然：“谢娘娘关心了。微臣一个人很自在，实在不想多了家室负累。”他停一停，“能伴随皇上与娘娘身边，已是微臣的福气。”

如懿微微颔首，仰首看着清明月色，如被霜雪：“随你心愿，自在便好。”

玉妍在送回去的路上就见了红，几个宫女太监都搀扶不住，只知她身子越来越软，低头看时，裙上都已染了触目的鲜红。

当夜玉妍便胎气发动了。痛苦而凄厉的尖叫声穿透了紫禁城寂静而漫长的深夜。孩子一直生不下来。被降为嘉贵人的玉妍胎气乱窜，阻滞宫口，更因悲痛担忧，根本使不上力气。催产药照旧苦如黄连，玉妍有心想喝，也是喝一口吐一口，溅了接生嬷嬷们满身，越发没有力可使了。

接生嬷嬷们不耐烦了，催产药喝不下，龙胎就下不来，越发嫌玉妍不肯配合，于是话便难听了。

“人家生孩子顺顺当当的，嘉贵人非要折腾这么多事儿，诬陷皇贵妃和国师。国师法力无边，你污蔑他，这报应就来了。”

“这都第三胎了还那么不顺，真是少见。果然是报应了。”

玉妍在彻骨撕裂般的痛楚里无力反驳，她迷蒙地想起，是自己让贞淑去威胁艾儿，威胁她再简单不过，那么在意佛珠，自然在意安多。果然拿安多的性命一说，艾儿便愿意舍了性命污蔑如懿私通来维护这个唯一待自己好过的人。

如今，如今真是报应了吗？孩子生不下来，不是因为孝贤皇后丧仪上哀痛过甚，而是她自己有孕时便谋算七阿哥、谋算孝贤皇后、谋算纯贵妃母子和大阿哥，又算计如懿，根本就是耗费了太多的心神，才会如此呵。

她在昏聩里听见丽心呵斥她们。可是谁都知道她失宠了，嬷嬷们根本不怕，最后低低嘟囔了一句：“真是倒霉！北族王爷进京受罚，这嘉贵人也难产！”

这句话，简直要了她的性命。

玉妍撕心裂肺地大叫一声：“王爷！皇上，您饶过王爷吧！啊！”她昏厥了过去。

龙胎落地时，早没了气息。太医说是玉妍大悲大痛伤着了龙胎，又兼难产困厄，皇子才出了意外。这本该是序列第九的阿哥，这般胎死腹中，令玉妍伤心得难以言喻。皇帝知道了亦是难过，吩咐了九阿哥随葬在端慧皇太子园寝，一切按照郡王身份举丧。

一连几日，玉妍都是不哭也不动，整个人呆呆地坐着。偶然只有丽心时，她才会低低自诉：“我的孩子，我可怜的孩子！国师说是报应，我不信，我不信！”

那一日听闻北族王爷到养心殿受责，玉妍不顾自己生产不足十日，急急忙忙披衣梳妆，泣道：“我要见王爷！王爷，您终于来了，您知道玉妍的苦吗？”

丽心有心劝她护她，可怜她如此心肠，到底不忍拂她心意，依言伺候了穿戴方休。

皇帝看着齐汝的陈词出神，上书嘉贵人在丧仪上劳动受累，胎气已经不稳。又兼费尽心神，内里虚耗。孕九月后胎动不安加重却喝不下安胎药。生产前大受刺激，悲痛欲绝，这才导致龙胎夭亡于腹中。

皇帝怜悯幼子，心念一动再动，终不忍再重责北族王爷。罚了他三年恩赏，受了当面斥责，便发落回北族思过。言罢又叹息："嘉贵人自作自受，朕也有过失。看她临产，怎么也得忍耐些脾性，不该刺激她。"

如懿陪伴在侧，深知皇帝恩威并施，北族从此会更臣服于大清，亦明白他知道玉妍为爱子如此伤心，虽然厌憎她陷害之事，也觉得可怜。

如懿亦劝："看在往日的情分上，还有永珹和永璇，皇上是该去好好儿安慰嘉贵人。"

玉妍顾不得身乏体虚，疾步奔走到养心殿外的长街时，只远远看见北族王爷一行人离开。玉妍自离故乡，多年来日思夜想，唯有一点点与尚为世子时的北族新王相处的情景，当然，那时更多的是他的万千叮咛，无数关照。

只那一个颀长背影，就勾动了她心底最柔软的情愫。那时年少，她也不是生来就懂得种种谋算心机，无非只盼着见上心上人一面。她是北族最娇美的花朵，他是世子，未来的王爷，无论如何都是相配的。若非他的要求，她也不会千里迢迢来此，为母族争得荣光。

一别就是无数的葱茏岁月啊。玉妍不知不觉，已是满面泪痕。

年少青衫那人，已经近在眼前，她终于忍不住喊出了声："世子！王爷！"

被推在最前头的白袍玉冠男子似乎听到玉妍呼唤，遥遥回头。隔着簇拥的人群，如隔了银汉迢迢。

他的面容遥远而模糊，却分明与她记忆里并无二致。

“阿妍！”

她听到了！那两个字重重落在心上。他对她的称呼，和当年并无两样。

阿妍！阿妍！为了这一声呼唤，她什么都愿意去做。

玉妍软软栽倒在地，紧握住胸前的平安玉扣。那是他亲手所赠，这么多年唯一贴身佩戴之物。二十多年了，终于能再远远见他一面。她几乎要哭出来了，一副情肠九转，无论身在何处，心都是他的。

丽心扶着她，抱着她，哭着求她：“小主，您才刚生产，这样跑出来，真是不爱惜自己了。”

玉妍哭得不能自已，良久，才缓过一口气来：“我要命，我爱惜我的性命。丽心，只见这一眼，我可以死而无憾了。我得活下去，我只要还有一口气，就得为王爷尽忠到最后。”

丽心将皇帝伤心九阿哥夭折腹中，宽恕了北族王爷，只是罚断恩赏思过的事拣要紧的说了一遍。

玉妍的神色已经平静了许多，她扶着丽心的手，慢慢站起身。

幽深的长街上，她的身影烙在暗红斑驳的墙上，似乎被风一吹就会散了：“回去吧。我去给九阿哥上炷香。我可怜的孩子没有白死。他虽然没叫我一声额娘，可也为北族尽力了。”

贰柒 玉痕 下

玉妍失子的消息，在后宫生了不少闲言。人人以为国师得罪不得，越发膜拜礼敬。唯有江与彬人后冷笑，只说一句“天意如此，善恶有报”。

彼时江与彬为如懿请平安脉，如懿只问：“那么告诉本宫，你又做了什么？”

江与彬笑道：“微臣做不了害人的狠心事。只是在众位太医给嘉贵人拟方子的时候提议多加了一味黄连。黄连清热解燥，治心烦不安。微臣可没下错药，是嘉贵人怕苦，喝不下去。再者，若非嘉贵人怀着九阿哥还做尽恶事，天理昭昭被揭出来，她也不会于产前情绪大动，惊得胎气乱窜难以生产，以致九阿哥早夭。”

如懿浅笑如烟：“用一味黄连，让嘉贵人也尝尝你和惢心的黄连之苦吧，只是九阿哥可惜了，孩儿无辜。”

江与彬心疼道：“一想到惢心的腿再不能像常人一般行走，微臣就痛心不已。如果嘉贵人没有作恶，便不会有此下场。只是连累了九阿哥，微臣问心有愧。”

说罢，也再不肯提此事，只将全副心思放在了照顾訫心上。

彼时金川战事胶着，皇帝心思不悦，少进后庭，宫里也安静了许多。国师离京前，讷亲为求获胜，屡屡求恳派遣国师到军中助战。皇帝尚在犹豫，闻知讷亲昏聩畏缩，屡屡失利不说，还与刘统勋、傅恒不和，皇上气怒之下，倍加斥责。太后听闻简直羞愧难当：“军中还能有神鬼助战之说？这可会让人心溃败啊。讷亲求胜心切，可也不能坏了军纪人心啊。”钮祜禄族中唯有讷亲最是位高权重，一旦失了圣心，太后少了依靠孤立无援，钮祜禄氏也少了荫庇。见太后如此担忧，福珈只得劝说：“讷亲大人是贻误战机，可皇上总会顾着太后和钮祜禄氏的颜面。”太后不愿多言，正沉默间，却是老太监匆匆来回禀，说讷亲大人擅自回京，皇帝大怒。太后这一惊非同小可，气得几乎倒仰：“讷亲真是昏聩，是回是留得皇帝做主，他自己拿什么主意啊。误了战事还自作主张，这是自己作死啊。”这般生气，太后到底也不得去劝皇帝，虽然讷亲是文臣，派他指挥金川战事，本就不妥当。可这会儿如何再能去指摘皇帝，火上浇油。皇帝羽翼渐丰，甚有主张，太后本就不好劝。而且后宫之事太后尚能处置，可前朝政事却不能过问，更何况事涉战机。若是硬生生求情，就算皇帝放过了讷亲，但心中对太后和钮祜禄氏就埋下了怨恨，那更是后患无穷啊。思来想去，玫嫔病着，舒妃过于痴情不顶用，只有将就派了庆贵人去暗中劝说。这一劝不知庆贵人是如何说的，左右皇帝也再没见她。太后干着急也是无法。

倒是皇帝唤了意欢去书房伺候时闲闲道：“金川战事之困，皆因讷亲贻误。他回朝后还推诿责任，简直无耻。”意欢只顾低首磨墨，那侧影纤美如竹。皇帝再追问，意欢也只是淡淡答：“皇上说前朝的事，臣妾不敢接话。”她这么说，皇帝反倒有心试探：“那朕说后宫的事。讷亲是皇额娘族人。朕若要杀讷亲，你说皇额娘会怪罪朕么？”

如此，意欢才有些惊慌，皇帝又道：“杀一个讷亲，就是要整个朝廷都看着，朕只用可用之人，绝不因任何人而徇情。”他顿一顿，“你不劝朕？”

意欢如何看不出皇帝的试探之意，只是若为讷亲说话，不仅让皇帝厌烦是太后安排自己侍奉皇上左右，也不会改变皇上杀一儆百的决心，还不如安慰太后来得实在。她沉吟片刻，索性坦然应答：“皇上做的一切都是为了朝局，臣妾想劝也无从劝起。”意欢如此识得分寸，皇帝也有些欣慰。

消息传到慈宁宫时，已经是无力回天。皇帝下旨，将讷亲正法于军营。直到处斩，才有消息传入慈宁宫。太后几乎站立不稳，福珈堪堪扶住了，连声要她节哀，太后才稍稍缓过气来，回想起孝贤皇后去世才多少时日，皇帝一连串处置了张廷玉、高斌，连讷亲也不放过。先帝留下的老臣，就这么被料理得干干净净。甚至讷亲被皇帝赐死后，军中朝中人人惊悚，遇战无不拼命，简直无可挑剔。太后也不禁生了一丝戒备与畏惧：“皇帝杀讷亲，要的就是立威服人心，使得军中不敢怀苟安之念，也让哀家无话可说。可惜哀家前朝外援已失，往后能倚靠的只有后宫这些人了。可光凭如此，哀家护得住自己和钮祜禄氏的权位么？”

福珈忧心忡忡地看着太后，再说不出一句话来。

时日悠悠荡迭着过去，惢心到底年轻，仗着素来底子好，皮肉的外伤倒也渐渐好了。只是伤筋动骨一百天，她的左腿伤得厉害，足足养了小半年才能下地。江与彬又担心着冬日里寒气太过，伤了元气，一日三次端了温补药物来给惢心服用，连菱枝亦笑：“还好惢心姑姑有着自己的月例，还有小主的赏赐，否则江太医的俸禄全给姑姑换了补药吃都不够。”

江与彬倒真是尽心，惢心能起身后腿脚一直不利索，她心里难过，背地里不知流了多少眼泪，都是江与彬开解她：“只要人没事，走路慢些又有什么要紧。”

除了江与彬，李玉得空儿亦常来看望惢心，时常默默良久，只站在一边不言不语。如懿偶尔问起，李玉慨然落泪：“奴才与惢心相识多年，看她从一个活泼泼的姑娘家生生被折磨成这个样子。”他跪下，动容道，“小主，别让惢心在宫里熬着了。咱们是一辈子出不去的人，惢心，让她出去吧。”

李玉的心意何尝不是自己的心意？便是在望见飞鸟掠过碧蓝的天空时，她也由衷地生出一丝渴慕，如果从未进宫，如果可以出去，那该有多好。

外面的世界，她从未想象过，但总不会如此被长困于红墙之内，于长街深处望着那一痕碧色蓝天，无尽遐想。

如懿与江与彬的心意沉沉坚定。惢心原嫌自己残废了，怕拖累了江与彬，每每只道：“你如今在太医院受器重，要什么好的妻房没有。我年岁渐长，人又残废了，嫁了你也不般配。”便一直不肯松口嫁他。只是天长日久，见江与彬这般痴心，如懿又屡屡劝解，终是答应了。如懿择了一个艳阳天，由皇帝将惢心赐婚与江与彬。

赐婚出嫁那一日，自然是合宫惊动，上至绿筠，下至宫人，一一都来相送。一则自然是顾及皇帝赐婚的荣耀，如懿又是皇贵妃之尊，自然乐得锦上添花；二则惢心是如懿身边多年心腹，更兼慎刑司一事绝不肯出卖主上，人人钦佩她忠义果敢，自然钦慕。所以那一日的热闹，直如格格出阁一般。连未曾得如懿邀请的嬿婉，也来凑热闹。

如懿反复叮嘱了江与彬要善待惢心，终至哽咽，还是绿筠扶住了道：“皇贵妃是欢喜过头了，好日子怎可哭泣。来来，本宫替惢心来盖上盖头。”

绿筠这般赏面儿，自然是因为玉妍落魄，遂了她的心意。海兰与意欢素来与如懿交好，更是足足添了妆奁，欢欢喜喜送了惢心出宫。

终于到了宫门边，如懿再不能出去，唯有李玉赶来陪伴。李玉殷殷道:“我与江与彬、惢心都是旧日相识，起于寒微。如今惢心有个好归宿，我也心安。好好儿过日子，宫里自有我伺候皇贵妃娘娘。还有，京郊有三十亩良田，是我送你们的新婚贺礼，可不许推辞。”

江与彬与惢心再三谢过，携了手出去。李玉目送良久，直到黄昏烟尘四起，才垂着脊梁，缓缓离去。

如懿目视李玉背影，似乎从他过于欢喜与颓然的姿态中，窥得一点儿不能言说的心意。

如此，江与彬置了小小一处宅子，两人安心度日，惢心得闲便来宫中陪伴如懿。如懿也舍不得她多动，便只让她调教着小宫女规矩。如此，翊坤宫中只剩了菱枝和芸枝两个大宫女，如懿亦不愿兴师动众从内务府调度人手，便也这般勉强度日。

嬿婉自为如懿求情后，往来翊坤宫也多了。如懿如何不明白她心意，知她这般为自己求情，多半是有所求。但嫔妃面前，到底不能薄待曾在落难时与自己亲近之人，所以面上也颇客气。许是念着嬿婉的好，皇帝对她的宠爱虽是有一日没一日的，但她年轻乖巧，又能察言观色，渐渐也得回了些圣心。而最得宠的，便是如懿和舒妃。

到了孝贤皇后崩逝一年之际，皇后母族惴惴于宫中无富察氏女子侍奉在侧，便选了一位年方二八的女子送来。那女孩子出于富察氏旁系，相貌清丽可人，丰润如玉。皇帝倒也礼遇，始入宫便封为贵人，赐号“晋”，住在景阳宫。而北族因玉妍的失宠，又想讨好皇帝，接连送了几名年轻貌美的北族女子来，皇帝并未留下，都赏赐了各府亲王。玉妍本以为有了转机，屡屡献上自己所做的吃食和绣品，皇帝也只是收下，却不过问她的情形。如此，玉妍宫中的伽倻琴哀彻永夜，绵绵无绝，只落了嬿婉一句笑话:“真以为琴声能招徕人么？连人都不配了，还在那儿徐娘半老自作多情！”

玉妍本就是牙尖嘴利的人，素来同好不多，嬿婉这句笑话，不多时便传得尽人皆知。玉妍羞愤难当，苦于不得与嬿婉争辩，更失了贞淑，无人可倾诉，只得煎熬着苦闷度日。倒是北族王爷为表忏悔，又挑了两名绝色美人进京，想要献与皇帝侍奉左右。皇帝自然不愿接受，北族王爷便不断进献金银、米粮和布料，支持金川前线战事。至此，皇帝虽然不理会玉妍，但北族的心意却收下了。同时，他也将潜邸旧人里的婉贵人封了嫔位。即便宫中入了新人，倒也一派和睦安宁。

这日婉嫔陈氏到养心殿谢了恩，皇帝陪如懿画完一株兰草，便道："婉嫔无子无宠，无非是潜邸旧人的缘故才得晋封。令嫔虽然得过朕的宠爱，但平平无才。此次你被冤枉，她极力求情，也算有德。朕多宠她些也是应该。"如懿自然赞皇帝赏罚有度。皇帝揽住她纤细的肩头，顺着话头道："若说责罚，金氏被贬为贵人已然有大半年了。这些日子，朕都未曾理会过她。"

皇帝说话时带着笑，那语气却是沉的。那亲密一揽中亦有着不容置疑的肯定。皇帝言下之意，是如今想理会她了。如懿轻轻睇皇帝一眼，皇帝看清她眼底的不满："金氏到底是皇四子和皇八子之母，又是第一个嫁入大清的北族贵女。这些日子来，朕对她的责罚，对北族的敲打，想来也让他们长了记性。"

如懿心中恼怒，唇边却几乎要溢出笑来："皇上是要复金氏嘉妃之位？"

皇帝沉默片刻，淡淡道："复位嘉妃朕也不肯，但嫔位总要有的。否则北族修书问候金氏，知朕一直不肯对她施恩，也会惴惴朕是否也还对北族王爷的无德之行一直介怀。"

皇帝的意思已经再明白不过：敲打可以，一直严惩却不行。只为金氏背后是北族，身为帝王，可以不在乎一个女子，却不能不考虑北族在北地的地位与分量。任何一个皇帝，都该以朝局为重。而这，也是太后不敢劝皇帝不杀讷亲的最大缘由。

如懿起身，郑重道：“臣妾明白了。皇上说得这般清楚，是要臣妾按捺下被冤之恨，容下金氏。”

皇帝见她如此行礼，不觉放缓了口气：“朕若处死金氏，或是一直冷待她，那会寒了北族之心，也伤了皇阿玛与朕两代安抚北族之意。就像朕不喜欢北族王爷的人品，但看在他恭谨的分上，也要和缓些许。你如今是皇贵妃，更要顾全大局。”

如懿如何不明白，肃然道：“臣妾懂得。但臣妾也明白告诉皇上，若金氏再有不轨，臣妾不会因她出身北族百般容忍。”

皇帝态度决绝，握着她手：“她要再不识大体不知悔改，朕也不容她。”

如懿在心底轻轻叹了口气，为他抚平胸前龙袍的褶皱。那金线略刺，触在指尖，微微生疼。穿着这身龙袍，他也有他的为难之处啊。

复位嘉嫔的旨意是李玉去传的，凌云彻跟在身后冷眼看着。玉妍领了旨意，也不与李玉客气：“若非王爷问起本宫，怕皇上也不会有心为本宫复位，更不记得没生下来的九阿哥了吧。”

李玉笑吟吟的，丝毫不以为忤：“九阿哥也是皇上的骨肉，皇上怎会不痛心？只是您惊动胎气难产，这谁也料不到啊。”

丽心扶着玉妍，一脸愤愤不平：“要不是令嫔和小主说了北族王爷进京受责之事，小主又在贞淑被送出宫、两位皇子不在身边的气头上，也不会惊动胎气啊。”

李玉目光微微一愣，面上堆着的笑意倒是越发浓了。凌云彻没有李玉那般好涵养，在听到嬿婉名字时，已经变了脸色。李玉目光悠悠在凌云彻面上一浮，对着丽心，带了几分训斥的口吻道：“当奴才的别张嘴胡说给主子招祸。贞淑有罪被送回北族，嘉嫔娘娘心疼她什么？北族王爷进京受责，也是因他自己逼死发妻的实在错处。嘉嫔娘娘是对皇上的决断有气，还是过分在意北族王爷这位多年未见的故旧惊动胎气？”

丽心到底不经事，被李玉这一通说，吓得缩回了玉妍身后。玉妍冷笑一声："丽心，不必多说。前事如何，本宫心里有数。"

李玉也不多言，拱手便走。

玉妍也不理会他们，只吩咐丽心去太医院抓一服上好的坐胎药，一心振作，再生几个皇子固宠才好。丽心知她心气振作，连声答应了便去太医院。

李玉疾步到了长街上，回头看凌云彻面色发白，知他心中震荡，当下也不再掩饰神色，道："凌侍卫，你可听见了没有？皇上问过我是谁走漏了北族王爷受责的消息让嘉嫔惊动胎气生不下九阿哥，原来是在令嫔这里。你这位旧日相识，很会趁乱生事，厉害得很啊。"

凌云彻目中微微冷滞，口上却还为嬿婉辩解："昔日令嫔在启祥宫当差，备受嘉嫔折磨，难免生了怨恨之心想报复。"

李玉摇头，一万个看不上："令嫔想报复什么时候不成？专挑嘉嫔临盆之际，这心思好深哪。当然了，九阿哥出事是嘉嫔自己作孽，可也少不了令嫔这一击啊。"

春日的风软绵绵扑面痴缠，这条长街，曾是他与她一起并肩走过。还有嬿婉在启祥宫受苦的那些日子，到底是他没能护着她，才叫她坏了心性。想到此节，凌云彻心中不忍："令嫔……是不似从前了。那这件事李公公可会告诉皇上，令嫔她……"

李玉自己也是过来人，如何看不出凌云彻不满之下的不舍。且嘉嫔将惢心害得这般凄惨，他头一个便是不容的，自然不能让嘉嫔借此事得了皇帝的怜惜，当下便允诺不会告诉皇帝。凌云彻微微松了口气，少不得为嬿婉分说几句："皇贵妃被冤枉，令嫔也算出力帮过她。而且令嫔的报复虽然狠辣，却也情有可原。我去提醒令嫔，一定让她收敛。"

李玉见他如此，不得不说个明白："我提醒你一句，放不下旧情可不是什么好事。尤其令嫔当年抛下你献媚皇上，你可要记得。"

不，不是旧情难忘。只是与嬿婉一同经历那么多年，亲眼见她身世可怜，屡受逼迫才会转变心性。他自然记得她爱慕富贵断绝情意，却也希望她有个改过的机会。一场情缘，总也得有个好的了结。

李玉顾不上与他多言，只是揣摩着低声自语：“嘉嫔似乎很在意这位北族王爷的安危，这事皇贵妃得知道。”

玉妍复嫔位那日，海兰、嬿婉与婉茵一起来陪如懿说话，暖阁窗下打着一张花梨边漆心罗汉围榻，铺着香色闪银心缎坐褥。榻上设一张楠木嵌螺钿云腿细牙桌，上头搁着用净水湃过的时新瓜果，众人谈起嘉嫔之事，亦不免感叹。

嬿婉那一双眼睛分外地乌澄晶莹，她的不满毫不加掩饰：“嘉嫔复位，咱们再有不满也不能说，免得惹皇上不快。还是做个聪明人，只能闭嘴罢了。”

如懿不置可否，笑意中却微露冷淡之色：“这世上能有多少聪明人，无非是懂得隐忍和适可而止。皇上对嘉嫔也是适可而止，虽然严惩，但不至于绝情。”她神色淡然，亦有一分无奈，“从前北族依附前明，屡屡有女子入宫为妃。永乐皇帝的恭献贤妃权氏更因姿质秾粹，善吹玉箫而宠擅一时。我大清方入关时，北族曾有‘尊王攘夷’之说，便是要尊崇前明而抵触大清。历代先祖笼络多时，才算安稳下来。金玉妍也算北族第一个嫁入大清的宗室王女。所以无论如何，皇上都会顾及北族颜面。如今打发了她的心腹臂膀，也算是惩戒了。”她颇有意味地看了嬿婉一眼，“再要如何，怕也不能了。”

嬿婉颇有几分失望：“可嘉贵人如此作孽……”

海兰温和一笑，浅浅打断：“作孽之人自有孽果，我等凡俗之人，又何必操心因果报应之事呢。”

嬿婉眸中一动，旋即明白，只衔了一丝温静笑意，乖巧道：“愉妃姐姐说得是，是妹妹愚昧了。”

婉茵生性胆小，一壁听着，一壁连连念佛道：“当初嘉嫔就不该鬼迷了心窍，污蔑皇贵妃与国师。不为别的，就为了佛法庄严，怎能轻易亵渎呢。皇上心里又是个尊佛重道之人，真是……”

海兰睇她一眼，玩笑道：“婉嫔心中当真是有皇上呢。”她见婉茵面泛红晕，也不欲再与她取笑，只看着如懿殿阁中供着的一尊小叶紫檀佛像，双手合十道，“国师曾希望嘉嫔可以体会清净圆明的自在，否则她的罪过会绵延到她的孩子身上，让他们来承受母亲的业报。国师修行高深，这么说想来也有几分道理。”

嬿婉拿绢子绕在指尖捻着玩儿，笑道：“好好儿的，咱们说这些不吉利的人不吉利的事做什么？我倒觉得奇怪呢，今年三月初三的亲桑礼，往年孝贤皇后在时，皇上有时是让皇贵妃代行礼仪的，如今孝贤皇后离世，怎么皇上反而不行此礼了呢？”

如懿叹道：“皇上顾念旧情也是有的。毕竟孝贤皇后去世不过一年，和敬公主又刚出嫁，皇上难免伤怀。”

嬿婉便笑：“也是。姐姐已经是皇贵妃，封后指日可待，也不差这些虚礼儿。也许是皇上想念孝贤皇后，这些日子去晋贵人的宫里也多，每每宠幸之后还赏赐了坐胎药，大约是希望能再有一个富察氏的孩子吧……”

嬿婉说到一半，才想起如懿也一直膝下空空，连忙起身：“皇贵妃娘娘恕罪，妹妹不是有心的。”

如懿淡然微笑：“妹妹不必吃心，你还年轻，迟早会有孩子的。”她看着坐在一旁眼眶微红的意欢，温言道，“舒妃也是，许多事在天意，不只在人为，只要有心，总会有的。”

意欢拭了拭眼角，嘴上却强撑着：“多谢皇贵妃关怀。”

如懿温和道：“其实皇上对舒妃妹妹和晋贵人都格外体贴，也是想你们早早遇喜，所以一直赏赐着坐胎药。”

嬿婉见如懿和气，忙赔着笑亦试探着道：“皇贵妃娘娘正当盛年，也该喝些坐胎药，以求早日生下皇子。”

如懿也不看她，只含笑道："年轻的时候，本宫和慧贤皇贵妃都着急没有孩子，眼看着别人的孩子一个个落地了，长大了，哪里有不心急的。一碗碗坐胎药喝下去，喝得舌头都不是自己的了。只是后来想明白了，太医院的药再好，毕竟是药三分毒。再说，子嗣之事是命里注定的，所以也不强求了。"

嬿婉看着如懿的神色，见她不像作假，便也笑道："娘娘说得是。妹妹受教了。"

意欢亦道："也是的，这些年喝着这些坐胎药，一开始十分想要得子的心也喝得淡了，总之，听天由命吧。"

海兰颔首道："做人如何能不听天由命呢。听说永璜大阿哥自从去年遭了皇上贬斥之后，一直精神恍惚，总说梦见哲悯皇贵妃对着他哀哀哭泣。这样日夜不安，病得越发厉害。昨日他的福晋伊拉里氏来见皇贵妃，还一直哭哭啼啼。皇上也未曾亲去看望，自然，或许是前朝事多，皇上分不开身。"

如懿掐了手边一枝供着的碧桃花在手心把玩，那明媚的胭脂色衬得素手纤纤，红白各生艳雅。她徐徐道："永璜如此，纯贵妃的永璋何尝不是。皇上虽然安慰了永璜的病情，也常叫太医去看着，对着永璋也肯说话了。只是父子的情分到底伤了。听说慧贤皇贵妃的父亲高斌，当日因为孝贤皇后的丧礼受了贬斥，到如今都还没缓过来呢。所以以后一言一行，若涉及孝贤皇后，大家也得仔细着才是。"

这样闲话一晌，便有宫人来请如懿往养心殿，说是皇帝自如意馆中取出了画师禹之鼎[①]的名作《月波吹笛图》与她同赏。众人知道皇帝素来爱与如懿品鉴书画，偶尔兴起，还会亲自画了图样让内务府烧制瓷器，便也识趣，一时都散了。

---

① 禹之鼎：中国清代画家。字尚吉，一字尚基，一作尚稽，号慎斋。江苏兴化人，后寄籍江都。擅山水、人物、花鸟、走兽，尤精肖像。

如懿更衣出来，见小宫女正收拾茶盏，那嘴角的暖意便淡了几分，只吩咐道：“令嫔那盏茶盏另外放开，不必和舒妃、婉嫔、愉妃的放一起混了。”

小宫女年轻不解事，嘴上答应着，便照做了。

玉妍复了嫔位，皇上便回书北族，向北族王爷对嘉嫔与皇嗣的关怀略表谢意。

笑語閑

贰捌

是夜，皇帝便去了启祥宫。

眼看着皇帝的明黄御驾进了启祥宫，嬿婉站在月色底下，体会四月微温的夜风带着木兰的花香愉悦地拂上面颊。天际有阴云掩过，蔽了半面弯月，那半月映照在红墙耸立之上，在浮光如锦的琉璃瓦摇碎的粼粼光影中浮沉漾动，渐渐有了支离破碎的势态，映得嬿婉姣好的面庞也有了几分碎玉般的暗影。

嬿婉在翊坤宫察言观色，赔小心趋奉了半日，多少也晓得如懿待她与海兰等人不同。她有几分郁郁："就算本宫为皇贵妃求情，她对本宫还是不那么亲近。"

澜翠颇为担心道："皇上这几日又去看望了嘉嫔。小主，咱们会不会是白白为他人作嫁衣裳了？"

春婵纵然明白，也无可奈何，只能劝道："皇贵妃就是这个性子，与愉妃、婉嫔亲近那是相识多年，舒妃也是她从冷宫一出来就巴结上了。"

嬿婉含着一缕薄薄的微笑，点头道："你说得是。皇贵妃迟早要封后，一定要用心讨她喜欢，一次不够就两次，一定能打动她成为本宫的依靠。"

春婵忙笑道："是。不过等您自己有了孩子，就不必这样辛苦。"

嬿婉有些痴怔："春婵，你说本宫吃那些坐胎药吃了这么些年，怎么还是一点儿动静也没有。若不然，便停了那些药吧，喝得本宫心都烦了。"

春婵道："这药是皇上赏赐舒妃的，咱们偷偷弄来已经不易，若是不喝，怕更难遇喜了。"

嬿婉思忖片刻，犹豫着道："也是，那本宫喝着只当求个安慰吧。对了，嘉嫔也跟太医院求取坐胎药了，仔细咱们那个方子，别被她学去了。"

春婵连忙道："那是。太医院的坐胎药，再好也好不过皇上赏赐的。小主这几年吃的那药，都是奴婢取了方子自己熬的，嘉嫔知道不了。"

嬿婉抚着心口，手指上的翡翠嵌珠护甲映得她的下颌碧色莹莹："不过嘉嫔没了九阿哥伤心成那个样子，本宫可真是痛快！"

二人正笑着，见凌云彻领了两个侍卫从前头过来。凌云彻行礼如仪："令嫔娘娘安。"

嬿婉矜持地仰了仰下巴："凌大人好。"

凌云彻向身后的两个侍卫看了一眼，那两个侍卫自行退开。云彻道："令嫔娘娘似乎很高兴。"

嬿婉略略不自在："本宫没有什么可不高兴的。"她眉毛一扬，禁不住问，"你想说什么？"

云彻沉吟片刻，直视她道："嘉嫔复位本与我无关，可我听说九阿哥生不下来是因为嘉嫔之前大受刺激才难产，是你说过什么吓得她胎气流窜才会如此吧？"

嬿婉神色微变，略略惊惶："九阿哥没了都大半年了，你好端端的提他做什么？”

云彻不卑不亢道：“因为丽心无意提了一嘴，我知道了。”

嬿婉惊得倒退一步：“你！”

云彻径自走开，嬿婉心神俱惊，赶紧疾步跟上。云彻并不回头，嬿婉只得紧赶了几步，拉住云彻的衣袖，将他拽进近旁甬道。

嬿婉低声哀求：“云彻哥哥，看在我们多年的情分上……”

云彻打断她，伤感道：“从你骗我进永寿宫那天，我们便已经没有情分了。”

嬿婉娇美如水仙的容颜因为紧张和焦急而微微扭曲，连声音都变了腔调：“云彻哥哥，我这么做固然是为了自己，可也是为了皇贵妃啊。嘉嫔诬陷皇贵妃私通，我告诉嘉嫔北族王爷出事，只是想吓吓她为皇贵妃报仇。”

云彻了然于胸：“你是为皇贵妃，还是为你自己？”

嬿婉急忙分辩：“我想替皇贵妃报仇，也替自己报仇。如果不是被嘉嫔欺负得那么惨，当年我怎么会被逼出下策成了皇上的嫔妃？怎么会断了和你自幼的情分？我与你姻缘惨断，都是被她所害！”她慌不择言，“她自己不禁吓，弄得九阿哥生不下来。这是她自己害人的报应！”

云彻气恼：“嬿婉，你怎么会变成了这样？”

嬿婉见他难以说动，亦不觉动了气：“我变成这样，也是被她逼的。谁不愿意做一个好人？可我没有办法。云彻哥哥，我并没有害无辜的人，我被嘉嫔害了一辈子，就算反抗一下也有错么？”

云彻的神色冷若寒冰，亦闪过一丝难过：“就算没有嘉嫔，你也会选皇上的，是不是？”

嬿婉苦笑道：“如果可以选择，我并不想离开你。当日在御花园中皇上看我挨打怜惜，我若不跟皇上走，迟早被嘉嫔害死。那个时候，你救得了我么？你当日救不了我，今日可以救我。你不要告诉皇上，是我向嘉嫔说起北族王爷之事引她惊动胎气。”

云彻摇头："当日是我无能。可这回我不说，嘉嫔难道就不会告诉皇上么？"

嬿婉深吸一口气："皇上知道嘉嫔一直欺负我，他不会相信嘉嫔的。除非你也去告诉皇上，但你没有证据。"

云彻默默片刻，脸色深寒："我是没有证据，但你这个人就是最大的证据。你做了什么，自己一清二楚。"

嬿婉惨笑，冰冷的语调中带了几分伤感："好，好！你这样待我！枉我一直记着我们青梅竹马之情，枉我从未忘记过你。那你去吧，你去向皇上告发我，让我死在你手里吧。"

云彻心头微微一颤："当年你在启祥宫受苦，是我不能救你，今日我为你保住这个秘密。嬿婉，你别再作恶了。"

他拂袖欲去，嬿婉眼中忽然沁出了泪水："云彻哥哥，我即便再不好，你也别忘了我们的青梅竹马之情。我，我即使变得再多，也从未忘记过。"

云彻微微一怔，神色复杂难言，茕茕离去。

绿筠被冷落一直到了乾隆十五年的春天，而玉妍，无论如何，恩宠是比不上从前了。而常常陪伴皇帝身侧的，是一直以来圣眷不断的舒妃意欢。

黄昏时分流霞满天，余晖金光不减，缠着绵绵的醉紫红铺满长空。晚霞渐渐变为绛紫，染在万寿长春的支窗上。

如懿进了养心殿书房，见意欢陪侍在侧，与皇帝一起翻着一本诗集细赏。她行礼如仪，却也有几分尴尬，只笑道："皇上万安，臣妾来得不是时候呢。"

意欢起身肃了一肃，面色微红："皇贵妃最爱说笑了。妹妹不过是陪皇上小坐怡情而已。"

皇帝笑着起身，牵过如懿的手："这时候怪热的，怎么想着过来了？仔细路上沾了暑气。”

如懿因见意欢在侧，脸上一烧，忙抽了手道：“一路上乘着轿辇，并不很热。”

惢心伴在一旁，吐了吐舌头笑道：“回皇上的话，我们小主听说这两日天气热，皇上进御膳房的点心都进得不香，所以特意制了些糕点送来给皇上。”

意欢抿嘴笑道：“皇贵妃的手艺妹妹竟未尝过呢，今儿倒是巧了。”她侧首望着惢心手里的食盒，“皇上素来畏热，御膳房的点心又甜腻得很，仿佛离了糖汁便做不出味道来似的，真真无趣。”

皇帝好奇，便伸手去掀食盒：“做了什么？朕瞧瞧。”

如懿卷起绣着连珠葡萄的浅紫袖口，露出一截白藕似的细腕，端了几个素白小碟出来，一一指着道：“这一碟是紫阳湖产的白菱藕，只切成薄片，脆爽甜津，若嫌味薄，也可佐以酸梅汤浇汁。”

意欢似乎颇为中意：“酸梅汤色泽深红，淋在白藕上倒也好看。只是莲藕只取其清甜就已上佳，不用旁的也罢。”

如懿略点头，又道：“这一碟是脂油糕。”

皇帝皱眉，不觉好笑：“朕素日是爱吃这个，但如今天这样热，脂油糕这样油腻的东西怎能下咽？”

如懿睇他一眼，旋又笑道：“臣妾所做和皇上往常吃的不一样。”她盈盈端起，托到皇帝鼻端，眼见皇帝似乎很被香气吸引，忍着得意的欢喜道，“这脂油糕是将仲春盛开的紫藤花剪下，只挑纯正的紫色用，留下开到八分及未开的花苞，只要花瓣，截蒂去蕊后拿蜂蜜拌了取小坛子封好。那蜜也有讲究，须得是紫藤花蜜，才能气味纯净而不掺杂。等要吃的时候，拿纯糯粉拌切成细丁的脂油，再加冰糖捶碎，一层面一层花瓣拌起来放盘中蒸熟，再用冰块煨得微冷，这便成了。”

意欢看着那盘浅紫糕点，很是喜欢：“寻常脂油俗气，藤花清甜解腻，看着晶莹剔透，倒像是春意融融一般。”

如懿听了这赞便道："舒妃妹妹若喜欢，可得多尝几块。"她才说完，皇帝已经取过银筷夹了一片入口，连连赞道："清香甜软，的确不错。"说着又眼馋，"还有别的什么？"

如懿的眉眼间含着慧黠跳脱，笑着道："还有一碟软香糕和一盏甘草冰雪冷圆子。这甘草冰雪冷圆子倒也寻常，入口生津罢了。软香糕是用粳米粉兑了薄荷汁做的，入口清爽生凉。"她边说边递给皇帝和意欢，不觉生了几分怀念之色，"臣妾幼年随阿玛在苏州小住，最爱这软香糕。别处再比不上。臣妾随阿玛回京后十余年间再未曾尝到，后来自己按照记忆中的口味试做了几次也不甚佳。今日又做一次，倒还能入口。"

皇帝和意欢尝过，便牵了如懿坐下，感叹道："你幼时在苏州小住，至今念念不忘。朕每次听你提起，都十分神往。"他抚着如懿的手背，和缓而坚定，"你放心。朕所喜的杭州，你所爱的苏州，便是人间天堂。朕有生之年，一定会带你去苏杭山水间。"

如懿心头微暖，脸色淡淡地透出了几分芙蓉晕红之意，一抹少有的旖旎微笑点缀于上，竟是奇异动人："皇上有心，臣妾多谢了。"

皇帝注目片刻，不觉心旌动摇，越发低柔道："前儿朕嘱咐如意馆的画师郎世宁[①]为你画了像，你可喜欢？朕觉得郎世宁笔法甚佳，不同于朝中画师的拘束古板，只是怕他一向画惯了吉服正容的模样，画不出你此刻的温柔旖旎。"

如懿见意欢抿着唇笑吟吟听着，越发地窘，眼波横流，睨了皇帝一眼："郎世宁又不是第一次为臣妾画了，一向也都好。"

皇帝叹道："先祖康熙时的画师禹之鼎，最善画人物小像，清俊动人。"他笑意温盈，"可惜画像再好，总不及真人风流清朗。你曾说人老

---

① 郎世宁：意大利人，原名朱塞佩·伽斯底里奥内，生于米兰，清康熙五十四年（1715 年）作为天主教耶稣会的传教士来中国传教，随即入宫进入如意馆，成为宫廷画家。曾参加圆明园西洋楼的设计工作，历仕康、雍、乾三朝，在中国从事绘画达五十多年。

画不老，岁月匆匆，铭记一刻也好。朕会命郎世宁为你一一写实，留待日后细细赏玩。”

意欢微微一怔，似是入神想了片刻，不觉艳羡道：“皇贵妃福气真好。皇贵妃说过的，皇上总惦记着。且不说旁的，这一年一度苏州进贡的绿梅，只有皇贵妃才有呢。”

皇帝意态闲闲，睨了意欢一眼笑道：“舒妃这是吃醋么？四季百花繁盛，皇贵妃却只爱梅花一种，尤其是绿梅。朕起初也疑惑她为何喜欢，后来一见才知，梅花中唯绿梅色泽纯绿，枝梗亦青色，恍如翠袖笼寒映素肌，特为清妍别致。有好事者比之为九嶷仙子萼绿华，倒也合宜。”

意欢俏生生的脸孔一板，取了一片软香糕嚼了道：“臣妾不过叹一句羡慕罢了，皇上便要这般取笑，真是无趣。”

皇帝满眼皆是笑意，只看着如懿牵着她的袖子道：“你瞧，舒妃生气了，你可要怎么赔补才好？”

如懿低低啐了一口，笑着道：“皇上自己惹的祸，关臣妾何事？岂有让臣妾赔补的道理！”

皇帝笑得前仰后合，指着二人道：“你们俩一个个牙尖嘴利，算是朕说不过你们。罢了罢了，朕只是觉得这糕点十分惬意，但得配个什么茶才算极佳。”

惢心忙道：“皇上说得是。可不是，咱们小主就备下了。”说罢端出一把青玉茶壶，倒出清冽茶汤，道，“这是松阳进贡的银猴茶①，小主说了，也不是什么最名贵的茶，但胜在山野清新，颇有雅趣，配着这些江南糕点，最是回味甘芳。”

皇帝举杯抿了一口，便道：“入口鲜醇甘爽，仿佛有点栗子香。”

意欢品了半盏，便道：“臣妾也曾听闻银猴茶，只是难得见到罢了。

---

① 银猴茶：松阳银猴因条索卷曲多毫，形似猴爪，色如银而得名。

配着今日的点心，果然最相宜。”

皇帝夹了一片白菱藕送到如懿口边：“你忙碌那么久，自己也不尝尝么？”如懿拗不过皇帝，就着他的手吃了一片，道：“臣妾其实并不擅长厨艺，只不过尽力一试罢了。”

还不待皇帝说话，意欢轻摇罗扇，似笑似嗔道：“是不是只有皇上喜欢的，皇贵妃才会尽力一试？”

如懿见她一双眸子晶光潋滟，也不知她是玩笑还是醋意，只蕴了浅浅笑色道：“换作舒妃妹妹也会这样，是不是？”她眼见意欢的脸越来越红，仿佛不胜羞涩，只暗自好笑，转头看着皇帝手边的书卷问，“方才皇上和舒妃妹妹在瞧什么书，这样有趣？”

皇帝将手边的书卷递给如懿，笑道：“是纳兰容若的《饮水词》，算来也是舒妃的娘家人了，都是叶赫那拉氏的文笔。”

意欢素来清冷的脸庞含了一抹温柔笑色，仿佛二月枝头新绽的鹅黄嫩叶。她低下头卷着衣角，轻声道：“臣妾是真喜欢纳兰容若的词，倒不是因为都是叶赫那拉氏的缘故。臣妾进宫前就知道，皇上喜欢纳兰词。”

皇帝看她一眼，甚是温柔。他的手指笃笃敲在桌上，激起沉沉的余音袅袅：“朕喜欢的，你都很喜欢。朕也觉得纳兰的词极好，读来口角噙香。”

意欢纤纤手指翻过浅黄书页，指着其中一篇道：“旁的也就罢了。臣妾细细读来，觉得这一首《采桑子》最佳。”她细细吟哦，语调清婉，“而今才道当时错，心绪凄迷。红泪偷垂，满眼春风百事非。情知此后来无计，强说欢期。一别如斯，落尽梨花月又西。”

如懿见意欢临风窗下，着一身碧水色银丝长衫，清粹冷冽如凝于细翠青竹上的白露。她虽是女子，看在眼中亦觉心旌动摇。意欢真是美，难怪这么多年承宠，恩眷不断。皇帝虽不容她生子，却也舍不得丢开。其实如懿也是美的。如懿的美是要在姹紫嫣红的娇艳中才格外出挑，静静地处于明艳之间，便如一枝萼华绿梅，或是一方美玉翡翠，沉静地散发温润光华。比之玉妍美得让人觉得不留余地，分分寸寸逼迫于眼前，意欢更像芝兰玉树，盈然出脱于冰雪晶莹之上，让人心醉神迷。

此刻，如懿听她语声如大珠小珠散落玉盘，十分清越，便道："纳兰容若的词以'真'字取胜，写情真挚浓烈，却非如烈火烹煮，烧得灰飞烟灭，必得细细读来，以为是淡淡忧伤，回味却是深深黯然。臣妾以为，容若之词比柳永、晏几道的更清淡，却更隽永，算是本朝佳作了。"

意欢听得如懿娓娓道来，不觉颔首："皇贵妃说到晏几道的词，我却以为有一首可堪与容若的《采桑子》情境相较。"

如懿抿嘴一笑："舒妃妹妹且别说，由得我猜一猜。"她沉吟片刻，眼中一亮，"休休莫莫，离多还是因缘恶。有情无奈思量着。月夜佳期，近写青笺约。心心口口长恨昨，分飞容易当时错。后期休似前欢薄。买断青楼，莫放春闲却。可是这一首《醉落魄》？"

皇帝拊掌轻笑："不知舒妃说的是不是？朕想的也是这一首。"

意欢素来清冷如霜雪，如今一笑，却似雪上红梅绽放，光艳夺目。她取过桌上切好的两片雪梨，分别递与皇帝与如懿，笑道："猜得不错，便是这个做嘉赏了。"

皇帝唇边的笑意恬淡如天际薄薄的云："良日如斯，是该与两位爱妃把酒论诗，闲散度日，总胜过与前朝的那些老头子聒噪了。"

如懿不觉问："皇上有烦心事？臣妾本是来禀告这个月六宫用度的。皇上若心烦，臣妾更不敢说了。"

皇帝笑着摆手："六宫的事，你掌度着便是，不必时时来回禀朕。"

意欢取过一只新橙："那雪梨太甜腻了，还是吃点酸甜的好。"她拾起果盘边的小银并刀，另一手扶定新橙轻轻一剖，橙子旋即裂开，露出满盈莹亮水色的深红色果肉，犹有汁水饱满溢出。意欢有条不紊地将新橙切成大小均匀的块搁入雪白的素纹碟中，碧意盈然的织锦袖口下露出一截如玉皓腕，让人注目。

意欢分好橙子，望着皇帝盈然有情意流转，笑道：“并刀如水，吴盐胜雪，纤指破新橙。锦幄初温，兽香不断，相对坐调笙。低声问：向谁行宿，城上已三更。马滑霜浓，不如休去，直是少人行[①]。连宋徽宗都有为了李师师不提政事暂且沉醉的时候，皇上怎么还要提前朝那些不高兴的事？”

如懿知道意欢是在宽解皇帝心绪，但能让她这般费心劝解，想来皇帝是动过真怒的。她当下也不多言，只屏息敛神，取过橙子咬了一口，道：“新橙降火，舒妃有心了。”

皇帝摇头笑道：“朕真能不烦躁便好了。昨日在朝堂上，礼部提起孝贤皇后离世已是第三年了，又说立后之事。谁知朕还没言语，张廷玉便向朕道，富察氏乃满洲八大姓之一，在我朝又家世显赫，若要选立继后，当以富察氏出身最佳。他提了这一句也罢了，朝中居然立时有许多人附和，提出要立晋贵人为后。”

意欢微微震惊，与如懿对视一眼，很快垂眸道：“晋贵人入宫不久，出身虽好，资历却浅，只怕难以服众。”

晋贵人年轻貌美，又出身后族，皇帝难免在她宫中多留了几夜，的确也是得宠。但如懿何曾会把这样一个新宠放在眼里，何况皇帝名为恩宠之下赏赐了坐胎药。

如懿微微沉吟，眸中清亮：“皇上生气的不是晋贵人能否当得起皇后之位，而是张廷玉在朝中一呼百应。”

---

① 出自北宋周邦彦的《少年游》。相传这首词是周邦彦为北宋名妓李师师写的。李师师是北宋末年色艺双绝的名妓，连宋徽宗也拜倒在她的石榴裙下。有一次宋徽宗生病，周邦彦前来看望李师师。二人叙阔之际，忽报圣驾前来，周邦彦躲避不及，藏在床下。宋徽宗送给李师师新鲜的橙子，聊了一会儿就要回宫，李师师假意挽留道：“现已三更，马滑霜浓，龙体要紧。”而宋徽宗正因为身体没全好，才不敢留宿，急急走了。这首词应该就是以徽宗夜探李师师为背景写成的，以此来表达暗含的醋意。

皇帝的眸底闪过一丝阴郁："先帝驾崩时，留下鄂尔泰与张廷玉为辅政大臣，朕一即位，就下令予二人来日配享太庙的待遇。配享太庙是臣属至高无上的荣耀，但因两位都是老臣，辅佐先帝尽心，朕也都肯许他们。现在看来，张廷玉虽不动声色，却极难缠。"

如懿觑着皇帝神色，轻声道："张廷玉本家和亲家姚家有二三十个人在朝中或地方上做官，若加上其门生故旧，势力实在不小。难怪才提了一句要立晋贵人为后，便有那么多人附和。"

"他们附和便附和，朕不肯就是了。朕以潜邸次序论，说起你以侧福晋之位居孝贤皇后之后，资历又深。再者，还有纯贵妃和愉妃，有这些潜邸旧人在，晋贵人实在难以服众。又岂有以区区贵人之位一跃而至皇后的？"

意欢闪过一丝意料之中的笑容："那么以那些人的心胸，必定要提起孝贤皇后的临终举荐，要荐纯贵妃为后了？"

皇帝冷笑一声："你倒乖觉，张廷玉所言和你如出一辙。"

意欢秀眉微蹙："这样的胡话后宫里传来传去，也当是妇人之见了，怎么朝堂上的大臣也这样不堪了？皇后之位取决于皇上，怎是前任皇后选定后任，或是由大臣们商讨皇上的家事呢？若不是张廷玉糊涂，便是他僭越了。"

贰玖 风波定 上

纱窗隔断的阳光只留下淡漠的晖迹，遥远天边的云霞却有炫目的光亮。皇帝捻着一个新橙搓揉着：“糊涂也好，僭越也好，朕怎会容他肆意置喙朕的家事国事，又这般广布党羽，群起进言！这朝廷是朕的，可不是张廷玉的。于是张廷玉便奏告朕，以年老上奏请求告老还乡。折子里有这么一句话，说‘以世宗遗诏许配享太庙，乞上一言为券’。”

如懿微微变色：“怎么？张廷玉还怕皇上不许他已经答允的事，一定要皇上有所保证么？这实在是太无礼了。这么看，他这请求告老还乡的折子，竟有几分试探皇上的意思了。”

皇帝接过意欢递来的橙子吃了一片，缓缓道：“他要试探，朕便成全。只要他安安分分从朕眼前走开，朕便许他一个安稳到老。朕已让军机大臣汪由敦拟好了折子来看，明日就可发出去了。”

如懿微微松一口气：“那就好。”她迟疑片刻，还是道，“皇上，臣妾有一事不得不禀告，只请皇上听了不要气急忧心。”

皇帝瞟她一眼，淡淡道：“你说就是了。”

如懿宁静而柔和，含有难得的凝重和一丝若隐若现的忧虑，她见皇帝脸色松动了些许，才敢婉声劝道：“皇上，永璜的福晋伊拉里氏来回禀，开春之后永璜身上就很不好，一日不如一日。请皇上若得空儿，一定要去瞧一瞧。”

皇帝的侧脸棱角分明，平静而至淡漠：“永璜的病情朕也略知一二。无非是他自己心思重，又都是些不该有的心思。朕已经让最好的太医去瞧了，也吩咐下去，永璜每日要吃山参吊精神，只要他吃得下，便是每日十斤，朕这个做皇阿玛的也给得起。只求他心思安分些，别再做些无妄之念。”

如懿听皇帝口气，仍是对永璜昔年欲为太子之心十分介怀：“那臣妾可否去看望？也好稍稍宽慰……”

皇帝摆手道：“罢了。你如今是皇贵妃，身份贵重。你一去，不知道永璜又要动什么心思。永璜有他养母纯贵妃探视，你便少去这是非之地。”

如懿只得起身应允。正好李玉进来，道：“皇上，张廷玉大人求见。”

皇帝不悦道：“这个时候，他来做什么？”

李玉道：“张廷玉大人喜滋滋的，说知道皇上下旨许他配享太庙，所以特来谢恩。”

这一来，不仅皇帝，连如懿和意欢都变了脸色。皇帝径自起身，走到书房翻了翻奏折，霍然变色：“朕的奏折刚批复完不久，尚未发出，张廷玉怎会知道？”他横一眼李玉，带了一抹厉色道，“李玉！”

李玉吓得忙跪下：“皇上，奴才不敢！”

如懿忙道：“皇上，李玉不敢。内监不得干政，他不敢看皇上的折子。”

“那么，便只有汪由敦了！”皇帝的脸色极难看，“是了。汪由敦出自张廷玉门下，定是他提前给张廷玉透了风。真是大胆！竟敢擅自透露朕的旨意，到底在汪由敦心里，朕是皇帝还是张廷玉是皇帝？朕为天下主，而今在朝大臣因师生而成门户党羽，怎可姑容！”

意欢冷冷道：“皇上自然是皇上，可他这个门生竟忘了天地君亲师，反而将师长凌驾于君主之上，实在是不该！”

皇帝沉下脸：“张廷玉既然来了，朕就见见他。李玉，去传！”

李玉忙不迭去了。如懿与意欢不敢在侧，便也告退离开。才出殿门，便见张廷玉满脸喜色候在殿外。张廷玉行礼道：“皇贵妃娘娘万福金安。舒妃娘娘万福金安。”

如懿与意欢微微欠身，看他踌躇满志地入内。意欢不屑：“自作聪明才自取其辱！他以为扶持了一位富察氏的皇后便得意了，难不成以后每一位皇后都要出自富察氏么？”

如懿悄然一笑：“内外互为援引，一直是后宫与前朝的生存之道。张廷玉即便为三朝老臣，也不能免俗。只是皇上心性极强，岂是轻易可以左右的？”

意欢笑道：“他越是举荐旁人，越是成全了姐姐。我便先恭喜姐姐了。”

果然，皇帝勃然大怒，斥责张廷玉道：“太庙配享的都是功勋卓著的元老，你张廷玉何德何能，有何功绩，可以和那些元勋比肩？鄂尔泰他还算有平定苗疆的功劳，你张廷玉所擅长的，不过是谨慎自将、传写谕旨，竟也狂妄自大如此！”

一席话骂得张廷玉冷汗淋淋，皇帝犹不解气，下令革去张廷玉的伯爵之位，只以大学士衔告老还乡，又下诏解除汪由敦协办大学士和刑部尚书之职，仍旧让他在刑部任上赎罪。自此，再无人敢随意置喙立后之事了。连太后知道也叹息：“讷亲殁了，就轮到张廷玉了。高斌已经是惊弓之鸟，皇帝如今只用着傅恒。只不过张廷玉也是永璜的授业恩师，这个节骨眼上打发了他，永璜怕也要多心，这病就更难好了。”

这一日天高气爽，明朗天光在紫禁城中无遮无拦地流动，宛如潺湲的河水。静静停滞的团云，自由盘旋的飞鸟，连绵如重山的殿脊，沉寂的宫阙掩映了平日的喧嚣，让人心意闲闲。如懿闲来无事，便往储秀宫看意欢。如懿才扶着侍女的手进了殿中，便禁不住笑道："从前进来，你的殿中草药气味最重，如今倒淡了许多，只闻得花香清淡了。"

意欢正捧了一束新折的玉色百合插瓶，莲青色的缂花袖下露出素白的十指尖尖，纤长的深碧花叶垂在她三寸阔袖上，那袖口绲了三层云霞缎的暗纹边，上头绣着星星点点的橘花，显得格外明艳。意欢的身形高挑，身影最是纤细瘦美，一枚白玉镏金蝴蝶压发扣在燕尾之上，垂落细长的碎银流苏，被风徐徐拂动，更添了几许难得的柔美。意欢笑盈盈睇她一眼，侧身让如懿坐下，轻轻嘘了一声："去岁听了皇贵妃的话，如今是想开了。皇上照例还是赏赐了坐胎药，嫔妃们也都自己找了方子喝。其实有什么呢，我如今也是有一遭没一遭的，惦记着就喝了，没惦记着也便罢了。"

如懿笑道："你自己想得开便是了。我如今也不大喝这个了，左右到了这个年纪了，有没有子嗣都看天意吧。"

意欢笑意幽妍："是啊，心思都在那上头，成日里也不快活。倒不如闲下来侍弄侍弄花草，心里也清净些。"

画眉子和云雀在廊下嘀呖啼啭，一唱一和，啼破金屋无人的静寂。如懿笑道："皇上喜欢在圆明园养这些鸟雀，你也喜欢？"她眼底闪过一丝促狭，伸手刮着意欢的脸颊道，"只是皇上这样宠爱你，前两日连内务府新绣的一床满绣合欢鸳鸯连珠帐也独赏了你，可算是娇眠锦衾里，展转双鸳鸯[①]。既有了鸳鸯，你还要别的鸟儿做什么呢？"

意欢面颊一红，啐了一口道："这也是皇贵妃说的话？没半点儿尊

---

① 出自唐代崔萱的《古意》。崔萱，字伯容，女诗人，生平无考。全诗为：灼灼叶中花，夏萎春又芳。明明天上月，蟾缺圆复光。未如君子情，朝违夕已忘。玉帐枕犹暖，纨扇思何长。愿因西南风，吹上玳瑁床。娇眠锦衾里，展转双鸳鸯。

重！”她忽然定了乌澄的眼眸，盯着如懿道，“皇贵妃这般说，可是拈我的酸呢？”

意欢的话，五分玩笑，五分认真。如懿心头微微一颤，这清光悠长之中，因了她的猝然一问，触动一时情肠。她不愿去思索，由着性子道：“若说不拈酸，都是女子心肠，难免有时小气。况你初初承宠那些日子，也是我最受苦的日子。这样想起来，我能不心酸？只是自你我相识，总觉得心性投契，且在宫里久了，方知寻常人家的拈酸吃醋到了这里竟也是多余，徒增烦恼而已。”

仿若一滴清澈的雨水无意颤起铺满澄阳的湖面，漾起金色的涟漪点点，意欢清冽的眸光微有痴怔：“姐姐说的这话，也是我的心思。皇上纵然疼我，但见他宠幸旁人，心里也是火烧火燎的，便是对姐姐，有几次也是忍不住。可日子长了，才觉这心思除了挫磨自己受苦，也无旁用，所以我才养些鸟儿花儿，散散闲心。且在宫里，说话做事都不得不逼着自己小心。有时候不能对着人说的话，不如对着这些鸟儿说说，也当解了自己的心事了。”

意欢自在皇帝身边，便深得圣眷。她有时说话尖锐，待人亦不热络，因着皇帝的爱宠纵容，也无人敢明着计较。这些年，在旁人眼中，她总是活得纵情恣意的，可在背人处，她也竟有这样的凄清。

如懿温然相望，抚摸着娇妍的花瓣，柔声道：“那是你不爱往别人宫里去走动。侍奉皇上这么多年了，除了我宫里，也难得看你和旁人来往。”

意欢取过小银剪子，细细修完花枝，洒了一点儿清水在花叶上，转首道：“我肯与姐姐来往，是性子相投。与其费那些力气和不相干的人来往，我还不如拾掇拾掇自己。”

如懿看着疏朗殿内，布置大气，并不像是寻常女子的闺阁香艳而秾丽，除了满架子诗书，再无多少锦绣装饰：“宫里除了你，再没有谁能把自己拾掇得这样干净舒服了。”

意欢道："人干净了，心也干净。"

"咱们身在这地方，周遭的污浊血腥自是不必说了，有时候难免连自己的手也不干净。能求得心有几分干净，也算难得。"如懿莞尔一笑，看她手边搁着一本温庭筠的诗集，道，"那日在皇上跟前，他不过提了句温庭筠的诗好，你便留心上了。"

意欢脸上绯红如流霞："姐姐一直忙着，今日难得有空儿，还替我留心起这些了。我不过是听皇上说起，随手翻翻罢了。"

二人正说着话，忽然三宝跑了进来道："小主，小主，不好了。"

如懿沉下脸道："好好儿回话，这么毛毛躁躁的。"

三宝擦了把汗道："回娘娘的话，大阿哥府里来传话，大阿哥病重，怕是不好了。"

如懿霍地起身，起得太快，身子不觉晃了一晃，便道："纯贵妃知道了么？"

三宝道："大阿哥福晋先来禀报的皇贵妃，钟粹宫只怕还不知道。"

如懿忙道："纯贵妃是大阿哥养母，让菱枝赶紧去钟粹宫通报。你亲自去养心殿告诉皇上，再吩咐备轿，本宫去瞧永璜。"

意欢见如懿担心，亦叹道："自从孝贤皇后去世，永璜被申饬，终究积郁成疾。好好儿的一个皇子，唉……姐姐路上小心些，别太心急了。"

如懿哪里还能和她细细分说，忙出了储秀宫去。才过长康右门的夹道，却见一众年长宫女正立在红墙下，一个个四十上下的年纪，都是出宫后无依无靠才继续留在宫中服侍的。一众人等正在听内务府太监的调拨。如懿只看了一眼，芸枝道："回皇贵妃的话，这是内务府新从圆明园拨来的一批宫女，说是做惯了事极老练的，正训了话要拨去各宫呢。"

如懿点点头，也不欲过问。突然，宫女里一个穿蓝衣的跑了出来，喝道："赵公公，凭什么你收了她们的银子便拨去东西六宫，咱们几个没钱使银子给你，你便拨咱们去冷宫当差？天下没有这样的道理。"

如懿听得“冷宫”二字，触动旧事，不觉多看了两眼。那赵公公五大三粗，拉过那宫女拖在地上拽了两圈，抓着她的头发狠狠往墙上搡了一下，喝道：“你们这班圆明园来的宫女，外来的人敢唱内行的戏，猪油蒙了心吧？本公公肯收钱是给你们脸，你给不起就是自己没脸，还敢叫唤？打死了你都没人知道。”

如懿虽然赶着去永璜府邸，亦不觉蹙眉，唤过跟前的小太监小安道：“小安，去把那个赵太监拉过来，说他的专横霸道本宫都知道了，让他自己去慎刑司领五十大棍，从此不必在内务府当差了。”

小安赶紧着上前去了，那赵公公看见如懿来，早吓得腿软了。如懿哪里肯听他啰唆，留下了小安去内务府知会宫女人选的分配，便要离开。方才挨打的宫女忙膝行到如懿跟前道：“多谢皇贵妃娘娘主持公道。”

如懿见她挨了打，神色却十分倔强，一点儿也不害怕，便道：“你倒是个直性子的，只是什么话都喊出来，也不怕自己吃亏么？”

那宫女不卑不亢道：“奴婢自己吃亏不要紧，不能让没钱的姐妹都吃了亏。”

如懿见她被打得灰头土脸的，仔细看相貌却也端庄整齐，落落大方，像是个有主意的，想着惢心伤了腿之后自己身边也没个得力的人，便道：“你这样的性子是吃亏，可本宫喜欢。等下洗漱干净了去翊坤宫等着，留在本宫宫里当差吧。”她说罢，便急匆匆去了。

待赶到永璜府里时，一众的福晋格格都跪在地下，嘤嘤地哭泣着。绿筠已经先到了，与伊拉里氏陪在床前，她见了如懿进来，少不得擦了擦眼角的泪痕，肃了一肃道：“皇贵妃万安。”

如懿见阁中一片凄云惨雾，忙按住绿筠的手道：“这个时候了，还闹这些虚文做什么。”说罢便转首急急问伊拉里氏，“太医看过了么？可怎么说？”

伊拉里氏哭得两眼核桃似的，听得如懿问，忙止了泪道：“回娴娘娘的话，太医说大爷梦魇缠身，日夜不安，心气断断续续的，只怕是……”

如懿心中一沉，脸色便有些不好：“别胡说！永璜才二十三岁，怎么会心气断续？”

伊拉里氏说不上两句，呜咽道：“这两年大爷身上总不大好，忧思过虑，像是总转着什么念头，又不肯告诉妾身。好几次从梦里惊醒，总是大哭说自己不孝。前几日是孝贤皇后的忌辰，大爷梦魇更厉害，说要去找孝贤皇后理论。妾身也吓坏了……”

伊拉里氏话未说完，脸上已经挨了重重一掌。绿筠脸色煞白，气急败坏地指着她道：“终究是你没照顾好永璜，还一味胡说八道！永璜最有孝心，他梦魇什么？要去找仙逝的孝贤皇后理论什么？糊涂油蒙了心，红口白舌地来拉扯永璜不孝！依本宫看，永璜身上不好，都是素日里你们这些不知轻重的人调唆得他没养好身子。”

绿筠素来性子和缓，如今突然发作，如懿自然明白是因为伊拉里氏的话没说好。这样的话若是落到皇帝耳朵里，又惦记起昔年永璜和永璋在灵前不孝的事，更会惹得皇帝不高兴。

如懿忙拉住绿筠劝道：“姐姐别生气。媳妇儿素日是懂事的，只是一时情急说话不当心罢了。”她盯着伊拉里氏，温声嘱咐道，“这样的话再不许提了。”如懿看着床上昏睡的永璜，见他满头豆大的虚汗，冒了一层又是一层。她看着心疼不已，忙取过绢子替他仔细擦了又擦，心中愈加内疚不已。永璜似是感觉到她的动作，稍稍有些清醒。他动了动身子，忽然睁开了眼，直瞪瞪地望着帐顶，大声道：“额娘，额娘，您别走，您等等儿子，心疼心疼儿子！”

绿筠忙坐到榻边，拉住永璜的手垂泪道：“永璜，永璜，额娘在这里。”如懿听他呼喊哀切，一时触动了心肠，切切唤道：“永璜。”

两人唤了几声，也不见永璜有任何回应。绿筠便有些讪讪道：“什么额娘，怕是咱们都自作多情了，永璜是在唤他的亲额娘哲悯皇贵妃呢。”说罢又叹，“我虽养了他这些年，可这孩子，到底不太肯叫我一声‘额娘’。”

如懿眼底一酸：“永璜是个有孝心的孩子。”

正巧太医进来，翻了翻永璜眼皮，忙灌了一碗汤药下去，磕个头道：“皇贵妃娘娘恕罪，纯贵妃娘娘恕罪，大阿哥怕是回光返照了。有什么话，能说的就赶紧说了吧。”

如懿听了这话悲从中来，转过脸呜咽起来。汤药灌下去，永璜果然清醒了些，两眼也渐渐有神，盯着如懿道：“母亲来了。”

绿筠叹口气道：“永璜好歹也曾养在皇贵妃膝下过，我是没用，两个孩子都遭了皇上的训斥，抬不起头来做人。有什么话，皇贵妃陪着说说吧。”她说罢，便扶着几个福晋的手一同出去了。

阁中静静的，恍若一潭幽寂深水，日光细碎的影子落在地上，像是一个幽若的梦。永璜咳嗽了几声，轻轻道：“多谢母亲还惦记着儿子。幼时养育之恩，儿子一直不敢忘记。”

如懿含了泪，抚着他的额头柔声道：“好孩子。母亲也都还记得，你这孩子什么都好，唯独母子情分上亏欠了。虽然有母亲和纯娘娘照料，但若哲悯皇贵妃还在，你也不至于如此。”

永璜大口大口地喘息着，苍白的脸上浮起两团虚弱的酡红，过了好半晌，才缓过来一口气：“儿子自知是不能了。这些日子一直梦见额娘对着儿子含泪不语，总像是有许多委屈却说不出来。前几日孝贤皇后忌辰，儿子更梦见额娘诉说一生被孝贤皇后利用，又被她害得难产而死。母亲，儿子心里明白，是孝贤皇后害死了额娘！”

如懿看着他颧骨高耸，两眼深深地凹了进去，难过道：“哲悯皇贵妃之死本来就蹊跷，母亲是听过这样的闲话的。可永璜，闲话是不能过心的，一旦过了心，挣不出来，成了你的心魔，你就害死你自己了。”

永璜呜呜咽咽地哭着，那样幽咽而绝望的哭泣，像于深夜中迷失了方向的孩童："儿子自幼失了额娘，被人欺侮，儿子很想争气，所以也动过利用母亲的心思。可皇阿玛骂儿子对孝贤皇后不孝，儿子是真的孝敬不了。是她害得我在撷芳殿受苦，是她害死我额娘和腹中的妹妹……我怎么能对着她尽孝……我……我……我恨她！"

如懿抱着永璜，心绪哀恸的须臾，有浓墨般的疑惑如同泼洒于素白生绢之上，迅疾流泻，扩散渗染。她抑不住一颗几乎要跳跃出来的心，紧紧攥住他的手道："告诉母亲，这些是谁告诉你的？"

永璜一时急切，一口痰涌了上来，咳着道："嘉……嘉……"

多年来如在迷雾中穿行，终于有隐约窥得的明亮，如懿连连追问："是金玉妍是不是？是不是？"永璜拼命张大了嘴，极力晃着脑袋想要点头。如懿见他如此，吓得什么都顾不得了，忙唤道："太医，太医！"

永璜在她怀里挣扎着，如同脱水之鱼，苟延残喘。他的眼神渐渐涣散，终于吃力地闭上了眼睛，回归永久的安宁。前尘往事纷至沓来，仿佛秋日黄昏时随风涌动的尘埃，轻得几乎没有半分力气，却萦萦绕绕缠到身上，闷住了心肺鼻息，竟生出一种彻骨的惶然无力。仿佛还是在小时候，永璜不过七八岁，下了学乏了，便是这样靠在如懿的臂弯里，沉沉睡去。

太医扯着袍子三步并作两步赶了进来，摸了摸永璜的鼻息，垂头丧气道："皇贵妃娘娘节哀，大阿哥薨了。"

如懿轻缓地摸着永璜的脸，低声道："好孩子，睡吧，睡吧，你就能见着你的额娘了。"她捂着嘴，压抑着喉间的呜咽，终于在沉默中让眼泪肆意地流了下来。

叁拾 风波定 下

乾隆十五年庚午三月十五日申时，皇长子永璜薨，追封定亲王，谥曰安。

如懿进养心殿向皇帝禀报永璜的丧仪时，皇帝正横躺在暖阁的榻上。金立屏，软烟绮，莲瓣枕，枕边螺钿几上供着一尊釉里红缠枝瓶，瓶中斜斜插着一把姿态妖娆的曼陀罗，雪白浅紫的花瓣碎碎流溢下来，蜿蜒成清媚的风姿。

一切陈设一如往日，却毫无生气。

春日明媚清澈的阳光透过细雕花红木格窗，如一片金色的软纱轻扬起落，无声覆盖在他面上，却亦不能遮去分毫憔悴与神伤之色。

皇帝摩挲着手中一枚子母狮和田青玉佩，听得她足音轻悄，只是微微抬了抬沉重的眼皮，嘶哑着喉咙道："你来了？"皇帝转过脸，露出几日未刮的青青的胡楂，颇有神骨清羸、沈腰潘鬓[①]的支离。

---

① 沈腰潘鬓：南朝梁朝沈约老病，百余日中，腰带数移孔；又晋潘岳年始三十二岁，即生白发。后因以"沈腰潘鬓"为形容身体消瘦，形容憔悴之典故。

如懿心头一沉，竟泛起些微酸楚的涟漪。原本在永璜府中处理丧仪，皇帝迟迟不肯露面，她虽然只做了永璜几日的养母，心中也不免怨怼，皇帝对这长子竟连最后的颜面也不给。但如今见他这般，如懿亦不由得生出一分哀悯，转了低柔的语声："皇上放心，一切都料理好了。"

皇帝将手中的子母狮和田青玉佩递到如懿眼前。那是一枚肉质的青玉佩，玉质细腻油润，幽光沉静，刀工古朴流畅，包浆熟美，一大一小两头狮子神态亲昵，依偎在一起，一看便是积古之物。皇帝的言语间凭空透出几许悲凉："朕找了很久，真的很久。你去主持永璜的丧仪，朕就一直在找，想找出一样诸瑛用过的东西，可以做个念想。可朕一直找不到，还是毓瑚想起来，从库房的锦匣里找到了这个。朕记得很清楚，这是诸瑛的陪嫁。虽然都是富察氏，但她远不比琅嬅，所以这玉也不算十分名贵。可她戴了很久，一直到人走了才摘下来。朕叫人封存起来。"他絮絮地说着，"你看，这对子母狮多亲热，天伦之乐，毫无嫌隙。"

如懿的瞳孔蓦然收紧："皇上的意思是，天家父子还不如这一对狮子。"

皇帝瞥她一眼，并不动怒，只是将那玉佩握在手中，细细抚摩："这样的话，只有你会说。如懿，你倒真的不怕。"他苦笑，声音像是垫在香炉下的霞色锦缎，星星点点溅着烧煳的焦灰迹子，"有时候朕真的觉得对不住诸瑛。诸瑛是个快人快语的脾气，喜欢和不喜欢都挂在脸上，没什么城府。她为朕生下了长子，又是生二公主的时候逢上了难产，母女俩都断送了性命。"

如懿凄惘道："可咱们，终究没有善待她的孩子。"

皇帝的眉宇间衔着温默与疲倦，缓缓地道："朕不是故意不给永璜脸面，不去他的丧仪。"他握住如懿的手，"如懿，朕是真的不敢看，更不敢去面对。永璜病着的那些日子，朕不愿意听到一点儿他病重的消息，也不愿去看他。朕怕他看朕的眼光只剩了怨恨。朕更怕，怕自己又一次看见朕的孩子走在了朕的前头。"

眼中不可抑制地漫上泪光，酸涩之味亦从腔子里慢慢涌上了喉头。他固然狠心，却原来也是这样难。如懿只得柔声道："臣妾知道。臣妾把皇上的意思都告诉了永璜府里，所有的阿哥、命妇都去吊丧了。"

皇帝挪了挪身子，虚弱地靠在如懿的腿上，颓丧得像个受了伤的孩子："从永琏、永琮去世，孝贤皇后仙逝，去岁九阿哥去世，如今又是永璜。朕登基以来一直敬慕上天，尊崇道法，为什么朕的儿子一个个先朕而去，让朕落得白发人送黑发人的伤心。朕到底做错了什么？"

有泪意模糊地盈上羽睫，仿佛暮霭沉沉时分欲落的雨水。如懿低低道："皇上，人哪，吃五谷杂粮的身子有病，经不住世事的便是心病。这不是您的错。"

皇帝以手覆额，叹道："朕知道你说什么，也只有你会告诉朕，永璜的死是心病。自从孝贤皇后死后，朕知道永璜有夺嫡之心，朕便忌讳着他。他是朕的儿子，他刚刚成年，还那么年轻，朕却渐渐开始老了。朕不能不忌讳，不能不疑心……"

心中的触动如潮水上涌，如懿伸出手指，覆住皇帝的口："皇上，您正当盛年，如日中天……"

皇帝的眼底露出几分颓丧和阴郁："如日中天之后便是夕阳西下，哪里比得上冉冉升起的太阳？"

皇帝似是在问，却无人也无话可以应答。他沉浸在自己的思绪里："儿子长成自然欢喜，可长大了，无能让人担心，有野心又让人害怕。如懿，有时候连朕自己也觉得，自己宠爱公主比皇子更甚。因为对女儿，不会又爱又怕。从太祖努尔哈赤以来，长子争权已经成了本朝君王不得不忌惮的事。太祖皇帝的长子褚英仗着战功便心胸狭隘，清算功臣，最后被太祖下令绞杀；太宗皇帝的长子豪格觊觎皇位，屡生事端，结果死于多尔衮之手；圣祖皇帝的长子胤禔因魇咒太子胤礽，谋夺储位，被削爵囚禁；皇阿玛的长子，朕的三哥弘时，为逆臣进言，被先帝逐出宗籍。如懿，朕是经历过昔年的弘时之乱的，朕更害怕，自己一手养大的孩子会和列祖列宗的长子们一样，所以朕申饬永璜比对永璋更严厉，但朕的心里还是疼爱永璜的，毕竟朕的这些孩子里，他是陪着朕最久的一个啊！”

如懿眼中一酸，终于有泪含着温热的气息垂垂而落。她哽咽，极力平复着气息，缓缓道来：“皇上，永璜要是明白您的心思，在九泉之下也会有所安慰。臣妾去看过永璜，他临死前念念不忘他的生母哲悯皇贵妃，深悔自己不能尽孝。他还挣扎着告诉臣妾，是嘉嫔告诉永璜孝贤皇后害死了哲悯皇贵妃与二公主母女，所以永璜忌恨孝贤皇后，灵前失礼，受您当众斥责。皇上，若非嘉嫔挑唆构陷，永璜不会失了您的欢心郁郁而终。”

皇帝眉心一沉：“孝贤皇后死前，朕问过她哲悯皇贵妃之死，孝贤皇后发下毒誓，绝不承认。”

久远的往事都涌到了心头。如懿慢慢寻思着道：“哲悯皇贵妃去世后，是渐渐有这样的流言，说是孝贤皇后谋害，只是从未有铁证。”

皇帝静了片刻，无限感伤：“嘉嫔若和永璜这样说，多半也是听信了流言。而永璜也是怀恨生母之死，恨上了孝贤皇后。说到底，除了永璜自己有争夺之心，还是朕的疑心逼死了永璜。”

这话，真真是戳了如懿的心。她比谁都清楚，皇帝从前的疑心并不是这样重的。她轻声地，大着胆子道：“皇上的疑心，伤了别人，更伤了自己。”

皇帝的声音极轻，如在梦呓：“从慧贤皇贵妃开始，朕身边的女人就在算计朕，孝贤皇后、纯贵妃、嘉嫔、舒嫔，无一不是。便是其他人，也不见得对朕无所求，而有所求便有算计。就连朕的皇额娘和儿女也不例外。”他轻轻握住如懿的手，手心潮湿而微凉，“如懿，朕在万人之上，俯视万千。可这万人之上却也是无人之巅，让朕觉得自己孤零零的，没有人可以陪着朕。”

如懿的手指抚在皇帝发辫之上，发尾上系着一颗墨绿的玉髓珠子并一颗镂空赤金珠。皇帝束发素来只用明黄一色，然而，不知怎的，如懿只觉得那明亮的金色也变得乌沉沉的，让人心头发坠。她柔声道：“皇上不要多思多虑。您是皇上，亦是人夫、人父，有时候走下来片刻，也未必不好。”

皇帝倦怠地摇头：“这个地方，朕一旦走上去，便下不来了。朕从前一直以为孝贤皇后太像一个皇后，而不像一个女人，可如今朕却明白了，她也有她的身不由己。如懿，朕的皇后之位一直空缺，朕很想你快点来，来到朕身边，咱们站在一块儿。”

她意外到了极处，也震惊到了极处，不意皇帝会在这个关节上提起立后之事。然而，心底还是有蒙昧的欢喜：“一块儿？”

皇帝重重颔首，软弱而温存：“如懿，告诉朕，这么多年形影相随，无论朕厚待你、冷弃你，你对朕是否有些许真心？”

“真心？”她的欢喜抽离得如此迅疾。终究，还是清醒的吧。哪怕可以拥有与他并肩而立的荣耀与名位，到底还是在乎那一丝真心：“皇上，臣妾一直以为，相信真心的人是不会这般问的。”

皇帝重重叹一口气，握着她手的掌心潮湿得如被眼泪倾覆：“如懿，朕也很想去相信，时时处处相信，没有半分疑惑。可朕的身边，太多的女子，对朕的心意未必那般真诚。也许，在她们眼里，朕所能带给她们的尊荣与贵宠，甚至朕的这件龙袍，都远远胜过朕这个人。”

“不是的，不是的。”她急急地分辩，仿佛是为了那一直不肯被尘埃泯去的真意，“当年您将如意交到臣妾手中，自您选了臣妾为嫡福晋那一刻时，臣妾还没有那么感动。直到先帝认为臣妾不配侍奉在您身边，您为了臣妾向先帝求情，硬生生保了臣妾在皇上身侧的容身之位，臣妾真的很感动，只愿一生相随皇上左右。多年来历经种种，臣妾也一直希望，我们可以是少年时的相伴、白头后的不离。”

她满心满肺的恳切，似是要将多年的心思与情意一并诉出。皇帝温柔地沉默须臾，紧紧握住她的手，轻声唤她：“青樱。”皇帝闭着眼睛，伸出手慢慢地抚摸着她的脸颊。他的手那样轻柔，依稀还如当年那样，爱惜地抚过她的面孔，与她一同在镜中看见最年轻饱满的笑颜，人成双，影成双。皇帝轻声道："如懿，这是你的鼻子，你的眼睛，你的额头。朕那么熟悉，哪怕是闭上眼睛，你的脸都一直在朕的脑海里。朕曾对你一见相知。朕和你一起走了那么多年，越来越相知相惜。"皇帝睁开眼，有迷蒙的雾气湿漉漉地浮现，"朕与你的感情若说不是男女之情，那实在是曲解了。若说只是男女之情，却也是委屈了它。因为朕对你，早已超出了这些。"

如懿轻叹一声，有无限岁月凝聚的酸涩一同凝在那叹息的尾音里："臣妾有自知之明，宫中府中佳丽如云，臣妾并不是最美，性子也算不得最好。作为儿媳，臣妾并不是太后所属意的皇后人选。"

皇帝叹一口气："朕知道。可朕一早选的就是你，你早该是朕的嫡福晋，朕的正妻，而不是妾室。如今晚了这么些年，朕选的还是你，你愿意么？"

他的心思那样笃定，她却不自觉地有了迟疑。那迟疑是幸福的，也带着凄迷的酸楚。她看着皇帝的眼，有无数的情深义重，她微弱地点头。她听着他说："当年朕对你一见相知，如今朕心亦同你心。所以如懿，和朕并肩，站到朕身边来吧。后位空悬经年，也当有人继位了。"

如懿依着皇帝的肩，轻声道："可皇上，也是您说的，那是无人之巅，太过清寒。"

皇帝的笑意如透过云层的光："所以，咱们在一块儿。"

她是感动的，但感动里也有那一丝摇曳的不安："臣妾无时无刻不想与心爱之人并肩携手，可臣妾的心爱之人是弘历。弘历已然是皇上了，皇上的并肩之位是皇后。中宫皇后，臣妾惶恐。"

他明白她不安的来处："如懿，你与你姑母并不同。"

她垂首，她是自幼和宫里有渊源的人，看着姑母在宫中为后，自己又嫁入宫中。这些不安啊，都是她亲眼所见、亲身所历。"臣妾与姑母也许不同。皇上与臣妾相知相惜，姑母却为先帝所厌弃。但臣妾与姑母却也都是爱着九五之尊的一个男人，都是乌拉那拉氏的女儿。”

皇帝深吸一口气，眸中深沉，有星芒一般的光熠熠闪过，朗然道：“乌拉那拉氏又如何。便是皇额娘再因你姑母的缘故不喜欢你，也不能动摇朕心。朕是皇帝，朕才是天下之主！若连立谁为皇后都由不得自己，那朕算什么皇帝。”

她深吸一口气，终于决定将最深的心事坦然以告：“臣妾感激皇上厚爱。不过臣妾一直未曾告诉过皇上，当年姑母过世前曾叮嘱臣妾，乌拉那拉氏的女儿，一定要正位中宫，撑起乌拉那拉氏的荣耀。”

皇帝了然地看着她，有懂得和同情：“你姑母临终前还能叮嘱于你，并不像当年所言的暴毙。这些年你心里一直藏着此事，也是难为。”

她欣然和感激于他的懂得，更伤感姑母的身世，每每想起，总觉心惊，倍觉唇亡齿寒：“姑母已如尘芥，当年事就更早已消散在这宫墙之中。先帝崩逝，姑母无法与先帝合葬同穴，再想起先帝生前那句死生不复相见，姑母心中绝望，用暴毙也不足以形容。”

皇帝握住她的手，轻声安抚：“你成为皇后，是朕的心意。如今听来，也算全了你姑母生前念想。”

如懿看着皇帝双眸，切切真情：“臣妾就是对姑母的这般念想惶恐。姑母当年殷言种种，臣妾不知对错。但臣妾始终知道的是，臣妾并不想步上姑母那般的路。臣妾盼与皇帝恩爱长久，并非只是妄求皇后之位。”

皇帝伸开手掌，与她的十指一根根交握：“如懿，你自然不会步上你姑母那般的路。你方才说，朕是皇上，亦是人夫。那么朕想要陪伴朕身侧的，是朕的皇后，也是朕的妻子。”

如懿轻轻颔首，垂下脸和皇帝紧紧贴在一起：“那么，臣妾可不可以更贪心一些。臣妾日夜期许的，不仅是与皇上有夫妻之情，更有知己之谊、骨血之亲。”

“如懿，你是觉得男女欢爱太过缥缈？”

“是。”她心意沉沉，“所谓皇后，不过是与皇上的名分所在。如果可以，臣妾更希望牢牢把握不会轻易碎裂的情分。”

他拥着她，以保护的姿态，颔首允诺：“朕答允你。如懿，朕答允你。”

心里有绵绵的暖意，仿佛少年的时光再度回到她与他的掌心，盛放出连枝并蒂的缠绵。

她与他的感情，是一早的倾心，天长日久里生出的彼此相依。这一路走来，明媚欢悦固然不少，可艰难崎岖，也几乎曾要了她的性命，却从未想过，居然也能走到今日。

窗外，有春色如许，遍耀光年。

仿佛所有带着脂粉气的残酷凄烈，种种的波谲云诡、暗潮汹涌，在那一刻都戛然而止，急速归于平静。待回到翊坤宫中，合宫上下已皆知皇帝的立后之意。虽然在皇长子丧中，欢喜不能形于色，可是这么些年的艰难苦辛、辗转流离，终于到了这一步。

玉妍遥遥立于墙下，看着如懿盛然离去的辇轿，失望到了极处：“终究还是轮到她了。当年皇上就选的她是嫡福晋，只是被先帝和太后拦下了，如今她到底要成为皇后了。”

少年知事的永珹拉住玉妍的手，轻蔑地望着如懿，沉声道：“额娘，您别担心。纵使娴娘娘成了皇后，您有儿子和永璇，她什么都没有。”

玉妍含泪，紧紧握住儿子的肩膀，有无限的寄望与倚靠：“皇后之位额娘是指望不上了。但太子之位，非你莫属。”

海兰一早就等在了翊坤宫外，在垂花门下徘徊相候。如懿远远见了她，穿着一袭新崭崭的天水蓝袍子，衣衫上是不同深浅的亮银与暗蓝的颜色，捧出大朵大朵栀子花的影彩，是静默而深沉的真心欢悦。如懿不知怎的，见了海兰，整个人才从虚茫茫的震动和喜悦里落定了心意。好似方才那一路，欢喜而恍惚，竟是稀里糊涂回来的。

海兰见了如懿，疾步上前，想要笑，却是落了泪，紧紧执着她的手，哽咽道："姐姐，终于有这一日了。"

如懿亦是慨然，隐然有泪光涌动，只是无言。海兰察觉了她的异样，忙以探询的目光相对。如懿低低道："海兰，你陪我去走走吧。"

夏日天光极长，夕阳的余晖斜斜铺开红河金光，曳满长空。晚霞渐渐变为绛紫与暗蓝交织的宝带，晚霞背后是烧灼了的深红色云彩，将天际都燃得空透了一般，影影绰绰烙在"景仁宫"三个微微黯淡的镏金大字上，蔓延倒映在青石砖地上，似水墨画上泼斜的花枝。暮色中的二人披着金黄而模糊的光辉，偶尔有乍暖还凉的风拂掠起袍子飞扬的边角，人也成了茫茫暑气中花叶缭乱的微渺的一枝。

如懿的手心有黏腻的微凉汗珠，她悄然紧握海兰的手，低声在她耳边道："当年就在这里头，姑母临终前叮嘱我，要我一定要成为皇后。如今皇上要封我为后，姑母若泉下有知，一定高兴，但我……"她唇角笑意略带苦涩，见海兰不解，又道，"这么多年，皇上待我的心意一如当年。我也如当初一般想和皇上并肩在一块儿。可是想起姑母，哪怕皇上再三安慰开解，我心中总有惶惑和不安。"

海兰眼中有迷惑的旋影波转，她很快明白，道："姐姐，无论景仁宫娘娘如何，你和她并不同。所以姐姐，就欢欢喜喜地去与皇上并肩吧，这是姐姐的心愿，也是我一直的期盼。姐姐站到俯临四方的位置，我们在这宫里便再也不必怕了。"

如懿含着凛冽的警醒："真的就能不再怕了么？姑母当年也是皇后，却还是要面对妃妾无穷无尽的纷争和最后绝望而终的惨痛。"

海兰侧了侧首，牵动云鬟上珠影翠微，闪着掠青曳碧的冷光。她拍一拍如懿的手，屏声静气道："那咱们也已经没有退路了。而且姐姐，如今是皇上邀你去的。"

如懿眯起眼眸，有一种柔和的光在她的眸底幽沉地晃："是，是他要我去的。”

海兰温然：“那姐姐就去吧，我会一直陪着姐姐的。”

她们彼此相握的手指紧紧收拢，关节因为过于郑重和用力而微微泛白。哪怕有更辉煌的荣耀即将披拂于身，她们依然是昔年彼此依靠的姐妹，相伴同行，从未有异。

图书在版编目（CIP）数据

如懿传：典藏版．3 / 流潋紫著．-- 北京：作家出版社，2025.8．-- ISBN 978-7-5212-3067-3

Ⅰ．I247.5

中国国家版本馆 CIP 数据核字第 2024NZ7938 号

如懿传 3（典藏版）

作　　者：流潋紫
插　　图：麟鲤君
书 法 字：严　忠
责任编辑：袁艺方　卓尔文
装帧设计：王　悦
出版发行：作家出版社有限公司
社　　址：北京农展馆南里 10 号　　**邮　　编：**100125
电话传真：86-10-65067186（发行中心）
86-10-65004079（总编室）
E-mail: zuojia@zuojia.net.cn
http://www.zuojiachubanshe.com
印　　刷：唐山玺诚印务有限公司
成品尺寸：145×210
字　　数：342 千
印　　张：12.375
版　　次：2025 年 8 月第 1 版
印　　次：2025 年 8 月第 1 次印刷
ISBN 978-7-5212-3067-3
定　　价：55.00 元